Odwrócony Dom II

HANNA KULENTY-MAJOOR

Odwrócony Dom II

Moonrise Press

Odwrócony Dom II   - Hanna Kulenty-Majoor

Published by Moonrise Press www.moonrisepress.com
P.O.Box 4288, Sunland, CA 91041-4288
info@moonrisepress.com

This is the second part of a book published in Polish.

Cover illustration: Kaja Majoor
Typography: Martin Majoor

Manufactured in the United States of America

The Library of Congress Publication Data:
Kulenty-Majoor, Hanna, 1961 -
Odwrócony Dom II [The Upside-Down House II]
352 pages, 6 X9 in.

   ISBN 978-1-945938-61-0 (paperback)
   ISBN 978-1-945938-60-3 (e-book,PDF)

10 9 8 7 6 5 4 3 2 1

Część druga

Punkt.
Niebieski. Na szarym tle...
Punkt.

... rozchodzące się linie, coraz dalej dalej, szerzej, promienie w promieniach...

Punkt.

...w promieniach coraz cieńsze linie, skłębione w nowe całości, coraz dłuższe,
coraz szersze pasma, dalej dalej, cieniutkie nitki rozdwajają się i
pędzą niczym drzewa bezlistne, coraz wyżej i szerzej, połączone na nowo...

– Dlaczego?

Punkt. Na szarym tle...
– Dlaczego?

...rozchodzące się linie, linie, linie, jak noworoczne balony na drutach, wepchnięte
w duży kartofel czy kapustę, a może seler...

Punkt.

Niebieski, a może czerwony...

– Dlaczego?
– Dlaczego?
– Dlaczego to taka otchłań?

... Linie, linie pędzące, każda w swoim kierunku, jak promienie słońca,
to...

– Taka otchłań?

1

Julia wysiadła z windy. Kolanem wypchnęła niezbyt ciężką walizkę, a obok postawiła teczkę z nutami. Zębami ściągnęła rękawiczkę i przełożyła kartę-klucz z jednej ręki do drugiej.

Na korytarzu zapaliło się światło. Rtęciówki o ciepłym i niezbyt intensywnym kolorze wydawały jednolity dźwięk, którego nienawidziła. Stała tak przez chwilę przysłuchując się temu. Naprzeciwko windy wisiały tabliczki z numerami pokoi. Wskazywały ich kierunki. Julia ruszyła w lewo. Ciągnęła walizkę, na której zawieszone były nuty. Rękawiczkę trzymała ciągle w zębach.

Stanęła przed pokojem 209. Ustawiła porządnie bagaż pod ścianą i wyjęła rękawiczkę z ust. Spojrzała w górę. Przyćmione jarzeniówki wydawały ten sam nieprzyjemny dźwięk. Jednolity i uporczywy. Taki, którego prawie nikt nie zauważa ani w ciągu dnia, ani w ciągu nocy, no bo i jak? W nocy nie stoi się przecież na korytarzu, tylko się śpi? A w dzień przechodzi się z pokoju do windy albo na odwrót i tyle.

Ona jednak zauważa takie dźwięki. I w dzień i w nocy. Nawet nie musi wychodzić z pokoju, żeby o tym wiedzieć...

Położyła kartę-klucz na walizce i upchnęła starannie rękawiczki do kieszeni puchowej kurtki. Postała przed drzwiami nadsłuchując. Po chwili ruszyła dalej, w lewo w głąb korytarza, już bez walizki, starając się stąpać jak najciszej. Intensywność dźwięku jakby zmalała, ale za to światło wydało się bardziej pomarańczowe. Wróciła na palcach pod pokój 209 i postanowiła powtórzyć tę czynność w odwrotnym kierunku.

– „Spadaj dziadu" – usłyszała mijając windę.

Odwróciła się gwałtownie, ale nikogo nie było na korytarzu. Na liczniku windy widniała ciągle czerwona dwójka. Julia postała tam jeszcze trochę nadsłuchując, a po chwili równie cicho wróciła pod swój pokój. Wzięła do ręki kartę-klucz i szybkim ruchem otarła o klamkę.

Mrugnęło zielone światełko i zamki puściły. Julia powoli otworzyła drzwi. W pokoju panował półmrok.

– Dziwne? – pomyślała. – Przecież jest jeszcze dzień? Czyżby jakaś wielka chmura zasłoniła słońce?...

Stojąc w przedpokoju i nie spiesząc się włożyła kartę-klucz do szpary przy najbliższym kontakcie. Zapaliły się natychmiast dwie lampy i włączyła klimatyzacja. „Spadaj dziadu" pojawiło się jednocześnie. Julia odruchowo wyciągnęła kartę-klucz z kontaktu i gwałtownie wybiegła z pokoju na korytarz. Drzwi zamknęły się za nią, a raczej przed nią powoli, wydając cichy klik...

Stała na korytarzu powstrzymując oddech jakieś kilkanaście sekund. Patrzyła tępo na klamkę i brązowy szlaczek na drzwiach. Jednolity dźwięk oświetlenia jakby zmalał, wycofał się na rzecz pomarańczowej smugi światła, która jak jakaś cienka linia zawisła w połowie objętości korytarza, gdzieś tak w okolicy jej pasa. Julia podniosła ręce do góry, to takie oczywiste, przecięła pomarańczową linię przesuwając się do tyłu pod przeciwległą ścianę. Wydawało jej się, że jest zanurzona w wodzie, w basenie, gdzie zamiast płynąć próbuje biec. Próbuje się ruszyć, uciekać, ale to jej nie wychodzi. Stoi zanurzona w wodzie do pasa, próbuje się ruszyć, ale nie może.
– „Płyń" – słyszy. – Płyń – myśli, ale ona chce biec. – Po co mam biegać w wodzie? W wodzie należy pływać? Pływać?...
– Płyń! – opuściła ręce i wielkim susem przekroczyła z powrotem prawie niewidzialną już linię.
Stanęła przed drzwiami swojego pokoju. Przeciągnęła szybko kartą-kluczem o klamkę, otworzyła drzwi i błyskawicznie wciągnęła do środka bagaż. Drzwi automatycznie zamknęły się za nią wydając cichy klik.
– Klik...

Normalny dzień. Świeci słońce. Julia nie włączała elektryczności, tylko od razu podeszła, a właściwie podbiegła do okna. Po drodze zrzuciła kurtkę na podłogę i torebkę na łóżko. Ściskając kartę-klucz w dłoni uciekała przed ledwo dostrzegalnym, a jednak... pomarańczowym światłem, które tym razem postrzępioną linią czaiło się tuż za jej plecami podstępnie.
– Muszę stąd wyjść... – pomyślała. – Wyjść i spróbować jeszcze raz...
– Klik...

Normalny dzień. Świeci słońce. Julia nie włączała już elektryczności, tylko prawie natychmiast podeszła do okna. Po drodze zrzuciła kurtkę na podłogę, a torebkę postawiła starannie na łóżku. Kartę-klucz położyła na parapecie.
Normalny dzień. Pełnia dnia. Świeci słońce i ani jednej chmurki. Za dwie godziny ma próbę w filharmonii, więc jest jeszcze czas, żeby się wykąpać,

wypić kawę i porobić „brzuszki". Może też pójść na spacer i zwiedzić okolicę. Nic się nie dzieje. Normalny słoneczny dzień...

– Gdzie się podziała ta chmura? – przypomniała sobie nagle, ale postanowiła nie drążyć tematu.

– Nie drążyć tematu... – położyła się na łóżku i po jakimś czasie zamknęła oczy.

– Klik...

Sen był jak zwykle ten sam lub prawie ten sam:
Rodzinny blok w Warszawie na Woli. Tym razem blok ten pomalowany jest na niebiesko. Cztery klatki schodowe, cztery piętra. Julia wchodzi do klatki pierwszej, ale jakaś sąsiadka mówi, że to nie tu.... Że nie ma już przejścia na ostatnim piętrze między pierwszą klatką a drugą i następnymi, więc nie ma sensu, żeby tu wchodzić! Nie ma już czwartego piętra!
– To nie żadna strata? – myśli Julia. – Matka mieszka na trzecim...

2

Nigdy nie wchodziłam na czwarte piętro, bo i po co? Czwartego piętra zawsze się bałam. Dziwne? Człowiek mieszka przez pół życia w bloku na trzecim piętrze, wchodzi codziennie po schodach, windy nie było, przez parter, pierwsze piętro, drugie piętro, żelazny półksiężyc zatopiony w lastrico przy poręczy, trzecie i nic? Niczego się nie boi. Nic. Niente.
Na czwarte piętro się nie wchodzi, bo i po co? Po co wchodzić na piętro, na którym się nie mieszka? Ale jak już się weszło, to ze strachem, na palcach. Może ktoś zobaczy? Otworzy drzwi? – No i co z tego? Powiem „dzień dobry" i już!
Poza tym, nie ma już czwartego piętra ani nie ma już przejścia na ostatnim piętrze między klatkami. Nigdy nie było. – Nie mam pojęcia skąd sobie to wymyśliłam?...
– Klik...

Kiedy Julia obudziła się, w pokoju było już ciemnawo. Zerwała się z łóżka i po omacku szukała torebki. Znalazła ją na sąsiednim łóżku. Wyjęła telefon i sprawdziła czas.
– Dżisis! – krzyknęła.

Próba już się zaczęła godzinę temu. Dochodziła osiemnasta trzydzieści.
Julia podeszła do drzwi wejściowych i uchyliła je, żeby wpadło trochę światła z korytarza.

Bez trudu znalazła kartę-klucz na parapecie i wreszcie mogła włączyć elektryczność.

Duża lampa przy łóżku i w przedpokoju zapaliły się jednocześnie. Klimatyzacja zaczęła działać na najwyższych obrotach. Julia jęknęła z niechęcią.

– Co robić? Muszę stąd wyjść? – oparła się o drzwi łazienki.

Po chwili namysłu podniosła z podłogi kurtkę, chwyciła torbę i tak jak stała wyszła z pokoju.

– Klik...

Dlaczego zawsze chcę wejść do tego bloku przez pierwszą klatkę? Tę od strony sklepu spożywczego? I zawsze ta sama chyba sąsiadka, której zresztą nie znam, informuje mnie, że to nie tu? Że TO nie TU?... Że matka mieszka w klatce obok, na trzecim piętrze, pod numerem 40?...

Czasami, po kryjomu, kiedy nie ma tej sąsiadki w zasięgu mojego wzroku wchodzę do klatki „A" z nadzieją, że dotrę w końcu do mojego dawnego miejsca zamieszkania.

Schody są szerokie. Szersze niż zwykle i drewniane. Idę i idę po tych schodach i nie mogę dojść. Wchodzę na górę, a przynajmniej tak mi się wydaje, żeby za chwilę odkryć, że jestem na dole? Wchodzę na górę, a za chwilę jestem na dole! I tak w kółko.

– Nie ma już przecież czwartego piętra? – przypominam sobie.

Ale co z tego? Kręcę się i tak jak mysz po walcu. Gdzie jest trzecie piętro i dlaczego ciągle schodzę na parter, wspinając się przecież po tym labiryncie? Nie mam pojęcia. Nie wiem. Po prostu nie wiem! Mam wrażenie, że ciągle jestem na parterze, a to wspinanie to wymysł mojej głowy, mojej wyobraźni. Na szczęście schody są stabilne i zachęcające...

Zrezygnowana wychodzę na podwórko. Sąsiadka ze spokojem zamiata chodnik. Nie patrzy na mnie, ale i tak wiem co myśli.

– Mówiłam ci już, że to nie tu? – uśmiecha się z satysfakcją.

Trochę też szyderczo się uśmiecha. Właściwie to bardzo szyderczo, bo tak powściągliwie, niby nic, a wiadomo o co chodzi. Już by lepiej było, żeby się roześmiała albo wydarła na mnie niż takie niby nic... Nienawidzę tego!

Tak jak nienawidzę tego dźwięku na korytarzu. Tego cholernego dźwięku lamp i przepływającego wszędzie i dokądś prądu, gazu, itp.

– Po co się ta głupia baba uśmiecha? Po co się wtrąca? Przecież wiem, gdzie mieszka matka? – myślę wściekła.

Chcę tylko odwlec ten moment. Odwlec moment przeznaczenia i prawdy. Tak, chcę odwlec moment przeznaczenia i prawdy. Dobrze to ujęłam...

– Klik...

– Muszę stąd wyjść. Wyjść i zacząć jeszcze raz... – pomyślała Julia.

– Jakie „jeszcze raz"? – próbowała uspokoić myśli. – Przecież nic się nie dzieje? Świeci słońce? Normalny słoneczny dzień? Pełnia dnia?...

– Gdzie się podziała ta chmura? – przypomniała sobie, ale przypomniała też sobie, że postanowiła nie drążyć tego tematu.

– Nie drążyć tego tematu?... A właściwie, dlaczego by nie podrążyć? Co w tym złego, żeby dowiedzieć się, gdzie podziała się ta czarna chmura? Przecież można sprawdzić prognozę pogody?... – zastanawiała się.

– Komu by się chciało?... – wzruszyła w końcu ramionami.

W każdym razie jej na pewno by się nie chciało. Nie w tej chwili. Jeszcze nie w tej chwili...

A jednak, czarna chmura nie daje spokoju...

– Chyba lepiej położyć się na moment i zdrzemnąć? – pomyślała. – Albo położyć się na łóżku tylko po to, żeby odgonić myśli? Uporczywe i świdrujące myśli? Odgonić te myśli na tyle, żeby strach minął? Strach powoli minął?...

Najlepiej odgonić myśli i zasnąć. Ba, zasnąć? Pobożne życzenie? Sen nie nadchodzi tak łatwo, a szczególnie w takich okolicznościach. Sen w ogóle nie nadchodzi, bo myśli kłębią się po całym dniu. Sen w ogóle nie zamierza nawet nadejść!

– A jednak? – Julia przycisnęła dłonie do skroni. – Czarna chmura zasłoniła prawie całe niebo? Jak przy jakimś zaćmieniu? Przecież był dzień? Jest dzień? Co się stało? O co tu chodzi? O co?...

Klima wali na trójce. Dwie lampy zapalone, a i tak panuje tu półmrok.

– Klik...

Oprócz klatki A i klatki B, gdzie mieszka moja matka, są jeszcze klatki C i D.

Klatka C w ogóle mnie nie interesuje, w ogóle mnie nie ciągnie, ale klatka D... i owszem. Jest zaraz przy garażach i śmietniku. Ach ten śmietnik i trzepak przy nim...

Nie boję się wchodzić do klatki D. Tam jest normalnie. Wszystko tam się zgadza i jest po kolei. Czyli jest parter, piętro pierwsze, drugie, trzecie i czwarte.

Na czwartym piętrze nie ma przejścia do innych klatek, ale nawet jakby było, to nie obchodzi mnie to. Nie obchodzi mnie, ponieważ nie przechodzę NIGDY ze strony prawej do lewej, czyli nie przechodzę nigdy z klatki D do klatki A, czy z klatki D do klatki B, która jak wiadomo najbardziej mnie interesuje.

Jak już też wcześniej powiedziałam klatka C w ogóle nie wchodzi w rachubę. Z kolei przechodzenie z lewej strony do prawej, to zupełnie coś innego... Coś innego i czymś innym jest przechodzenie z klatki A do klatki B... Do D nie ma sensu, skoro mogę do niej wejść bezpośrednio? Poza tym, po co miałabym przechodzić z klatki A do klatki D, narażając się przy okazji?

Klatka D jest więc w pewnym sensie neutralna i w pewnym sensie interesująca. Interesująca chyba tylko dlatego, że jest neutralna. To jedyne wytłumaczenie, które przychodzi mi do głowy. Jak też wcześniej powiedziałam wszystko tam się zgadza, ale... No właśnie... „ale". Nie ma przejścia do innych klatek na ostatnim piętrze!

– Dlaczego prześladuje mnie to przejście, skoro i tak go nie używam?...

Jest za to drabina, prowadząca na dach. Nigdy z tego nie korzystałam i pewnie nie skorzystam, bo na dachu nie mam czego szukać, a przynajmniej tak mi się wydaje i przez to nie ma napięcia, ale... wszystko przecież może się odwrócić? Cały ten dom może się odwrócić i wtedy chodzenie po dachu będzie co najmniej naturalne.

W każdym razie jest tam, czyli w klatce D czwarte piętro. Mało tego, nie przeraża mnie tam czwarte piętro. Nie przeraża mnie JUŻ albo TEŻ czwarte piętro. Dziwne? W klatce B tak, a w klatce D nie? Może dlatego, że na tym piętrze i w tej klatce mieszka, mieszkała moja koleżanka Małgosia, z którą się trochę kumplowałam? Nie za dużo, ale na tyle wystarczająco, żeby nie bać się czwartego piętra w klatce D...

– Tra-la-la... Omijam temat? Omijam, prawda?

– „Spadaj dziadu" – słyszę.

241

– Gdzie jest ta karta? Muszę stąd wyjść?... – podrywam kurtkę z podłogi i chwytam torebkę stojącą na sąsiednim łóżku.
– Gdzie jest karta? Nie mogę znaleźć karty? Kurczę, spóźnię się na próbę?
– No trudno... – wychodzę, a właściwie wybiegam bez karty.

Wybiegam bez karty-klucza z powrotem na korytarz. Wybiegam w panice. Drzwi zamykają się za mną, a właściwie za moimi włosami bezszelestnie. Za włosami, które naelektryzowane nie mogą albo nie chcą się odkleić. A jednak?... Odkleiły się, a drzwi prawie bezszelestnie i powoli zamykają się za mną, wydając tylko cichy klik...

3

Na korytarzu półmrok. Winda zatrzymuje się na drugim piętrze. Wysiada szczupła zadbana kobieta w średnim wieku. Wypycha kolanem walizkę i stawia przy niej czarną teczkę A 3. Ubrana jest w puchową granatową kurtkę. Zębami ściąga z prawej ręki różową rękawiczkę, żeby przejąć kartę-klucz z ręki lewej. Rozgląda się jakoś bezradnie.

Widzę to! Widzę ją! Mało tego, chciałabym jej pomóc, zagadać albo chociaż zwyczajnie podejść, ale jakaś siła powstrzymuje mnie w miejscu.

Kobieta jest lekko przerażona, a przynajmniej sporo zakłopotana, a ja nie mogę nic zrobić. Nic!. Stoję w miejscu i patrzę zahipnotyzowana, choć wiem, że jak tak jeszcze postoję, to ani jej nie pomogę, ani nie mam po co iść na próbę!
– „Spadaj dziadu" – słyszę, jak winda rusza w dół.
A rusza, spokojnie i bezszelestnie...

Nie mam pojęcia jak znalazłam się w windzie, ale skoro tak jest, to coś lub ktoś musiał wyrwać mnie z tej hipnozy? Musiałam się zdecydować na wyjście z tego letargu i na pójście na próbę?
– Ja? Czy nie ja? Do cholery... – zaczynam panikować.
Jestem, stoję w każdym razie w windzie, zjeżdżam w dół z drugiego piętra i mam zamiar pójść na próbę mojego utworu. Czyli to chyba ja musiałam się na to zdecydować? No bo kto? To ja mam próbę?

– Ciekawe czy ona mnie widzi?... – myślę sobie niepewnie i próbuję od-gryźć skórkę przy paznokciu.
– Ciekawe czy ona mnie widziała?...

Pójście na próbę to mało powiedziane. Pędzę jak oszalała. Przebiegam przez kręcone drzwi, schodki do góry, schodki w dół, jeden skręt w lewo, potem w prawo, potem prosto. Prawie galop. Mijam czarne budynki Kato-wic.
– Kurcze, ładne, ale czarne? Szkoda... – myślę po drodze.
Wieje jak cholera i bolą mnie nogi, bo galopuję na obcasach. Nowe buty, pamiątka z Wilna.
– Jezu, żeby zdążyć chociaż na koniec próby? – modlę się w duchu.
– Nie pomogłam tej kobiecie... – szczątki wyrzutów sumienia zakłócają mój bieg.
– Nie pomogłam jej... Nie pomogłam...
Na szczęście znajomy budynek Nospru przybliża się.
– Nie pomogłam tej kobiecie... – myśl brzęczy jak automat, jak jakiś light motive uciążliwego utworu, który nie chce się ode mnie odczepić:
– Nie pomogłam jej... Nie pomogłam... Nie...
– Jeszcze trochę...
– Klik...

Tak jak już powiedziałam, klatka D była najmniej groźna i najbardziej neu-tralna. Neutralna, bo nie było tam żadnego napięcia.
– Ale czy najbardziej interesująca?
– Nie sądzę...
Sam brak napięcia i brak strachu jako stan nie jest chyba sam w sobie inte-resujący, w sensie atrakcyjny? Chyba że balans jest tak zachwiany, że spo-kój i bezpieczeństwo stanowią najwyższą cnotę? Również estetyczną? Bo co to znaczy interesująca klatka? Przecież nie mądra? Jeżeli już, to ładna, zadbana, itp. No dobra, najmniej groźna...
– Tra-la-la... I tak się boję...
– Ale czy w klatce D był zachwiany balans?
– Chyba nie?
Klatka C w ogóle nie wchodziła w rachubę. W ogóle nie przyciągała mnie.
Klatka A ciągnęła niepokojąco i gdyby nie ta głupia baba, która ciągle mnie stamtąd przeganiała, błądziłabym po tych schodowych labiryntach jak

mysz po walcu. Zupełnie jak w grafikach Eschera: góra-dół, dół-góra, czarne-białe, białe-czarne, ying-yang, wdech-wydech, noc-dzień, dzień-noc...

Co noc lub prawie co drugą noc udawało, udaje mi się wejść do klatki B. To było, jest zawsze na końcu moich poszukiwań. Po przejściu po tych niekończących się schodach-labiryntach klatki A, po odbyciu nieprzyjemnych spotkań z sąsiadką czy po odbyciu dojść przyjemnych i niezobowiązujących rozmów z koleżanką Małgosią z klatki D, wreszcie docieram do celu. Docieram do celu, czyli do klatki B, gdzie mieszka moja matka na trzecim piętrze pod numerem 40.
Do klatki B wchodziłam, wchodzę zawsze sama i w zupełnej ciszy. Nie przeszkadzało, nie przeszkadza mi już ani pulsujące światło wydające pulsujący dźwięk, ani pomruk prądu czy gazu. Zresztą, chyba nawet nie było tam żadnego światła ani dźwięku? Ja przynajmniej niczego tam nie słyszałam, skoro wchodziłam do tej klatki w zupełnej ciszy? Niczego nie słyszałam albo udawałam, że niczego nie słyszę. Szara, brudna klatka. Opuszczona. Samotna. Rozwalająca się skrzynka na listy... – Acha, był tam jeszcze jakiś domofon, ale i tak nigdy z niego nie korzystałam.
Drzwi do klatki zawsze same się otwierały albo uchylały. Właściwie, to były już uchylone i jakby czekały na mnie... W skrzynce na listy były podłużne dziury, przez które mogłam zobaczyć czy było coś w środku, czy nie. Jeżeli były jakieś listy, to dziury były białe albo białawe, postrzępione nierównością kolorów, a nie czarne w swojej próżnej samotności.
Jeżeli dziury były białe, to próbowałam paznokciami wyciągnąć, a przynajmniej przyciągnąć róg takiego listu, żeby móc coś odczytać. Jeżeli dziury były czarne, to nawet nie podchodziłam do skrzynki.
Tym razem skrzynka była otwarta i problem sam się rozwiązał. Mogłam sobie wyjmować i oglądać do woli wszystkie koperty bez pośpiechu, wyrzutów sumienia i strachu. Mogłam wyjąć wszystkie koperty tak po prostu. A było ich sporo. Również kartki pocztowe-widokówki i te z kwiatami. Kopert nie rozrywałam, tylko przeleciałam wzrokiem mniej więcej od kogo i jaki znaczek, to chyba oczywiste, ale kartki przeczytałam i owszem, prawie wszystkie. Niewinne życzenia imieninowe od jakiejś Irki, Mietki czy Marysi. Pozdrowienia z Antwerpii, Amsterdamu, Białegostoku, Otwocka. Życzenia od cioci Jani, Jadzi, Haliny. Były też listy do Łukasza mojego brata, ale niewiele.

– Dlaczego nikt tego nie wyjmuje? – zdziwiłam się patrząc na daty stempli: rok 1974, 1986, 1998?...

Odruchowo włożyłam listy z powrotem do skrzynki w taki sposób, żeby dziury były jak najbardziej neutralne, czyli czarne. Jasne koperty poprzekładałam jak najciemniejszymi widokówkami i dopchnęłam całą tę korespondencję w głąb skrzynki.

Jakby dla niepoznaki że tu jestem i w dodatku po kryjomu, no jednak takie miałam wrażenie, buszuję po nieswojej, bo już nie mojej skrzynce na listy, wyszłam na zewnątrz. Wyszłam na podwórko i udawałam sama przed sobą, że znalazłam się tu przypadkiem. Że nie interesuje mnie ani żadna skrzynka na listy, ani żadna klatka, a już na pewno nie interesuje mnie klatka B! Stoję tu sobie tylko. Tak sobie tu stoję i czekam na kogoś. Niby czekam na kogoś... W końcu nie jest to zabronione? Prawda?

– Dlaczego więc się boję? – odganiam głupie myśli i tłumaczę sobie, że to nic, ale... i tak się boję.

Patrzę ukradkiem na okno na trzecim piętrze. Najpierw na okno, a za chwilę na zaniedbany balkon-loggię obok. Nic się nie dzieje. Nic się nie zdarzyło. Żadnego dźwięku. Cisza. Nawet nie wieje wiatr? Nie ma nikogo w pobliżu. Nie bawią się dzieci na podwórku. Cisza. Okno jest uchylone.

– Czyżby ktoś był w domu? – robi mi się niedobrze. – A może powinnam tam pójść? Tak po prostu, bez żadnego ociągania, przeciągania? Tak po prostu wejść do klatki B wprost, a nie na-o-ko-ło i pójść tam?

– Klik...

– Dlaczego tak ma być? Dlaczego tak się zapętliłam i ciągle zapętlam? Po co?...

4

Na korytarzu półmrok. Winda zatrzymuje się na drugim piętrze. Wysiada szczupła zadbana kobieta w puchowej kurtce. Wypycha kolanem walizkę i stawia przy niej czarną teczkę A 3. Zębami ściąga z prawej ręki różową rękawiczkę i przejmuje kartę-klucz z ręki lewej, która jest jeszcze w rękawiczce.

Na korytarzu zapala się pomarańczowe światło, a jednolity dźwięk wydobywający się z rtęciówek sprawia, że kobieta jest zakłopotana. Kobieta stoi przy windzie i nadsłuchuje.

Nienawidzi tego dźwięku, bo jest namolny i przenikający jej myśli i ciało. Tak, przenikający przez wszystkie jej zmysły...

Zawsze to samo. W każdym hotelu czy innym miejscu, gdzie ma spędzić nawet jedną noc zaczyna się walka z odgłosami urządzeń elektrycznych. A to światło, a to wentylacja, a to lodówka w pokoju czy na korytarzu. Masakra. Ileż to razy musiała zmieniać pokój. Biegać z kimś z obsługi hotelowej po piętrach i nadsłuchiwać odgłosów przedmiotów martwych. Okropność. Czasami dostawała klucze w recepcji do różnych pokoi i sama bez pośpiechu mogła wybrać miejsce na spokojny nocleg. Nie zawsze jednak jest to możliwe. Na ogół hotele są przepełnione i jak się uda pobiegać po pokojach, to wybiera się mniejsze zło.
Tym razem postanowiła nie robić problemu. Również samej sobie. Przecież nawet jak już się wybierze w miarę właściwy pokój, to zawsze może się okazać, że ktoś za ścianą chrapie albo rano zbyt wcześnie się kąpie hałasując? Ludzie łażą po korytarzu, trzaskają drzwiami. Okropność.
– Nie robić problemu. Tym razem sytuacja musi być do ogarnięcia... – tak jej się wydawało.

Światło zapaliło się na czujnik, zaraz po wyjściu z windy. To dobry znak. Po jakimś czasie powinno samo zgasnąć. Można by to sprawdzić?
– Chyba do ogarnięcia? – pomyślała i ruszyła w stronę pokoju 209, trzymając ciągle rękawiczkę w zębach i ciągnąc walizkę, na rączce której zaczepione były nuty.
Odstawiła bagaż pod drzwiami swojego pokoju, schowała obie rękawiczki do kieszeni kurtki i postanowiła zrobić obchód wzdłuż korytarza, do końca w lewo i z powrotem.
Mijając windę odwróciła się gwałtownie. Stanęła jak wryta i nie ruszała się przez kilkanaście dobrych sekund. Nadsłuchiwała, nie odwracając głowy. Wpatrywała się w czerwoną dwójkę na liczniku windy z takim wyrazem twarzy, jakby zatrzymanie się windy na drugim piętrze było czynnością prawie niedozwoloną, a co najmniej niewłaściwą.
Wróciła wreszcie pod drzwi pokoju 209 i próbowała go otworzyć. Bez skutku. Drzwi były zamknięte. Przykładała kartę-klucz do klamki i pocierała nią raz szybko, raz wolno. Odwracała kartę-klucz i próbowała jeszcze raz i jeszcze raz powtarzać tę czynność. Mruczała coś do siebie i wreszcie

krzyknęła bezsilnie. Bez skutku. Przy kolejnym głośnym „kurwa" zwątpiła i z rezygnacją podniosła ręce do góry.

– Okej, okej, poddaję się! – warknęła, przesuwając się pod przeciwległą ścianę.

Oparła się o nią powstrzymując oddech na jakieś kilkanaście sekund. Patrzyła tępo na klamkę swoich zamkniętych drzwi i brązowy na nich szlaczek.

– Kurwa mać... – syknęła wściekła i bezradna.

Nie wiadomo skąd pojawił się nagle jakiś facet, który przeszedł obok niej.

– Hello – uśmiechnął się niewinnie i nie patrząc na jej reakcję ani nie czekając na jej odpowiedź skierował się prosto do windy, która ciągle stała na drugim piętrze.

Pewnie nie wiedział o jej zmaganiach z kluczem albo nie chciał wiedzieć, no bo inaczej by pomógł? A przynajmniej spojrzał? A może po prostu się spieszył, bo bardzo szybko wsiadł do windy i odjechał na dół.

Julia opuściła ręce i ruszyła z powrotem do swoich drzwi. Pociągnęła szybko kartą-kluczem o klamkę i wtedy zapaliło się zielone światełko. Nie zastanawiając się długo otworzyła agresywnie drzwi i wciągnęła jednym ruchem, a raczej jednym kopnięciem bagaż do środka.

– Klik...

Stoję przed klatką B i zastanawiam się czy mam do niej wejść przez klatkę A, czy po prostu bezpośrednio? Wścibskiej baby nie ma w zasięgu mojego wzroku, co by znaczyło, że mogłabym spróbować wejść do mieszkania matki i mojego dawnego mieszkania przez klatkę A?

– Mogłabym... No tak... Teoretycznie... – kombinuję. – Ale praktycznie? Przecież nie muszę? – pomyślałam z ulgą.

Zresztą, teoretycznie czy praktycznie, jak by to zwać i tak nie ma żadnego znaczenia. Nie ma znaczenia, bo mogę przecież i przede wszystkim wejść do klatki B bez-po-śre-dnio.

– „B", jak „bezpośrednio". Ha-ha... Dobre hasło – uśmiechnęłam się.

– Mogę wejść bezpośrednio, bo bez pośredników, omijając i te niekończące się labirynty klatki A i te uwagi głupiej baby, gdyby jakimś cudem tam się pojawiła...

Tak więc bez pośredników wchodzę do klatki B. Domofonu nie używam, bo drzwi są już uchylone. Skrzynka na listy też jest uchylona, a właściwie niedomknięta, co znaczyłoby, że mogę bez trudu przejrzeć korespondencję. Chyba sporo tego, bo dziury w skrzynce na listy są białe. Trochę się boję, ale ryzykuję i otwieram skrzynkę.

– Dlaczego tego nikt nie wyjmuje? – dziwię się. – Gdzie oni są?

Daty stempli to: 1974, 1986, 1998, 1999...

– O, jest jakiś list z 2001 roku? – ucieszyłam się.

Patrzę na nadawcę: – To ja i Matt? List od nas? Otworzyć czy nie?...

– Chyba nie... Jeszcze nie...

Po przejrzeniu wszystkich listów i włożeniu ich z powrotem do skrzynki w mniej więcej takiej samej kolejności w jakiej je wyjęłam, ruszyłam schodami w górę. Na półpiętrze przejrzałam się jak zwykle w obdrapanym i obtłuczonym lustrze, stwierdzając z satysfakcją, że ciągle jeszcze wyglądam w miarę młodo i w miarę atrakcyjnie. Zawsze to robię prawie odruchowo i prawie bezwiednie i zastanawiam się za każdym razem: – Jak to możliwe, żeby to lustro tak długo tam wisiało?

Na parterze jeszcze jest normalnie. Dwa mieszkania naprzeciwko siebie straszą brudnymi, dawno nieodmalowanymi drzwiami. Wyglądają na puste. Nie tyle na niezamieszkałe, ale po prostu na puste. Nikogo tu nie ma. Nic nie słychać. Cisza...

Przeciwległe wejście do klatki, a właściwie wyjście, bo drzwi są bez klamki i zejście do piwnicy rozpoznaję bez trudu. Cztery schodki prowadzą z parteru do piwnicy i tym samym do przeciwległego wyjścia z klatki B i to się ani nie zmieniło, ani nie zmienia. Dlatego jest normalnie...

Od pierwszego piętra, a raczej już od półpiętra prowadzącego na pierwsze piętro zaczynają się schody, a właściwie ich brak. Wchodzę jakieś cztery, pięć stopni i schody się kończą. Poza tym, zawieszone są w przestrzeni i nie mają żadnego powiązania z następnymi poziomami schodów! Te następne poziomy też są zawieszone w przestrzeni. A nie powinny. Schody te powinny bez zakłóceń prowadzić na górę!

– O kurczę... – zaczynam mieć mokre dłonie.

Widzę ten następny poziom schodów zawieszony jakby w powietrzu, na jakby niewidzialnych linach wyraźnie. Siedem stopni schodów leży, wisi w przestrzeni, bez powiązania z niczym!

– Jak to w ogóle możliwe?...

– Nie jest to znowu aż tak daleko? – myślę sobie. – Gdybym zrobiła duży krok, to może i dałoby się przejść, przeskoczyć na ten następny, zawieszony na niczym poziom? Tylko po co?...

Rezygnuję. Wolę nie ryzykować. Nie ma się tam czego nawet przytrzymać. Dłonie mam mokre, szczelina między poziomami jest sporawa, a w szczelinie przepaść. Szczelina jest sama w sobie przepaścią i nie ma to znaczenia, że byłam, jestem ciągle na parterze!
– Parter czy nie parter? – zastanawiam się.
– Jestem wysoko? – spostrzegam. – Dziwne, jestem dość wysoko? Dlaczego jestem wysoko? Dlaczego przepaść? Dlaczego widzę poprzednie piętra i poziomy schodów pozawieszane na... niewidzialnych już linach? Bez ładu i składu? Bez kontynuacji wchodzenia na górę lub schodzenia na dół? Jeszcze przed chwilą były tu te liny?...
Przypadkowo pozawieszane poziomy po około siedem stopni schodów, pomiędzy którymi są mniej więcej metrowe lub półtorametrowe szczeliny straszą mnie w tym odwróconym do góry nogami domu. Nie wiem na którym piętrze jestem i nie wiem jak się tu znalazłam, jak tu wlazłam. – Przecież wejść musiałam?...
– W końcu musiałam jakoś tu wejść, no bo i jak inaczej? – myślę w popłochu.
Schody się lekko kołyszą. Nie tylko te, na których w tym momencie stoję, ale i te pode mną i te nade mną. Grube owłosione liny wydają równomierne skrzypienie.
– Jak tu wlazłam?... – próbuję uspokoić oddech i tym samym kołysanie się schodów.
Nie mam się nawet czego przytrzymać, bo poręcz też okazuje się być ruchoma, a do lin mam za daleko. Poręcz zresztą też jest włochatą liną w kolorze spłowiałej zieleni i nie ma żadnego już powiązania ze schodami.
– Na którym piętrze jestem i gdzie są drzwi mieszkania mojej matki? Jeżeli w ogóle są?...
– Nie wiem. Nie mam pojęcia. Zapomniałam...
– Nie tędy – słyszę z dołu. – Tędy nie dojdziesz!
– Czyżby ta wścibska baba i tu mnie dopadła? – myślę i w tym momencie widzę materac. Łóżkowy zwykły materac. Jedno-osobowy materac, zawieszony tak samo w powietrzu, jak te poziomy schodów prowadzących donikąd.

5

Na korytarzu półmrok. Winda cały czas stoi na drugim piętrze. Całkiem przystojny facet uśmiechnął się do Julii, która zmagała się z kluczem, próbując otworzyć drzwi pokoju 209.
– Hello – powiedział nieśmiało i nie czekając na jej reakcję skierował się prosto do windy.
Drzwi zamykają się za Julią prawie bezszelestnie, wydając tylko cichy klik.
– Klik...

Drzwi przed moim nosem zatrzaskują się również bezszelestnie. Prawie bezszelestnie i powoli.
– Klik...

– „Spadaj dziadu" – słyszę, jak kobieta jest już w swoim pokoju, jak Julia jest już w swoim pokoju.
– Zaraz wybiegnie... – uśmiecham się, ale wcale nie jest mi do śmiechu.
Muszę pędzić na próbę. Poza tym i przede wszystkim muszę pędzić na próbę!
– Wybiegnie albo nie wybiegnie... – drugi głos wbija mi się, jak tępy kołek w świadomość.
– Nie wybiegnie, bo nie wejdzie do pokoju... – cichym echem wtóruje kontrapunkt.
– To się jeszcze okaże... – drugi głos nie daje za wygraną.
– Dlaczego tak ma być? Dlaczego tak się zapętliłam? Po co? Po co się zapętliłam i ciągle zapętlam? Kiedy to się skończy?...

Chcę już iść. Biec na próbę, która już dawno się zaczęła i pewnie niedługo się skończy, ale nie mogę ruszyć się z miejsca. Stoję jak wryta i wpatruję się w czerwoną cyferkę dwójki na liczniku windy. Wpatruję się tak, jakby to było coś zakazanego, niesamowitego i nie-moż-li-we-go.
– Cóż w tym złego, że winda stanęła na drugim piętrze i ciągle stoi? – pytam w myślach.
– Ja też stoję?
– Nie pomogłam jej... – kontrapunkt jak dzwon wybija nagle swój rytm. – Nie pomogłam jej...

Stoję jak wryta i nie mogę nic zrobić. Nie mogę iść na próbę, bo nie mogę wsiąść do windy, a nie mogę wsiąść do windy, bo nie mogę się ruszyć. Pat. Nie mogę ani sobie pomóc, ani jej. Pat. Trudna sytuacja. Nie mogę jej i sobie pomóc.

– Co? Po co? Dżisis... Co ja bredzę? – szczątki mojej biednej świadomości walczą z zaistniałą sytuacją.

– Pomóc jej? Jakiej JEJ? I dlaczego? Dlaczego nie mogę albo po prostu nie potrafię w żaden sposób jej pomóc?... – myśli kłębią mi się coraz bardziej.

Drzwi od windy zamykają się za facetem błyskawicznie wydając cichy klik. Winda rusza w dół. Spokojnie i bezszelestnie.

– Dlaczego ciągle widzę tę czerwoną dwójkę? Pojechał on? Czy nie? A ja? Ja też przecież muszę jechać? Jak tak jeszcze postoję, to nie zdążę nawet na końcówkę próby? – patrzę ze zdziwieniem, jak kobieta nagle wybiega z pokoju 209 i rozpaczliwie unosi ręce do góry.

– Muszę jej pomóc... – sumienie świdruje moje wnętrze do bólu.

– Muszę iść na próbę! Muszę biec na próbę! – ból narasta, a ja dalej walczę ze świadomością.

Czuję się, jakbym była zanurzona w jakiejś wodzie, basenie.

– „Płyń" – słyszę. – Płyń – myślę i wiem, zdaję sobie sprawę z tego, że ja wcale nie chcę płynąć?

Ja chcę biec! – Po co mam biegać w wodzie? – myślę. – W wodzie należy pływać? Pływać?

– Płyń! – słyszę rozkaz.

– Klik...

Kobieta opuściła ręce i wielkim susem przekroczyła z powrotem prawie niewidzialną już linię. Linię pomarańczową i wiszącą, gdzieś w połowie objętości pustego korytarza, gdzieś w okolicy jej brzucha. Stanęła przed drzwiami swojego pokoju. Przeciągnęła szybko kartą-kluczem o klamkę i otworzyła drzwi. Błyskawicznie wciągnęła do środka bagaż kopiąc go nogą. Drzwi zamknęły się za nią wydając cichy klik.

Wróć...

– Klik...

Julia opuściła ręce, stanęła z powrotem pod drzwiami pokoju 209, otworzyła je w końcu i zniknęła w środku pokoju.

Wróć...
– Klik...

– Płyń! – kolejny rozkaz.
– O kurcze, widzę siebie! WIDZĘ SIEBIE! WIDZIAŁAM SIEBIE?... Czy to możliwe? To jakiś sen?... Deja-vu czy co?... Widziałam siebie...
– Płyń!
– Czy ona mnie widziała? Czy ona mnie widzi?...
– Płyń!
– Ja ją widzę?... Siebie...
– Płyń do cholery! Albo uciekaj!
– Czy ona, to ja? Czy to ja siebie widziałam i ciągle widzę?... Muszę sobie pomóc... – walczę z oddechem i przeznaczeniem i... ból powoli mija.
– Próba!...
– Klik...

Poręcz jest włochata i w kolorze spłowiałej zieleni. Niestety nie ma powiązania ze schodami. Nie będę więc jej używać z prostej przyczyny: poręcz jest za daleko i po prostu nie dosięgnę do niej!
Jest bardzo niebezpiecznie. Próbuję jeszcze raz: wyciągam najpierw nogę, a potem rękę, ale i tak wiem, że nie sięgnę. Po prostu nie sięgnę, nawet gdybym chciała i nawet gdybym miała takie długie ręce, jakie ma Filip albo Matt.

Jest tak niebezpiecznie, że widać przepaść! No i chyba nie jest to zbyt przyjemne, żeby nie móc się przytrzymać niczego i trwać tak pomiędzy tymi piętrami na pseudo-schodach zawieszonych na pseudo-linach? Pseudo-liny wydają chropowate równomierne skrzypienie, a schody kołyszą się i kołyszą...
– Cholera... Kołyszą i to jak?...
Boję się nawet oddychać, bo przy każdym wdechu i wydechu następuje ruch schodów. Bardzo jest to nieprzyjemne i bardzo niebezpieczne. Jest mi poza tym niedobrze i chce mi się wymiotować.
– Jak tu wlazłam? Na którym piętrze jestem i gdzie są drzwi mieszkania mojej matki? Jeżeli w ogóle są?...
– Nie mam pojęcia? Nie wiem...

– Nie tędy – słyszę nagle z dołu. – Tędy nie dojdziesz!
– Co za głupie wścibskie babsko! I tu mnie dopadło? – myślę zrezygnowana.

Materac! Łóżkowy zwykły materac, zawieszony w powietrzu tak samo jak
te poziomy donikąd prowadzących schodów jest dla mnie jakąś ucieczką!
Jakąś nadzieją! Nadzieją na...
– Właśnie, na co? Chyba nie na dalsze wspinanie się do góry? Bo do tego
najlepiej służą, nadają się przecież schody?
– Skąd ten materac się wziął? I dlaczego? – myślę na głos.
– Nie tędy! – znów ta baba.
– Julka! Chwyć się za ten materac! – to woła Matt. – Skąd on się tam wziął?...
– Jak?
– Normalnie! Wyciągnij łapę i się uchwyć!
– Nie dam rady?
– Dasz!
– Boję się!
– Dasz radę! Dawaj!
– Co ty tam robisz? Matt?...
– Nie gadaj, tylko się łap!
– Boję się! Nie dam...
W tym momencie schody stają się nagle szerokie i drewniane. Bezpieczne.
Znika łóżkowy materac i nienależąca do niczego i nikogo włochata poręcz.
– Gdzie się podział Matt?...

6

– Próba! – świadomość wygrywa.
Nie czekając na windę zbiegam schodami w dół. Pierwsze piętro, parter,
kręcone drzwi. Wybiegam z hotelu jak oszalała. – Gdzie się podział ten
facet?
– Uciekaj...
– Jezu, żeby chociaż zdążyć na koniec próby... – myślę panicznie, uważając
aby nie wdepnąć w kałużę w nowych butach.
– Ucieka...
– Jezu, przecież powinnam być... w windzie? – dzwon zaczyna dzwonić.
– Uuu...

– Jezu, żeby zdążyć przed przeznaczeniem... – dzwon jak bumerang wbija mi się tępo w świadomość.

– Uuu...

Wieje straszny wiatr, a ja zapętlam się i zapętlam, biegnąc po tych kałużach i nie zważając już na nowe buty.

– Klik...

Klatka B. Bezpośrednio, bez pośpiechu i bez pośredników. Nie ma baby. Nie ma Matta, a powinien, bo od ślubu zawsze lub prawie zawsze towarzyszy mi w odwiedzinach u matki.

Na ogół są jeszcze dzieci: Filip i Tea, ale ostatnio postanowiłam oszczędzić im tej przyjemności. Mattowi też. Sobie? Umiarkowanie jak widać...

Matka strasznie gdera i dzieci nie wyrabiają takiego napięcia. Podobnie jak ja nie wyrabiam, choć przez całe życie starałam się i ciągle się staram nie wdawać w żadne intrygi, nie unosić się, panować nad emocjami, itp, itd. Obiecuję sobie to za każdym razem, ha-ha... i ciągle mi to nie wychodzi do końca. Do końca? Jakiego końca? Końca nigdy nie będzie, bo wkurwiam się za szybko, na maksa i wybucham, jak powstrzymywany wulkan, czyli też za szybko i za ostro. No i leci... Poleciało...

Nikt nie wyrabia takiego napięcia, takich intryg i szantażu. Najcierpliwszy z nas wszystkich jest Matt i stanowi coś w rodzaju katalizatora nie tylko mojej nieokiełzanej energii i temperamentu, ale w ogóle. Matt potrafi w najgorszej nawet sytuacji znaleźć drugie, jak to się mówi dno, załagodzić sytuację i jeszcze wyjść na swoje. Zazdroszczę mu. Ja nie mam takiej cierpliwości i takiego talentu. Ubolewam szczerze. Ale od kilku miesięcy nawet i Matt nie wyrabia i przez to ostatnimi czasy muszę matkę odwiedzać sama.

– Nie tędy – słyszę z dołu.

– No dobrze, nie będę ryzykować i wspinać się po materacu. Gdzie się podział Matt?...

– Nie tędy... – uporczywy głos przywołuje mnie do pionu.

– Do pionu? Do jakiego pionu?...

Schody są teraz szerokie, drewniane i bezpieczne. Schody stają się nagle szerokie, drewniane i bezpieczne.

– Zupełnie jak w klatce A? – zauważam bezwiednie. – TAM schody też są całkiem bezpieczne?

Bezpieczne, bo szerokie, drewniane i znajome. Poziomy nie wiszą tam na niewidzialnych lianach i nie kołyszą się bez sensu i bez powiązania ze sobą. Raczej, a właściwie na pewno stykają się ze sobą, dając poczucie przede wszystkim schodów, normalnych schodów, a co za tym idzie poczucie bezpieczeństwa. I nawet te labirynty można znieść, chociaż nie za długo...

– Klatka A, klatka A... – rozmarzyłam się.

Klatka A jest bezpieczna. Tak mi się wydaje, ale nie mam już pewności. I tak się boję. Wiem co mówię i wiem, że muszę dojść do trzeciego piętra, chociaż się tego boję. Boję się dojść do trzeciego piętra nie w klatce A, ale w klatce B. Niestety. I tu cały problem. Gdyby to była klatka A? Ha-ha... To pikuś... Ale to jest klatka B... Chcę odwlec ten moment, a jednocześnie zdaję sobie sprawę z tego, że nie mogę tego momentu w nieskończoność odwlekać.

– A może by tak przejść przez piwnicę? – doznaję olśnienia. – Przecież to takie oczywiste?

Z klatki A do klatki B można przecież przejść przez piwnicę? Po to chyba są te cztery schodki prowadzące z parteru na dół do przeciwległych drzwi wyjściowych z klatki, tych drzwi bez klamki i tych drugich drzwi do piwnicy?

– Tylko po co? – myślę. – Po co miałabym przechodzić przez piwnicę z klatki A do klatki B, skoro JUŻ jestem w klatce B? I to całkiem wysoko? – uświadamiam to sobie ze strachem.

Stoję na przedostatnim już, chyboczącym się poziomie schodów. O dziwo, mogę się chwilowo przytrzymać brudnej i zielonkawej poręczy pokrytej tanim plastikiem. Srebrzysty półksiężyc z jakiegoś metalu, wtopiony w lastrico schodów uświadamia mnie w tym, że do trzeciego piętra jest już niedaleko...

– Klik...

Kiedy byłam mała i wracałam samotnie z podwórka do domu, ten srebrzysty półksiężyc był moim przewodnikiem. Wracałam zawsze z głową spuszczoną w dół i liczyłam schody. Wydawało mi się, że jak ich nie policzę, to stracę kontrolę i pójdę ZA DALEKO. Na przykład na czwarte piętro, gdzie już na samą myśl robiło mi się niedobrze.

– Mogłabym iść jeszcze dalej? Do nieba... – tak sobie czasami myślałam, ale jak pojawiał się srebrzysty półksiężyc, wszystkie moje niepewności, strachy i wyobrażenia wracały do bezpiecznej normy.

– Już jestem prawie na miejscu. Jeszcze tylko ostatnie półpiętro i już jest moje mieszkanie...

Nie umiałam wtedy ani czytać, ani liczyć i dlatego znak półksiężyca był taki cenny i bezpieczny. Czasami go nie zauważałam pogrążona w swoich dziecięcych troskach i lądowałam na piętrze czwartym. Nie muszę chyba mówić co wtedy czułam? Na szczęście nie mogłam iść już wyżej, tylko musiałam zejść do bezpiecznego miejsca...

– Klik...

– Jeszcze tylko ostatnie półpiętro, ostatni poziom siedmiu schodków. Czy dam radę?

– Dasz radę! Dawaj! – woła Matt. – Skąd on się tam wziął?...

– Ma-att!... Co ty tam?...

– Nie gadaj, tylko się łap!

– Za co mam się łapać?

– Za materac!

– Jaki materac? Ma-att?...

– Julka, chwyć się za ten materac!

– Ale jak?

– Normalnie! Wyciągnij łapę i się uchwyć!

– Matt, tu nie...

– Nie gadaj, tylko się łap!

– Matt, tu nie ma...

– Nie gadaj, tylko się łap!

– Tu nie ma żadnego materaca? Matt, ja się boję...

– Dasz radę!

– Nie dam...

– Dasz radę!

– Nie...

– Dasz...

– „Spadaj”...

– Klik...

Ostatnie półpiętro i ostatni poziom schodów napawa mnie niebywałym strachem.

Jest potwornie cicho i duszno. Słyszę tylko skrzypienie włochatych lin. Liny jak liany w dżungli tropikalnej kołyszą się nieznacznie, choć jest tak spokojnie, cicho i duszno. Nie ma żadnego wiatru. Żadne drzwi nigdzie się nie otwierają i nie zamykają, przez co nie ma przeciągów. Z żadnych drzwi nikt nie wychodzi i do żadnych drzwi nikt nie wchodzi. Nikt i nic. Nuda. Nuda i duchota. Duszno jest tak, że aż kręci mi się w głowie. Nie mogę jednak teraz zawrócić. Tak daleko już zaszłam. Patrzę w dół pod nogi, na srebrzysty półksiężyc... Tak daleko już zaszłam, tak daleko... A jednak... Jestem już coraz bliżej... Całkiem blisko... Trzecie piętro w zasięgu ręki, a właściwie nogi... Zielone brudne drzwi widać po prawej stronie, wystarczy tylko zrobić duży krok.

Zielone drzwi... Numeru nie widzę, ale i tak wiem, że TO TU. Teraz tylko poczekać, aż schody uspokoją kołysanie i nie patrzeć w dół w szczeliny i przepaść, tylko zrobić ten krok. Zrobić...

– Dam radę... Dam radę... – powtarzam jak mantrę.

– Skąd to kołysanie? – zastanawiam się coraz bardziej zdenerwowana.

– Przecież było tak spokojnie? Tak cicho? Nawet powietrze stało w miejscu?...

Liany przy każdym poruszeniu się trzeszczą jednostajnym, wyrównanym i sprawiedliwie odliczającym sekundy dźwiękiem, który jak jakieś wahadło wielkiego niewidzialnego zegara uświadamia mi tę zagmatwaną w przedziwnej rzeczywistości teraźniejszość.

– Muszę być mimo wszystko cierpliwa. Muszę TO przeczekać i zrobić TEN krok... – mówię sobie w duchu.

– Jezu, jak tu jest duszno i gorąco?... – zauważam w coraz większej panice.

– Gdzie się podział Matt? Był tu przed chwilą? – próbuję przełknąć ślinę w suchym gardle.

– Ma-att!... Czy ja dam radę?... – wrzeszczę.

7

Na korytarzu półmrok. Julia stoi przed drzwiami pokoju 209 i uświadamia sobie właśnie, że kartę-klucz musiała prawdopodobnie zostawić przed wyjściem na próbę w pokoju. Nie ma jej bowiem ani w kieszeniach, ani w torebce. Nie przypomina też sobie, żeby zostawiała klucz na dole. Stoi przed drzwiami i nie może wejść do środka.

– Kurwa mać! – zaklęła szczerze i adekwatnie do sytuacji.

Niechętnie powlokła się z powrotem do windy i zjechała do portierni. Na dole było trochę ludzi meldujących się. Dwie recepcjonistki były zajęte i choć Julia dawała im rozpaczliwe nieme znaki, to i tak nie patrzyły na nią, a przynajmniej udawały, że nic nie widzą.

Julia sięgnęła do stojącego na blacie recepcji koszyka i wyjęła dorodne błyszczące jabłko. Ugryzła kęs i wpatrywała się z niecierpliwością w zajęte recepcjonistki. Wszystko tak denerwuje w takich sytuacjach: zbytnia uprzejmość i mega cierpliwość tych panienek, które po pracy stają się pewnie innymi osobami. Pewnie przeklinają jak szewc, nie są takie miłe, uprzejme i uśmiechnięte do bólu.

– Słucham panią? – drobna blondynka wyszczerzyła do Julii swoje nieskazitelnie białe ząbki.

– Nie mam klucza – warknęła Julia. – Zostawiłam kartę niechcący w pokoju i nie mogę teraz wejść.

– Nie ma problemu – uśmiechnęła się recepcjonistka. – Już daję pani drugą kartę. O, proszę i życzę miłego wieczoru.

– To się okaże... – wymamrotała Julia kierując się prosto do windy.

Będąc już w pokoju, zasłoniła szczelnie okno i zabrała się do rozpakowywania walizki.

Nie było jej do śmiechu, bo próba poszła tak sobie. Trębacz co prawda był przygotowany, ale orkiestra niepewna. Dostali nuty tydzień temu i mało mieli czasu na ćwiczenie. Poza tym, w materiałach nutowych tyle było błędów, że przez połowę próby Julia musiała to wyjaśniać i poprawiać. Na szczęście wszystkim utwór bardzo się podobał i muzycy byli jak najbardziej na tak, co w światku muzyki współczesnej różnie wygląda...

Trochę to uspokoiło Julię, co nie znaczy, że przy takiej „jeździe bez trzymanki" czuła się bezpiecznie i beztrosko? Czuła się średnio i nie była wcale zadowolona. No, ale trudno. Już nie może nic więcej zrobić, a tylko spróbować zaufać profesjonalistom, którzy jak mówią, że będzie dobrze, to pewnie mają rację.

– Będzie dobrze... – pomyślała smutna i rozwieszała sukienki w szafie. Poukładała resztę ubrań na półkach, wyjęła komputer i zamknęła pustą walizkę. Odstawiła ją do kąta i zajęła się uruchamianiem komputera. Po kilku minutach zaczął działać internet i Julia sprawdziła pocztę. Nic nie było. Za to na facebooku „konkurencja" zapowiadała jutrzejszy koncert. Julia skrzywiła się.

– Ale autopromocja... – pomyślała z niesmakiem o dwóch młodych kompozytorach, którzy rozpływali się na swój temat tak, jak gdyby byli jedynymi uczestnikami całego festiwalu.

Jeszcze bardziej smutna, niepewna i zła napisała szybko kilka słów do Olgi. Odpowiedź przyszła konkretna i równie szybko: – „Nie martw się, będzie dobrze. Ci muzycy to są profesjonaliści. Zbiorą się. Zaufaj. Tak zawsze jest. Wyluzuj się"...

– Okej – pomyślała z wdzięcznością, że ma taką mądrą i dobrą koleżankę.

Postanowiła się wyluzować. Zamknęła komputer, zmieniła buty i wyszła z hotelu. Zrobiła krótki obchód po okolicy z zamiarem zjedzenia czegoś lekkiego w jakiejś pobliskiej knajpie, ale szybko z tego pomysłu zrezygnowała. Nie lubi jadać samotnie w restauracjach, uśmiechać się do upierdliwych i nadskakujących kelnerów, zastanawiać się czy płacić kartą, czy nie i ile napiwku i jak ma zostawić lub nie. Zawsze robi to za nią Matt i Julia ma z tym święty spokój.

Teraz też chce mieć święty spokój, bo tyle myśli krąży po głowie: niepewna próba, która jak mantra nie daje spokoju, ostatnie wydarzenia, choć przyćmione próbą... i zmęczenie.

Julia jest po prostu strasznie zmęczona i myśleniem i rozkładaniem na czynniki pierwsze doświadczeń z ostatnich paru godzin.

Poczuła nagle spory głód i skierowała się prosto do Biedronki naprzeciwko hotelu. Postanowiła tam kupić sobie coś do zjedzenia i skonsumować to spokojnie w pokoju hotelowym.

– Lepiej chyba poleżeć z piwkiem i kawałkiem kiełbasy w łóżku i pooglądać telewizję niż stresować się w knajpie? – pomyślała, wybierając zamiast piwa wódkę i chwytając opakowanie kiełbasy myśliwskiej.

Dorzuciła jeszcze dwie paczki jakichś serowych nowości i zapłaciła szybko kartą przy kasie.

– No i dobrze... – pomyślała zadowolona z siebie, wracając do hotelu.
– No to zrobię sobie wyżereczkę i się wyluzuję...

Leżąc już wykąpana w hotelowym łóżku popijała „Żołądkową Gorzką" prosto z butelki małymi łykami. Zagryzała wódkę kiełbasą myśliwską, hotelowym jabłkiem i serowymi nowościami.
W telewizji jak zwykle jatki między PO i PIS-em. Oglądała przez jakiś czas
TVN 24 znudzona i zła. W końcu przełączyła program, żeby się więcej
nie denerwować, ale nie znalazła niczego lepszego. Nie było w ogóle nic
ciekawego o tej porze dnia, a właściwie nocy w ograniczonej programami
kablówce. Zniechęcona pstrykała pilotem i w końcu wylądowała z powrotem na stacji TVN 24. Zaczęły się „Fakty po Faktach" i znów adrenalina
wzrosła.
Julia popijała dalej wódeczkę, która ciepłym strumieniem rozpływała się
zbyt szybko po jej wygłodniałym żołądku. Kiełbaska była smaczna i wchodziła równie dobrze jak wódeczka... Serowe pikantne kuleczki też były
niezłe. Przy „Kropce nad i" Julia odstawiła pustą już flaszkę na stolik przy
łóżku i na chwilę zamknęła oczy. Nie wiadomo kiedy zasnęła.

8

– No łap się do cholery!
– Matt! Co ty tam robisz?
– What a fuck... Łapiesz się czy nie?
– Matt! Co ty tam robisz?
– Czekam na ciebie! Fuck...
– Czego mam się łapać?
– Materac!
– Nie dosięgnę! Matt...
– Materac!
– Gówno nie materac! Jak tam wlazłeś?
– Normalnie! Pośpiesz się!
– Jak normalnie do kurwy-nędzy? Jak normalnie?
– Twoja matka już czeka!
– No i co z tego? Jak tam wlazłeś?
– Twoja matka już czeka z obiadem!

– Wiem, wiem! Zawsze czeka z obiadem!
– Klik...

Zaczynam od nowa... Stoję na parterze...
Przeglądam się na półpiętrze w zardzewiałym po bokach lustrze: – Dobrze
jeszcze wyglądam?...
– O Jezu, co ja mówię? Powinnam iść prosto, nie patrzeć za siebie, na boki
i nie rozglądać się, tylko prosto, do przodu, przed siebie jak w baśniach
Andersena...
– Idziesz? – słyszę wewnętrzny rozkaz.
– Idę!... – odpowiada echo mojej wyobraźni.
– A może to jest sposób? – zaczynam się zastanawiać. – Może powinnam
pieprzyć ten cały materac i te rozwalające się schody? Może powinnam po
prostu zamknąć oczy i zrobić ten krok? – kombinuję.
– Matt, jak tam wlazłeś? – ponawiam dialog, ale nie słyszę odpowiedzi.
Logiczne. Nie mogę słyszeć odpowiedzi, bo Matt jest za da-le-ko! Muszę
jeszcze przecież aż dwa piętra pokonać, żeby tam do niego w ogóle do-
trzeć? Tylko jak mam do niego wejść na tą pieprzoną górę po tych pieprzo-
nych schodach?
– Matt... – głos mi się urywa.

Na półpiętrze, między parterem a pierwszym piętrem schody zaczynają
się rozjeżdżać. Poziom siedmiu schodków, które były tak blisko i na które
mogłam wejść bez problemu, gdybym się za długo nie zastanawiała, zaczynają się rozjeżdżać. Szczelina na początku dwudziesto-kilku-centyme-
trowa zaczyna się nagle powiększać. Teraz wygląda to tak, jakby ta szczelina miała z pół metra!
– Jeżeli teraz nie zdecyduję się, żeby zrobić ten krok, to nie mogę marzyć
o tym, żeby dostać się w ogóle na górę! – dochodzi do mnie.
– Muszę zrobić krok! – rozkazuję sobie i wyciągam nogę.
Czuję następny poziom w miarę stabilnie, więc decyduję się na szybkie
dostawienie drugiej nogi.
– Jestem... – wypuszczam z ulgą powietrze z płuc. – Udało się... Nie było
tak najgorzej...
Wiem, że nie mam za dużo czasu i muszę szybko działać. No to działam.
Najgorsze w tym wszystkim jest jednak przechodzenie z poziomu na po-
ziom. Jak TO się opanuje i pokona, to te siedem schodków należących do

poszczególnej płaszczyzny przechodzi się automatycznie i bez problemu. Tutaj schody się nie rozdzielają...
– Klik...

Pierwsze piętro... Stoję na pierwszym piętrze...
Dwa mieszkania naprzeciwko siebie straszą brudnymi dawno nieodmalowanymi drzwiami. Wyglądają na puste. Nie tyle na niezamieszkałe, ale po prostu na puste. Nikogo tu nie ma. Nic nie słychać. Cisza... Mieszkanie po środku z numerem 35 pulsuje niepokojąco. Może dlatego, że w dzieciństwie, kiedy zjeżdżałam po poręczy w dół z trzeciego piętra, zawsze miałam pecha przed tymi drzwiami. Pech polegał na tym, że zawsze lub prawie zawsze, kiedy tak jechałam po poręczy rozpędzona, wyzwolona i szczęśliwa, otwierały się drzwi z numerem 35 i wychodził pan Karpiński.
– Dzień dobry! – wołałam zawstydzona i próbowałam wyhamować mój zjazd, nie do końca z zamierzonym skutkiem.
Pan Karpiński zatrzymywał się i nic nie mówiąc patrzył na mnie uważnie. To było najgorsze. Ja zawieszona na schodach, no bo nie było czasu ani sensu, żeby schodzić z poręczy, a on wpatrujący się we mnie bez słowa i bez emocji, jak w abstrakcyjny obraz. Jakby zastygł czas... Jakby czas się zatrzymał... Teraz to sobie myślę, że emocje u niego to były... I to nawet spore... Podobałam mu się już jako dziewczynka, a potem jako młoda kobieta, bo do końca swojego życia zatrzymywał się na klatce zawsze wtedy, kiedy mnie spotykał i patrzył lubieżnie. I czas zastygał... Czułam się wtedy bardzo zakłopotana i marzyłam tylko o tym, żeby jak najszybciej zejść z zasięgu jego wzroku albo po prostu zniknąć.
– Ale śliczna dziewczynka... – odzywał się w końcu, a ja przemykałam pomiędzy lubieżnymi spojrzeniami i błyskami jego jasnych oczu.

Kiedyś zdarzyło mi się nie wyhamować przy zjeżdżaniu po poręczy z trzeciego piętra i niestety wpadłam prosto do jego mieszkania, które nagle się otworzyło. Wylądowałam w przedpokoju mieszkania 35! Boże, co to było! Szok! Facet nie tylko na mnie patrzył, ale nawet mnie dotknął! Wyskoczyłam jak oparzona z tego mieszkania i nie zważając na niego pobiegłam na dół najprędzej jak umiałam, czyli przeskakując prawie wszystkie siedem stopni schodów na raz! Ale wyczyn! Trzeba się tylko dobrze uchwycić poręczy...
– Ale śliczna jesteś... – padło z góry.

– Spadaj dziadu! – krzyknęłam będąc już przy wyjściu z klatki, nie za głośno oczywiście, bo w sumie było to skierowane raczej do mnie niż do niego.

Bałam się takiej konfrontacji. Mógłby poskarżyć się mojej matce i byłyby kłopoty...

Od tego czasu znacznie ograniczyłam zjazdy po poręczach, jak również wypracowałam lepsze i skuteczniejsze techniki uników pana Karpińskiego, w razie niespodziewanego spotkania.

– Klik...

Pierwsze piętro... Stoję ciągle na pierwszym piętrze...

Mam nadzieję, że drzwi z numerem 35 nie otworzą się, bo pan Karpiński już dawno nie żyje.

– A zresztą, kto go tam wie? W tym odwróconym do góry nogami domu wszystko jest przecież możliwe? – myślę ponuro.

Patrzę ukradkiem na schody, jakby to od mojego patrzenia zależał ich wygląd, stabilność i zasięg. Schody nie są jeszcze na tyle rozjechane, żeby się ich obawiać. Szczeliny między poziomami wynoszą tak na moje oko jakieś może dwadzieścia centymetrów.

– Do ogarnięcia... – myślę sobie w miarę jeszcze spokojnie.

– Dlaczego te szczeliny w ogóle tu są? – zaczynam się zastanawiać, ale szybko odsuwam ten temat.

Po co się denerwować? Co to da? Co to teraz da? I tak muszę wejść na to trzecie piętro. I tak muszę... Robię krok i szybko przebiegam siedem stopni schodów.

Na półpiętrze sprawa zaczyna się komplikować, bo przerwy między poziomami robią się, stają się szersze. Nie mam za dużo czasu na myślenie i decyduję się na przełamanie strachu i przeskoczenia szczeliny trzydziesto-ponad-centymetrowej.

– Uff... Udało się... – myślę z ulgą, będąc już pod drzwiami z numerem 37.

Drugie piętro... Stoję na drugim piętrze...

Cisza. I tam też jest cisza. Nic się nie dzieje. Zaczynam nadsłuchiwać. Cisza, nuda i duchota. Nic i Nikt.

– Nic i nikt... Nic i nikt... Nic i nikt... – wahadło niewidzialnego zegara odlicza swój magiczny czas:

– Nic i Nikt... Nic i Nikt... Nic i Nikt... NIC i NIKT... NIC i NIKT... NIC i NIKT... – dźwięk staje się bardziej natarczywy,
– Ojej... – zaczynają pocić mi się dłonie. – Chyba za długo tu stoję?... – rozglądam się w lekkiej już panice.
Faktycznie. Schody zaczynają się rozjeżdżać. Szczeliny między poziomami są już tak duże, że nie przejdę, nie przeskoczę ich tak po prostu... nogami. Muszę sobie jakoś pomóc. Ale jak? Rozglądam się dookoła.
– Gdzie są te zielonkawe poręcze? Gdzie są te owłosione, skrzypiące liny? Liany, jak w amazońskiej dżungli? Gdzie są te łóżkowe materace? Choćby te materace?...
– Dżisis... – robi mi się niedobrze.
Cisza świdruje mi w uszy swoją intensywnością, rozdziera mi mózg, klatkę piersiową. Prawie nie mogę oddychać... – Dżisis...

– Płyń! – słyszę rozkaz.
– Płyń! – jeszcze raz.
– Dokąd mam płynąć? – wydzieram się do niewidzialnej baby. – Dokąd? Ja chcę biec? Biec? Rozumiesz babo? Biec chcę! Uciekać, a nie płynąć? Tu nie jest basen?...
– To uciekaj! UCIEKAJ! – odpowiada mi głos. – Mówiłam ci, że to nie tu? TO nie TU...
– A gdzie? – odkrzykuję.
– Nie tu... – śmieje się baba.
– Dżisis... – zamykam oczy i próbuję mimo wszystko zrobić krok, i następny i następny...
– Dasz radę! Dawaj! – woła nagle Matt. – Skąd on się tam wziął?...
– Ma-att!... Co ty tam?...
– Nie gadaj, tylko się łap!
– Za co mam się łapać?
– Za materac!
– Jaki materac? Ma-att...
– Julka, chwyć się za ten materac!
– Ale jak?
– Normalnie! Wyciągnij łapę i się uchwyć!
– Matt, tu nie...
– Nie gadaj, tylko się łap!
– Matt, tu nie ma...

– Nie gadaj, tylko się łap!

– Tu nie ma żadnego materaca? Matt, ja się boję...

– Dasz radę!

– Nie dam...

– Dasz radę!

– Nie...

– Dasz...

– „Spadaj"...

– Ha-ha-ha-ha... – śmieje się szyderczo baba.

– Klik...

– No łap się do cholery!

– Matt! Co ty tam robisz?

– What a fuck... Łapiesz się czy nie?

– Matt! Co ty tam robisz?

– Czekam na ciebie! Fuck...

– Czego mam się łapać?

– Materac!

– Nie dosięgnę! Matt...

– Materac!

– Gówno nie materac! Jak tam wlazłeś?

– Normalnie! Pośpiesz się!

– Jak normalnie do kurwy-nędzy? Jak normalnie?

– Twoja matka już czeka!

– No i co z tego? Jak tam wlazłeś?

– Twoja matka już czeka z obiadem!

– Wiem, wiem! Zawsze czeka z obiadem!

– Klik...

Stoję na przedostatnim już, chyboczącym się poziomie schodów. O dziwo, mogę się chwilowo przytrzymać brudnej i zielonkawej poręczy pokrytej tanim plastikiem. Srebrzysty półksiężyc z jakiegoś metalu, wtopiony w lastrico schodów uświadamia mnie w tym, że do trzeciego piętra już niedaleko.

– Jeszcze tylko ostatnie półpiętro, ostatni poziom siedmiu schodków... Czy dam radę? – myślę cała mokra od potu.

Patrzę w dół i widzę pod sobą przepaść. Poziomy schodów pode mną tak są rozjechane i tak oddalone od siebie, że wyglądają jak surrealistyczne grafiki Eschera, starannie poprzecinane, porozdzielane i pozawieszane gdzieś w kosmosie.

Schody, poziomy chodów pływające poziomo w kosmosie bez żadnej grawitacji, unoszące się w tym parującym i dusznym wszechświecie zaczynają wydawać delikatny chropowaty dźwięk. Poziomy schodów pływają w nieograniczonej przestrzeni poziomo... i wydają dziwny chropowaty dźwięk, przypominający tykanie zegara: Tik-tak... Tik-tak... Tik-tak... Tik--tak... Jest w tym jakaś regularność i jakiś spokój... Tykanie zegara zamienia się w kapiącą wodę. Upadające krople wody, które w takiej ciszy są, stają się tak natarczywe... Woda... Pewnie od tej duszności i od tej zebranej wszędzie pary?

– Woda! Ile tu jest wody? Co to jest za woda?...

– To dlatego słyszałam „płyń"? – uzmysłowiłam sobie szybciej niż pomyślałam. – Dlatego słyszałam...

– Jak tu w ogóle wlazłam? – przypomniałam sobie nagle ze zgrozą i przestałam patrzeć w dół.

Zakręciło mi się w głowie i od wysokości i od tego surrealistycznego obrazu otaczającej mnie rzeczywistości.

– Zresztą... – machnęłam w myślach ręką, bo w realu ręce moje były zajęte trzymaniem się tej śliskiej i zielonkawej poręczy.

– Zresztą i tak nie ma to znaczenia? Nie mam już przecież odwrotu? NIE MAM ODWROTU? Muszę JEDNAK popłynąć!

– POPŁYNĄĆ?...

– Klik...

9

Koncert w sumie udał się. Julia miała ambiwalentne uczucia, bo z jednej strony, napisała bardzo dobry utwór, ale z drugiej strony, z powodu małej ilości prób i nieporozumień nie poszło wszystko tak, jak miało pójść.

No dobra, powiedzmy, że tylko ona wiedziała o tych kilku wpadkach, trębacz, dyrygent i kilku muzyków z orkiestry, ale i tak nie zmienia to faktu, że taka „jazda bez trzymanki" nie jest za fajna i za zdrowa. Dla niej nie jest za fajna. Może dla innego kompozytora nie miałoby to aż tak dużego znaczenia, jeżeli w ogóle usłyszałby różnicę... Tak się przecież często zdarza? Ale dla niej każda taka wpadka jest zauważalna i odpowiednio odczuta.

Julia jest profesjonalistką i perfekcjonistką i dlatego te kilka wpadek całkiem mocno zabolało.

Z trzeciej strony, cała sala była po brzegi zapełniona, a po wykonaniu koncertu było tyle braw, że aż trębacz musiał bisować. To chyba dobry znak? Julia kłaniała się na trzęsących się nogach, ściskając torebkę w ręku, kurtkę puchową zostawiła na siedzeniu i była chyba szczęśliwa? Chyba, bo już na przerwie pognała za kulisy, żeby nie spotykać się z niektórymi nieżyczliwymi dla niej i dla jej muzyki dziennikarkami, które nie dość tego, że same nie potrafiły nic skomponować a tylko wylewać nieuzasadnione „hejty" na łamach różnych muzycznych czytadeł, to jeszcze do tego były bardzo brzydkie! Szczególnie taka jedna...

– Na jej miejscu nosiłabym burkę... – pomyślała wzburzona Julia zbliżając się do hotelu.

Jej Koncert na trąbkę i orkiestrę był poza tym piękny. Szczególnie początkowa i ostatnia jego część, która niektórym mogła się trochę skojarzyć z muzyką Beethovena, ale taki był zamiar. Zwalniająca i zamierająca prosta melodia trzymała w napięciu do końca i prawdę mówiąc w bardzo dziwny i magiczny sposób w pewnym sensie wzruszała. Tak, wzruszała.

Ludzie zamarli w oczekiwaniu po ostatniej nucie utworu i przez jakiś czas świdrująca w uszach cisza wypełniła salę. Brawa zaczęły narastać stopniowo i nasilały się coraz bardziej i bardziej, aż wreszcie trębacz rozpoczął swój bis, kadencję jakby, niezapisaną przez Julię, ale opierającą się na tych samych dźwiękach i zamierającą jeszcze chyba bardziej niż ta początkowa i końcowa prosta melodia.

Tak. Julia zatrzymała czas, a trębacz teraz jej tylko w tym dopomógł. Julii udało się zatrzymać na chwilę teraźniejszość, wydłużyć teraźniejszość. Udało jej się zatrzymać czas. Wreszcie... Udało jej się poczuć inny jego wymiar... O to Julii przecież chodziło przez całe życie? Teraz osiągnęła taki cel. W swojej muzyce i nie tyko. Udało jej się zatrzymać na chwilę czas i jego inny wymiar! Jego inne wymiary! Właśnie ta prosta melodia, jak najprostsza melodia, czysta, nieskażona, nieskazitelna, niewinna, piękna i wzruszająca nadaje się do TEGO najbardziej!

– Wolę już być porównywana do Beethovena niż do Lachenmanna... – mruknęła do siebie z ulgą.

– Szczególnie w dzisiejszych czasach... – dorzuciła trochę zła i włożyła kartę-klucz do drzwi pokoju z numerem 209.

Mignęło zielone światełko i zamki puściły. Julia kolanem otworzyła drzwi pokoju, weszła do środka i włożyła kartę-klucz do najbliższego kontaktu przy łazience. Zapaliły się dwie lampy i klimatyzacja zaczęła działać na największych obrotach.

– Dobry wieczór – powiedział mężczyzna w średnim wieku, siedzący przy jej biurku. JEJ biurku!

Julia podskoczyła. – Ooo... O Jezu?...

– Dobry wieczór – beznamiętnie powtórzył mężczyzna.

– Co PAN tu robi?!

– Czekam na PANIĄ.

– Na mnie?

– Tak. Na panią.

– To chyba jakaś pomyłka? – zapytała Julia ochrypłym głosem.

– Nie sądzę... – odpowiedział spokojnie mężczyzna.

– Ale...

– Proszę się nie obawiać.

– Ale...

– Nic pani nie zrobię. – Złego – dodał.

– Ale, jak pan tu wszedł? Przecież...

– Drzwi były otwarte...

– JAK TO?

– Drzwi były otwarte – powtórzył.

Julia poczuła lekkie drżenie nóg. Mimo tego nie usiadła, tylko stała w przedpokoju opierając się o drzwi łazienki. Mężczyzna wydał się jej jakby znajomy. Jego twarz. Jakby go już gdzieś widziała? Chyba wyczuł jej myśli, bo się odezwał:

– Nie, nie pomyliło się pani. – Ani mnie... – dorzucił.

– Chyba... Chyba pana gdzieś widziałam? Dzisiaj...

– Owszem.

– Mieszka pan w pokoju dwieście-dziesięć?

– Nie, nie mieszkam w pokoju obok.

– To pewnie w dwieście-jedenaście? – zapytała z nadzieją.

– Niestety nie. – odpowiedział stanowczo mężczyzna i uśmiechnął się do niej.
– Ale...
– To nie jest pomyłka...
– Szedł pan korytarzem do windy?
– Owszem.
– A może jednak pomylił pan pokoje?
– Nie sądzę – z jego wypowiedzi biła pewność i spokój.
– To może...
– Julia? Tak? – zapytał nagle.
– Tak... – Julia przełknęła ślinę.
– Julio, usiądź tu proszę... – mężczyzna wskazał jej na drugie puste krzesło, odstawione już wcześniej od jej biurka.
Julia zastanawiała się przez moment, ale w końcu wyszła z przedpokoju i przysiadła na drugim krześle na wprost mężczyzny.
– Skąd pan zna moje imię? – zapytała, ale zaraz zdała sobie sprawę z tego, że przecież mógł to wcześniej sprawdzić na portierni, a poza tym Julia jest tutaj w Katowicach jako w końcu uznana kompozytorka, dzisiaj miała koncert?...
– Znam PANIĄ...
– Skąd?
– Znam też TWOJĄ muzykę, Julio...
– Ale...
– Byłem na koncercie...
– Dzisiaj? – zdziwiła się. – Na jakim koncercie pan był?
– I dzisiaj i dwa lata temu...
– Ale...
– Byłem w Wilnie i we Wrocławiu...
– Na moim koncercie? – Na moich koncertach? – poprawiła. – Zna pan moją muzykę? Jak to?
– Uwielbiam twoją muzykę, kocham twoją...
– Ale...
– Znam wszystkie twoje utwory...
– Jak to? Zna pan moją...
– Uwielbiam, kocham...
– Dzisiaj pan był?
– Oczywiście.

– To dlaczego... Jak to? – Julia nie mogła zrozumieć. – To dlaczego nie podszedł pan do mnie? I dopiero tutaj... Jak to?... Dlaczego nie podszedł pan
do mnie?

– Nie chciałem się narzucać.

– Narzucać? – Julia podskoczyła. – Jak to, narzucać? A to... A to, że teraz
PAN TU jest, to co...

– To co innego – przerwał jej.

– Co innego? – Julia wytrzeszczyła oczy. – No dobrze... – spróbowała się
uspokoić. – To dlaczego wcześniej nie podszedł pan do mnie i nie...

– Nie chciałem się narzucać – powtórzył beznamiętnie.

– Kim pan jest? – zapytała wyzywająco.

– Znam Cię... Marija...

– Marija? – Julia znów podskoczyła.

Poczuła gęsią skórę na ramionach, nogach, nawet na policzkach.

– Nazywam się... Julia? Przecież... – poczuła, że dłonie zaczynają jej się
nagle pocić, a w ustach brakuje śliny.

– Wiem, wiem... – pokiwał głową mężczyzna. – Julia Majoor...

– Tak...

– Nie podoba ci się imię Marija? – zapytał. – Ma-ri-ja, a nie Maryja po polsku czy Maria? Nie Maryna, Marynia, Marysia, Maryjka czy inne zdrobnie-
nia? Marija, Mar-ri-ja. Po prostu Ma-ri-ja...

– Ale...

– Marija to piękne imię. Nie uważasz?

– Ale...

– Posłuchaj tylko jak to szlachetnie brzmi: Ma-ri-ja... Ma-ri-ja... Ma-ri-ja...
– zaczął powtarzać.

Julia poczuła, że robi jej się niedobrze.

– Nie nazywam się Marija, tylko Julia! – ucięła krótko, żeby zamknąć temat.

– Wiem, wiem... Julio... – westchnął mężczyzna... – Ale Marija bardzo pasuje do CIEBIE. Nie uważasz? – znów się uśmiechnął i przekrzywił głowę,
przyglądając jej się z zadowoleniem, podziwem i taką jakąś... lubością?
Czułością?...

Julia nie mogła tego w pierwszej chwili rozszyfrować, ale musiała przyznać, że zrobiło jej się przyjemnie. Chciała sięgnąć po butelkę wody mineralnej, która stała na biurku, ale nie miała odwagi. Przełknęła z trudem
ślinę i śmielej zapytała: – Kim PAN jest?

– A na jakie imię wyglądam? – odpowiedział mężczyzna pytaniem.

– Aaa... – Julia nie spodziewała się takiej odpowiedzi.

Otworzyła usta ze zdziwienia i zaczęła przyglądać się mężczyźnie prawie nie oddychając. Ten patrzył na nią swoimi wielkimi ciemno-brązowymi oczami, którymi w ogóle nie mrugał i bawił się puklem włosów. Nawijał go na palec i rozwijał. W końcu powoli zmrużył oczy.

– No... To na jakie imię wyglądam?... Jak byś mnie nazwała?... – uśmiechnął się nie spuszczając z niej wzroku.

Julia też patrzyła na niego i starała sobie intensywnie przypomnieć skąd go zna? To, że widziała go dzisiaj, krótko przy windzie nie miało aż takiego znaczenia, ponieważ wydawało jej się, zdała sobie sprawę, ba, była prawie pewna, że twarz tego mężczyzny już wcześniej gdzieś widziała? Tylko gdzie?

– No... Aaa... No... – zaczęła się jąkać.

Poczuła lekkie mrowienie na ciele i to całkiem przyjemne, bo mężczyzna przyglądał się jej z takim zaciekawieniem, zainteresowaniem i jakimś takim pożądaniem, że na chwilę zapomniała o czym miała pomyśleć i co sobie przypomnieć.

Facet był przystojny. Długie, prawie czarne i lekko kręcone włosy zwisały mu do końca szyi. Wyraziste oczy, pełne usta, wyrazisty nos. Wyglądał na kogoś z południa Europy. Włocha? Francuza? Hiszpana? Na pewno nie na Polaka czy Holendra? Siedział przy jej biurku, ale nawet w siedzącej pozycji widać było, że jest dość wysoki, szczupły i ładnie zbudowany.

– Dżisis... – pomyślała Julia. – Co to ma być? Co to wszystko ma znaczyć? Obcy facet siedzi w jej pokoju, przy jej biurku i komputerze? Może nawet grzebał w jej komputerze? – przestraszyła się. – Co on tu w ogóle robi? Jak wszedł i kim jest?

– Jak myślisz? – zapytał znowu mężczyzna.

– Co, jak myślę? – Julia się ocknęła.

– Jak mogę mieć na imię? Jak byś mnie nazwała? Chciała nazwać? Jakie imię do mnie pasuje?

– Manuel? – strzeliła zaskoczona tym, co wydobyło jej się z gardła.

Sięgnęła odruchowo po stojącą na biurku butelkę wody mineralnej i wypiła zachłannie całą jej zawartość.

– Podoba ci się to imię? – zapytał mężczyzna, nie spuszczając z niej swojego intensywnego wzroku.

– Podoba... – odpowiedziała automatycznie ochrypłym głosem Julia.

– Ładne imię... – zgodził się mężczyzna. – Jeżeli ci się podoba, to mogę na-zywać się Manuel... – znów się uśmiechnął, a Julii zrobiło się gorąco. – Co ty na to?

Julia nie odpowiedziała, tylko patrzyła na niego jak zahipnotyzowana.

– Ma-nu-el... Ma-nu-el... Ma-nu-el... – zaczął powtarzać to imię. – Ładnie brzmi? Prawda?

– Tak... – odpowiedziała niepewnie kobieta.

– Ma-ri-ja... Ma-rija... Ma-ri-ja... Też ładnie brzmi. Nie uważasz?

– Tak... Ale...

– Ma-ri-ja... Ma-ri-ja...

– Ale...

– Jak szlachetnie? Nie uważasz?

– Ale ja nazywam się Julia!...

– Wiem, wiem... – mężczyzna znów pokiwał głową. – Julia Majoor... – do-rzucił niedbale.

– Tak...

– Mam propozycję. Mogę być dla ciebie Manuelem, ale pod warunkiem... – zawiesił głos, a Julia znów z trudem przełknęła ślinę. – Pod warunkiem, że będę mógł zwracać się do ciebie Marija. Dobrze? Zgadzasz się? Będę mówić do ciebie Marija... Ma-ri-ja... Ma-ri-ja... Zgadzasz się? Julio?... – przekrzywił nagle głowę tak, jak pies starający się dokładnie zrozumieć polecenie swojego pana.

Julia gwałtownie wstała z krzesła i cofnęła się do tyłu. Stanęła między po-kojem i przedpokojem i oparła się o róg łączących się ze sobą ścian, akurat w tym miejscu, gdzie wentylator huczał w górze na najwyższych obrotach. Patrzyła tępo na faceta i miała kompletny mętlik w głowie. Była też bardzo zmęczona i koncertem i całą tą nową, niespodziewaną rzeczywistością, która wybiła ją całkowicie z jakiejkolwiek asertywności. Mężczyzna wyczuł znów jej myśli i obawy, bo też podniósł się ze swojego krzesła i podszedł do okna.

– Mogę zapalić? – zapytał uprzejmie.

Julia nie odpowiedziała, tylko kiwnęła głową.

– Zaraz sobie pójdę. Nie martw się. Zaraz sobie odpoczniesz... – to mó-wiąc, zaczął skręcać papierosa z pachnącego suszonymi śliwkami tytoniu.

Julia stała jak wryta i nie protestowała, kiedy facet podpalił sobie skręta płaską hotelową zapałką i zaciągnął się nim z lubością.

– Tak... – wyjrzał przez okno, ale ponieważ było ciemno, odwrócił się z powrotem i przysiadł na parapecie.

– Tak... Czas i jego wszelkie wymiary... – znów się zaciągnął. – Pięknie... Pięknie to sobie wymyśliłaś... – podniósł się z parapetu i uchylił okno.

– Piękną muzykę piszesz... Marija... Jestem pod wrażeniem. Naprawdę. Jestem pod wielkim wrażeniem... – strzepnął papierosowy pył przez okno.

– Jestem pod wielkim wrażeniem TWOJEJ muzyki i... CIEBIE – zaakcentował słowo „twojej" i „ciebie".

Julii znów zrobiło się gorąco.

– Czas i jego wszelkie wymiary... – zaciągnął się z lubością papierosem.

– Pięknie... Pięknie to wymyśliłaś... Jesteś na dobrej drodze... Jesteś już blisko... Bardzo blisko... A poza tym... – kolejny mach. – Poza tym, jesteś piękną kobietą...

– Marija. – dorzucił i cały czas patrzył na nią coraz bardziej lubieżnym i pożądliwym wzrokiem, z którego biła taka moc, taka dzika i niespotykana intensywność, że Julia z trudem mogła opanować drżenie nóg i rąk.

Miała mieszane uczucia. Z jednej strony uważała za szczyt bezczelności wtargnięcie bez pozwolenia tego obcego faceta do jej pokoju, z drugiej strony wiedza, jaką posiadał na jej temat, o jej muzyce, o całej jej filozofii czasu obezwładniła ją totalnie, a z trzeciej strony było jej po prostu miło i przyjemnie widzieć jego zachwyt nad jej osobą, jego podziw i pożądanie. Zwykła próżność. Zwykła ludzka próżność zdominowała wszystkie jej zmysły do tego stopnia, że nie dość, że nie wywaliła od razu tego nieproszonego gościa z pokoju, to wręcz zaczęła napawać się jego komplementami i jego spojrzeniami. Napawać jako twórca i jako kobieta.

– Co ja robię? – pomyślała ze zgrozą. – Powinnam go wywalić? Kto to jest? Skąd go znam?

– Marija... – mężczyzna wyrzucił niedopalonego papierosa przez okno i zaczął powoli iść w jej kierunku. Podchodzić do niej.

– Niech pan się do mnie nie zbliża! – zawołała gwałtownie. – Do mnie... – odczekała aż facet się zatrzymał w połowie drogi. – Proszę pozostać tam, gdzie pan jest... – poprosiła spokojniej i cofnęła się do tyłu. Spoconymi dłońmi potarła o rajstopy.

– Co ja mówię?... – znów pomyślała. – Co ja robię?... Czego ja chcę?...

– Dobrze... – Manuel uśmiechnął się smutno. – Ale chyba jakoś mnie stąd wypuścisz? Muszę przecież jakoś stąd wyjść?... Prawda?... Marija?... Julia odruchowo kiwnęła głową.

– To już sobie idę. Pozwolisz, że już sobie pójdę? Skoro... – znów ruszył z miejsca i zaczął iść w jej stronę. – Wypuścisz mnie? – zmrużył swoje ciemne oczy w momencie, kiedy stanął przy niej.

A stanął. Tak blisko, że Julia poczuła jego oddech prawie na swojej twarzy. Oddech, będący mieszaniną mięty, tytoniu i słodkawego zapachu taniej wody kolońskiej, wymieszanej z lekkim prawie niedostrzegalnym zapachem piżma.

– Już sobie idę... Dziad już spada... – mężczyzna popatrzył kobiecie w oczy.

– Już mnie tu nie ma... Przecież tego chcesz? Prawda?... Marija?... Chcesz tego?...

Julii ugięły się kolana. Miała ochotę rzucić się na niego, a już na pewno dotknąć go albo nawet pocałować, bo patrzył na nią w taki sposób i z takim natężeniem, że tylko to przychodziło jej do głowy.

– Jak w jakimś tanim melodramacie? Powinnam go teraz pocałować? – Julia ze zdziwieniem to sobie uświadomiła, odkryła, gdy przechodzący obok niej Manuel musnął ją czubkami swoich palców po udzie, ale zamiast tego, sparaliżowana zaskakującą teraźniejszością i strachem odsunęła się tylko w głąb przedpokoju, prawie pod łazienkę i pozwoliła mężczyźnie przejść do wyjścia.

Manuel będąc już przy drzwiach odwrócił się do niej i szepnął: – „Ma-ri--ja... Do zo-ba-cze-nia", po czym zdecydowanym ruchem nacisnął klamkę, otworzył drzwi i wyszedł z pokoju.

– Klik... – strzeliła klamka.

– Do zo-ba-cze-nia... – odpowiedziała sama do siebie Julia.

Postała jeszcze przez chwilę w przedpokoju, oszołomiona i mająca nadzieję, że drzwi się jednak z powrotem otworzą i Manuel wejdzie do środka, przyjdzie do niej, wróci. Ale nic takiego się nie wydarzyło.

– Do zo-ba-cze-nia... – wymamrotała jeszcze raz i wyjęła z kieszeni komórkę.

Dopiero teraz uwiadomiła sobie, że przez cały czas była w puchowej kurtce. Spojrzała na godzinę. Właśnie minęła północ. Niechętnie zdjęła kurtkę i zaczęła się powoli rozbierać. Przebrała się w koszulkę nocną, porozwieszała starannie rzeczy do szafy, poukładała na biurku nuty, wyrzuciła resztki jedzenia z poprzedniego dnia, posegregowała programy i dwa ostatnie dzienniki „Gazety Wyborczej". Umyła się szybko w łazience i weszła do łóżka. Włączyła pilotem telewizor i chwilę pooglądała „Fakty po Faktach". Wstała z łóżka i podeszła do biurka. Otworzyła komputer i zaczęła czytać wiadomości na facebooku. Zniesmaczona kliknęła na internet i sprawdziła pocztę. Nic nie było. Wyłączyła komputer i wróciła do łóżka. Pogasiła lampy i patrzyła tępo w telewizor. „Fakty po Faktach" się skończyły i zaczęło się „Piaskiem po oczach". Julia nie mogła się na niczym skupić. Myślała przez jakiś czas o koncercie, ale przede wszystkim myśli jej krążyły wokół Manuela. Odtwarzała w pamięci przebieg ich rozmowy od początku do końca. Ze szczegółami. Każdy szczegół... Przesuwała w myślach niewidzialną taśmę i... jeszcze raz i jeszcze raz słuchała jego głosu, matowego, lekko chropowatego głosu... Próbowała zapamiętać wszystko... Nie chciała niczego przeoczyć. Niczego...
– Co ja robię? Po co mi to?... – znów skarciła się zawstydzona, ale emocje były od niej silniejsze.

Zmęczona całym dniem i tym przesuwaniem w nieskończoność taśmy z niedawną obecnością tu Manuela zamknęła na chwilę oczy. Zasnęła nieoczekiwanym i mocnym snem przy ciągle zapalonym telewizorze, który po jakimś czasie wyłączył się sam automatycznie.
– Klik...

10

– No rusz się wreszcie! Julka! Długo będziesz tam stać?
– Wiem, wiem... Matt...
Stoję na przedostatnim już, chyboczącym się poziomie schodów. O dziwo mogę się chwilowo przytrzymać brudnej i zielonkawej poręczy pokrytej tanim plastikiem. Srebrzysty półksiężyc z jakiegoś metalu, wtopiony w lastrico schodów uświadamia mnie w tym, że do trzeciego piętra jest już niedaleko.

– Jeszcze tylko ostatnie półpiętro, ostatni poziom siedmiu schodków... Czy dam radę?... – myślę cała mokra od potu.

Znów patrzę w dół i znów widzę pod sobą przepaść. Robi mi się niedobrze, bo mam lęk przestrzeni. Nie za duży, gdy jestem na nartach, ale teraz trudny do opanowania. Poziomy schodów pode mną są tak rozjechane i tak oddalone od siebie, że wygląda to wszystko, przypomina mi to wszystko surrealistyczne grafiki Eschera, które są starannie poprzecinane, porozdzielane i pozawieszane gdzieś w kosmosie.

Schody, poziomy chodów pływają poziomo w kosmosie. Pływają w nieograniczonej przestrzeni poziomo! Bez żadnej grawitacji. Unoszą się w tym parującym i dusznym wszechświecie i wydają delikatny chropowaty dźwięk. Dźwięk niby z bliska, a z daleka, jak z jakiejś morskiej otchłani, jak zaśpiew wielorybów. Dźwięk daleki, dziwny i przepełniony tęsknotą nie do opisania.

Chropowaty dźwięk zaczyna nagle przypominać tykanie zegara: Tik-tak... Tik-tak... Tik-tak... Jest w tym jakaś regularność i jakiś spokój... Tykanie zegara zamienia się w kapiącą wodę. Upadające krople wody, które w takiej ciszy są, stają się bardzo natarczywe zaczynają też pykać: Pyk-pyk... Pyk–pyk... Pyk-pyk... Woda... Pewnie od tej duszności i od tej zebranej wszędzie pary?

– Woda! Ile tu jest wody? Co to jest za woda?

– To dlatego słyszałam „płyń"? – uzmysłowiłam sobie szybciej niż pomyślałam. – Dlatego słyszałam...

– Jak tu w ogóle wlazłam? – przypomniałam sobie nagle ze zgrozą i przestałam patrzeć w dół.

Zakręciło mi się w głowie i od wysokości i od tego surrealistycznego obrazu otaczającej mnie rzeczywistości.

– Zresztą... – machnęłam w myślach ręką, bo w realu ręce moje były zajęte trzymaniem się tej śliskiej i zielonkawej poręczy. – Zresztą i tak nie ma to żadnego znaczenia, bo... nie mam już przecież odwrotu? NIE MAM ODWROTU! Muszę JEDNAK popłynąć!

– Popłynąć? Jak popłynąć? Czy znów mam zamknąć oczy i zamiast iść mam płynąć? Dokąd? Dokąd mam płynąć i po co? DLACZEGO?...

– Julia! Twoja matka już czeka z obiadem! – to znowu Matt. – Pośpiesz się! Dlaczego tak długo tam stoisz?

276

– Ojej... Matt...

Nie zamykam oczu i pomimo tego, że jest mi niedobrze, że boję się wysokości, przepaści i tych rozjechanych schodów znów patrzę pod siebie! Coś
mnie ciągnie, żeby znów tam spojrzeć! Nie chcę tego, boję się, ale... patrzę!
A właściwie to kątem oka zauważam gdzieś tak w okolicy drugiego piętra
małą dziewczynkę zjeżdżającą beztrosko w dół po poręczy schodów.

– A jednak? Nie wytrzymałam i spojrzałam w dół? – ganię się w myślach. –
Czyżby te odgłosy mnie przyciągnęły? Ta dziewczynka?

Na zakręcie poręczy schodów, między drugim a pierwszym piętrem mignęła mi przez moment jej letnia kretonowa sukienka w żółtą łączkę
i czerwone sandałki.

– Ojej! – wydarła się nagle dziewczynka. – Dzień dobry! – zawołała.

Przez dłuższą chwilę słychać było tylko jakieś niepokojące szamotanie, odgłosy zamykania czy otwierania drzwi.

– Ale śliczna dziewczynka... – wyszeptał w końcu w sposób niejednoznacz-
ny jakiś mężczyzna.

– Ojej... – pisnęła dziewczynka i zaczęła gwałtownie zbiegać po schodach
w dół, przeskakując po kilka stopni.

– Ale śliczna jesteś... – padło z góry. – Wiesz o tym?

– Spadaj dziadu! – okrzyknęła, będąc już przy wyjściu z klatki.

Nie za głośno oczywiście, bo w sumie było to skierowane raczej do niej niż
do niego, ale facet i tak usłyszał.

– „Spadaj dziadu"? Jak ty do mnie mówisz? Dziecko? Mamusia tak cię nauczyła? Oj nieładnie, nieładnie... Powiem twojej mamusi jak się brzydko
odnosisz do sąsiada... Oj powiem... Taka ładna dziewczynka, a tak nieładnie odzywa się do starszego pana... „Spadaj dziadu"? Też coś? Kto cię na-
uczył takich sformułowań? Kto to widział? Chyba że...

– Klik...

– Julia!

– Ojej... Matt? Ojej... Już idę!

Podniosłam głowę i zobaczyłam mojego męża stojącego na trzecim piętrze, w klatce B, pod mieszkaniem mojej matki. – Niedaleko... Jeszcze tylko ostatnie półpiętro, ostatni poziom siedmiu schodków...

– Już idę... – westchnęłam i spróbowałam zamknąć oczy.

Nie było to łatwe. Jakaś dziwna siła rozklejała mi z powrotem powieki i skręcała szyję z taką mocą i w taki sposób, że jedyną rzeczą, którą mogłam w tym momencie wykonać było tylko i wyłącznie patrzenie w dół! Mogłam tylko i wyłącznie patrzeć w dół!

– Dżisis... Nie chcę tego! Nie chcę... – przestraszyłam się.

– Matt... Już idę! – wydarłam się do męża.

Musiałam jeszcze bardziej uchwycić się tej zielonkawej poręczy, lepkiej i śliskiej od mojego potu i zmusić się do tego, żeby za żadne skarby nie popatrzeć w dół! Zdałam sobie sprawę z tego, że muszę tylko i wyłącznie iść do przodu, przed siebie. Nie mogę oglądać się do tyłu, tylko iść prosto, przed siebie, w górę, jak w baśni Andersena...

– Jak tam wlazłeś? – spróbowałam zmienić temat.

– Normalnie – odpowiedział zdawkowo Matt.

– Jak „normalnie"? – nie mogłam zrozumieć.

– Co „jak normalnie"? Po schodach? – zdziwił się.

– Po schodach?

– No a po czym? – zaczął się denerwować.

– No... To gdzie... ja jestem?

– Stoisz na półpiętrze!

– Faktycznie? – popatrzyłam na srebrzysty półksiężyc pod nogami. – Faktycznie?...

– Twoja mama ugotowała dobry obiad... – Matt się oblizał. – Chyba duszona wołowina?

– Faktycznie? – przełknęłam ślinę.

– No chodź że... – znów Matt.

– A gdzie są materace?

– Jakie materace?

– Łóżkowe...

– Julia, dobrze się czujesz? – zaniepokoił się Matt.

– Powiem ci, jak dojdę... – mruknęłam wymijająco. – To wchodź. Wchodź już Matt do tego mieszkania... Dzwoń! – dodałam raźniej.

– Poczekam – Matt nie wyglądał na zadowolonego.

Patrzyliśmy przez jakiś czas na siebie bez słowa. Matt stał na trzecim piętrze przy mieszkaniu z numerem 40, chyba?... A ja stałam dalej na półpiętrze.

Udawałam, że nic się nie dzieje, że tylko tak sobie tu stoję, odpoczywam, ale tak naprawdę czekałam aż kołysanie schodów trochę się uspokoi. Na tyle uspokoi, na ile będę mogła bez problemów i bez obaw przejść te ostatnie siedem schodków. Przejść, nawet bez trzymanki.

Tylko czy tego chciałam? Czy chciałam tam w ogóle wejść? Dojść? Dojść do tego chyboczącego się dosłownie, labilnego i niepewnego celu? I to jeszcze bez trzymanki?

– Jazda bez trzymanki... – westchnęłam bezsilnie. – Skąd ja to znam? I dlaczego prawie całe moje życie to jest taka „jazda bez trzymanki"? CZYM sobie na TO zasłużyłam?... Zamknęłam oczy i bez zastanawiania się zaczęłam iść w górę po schodach.

– Raz, dwa, trzy, cztery, pięć, sześć i... siedem. – policzyłam wszystkie stopnie, otworzyłam oczy i stanęłam wreszcie obok Matta.

O dziwo, wszelkie przepaście, rozjechane poziomy schodów, liany, owłosione poręcze czy materace łóżkowe zniknęły. Nagle rozpłynęły się, jak za dotknięciem czarodziejskiej różdżki czy jakiegoś innego czarodziejskiego pilota automatycznego. Schody stały się znów schodami, poręcze poręczami, materace wróciły pewnie do swoich łóżek, a klatka B zaczęła sprawiać wrażenie normalnej klatki schodowej. Trochę brudnej, trochę zaniedbanej, właściwie to bardzo brudnej i bardzo zaniedbanej, ale normalnej.

– Ale pachnie... – przypomniał Matt. – Mięcho...

– No... – pokiwałam z uznaniem głową.

– To co?... Wchodzimy? – zapytał Matt.

– A musimy? – poczułam się bardzo nieswojo. – Nie musimy przecież...

– Nie musimy – zgodził się prawie natychmiast.

I znów staliśmy przez kilkanaście sekund milcząco, tym razem obok siebie. Patrzyłam na tę zielonkawą, plastikową poręcz schodów, która trwała tak samo jak i my, nieporuszona i zastygła w swojej historii, a teraz nieporuszona i zastygła w swojej i naszej teraźniejszości.

Ileż to razy stałam tu, w tym miejscu, kiedy po przyjściu ze szkoły okazywało się, że nikogo nie było w domu, a ja oczywiście nie miałam klucza.

Jeżeli nie chciało mi się za bardzo siku, a trzeba przyznać, że zawsze mi się chciało, stałam przy tej poręczy i patrzyłam w dół. Czasami, a właściwie całkiem regularnie spluwałam w tę wąską przestrzeń między schodami i patrzyłam czy ślina prosto poleci na schodki prowadzące do piwnicy, czy nie. Na ogół leciała prosto i to mnie cieszyło. Gorzej było jeśli ktoś nagle otwierał drzwi i nie daj Boże zauważył moje poczynania. No cóż, ryzyko jakieś tam zawsze istniało, a ja zawsze ryzykowałam.

Jeżeli bardzo mi się chciało siku, tak, że nie mogłam już wytrzymać, zbiegałam do piwnicy i tam się załatwiałam. Trochę mi było głupio, no ale co mogłam zrobić? Śmietnik odpadał, a tym bardziej podwórko? Piwnica była najlepszym rozwiązaniem, pod warunkiem, że była otwarta. Bywało i tak, że piwnica była zamknięta i wtedy był problem... Zdarzyło mi się kilka razy zsikać w majtki. Nie do końca co prawda, ale zawsze...

Załatwianie się w piwnicy też było nie lada wyzwaniem i ryzykiem. Kiedyś przyłapał mnie tam pan Karpiński. Na szczęście zdążyłam już założyć majtki i wstać. Rozległa kałuża, płynąca wartkim prądem wzdłuż boksów zdradziła jednak wszystko...

– Co ty tu robisz? Ooo... Taka ładna dziewczynka... Takie rzeczy? Ooo...

– Prze... Przepraszam... – odpowiedziałam ze łzami w oczach.

Byłam tak sparaliżowana strachem, że nie mogłam się ruszyć i uciec stamtąd. Musiałam wysłuchać tego obrzydliwego kazania prawie do końca:

– A czy mamusia twoja wie co ty tu robisz? Czy wie, jak się zachowuje jej córeczka? Sikać w piwnicy? Kto to słyszał? Kto to widział? Przecież przychodzą tutaj ludzie? Toaletę sobie znalazłaś? Kto to słyszał? Kto to widział? Taka ładna dziewczynka, a taka nieprzyzwoita? Ściągać majtki i sikać w piwnicy? Jeszcze raz cię tu zobaczę, jeszcze raz cię tu przyłapię to... – w tym momencie złapałam tornister i sprytnie go wymijając uciekłam jak najszybciej.

Traumę miałam długo. Właściwie to mam ją do dzisiaj. Całe życie omijałam Karpińskiego. Całe życie... W pewnym momencie dowiedziałam się, że umarł i zamki mojego wiecznego strachu lekko popuściły...

Stoję na trzecim piętrze klatki B, pod numerem 40. Patrzę na brudne, dawno nieodnawiane drzwi mieszkania mojej matki. Kiedyś był tu też mój dom. Kiedyś...

– Czter-dzieś-ci... Czter-dzieś-ci... – powtarzam, tak dla upewnienia.

Co ja tu robię? Dlaczego tu stoję? Dlaczego chcę tu wejść, skoro tak naprawdę nie mam czego tu szukać? Nie chcę tu być! Boję się! Czuję, że cze-

ka mnie znów coś bardzo niemiłego i znów będę płakać i żałować... Stanie
się ZNÓW coś bardzo złego. Wiem to, czuję to wszelkimi zmysłami...
– Sentyment? – myślę sobie. – Może i sentyment? Ale czy warto jest znów
poświęcać się dla sentymentu? Ileż można?...

Zawsze TO SAMO. Krótkie przywitanie i ... „we go"!
Że jestem za chuda, że mam złą fryzurę, że źle się ubieram, że mam pieniądze, że nie mam pieniędzy, że komponuję, a mój brat nie, że w mojej
muzyce nie ma melodii, a jak jest, to za mało, że mi wychodzi, a mojemu
bratu nie, że jestem złą córką, złą siostrą, złą matką...
Że wszystko jest źle! Zły jest jej los, zły jest los jej syna, mój los jest w miarę
okej, ale to tylko i wyłącznie z jej powodu. To jest tylko i wyłącznie jej za-
sługa.
Zła była wojna i po wojnie. Źle było wczoraj i źle jest dzisiaj. I jutro też pewnie będzie źle. No a jakże... Nie ma innego wyjścia, bo źli są w ogóle ludzie!
Zły jest każdy kto ma odmienne zdanie, inne poglądy...
Zły był jej mąż, a mój ojciec i nawet jak już nie żyje, to też jest zły. Już na pogrzebie mówiła moim koleżankom jaki to był zły człowiek i jakie złe miała
z nim życie. Jaką złą osobą jestem ja, bo wychowuję samotnie swoją pier-
worodną córeczkę Nadię z pierwszego małżeństwa, którą urodziłam bardzo młodo. Zła jestem, bo studiuję mając dziecko, bo wyjeżdżam często
na koncerty, bo muszę zarabiać pieniądze na życie, właśnie i na szczęście
komponując, jakby to był jakiś nierząd?... Bo zostawiam jej wnuczkę na
trzy tygodnie kiedy muszę wyjechać, a jak nie wyjeżdżam i jestem w Polsce, to też jest źle, bo nie przywożę do niej wnuczki!? A przecież to tylko
ona może Nadię najlepiej wychować? Tylko ONA... Ona też najlepiej gotuje. Ja gotuję źle. Ale nawet jak coś mi wyjdzie i coś jest smaczne, to i tak ona
robi to lepiej. Najlepiej!
Nigdy żadnej pochwały, nigdy komplementu, chyba że po moich sukce-
sach koncertowych i do innych ludzi: – „Widzicie, jaką mam zdolną córkę?
To ja, to JA ją urodziłam!"
– Tak. To ty, to TY mnie urodziłaś. Mamusiu...

No i... stało się. Nadia ginie w wypadku samochodowym mając dziesięć lat!
Ja przeżywam. Na pogrzebie słyszę, że największą utratą dla człowieka, dla
niej, jest utrata wnuczki. Zabiłam jej wnuczkę.
– To nie moja wina? Przecież wiesz? Mamusiu?...

– Wiem, wiem...
– Ale ja jeszcze żyję? Mamusiu?... – płaczę.
– Wiem, wiem...
– Jestem przecież twoją córką? Córką?...
– Oj tam... – macha ręką. – Jaką ty córką jesteś?
– Co-o?...
– Co z ciebie za córka?
– Mamusiu?... – szlocham. – Ja straciłam dziecko?
– A ja wnuczkę!
– Mamusiu? Jak mam przeżyć?
– A jak ja?
– Ale ty nie straciłaś swego dziecka?!
– Ale straciłam wnuczkę!
– Mamusiu? Nie wiń mnie? Pomóż mi? Nóż mam wbity w serce! Nie wiem jak mam dalej żyć? Działam teraz na zasadzie pilota automatycznego, staram się coś zjadać, chodzić na piechotę po całej Warszawie, wykonywać na siłę proste czynności, zasypiać w miarę możliwości i nie myśleć o niczym... Nie myśleć! A wiesz dlaczego? Żeby przeżyć! Rozumiesz? Żeby przeżyć! Muszę przeżyć! Chcę przeżyć, skoro los tak postanowił, los tak za-de-cy-do-wał...
– To nie los! To ty!
– Mamusiu? Co Ty mówisz? Zlituj się nade mną? Oszczędź mnie, chociaż teraz...
– A co ja ci złego robię?
– Ja nie myślę co będzie jutro, za tydzień, za miesiąc... Muszę przeżyć, chociaż straciłam jedyne dziecko! Mamusiu! Nie obwiniaj mnie...
– A ja straciłam wnuczkę! – pada sucha odpowiedź.
– Ale Ty masz przynajmniej dzieci? Twoje dziecko nie umarło? Mogłaś być babcią, a ja nawet matką nie zdążyłam...
– Jaka ty tam matka?... Jakie ja mam dzieci?...

Czas wyjeżdżać, czas uciekać stąd jak najszybciej i jak najdalej. Holandia! Azymut Holandia!
Zawsze chciałyśmy z Nadią pojechać do Holandii i mieć tam drugi dom. Tam miałam najwięcej zamówień i koncertów. Tam było mniej zazdrości, zawiści, a więcej normalności, akceptacji bliźniego i pokory...

Jadę sama. Niestety SAMA. Muszę też sama ratować swoje życie, skoro los tak zadecydował...

Po jakimś czasie pojawiają się nowe dzieci. Jest nowy mąż, który za nic mnie nie wini i kocha taką, jaką jestem. Nie przeszkadza mu, że komponuję i odnoszę sukcesy, że jestem zdolna, zaradna i pracowita. Nie mówi mi, że jestem złą żoną, złą matką, że do niczego się nie nadaję i tak naprawdę to powinnam zmienić zawód. Pierwszy mąż tak mówił. Gdybym go posłuchała? Mój Boże... Nie zostałabym kompozytorem. Błażej uważał, że za dużych zdolności do pisania muzyki to ja nie mam. Za to bardziej do malowania. Uważał też, że moje zdolności są w ogóle przesadzone. Poza tym, że jestem nadpobudliwa, nad-to, nad-tamto, jestem psychopatką i nawet chodzić prawidłowo nie umiem. Biedny Błażej...

W pewnym momencie, kiedy moje kompozytorskie poczynania były na tyle już przez świat uznane, że nie dało się ich zaprzeczyć, pozostało Błażejowi jedynie wyszydzanie i krytykowanie mojej muzyki. Ale już kolejne moje nagrody, zamówienia i koncerty powodowały odwrotną reakcję: – „Jaka jesteś zdolna?... Jesteś najwspanialsza chyba na świecie"... – mawiał, a ja z politowaniem kiwałam głową: – „Tak, tak, żebyś wiedział drogi Błażeju"...

Kompleks „Salierego" męczył go i męczy do dziś. I to zresztą nie tylko w stosunku do mnie, całe szczęście... Całe też szczęście, że się od tego człowieka szybko uwolniłam i pomimo trudności sama wychowywałam swoje pierwsze dziecko przez dziesięć lat. Tylko przez dziesięć lat...

– Boże... Dlaczego tak okrutnie mnie potraktowałeś? Dlaczego w taki sposób mnie zostawiłeś? Oszczędziłeś mi życie Boże, ale zabrałeś Nadię? Zabrałeś ją w taki sposób, że moja matka i mój pierwszy mąż winią mnie za jej tragiczną śmierć? Szczególnie mój pierwszy mąż? Wini mnie za to do dzisiaj? Po dwudziestu-kilku latach! Dlaczego? Dlaczego po tylu latach ciągle mnie o TO wini? No cóż... Jak widzisz Boże, udało mi się przeżyć z tego wypadku. Tylko dlaczego ciągle muszę spłacać tę cenę? Przecież to był wypadek?... WYPADEK?...

Jakie to smutne. Jakie to wszystko jest smutne, obciążające i surrealistyczne, bo pomimo tylu upokorzeń, obciążeń, wyrzutów, krytyk, płaczów i szantaży stoję tu. A jednak...

Stoję pod drzwiami mieszkania z numerem 40 i zastanawiam się czy mam do niego wejść, czy nie.

Tak naprawdę to powinnam uciec stąd jak najdalej i jak najszybciej i tym razem... I tym razem uciec, odciąć się od tego permanentnego i świdrującego jak śruba w brzuchu źródła zła i bólu. Powinnam... Tak, powinnam, ale ponieważ w mieszkaniu tym mieszka moja matka, a nie jakaś tam obca, niedobra, nieżyczliwa pani, to sterczę tu w zakłopotaniu i w bólu.

Tak, sterczę tu, w zakłopotaniu i w bólu. Sterczę pod tymi drzwiami, pod numerem czterdzieści i nie mogę się zdecydować na naciśnięcie klamki, a przynajmniej na przyciśnięcie dzwonka przy drzwiach.

– Tyle trudu sobie zadałam, żeby tu w ogóle wejść? – westchnęłam. – Tyle się działo? Tyle tych lianów? Tyle rozjechanych schodów i poręczy? I jeszcze te materace łóżkowe? Tyle ich tam wisiało?... – nie mogłam uwierzyć.

– A może to jakiś znak?... Tylko jaki?... Co mogą oznaczać te pozawieszane na niewidzialnych linach łóżkowe materace w tej rażącej przepaściami przestrzeni?... – pytałam się w myślach.

– Wejść mam? Czy nie wejść?... – przełknęłam z trudem ślinę.

11

Julia obudziła się za dziesięć dziesiąta. Wyskoczyła z łóżka, pośpiesznie opłukała twarz, umyła zęby i pognała na śniadanie. Na dole było jeszcze parę osób, które bez pośpiechu rozpoczynały nowy dzień.

Julia nałożyła sobie jajecznicę, dwa plasterki boczku, dwie parówki, plasterek mozzarelli i kilka plasterków pomidora. Zaniosła to wszystko na swój samotny stolik. Na szczęście samotny. Potem nalała sobie soku pomarańczowego do szklanki, a kawy do kubka. Usiadła zadowolona, że zdążyła na śniadanie. Po chwili dosiadł się do niej jakiś zaspany kompozytor i zaczęli rozmawiać o tym i o tamtym. Kompozytor pochwalił Julię za jej wczorajszy koncert i zrobiło się całkiem przyjemnie.

Po śniadaniu Julia wróciła do pokoju, zrobiła kupę, ubrała się starannie i wyszła na koncert, który miał się rozpocząć o dwunastej.

Pierwszy koncert drugiego dnia festiwalu był chyba nudny, bo Julia nie mogła skupić się na żadnym utworze. Krążyła myślami i wokół swojego koncertu trąbkowego, który wczoraj miał premierę i wokół Manuela.

– Skąd ja go znam? – starała się go sobie przypomnieć. – Czy to nie jest przypadkiem ten przystojny student kompozycji z Barcelony, któremu kil-

żadna intuicja, żadna magia, żadna energia czy metafizyka? – pomyślała ze smutkiem.

– Idea... Idea ważna... – zaczęła się rozgrzewać. – No to siedzimy przez dwadzieścia minut w ciszy i zastanawiamy się: „zagra w końcu tę nutę czy nie?"

– Kurwa mać... – mruknęła, a przystojny pan obok znów się ucieszył i pokiwał potakująco głową.

– Ileż można patrzeć na ciszę? I to jeszcze ciszę w wykonaniu orkiestry symfonicznej? I tego biednego solistę, który nawet nie może się niczym wykazać? – Julia rozmyślała dalej.

– Chyba że robienie uników jest w tym przypadku zamierzoną wartością?... – Jaką zamierzoną wartością i po co?... – pytała siebie w myślach.

– Nie szkoda orkiestry i tego biednego solisty? – odezwała się na głos.

– Też tak myślę! – zareagował natychmiast nieznajomy facet. – Bzdury, bzdury wyczyniają... – dodał po chwili.

– Bzdury... Bzdury takie, że aż głowa boli i uszy od tego nadsłuchiwania... – zgodziła się z nim Julia. – Publiczność się denerwuje, wierci, kaszle i szeleści papierkami po cukierkach. Wymuszony kontrapunkt. Ha-ha... Jak widać, życie weryfikuje? I ten papierkowy kontrapunkt też robi swoje? Nie uważa pan? Ha-ha...

– Ma pani całkowitą rację! – zachichotał facet, a za chwilę zaczął przesadnie głośno kaszleć.

– No żesz... Że też... – Julia nie mogła zrozumieć, że w dwudziestym-pierwszym wieku takie eksperymenty są w ogóle możliwe i jeszcze do tego są mniej lub bardziej oklaskiwane?

– Czy eksperymenty typu: „John Cage Cztery trzydzieści-trzy" mogą być jeszcze tak odświeżane jak stare kotlety? I czy naprawdę istnieją jeszcze prawdziwi, a nie fałszywi zwolennicy takich przestarzałych akcji, które trzydzieści, ba, czterdzieści lat temu mogły by zadziwić, ale teraz? Czy po prostu ludzie czasami oby nie udają? Snobują się na znawców sztuki i udają zwolenników odświeżanych, aczkolwiek lekko śmierdzących już kotletów?... – zastanawiała się podirytowana.

Zwolennicy biją brawo i krzyczą. Wśród tych mądrych i pewnie wykształconych zwolenników Julia dostrzega tę brzydką dziennikarkę, która od pewnego czasu nie mówi jej nawet „dzień dobry" i która jak widać też zatrzymała się na takim etapie muzyki, jeżeli to w ogóle muzyką można nazwać?

Dziennikarka, która kiedyś podobno studiowała kompozycję i wyleciała z niej z dwóją z Akademii Muzycznej bije teraz brawo i komentuje wszystko na głos tak, że nawet na ostatnim balkonie jest to, a przynajmniej powinno być to słyszalne: – „Pyszne! Wysmakowane"...

– Jeżeli to jest pyszne i wysmakowane, to ja się chyba zaraz zrzygam! – wykrzyknęła Julia.

– Ha-ha-ha... – zaśmiał się mężczyzna. – Ale pani to ostra... – popatrzył na nią z podziwem.

– Podobał się panu mój koncert wczoraj? – zagadnęła go wyzywająco.

– Bardzo...

– No widzi pan... Taki Beethoven na przykład przy takiej muzyce to może się schować? Nie uważa pan? A tym bardziej ja mogę się schować, bo ja jeszcze żyję proszę pana i w dodatku pozwoliłam sobie w moim koncercie trąbkowym, w dwudziestym-pierwszym wieku użyć prostej melodii? I to jeszcze w Es-dur?... – Julia z politowaniem pokręciła głową.

– Pani koncert był piękny i wysmakowany... – prawie wyszeptał jej do ucha mężczyzna.

– No właśnie... Piękny i wysmakowany... – Julia powtórzyła te dwa ostatnie słowa cynicznie.

– Nie wiem proszę pana czy pojęcie „wysmakowany", a tym bardziej „piękny" to w dzisiejszych czasach jest komplement czy zarzut?

– Piękny, to komplement. Zawsze komplement. Ja w każdym razie wierzę w piękno, a nie w brzydotę! – powiedział stanowczo.

– Lepiej być pięknym niż brzydkim... – Julia westchnęła i spojrzała z litością na dziennikarkę.

– To prawda... – zgodził się mężczyzna. – Zna pani tę dziennikarkę? – odczytał jej myśli.

– Każdy ją zna? – zdziwiła się Julia.

– Chyba ta pani nie zna się na muzyce? – zapytał udając powagę.

– Proszę pana? – Julia spojrzała na niego zaskoczona. – Wszyscy ją znają i wszyscy się jej boją.

– Pani też się boi?

– Ja?... – Julia zawahała się. – Dobre pytanie... Chyba nie... – odpowiedziała szczerze.

– Chyba? – prowokował.

– Nie boję się! – poprawiła stanowczo. – Ale jest mi przykro, jeżeli na temat mojej muzyki coś gada od rzeczy.

– Ale jeżeli przez te jej „pyszności" i „wysmakowanie" zamierza pani zwymiotować, to chyba ta pani nie zna się jednak na muzyce? – dodał wesoło.

– Ha-ha... – Julia zaśmiała się. – Nie przypadła panu do gustu ta dziennikarka co?... – zapytała zalotnie.

– Jest brzydka...

– Co ona w końcu ma? – westchnęła Julia. – Jakie jej życie musi być smutne, ubogie i samotne? – A wie pan? – ożywiła się nagle. – Wie pan, że ta dziennikarka często chwali się przed ludźmi swoim ponoć absolutnym słuchem? Jakby to nie wiem co było? Tego naprawdę nie potrafiłam nigdy zrozumieć? Powiedziałam jej kiedyś, a właściwie to całkiem niedawno, że wiem co nieco na temat słuchu absolutnego, ale według mnie, to dopiero właściwa, że tak powiem zawartość mózgu, właściwy jego przekaz, przekaz treści a nie słuch absolutny czyni z kompozytora właśnie twórcę, a nie tylko zwykłego rzemieślnika... Z całym szacunkiem do rzemieślników... – Julia przełknęła ślinę. – A poza tym, kot czy pies też mają przecież absolutny słuch. Ale jakoś nic z tego nigdy nie wynikło. Nic nie stworzyli. Prawda? Słyszał pan kiedy o komponujących psach czy kotach? O tworzących psach czy kotach?... – Julia zajrzała facetowi śmiało w oczy. – Chyba że... – zastanowiła się przez moment. – Chyba że zrobienie kształtnej kupy jest jakimś artystycznym wyczynem? Dziełem sztuki?...

– Ale pani ostra... – znów popatrzył na nią z podziwem obcy facet.

– Marcel Duchamp postawił na przykład swego czasu bidet czy sedes w muzeum. Tak dla jaj. I co się potem porobiło?... – zwróciła do niego jeszcze bliżej swoją natchnioną twarz.

– Może ma pani ochotę na kawę? Po koncercie?... – facet zapytał po chwili nieśmiało.

– Co?... – Julia udała, że nie dosłyszała.

– Ma pani ochotę na kawę?

– Umówiłam się już... – skłamała. – Ale miło było z panem porozmawiać.

– Mnie również... – gość wycofał się trochę zawstydzony.

– Cholera... A może to już czas umierać? – Julia pomyślała ze zgrozą, kiedy ostatnie brawa ucichły i publiczność zaczęła powoli opuszczać salę koncertową.

Mężczyzna obok podał jej rękę i pożegnał się, sugerując, że jutro też tu przyjdzie. Julii było to obojętne, choć musiała przyznać, że rozmowa z nim jakoś ją duchowo wsparła i pomogła choć na chwilę odgonić myśli i zapomnieć o Manuelu. Zaraz jednak znów poczuła nieoczekiwany i gwałtowny ból w klatce piersiowej i równie nieoczekiwaną i zaskakującą, nieznaną jej dotąd tęsknotę.

Nie śpiesząc się wyszła na korytarz. Ogarnęła wzrokiem dwie ściany naprzeciwko, przy toaletach, ale uznawszy, że Manuela tam nie ma skierowała się prosto do wyjścia.

Schodząc po schodach z pierwszego piętra rozglądała się dyskretnie na boki. Musiała dobrze uchwycić się poręczy, żeby się nie wywalić w nowych butach na sporym obcasie.

Manuela nigdzie nie było. Julia była rozczarowana i zniechęcona.

– Po co on tu w ogóle przychodził? – zastanawiała się trochę zła. – Draźni się ze mną czy co? Przychodzi, patrzy mi w oczy? – serce zaczęło jej mocniej bić. – Z taką intensywnością na mnie patrzy, a potem nigdzie nie mogę go znaleźć? – nie była w stanie tego zrozumieć.

– Po co on mi TO robi? Co on do mnie ma? Cholera... Chyba jednak drażni się ze mną?...

– myślała zrezygnowana. – A ja głupia wyczekuję na niego? Nie mogę skupić się na niczym? Wyczekuję, tęsknię... O Boże... Co on ode mnie chce? Co on ze mną wyrabia? Dlaczego?... – serce waliło jej, jak kościelny dzwon.

Zeszła na dół i założyła z niechęcią puchową kurtkę, którą ciągle przewieszoną miała przez ramię. Opatuliła się szczelnie szalikiem i ruszyła powoli w stronę kręconych drzwi.

– Dżiulia! Nie idziesz na przyjęcie? – dogonił ją Mateusz.

– Na przyjęcie? Gdzie?

– Do szefowej, na górze?

– Znowu?

– Znowu... – potwierdził zadowolony.

– To pewnie znowu będziemy do północy pić?

– No... chyba nie masz z tym problemu?

– Zmęczona jestem... – odpowiedziała ociągając się.

– Oj tam... Wszyscy jesteśmy zmęczeni. No chodź! Fajnie będzie...

– Wiem Mateusz... Wiem... – Julia zaczęła się zastanawiać:

– A może to jest faktycznie dobry pomysł? Napije się trochę wina, porozmawia z ludźmi? Gorzej będzie z wymuszonymi gratulacjami, ale wybrnie z tego. Da jakoś radę. Jak zwykle... Co poza tym ma robić sama w pustym hotelowym pokoju? Będzie tylko myśleć o Manuelu? Nadsłuchiwać czy jest, czy nie? Czy przyjdzie, czy nie przyjdzie? Denerwować się? Tęsknić? Robić sobie jakieś nadzieje, a potem je tłamsić w zarodku? A potem znów sobie robić nadzieje? I znów je tłamsić? I znów się na nowo ekscytować? I czekać na coś, co pewnie nie nastąpi? Nie nadejdzie? Znów czekać?...

– Cholera... – Julia westchnęła zrezygnowana, zdjęła kurtkę i z powrotem przewiesiła ją przez ramię. – No dobra... Idę... – machnęła wolną ręką i ruszyła za Mateuszem.

12

Do hotelu wróciła przed północą. Na portierni wzięła sobie ostatnie jabłko i pożegnawszy się z grupą podchmielonych kompozytorów, jej kolegów po fachu, ruszyła do windy.

– Dobry wieczór – usłyszała nagle.
Odwróciła się i zobaczyła Manuela stojącego w rogu przy ścianie i przy przeciwległej windzie. Miał na sobie ten sam beżowy płaszcz, trochę za długi i niemodny, tak na pierwszy rzut oka, ale na drugi, całkiem pasujący do jego egzotycznej urody. W sztruksowe ciemno-brązowe spodnie wciśnięta była flanelowa koszula w czerwono-czarną kratę, trochę niedbale, bo jedna jej część wisiała beztrosko na spodniach. Spod płaszcza wystawał kawałek miękkiej marynarki w kolorze jaśniejszego brązu, chyba z tweedu czy czegoś podobnego. Zamiast krawata zawiązaną miał na szyi jakąś czerwoną-coś-tam-coś-tam chustkę.
– Jeszcze tylko powinien mieć duży kapelusz, paletę z farbami i pędzle?... – pomyślała ucieszona tym widokiem Julia.
– Dobry wieczór... – odpowiedziała powoli udając obojętność i po chwili zastanowienia podeszła do drugiej windy.
W międzyczasie grupka kompozytorów zaczęła niechętnie rozjeżdżać się do swoich pokoi. Pozdrawiali ją i życzyli dobrej nocy. Julia też ich pozdrowiła i pomachała nawet na pożegnanie. Zostali z Manuelem sami przy pustej windzie.

– Masz ochotę na drinka? – zapytał bez wstępów.

– A nie za późno?

– Bar na górze jest czynny do drugiej. Sprawdziłem.

– Co pan tu robi? – zapytała Julia wyzywająco.

– Chyba byliśmy na „ty"? – Manuel zajrzał jej w oczy.

– Co ty tu robisz? – poprawiła speszona.

– Czekam... – wzruszył ramionami.

– Na kogo? – udała zaciekawienie.

– Na ciebie.

– Na mnie?

– Tak. Na ciebie. Marija...

– Byłam na koncercie?...

– Więc czekam. Marija... Na ciebie czekam...

– Julia!

– No dobrze, chcesz znów zaczynać ten temat?

– Ale... – Julia poczuła się dotknięta. – Jaki bezczelny? – pomyślała. – Pojawia się w środku nocy i stawia mi warunki?

– Okej... – uśmiechnęła się trochę cynicznie. – Chodźmy na tego drinka...

– Ma-nu-e-lu... – dodała, oddzielając starannie sylaby.

Ugryzła szybko jabłko i popatrzyła na niego. Manuel bez pośpiechu wyjął
ręce z kieszeni i nie spuszczając z niej wzroku nacisnął na przycisk windy.
Drzwi otworzyły się prawie bezszelestnie i natychmiast. Manuel gestem
otwartego ramienia zaprosił Julię do środka kabiny i nacisnął na czerwoną
kropeczkę ostatniego piętra.

– Klik... – ruszyła winda, a oni stali naprzeciwko siebie, w milczeniu, opar-
ci o przeciwległe ściany kabiny.

Julia nie miała odwagi spojrzeć na Manuela, choć czuła, że ten patrzy na
nią cały czas z wielką intensywnością. Zaczęła studiować kontury swoich nowych butów, które kilka miesięcy temu kupiła podczas koncertów
w Wilnie. Nie mogła doczekać się dwudziestego-szóstego piętra. Zrobiło
jej się gorąco.

– Cholera... – pomyślała zła na siebie, na swoje zakłopotanie i całą tą sytuację.

– Co ja robię? W co ja się wciągam? Kto to jest? Skąd go znam? Czego ja
chcę?...

– Chcesz tego, co ja... – usłyszała jego ochrypły i matowy głos.

– Manuel?... – podniosła zaskoczona głowę.

– Marija... – zaczął do niej podchodzić, ale winda właśnie zatrzymała się.

– Klik... – otworzyły się drzwi, nagle i bezszelestnie.

Bez słowa weszli do kawiarni-baru. Wszystkie stoliki poustawiane przy olbrzymich oknach z prawej strony sali były zajęte. Manuel rozejrzał się i wskazał Julii miejsce po stronie lewej, przy długim barku, który o dziwo był prawie pusty i który ciągnął się nieprzerwanie wzdłuż drugiej płaszczyzny okiennej. Siedział tam tylko jeden znudzony facet i popijał jakiegoś drinka.

– Czego się napijesz? – Manuel zwrócił się do Julii, kiedy usadowili się na wysokich stołkach, na prawie samym końcu barku.

– Margarita...

– Okej – Manuel wstał i podszedł do przechodzącego właśnie kelnera. Złożył zamówienie i natychmiast wrócił do Julii.

– Ładny tu widok... – Julia starała się przerwać niezręczną ciszę, trwającą już od ich wyjścia z windy.

– Uhm... – mruknął Manuel i zaczął nawijać na palec pukiel swoich lekko kręconych włosów.

Cały czas patrzył na Julię, a ta z kolei rozglądała się bezradnie, podziwiając w lekkim popłochu panoramę Katowic.

– Katowice nocną porą... – Manuel odczytał jej myśli. – Chyba nie powiesz, że aż tak cię to kręci? – uśmiechnął się.

– Aż tak, to nie... – Julia też spróbowała się uśmiechnąć. – Ale chyba przyznasz, że każde miasto widziane z lotu ptaka jest jakąś przyjemnością? W pewnym sensie?...

– Jakąś przyjemnością, w pewnym sensie... – zamyślił się. – Pewnie masz rację?... – W pewnym sensie... – dodał.

Julia nie odpowiedziała. Poczuła, że pocą jej się dłonie, a w ustach robi się sucho.

– Skąd ja go znam? – kombinowała.

Po paru minutach dostali Margaritę i whisky z lodem. – Na szczęście... Julia natychmiast upiła łyk swojego drinka i odetchnęła z ulgą.

– Czego ja się boję? – pomyślała, a głośno zapytała: – Czy mogę cię o coś zapytać?

– Oczywiście! – Manuel oparł głowę o prawą rękę i znów się do niej uśmiechnął.

– Niedługo zacznę uczyć kompozycji w Bydgoszczy... – Julia zaczęła niepewnie.

– Też na „B" – przerwał jej Manuel.

– No właśnie... – wypuściła z płuc powietrze. – Też na „B"... „B", jak Barcelona... – utkwiła w nim pytający wzrok.

– Wiem... – Manuel patrzył jej prosto w oczy. – Wszystko o tobie wiem... O Barcelonie też...

– Ale...

– Nie – przerwał. – Nie byłem twoim studentem... – westchnął udając smutek.

– Podobny jesteś do tego... Manuela, którego uczyłam w Barcelo...

– Jestem dużo od niego starszy! – znów jej przerwał. – Przecież wiesz?...

– No tak, ale... – Julia brnęła. – Ale dlatego cię tak nazwałam, bo byłeś... jesteś do niego...

– To wiem – skinął głową. – Skoro tak ci się po-do-ba to imię, to jestem dla ciebie... Mogę być dla ciebie Manuelem. Tak przecież uzgodniliśmy?... Nieprawdaż?... Marija?...

– No tak... – Julia zaczęła się lekko irytować. – Ale ja nie nazywam się Marija i nie wiem kim pan, kim ty jesteś?

– A czy nigdy nie zdarzyło ci się widzieć kogoś pierwszy raz w życiu, a mieć przekonanie, że widziałaś już go kiedyś? Albo że go skądś znasz? – zaskoczył ją pytaniem.

– No... – Julia zastanowiła się. – Chyba tak?... – spojrzała pytająco. – Kiedyś, kiedy jeszcze byłam studentką kompozycji i wracałam z uczelni do domu, zaczepił mnie jakiś facet:

– „Cześć! – rzucił w tak oczywisty sposób, że się zatrzymałam i odpowiedziałam. – Cześć... – Jak leci? – zapytał. – Trudny miałam dzień. Próba utworu... – zaczęłam mu opowiadać i jednocześnie myślałam intensywnie skąd go znam. – No i jak próba? Dobrze? – Może być... – wyjaśniałam mu ze szczegółami dalszą historię. – A rodzina, też dobrze? – interesował się. – Też... Żyją... – odpowiadałam niepewnie. – Wyglądasz bladziutko? – zatroskał się. – Może jednak gdzieś skoczymy na jakąś kawę? – Ale... Ale... – zaczęłam się jąkać. – Skąd ja cię, pana właściwie znam? – cały czas grzebałam w pamięci, starając się nadać mu jakieś imię i nazwisko i usiłując sobie coś przypomnieć. – Właśnie się poznaliśmy! Robert jestem! – wyszczerzył zęby uradowany"...

– Ha-ha-ha... – zaśmiał się Manuel. – No widzisz? Mnie przynajmniej dałaś się zaprosić na drinka? – pokiwał głową z zadowoleniem.

– Ale śmieszne... – Julia udała obrażoną.

– Jak wszedłeś wczoraj do mojego pokoju? – zapytała odważniej po chwili.

– Mówiłem ci już, że drzwi były otwarte... – Manuel śmiał się dalej, bardziej z czułością niż satysfakcją.

– Tra-la-la, dupa sra... – Julia zaczęła się złościć. – To nieprawda?

– Pewnie, że nieprawda... – Manuel nagle spoważniał i chwycił ją mocno za rękę. – Ale brakowało ci mnie? – Bo mi ciebie bardzo... – dorzucił, zaglądając jej w oczy.

Julia z trudem przełknęła ślinę. Poczuła, że się czerwieni i poci pod pachami.

– Brakowało... – odpowiedziała głucho, jakby nieswoim głosem i odwróciła głowę.

Patrzyła tępo na rozświetloną różnymi kolorami nocną panoramę Katowic, ale nie widziała nic. Wszystko co do tej pory podobało jej się z lotu ptaka, a raczej z wysokości dwudziestego-szóstego piętra nie miało teraz żadnego znaczenia. Wszystko zatraciło swoje kontury i barwy. Julia poczuła się znów jak jakaś nieznana aktorka, która gra główną rolę w jakimś nieznanym filmie, gdzie końca nie widać i gdzie końca nikt nie zna.

– A może końca w ogóle nie ma?... Dobrze by było... – pomyślała z ulgą i nadzieją, ale nagle przestraszyła się swoich marzeń.

– Czy to jest sen? Czy rzeczywistość? – zapytała zmieszana.

– A co za różnica? – Manuel cały czas trzymał jej lewą dłoń w swojej dłoni i teraz przyłożył ją sobie do ust i muskał suchymi, lekko otwartymi wargami jej powierzchnię, zatrzymując się dłużej na kostce jej wskazującego palca.

– Ojej... – Julia drgnęła i odruchowo wyrwała rękę. – Przepraszam... – poczuła, że policzki palą ją do bólu. – Całe szczęście, że jest ciemno... – zawstydziła się jak nastolatka i upiła łyk Margarity.

– To ja przepraszam... – powiedział po chwili Manuel i też napił się swojej whisky.

Zrobiło się cicho i milcząco. Tak milcząco, że Julia bała się przełknąć ślinę. Wydawało jej się, że Manuel to usłyszy, jakby to było nie wiadomo co i odkryje jej zmieszanie? Przełykanie śliny w takich krótkich odstępach świadczy przecież o dużym zdenerwowaniu, a Julia nie mogła sobie na taki stres teraz pozwolić. Julia chciała jak najbardziej zachować spokój i naturalność.

– Że też teraz muszę nagle tyle tej śliny przełykać? – pomyślała zła na siebie.

Upiła kolejny łyk Margarity i spojrzała na Manuela. Ten zamyślony bawił się swoimi włosami i patrzył przez okno. Julia podziwiała jego regularny profil i długie rzęsy: – Jaki on jest piękny, jakie regularne rysy...

– Co ja tu robię? Co to znaczy? Dlaczego?... – popłoch jak bumerang znów uderzył Julię w klatkę piersiową.

Cisza stawała się nie do wytrzymania.

– Która godzina? – zapytała w końcu, a Manuel drgnął.

– Przepraszam... – wyszeptał. – Nie chcę niczego przyspieszać...

– Przyspieszać? – Julia otworzyła szeroko oczy. – Powiedz mi... Manuel... Skąd ja cię znam? – odważyła się jeszcze raz o to go zapytać.

– Hmm... – zamyślił się, a ona przestała oddychać. – A gdybym ci powiedział, że znamy się z poprzedniego wcielenia?

– Coo?...

– Uwierzyłabyś?

– Jak to? – Julia poczuła, że robi jej się niedobrze. – Manuel, nie wygłupiaj się...

– Nie wygłupiam się... – spojrzał na nią, najpierw bardzo poważnie, a za chwilę roześmiał się.

– Manuel...

– No dobrze...

– Manuel... Chyba nie pamiętam cię... z poprzedniego... wcielenia?... – Julia wypowiedziała to zdanie bardzo ostrożnie.

Teraz ona nie spuszczała z niego wzroku, chcąc odczytać jego myśli i przełamać ogarniający ją strach.

– Bo takich rzeczy na ogół się nie pamięta... – odpowiedział spokojnie Manuele i przybliżył swoją twarz do jej twarzy.

Zajrzał jej w oczy, a ona trwała w bezdechu.

– No dobrze... Nazywam się Manuel Bertrois... – odsunął z powrotem swoją twarz i wyciągnął do Julii rękę. – I nigdy nie byłem twoim studentem... – znów się uśmiechnął. – I właśnie zaprosiłem cię na pierwszego drinka... – wyprzedził jej pytanie. – Mam nadzieję, że nie ostatniego? – dodał zalotnie.

– Ale...

– I nie pytaj mnie, jak wszedłem do twojego pokoju, bo i tak ci nie powiem...

– Ale...

– Jestem twoim fanem. – Twojej muzyki, przede wszystkim muzyki... – dorzucił, siląc się na obojętność.

– Widziałam cię dziś wieczorem na koncercie? – Julia odzyskała głos. – Dlaczego nie zostałeś do końca? – ona też udawała obojętność.

– Jaka spostrzegawcza? – Manuel zmrużył oczy i cały czas patrzył na Julię popijając swojego drinka.

– Trudno byłoby nie zauważyć? – próbowała zachować spokój.

– Czyżby?... – prowokował.

– No więc?... – Julia poczuła, że znów pocą jej się dłonie.

– Co, „no więc"?...

– Dlaczego wyszedłeś z koncertu?

– A kto mówi, że tam w ogóle byłem?

– No... przecież...

– No dobrze, nie będę cię już więcej męczył... – Manuel odstawił szklankę.

– Wyszedłem, bo mi się koncert nie podobał. Może być?

– Manuel, dlaczego tak ze mną pogrywasz? – Julia zaczęła się denerwować.

– O co ci chodzi?

– Mnie? – zdziwił się. – Jestem twoim fanem. Już ci mówiłem...

– Jesteś fanem mojej muzyki! – przerwała mu ostro.

– To chyba dobrze? – oparł twarz o dłoń i przyglądał jej się z zaciekawieniem.

– Bardzo dobrze... – Julia czuła, że zaczyna się w środku gotować. – Chcesz porozmawiać ze mną o mojej muzyce? – zapytała wyzywająco.

– Bardzo... – westchnął w taki sposób, który mógłby sugerować i cynizm i podziw.

Tego Julia nie mogła znieść. Wypiła do końca swoją Margaritę i wstała ze stołka.

– Chyba już czas na mnie... Chyba już pójdę... – zaczęła się lekko ociągać, szukając telefonu w torebce.

– Jesteś tego pewna? – Manuel zapytał, siedząc w tej samej pozycji, z twarzą opartą na prawej dłoni.

– Tak... – skłamała Julia i opuściła bezradnie rękę z komórką.

Wypadałoby teraz wyjść. Po prostu wyjść i nie odwracać się za siebie. Jak w baśni Andersena. Ale ona nie miała zamiaru ani wychodzić, ani tym bardziej zostawić tu Manuela.

– Zostawić tu Manuela? – pomyślała. – Cały dzień na niego czekałam?... – poczuła, że do oczu napływają jej zły.

Łzy rozpaczy, niemocy, tęsknoty, wzruszenia i czegoś tak dziwnego i nowego, czego nawet nie potrafiła nazwać, zdefiniować, uzmysłowić sobie... Trwała tak, na poziomie jakiegoś pierwotnego i dawno zapomnianego uczucia. Czy miłości? To nawet pod pojęcie miłość nie podchodziło. Nie pa-so-wa-ło... Miłość? Jakie to łatwe i oklepane słowo? Miłość? Jakie to trudne i unikalne pojęcie?

Może dlatego?... Może dlatego, że nie znalazła na to nowe uczucie nazwy i definicji trwała tak i stała w miejscu, jak ten słup i szukała odpowiedzi na coś albo szukała czegoś, czego nie mogła znaleźć?... Jeszcze nie mogła znaleźć? Albo już nie mogła znaleźć?...

Manuel pociągnął ją za rękaw i posadził z powrotem na stołku. Bliżej niż poprzednio. Dużo bliżej.

– Marija... – wyszeptał prawie do jej ucha. – Jestem twoim fanem... Twoim... – musnął ustami jej włosy.

Julia poczuła silny dreszcz na ciele, ale tym razem nie odskoczyła, tylko poddała się temu uczuciu.

Manuel gładził ją ustami po włosach, a potem czubkami palców przejechał delikatnie wzdłuż jej prawego ramienia. Julia nie oddychała i pragnęła zatrzymać czas. Tak, pragnęła, aby ten film czy ten sen nigdy się nie skończył. Ale jak wiadomo, każda, nawet najpiękniejsza bajka musi się kiedyś skończyć i trzeba to zaakceptować. Koniec nastąpi. Koniec jest. Niestety jest, choć go jeszcze nie widać. Jeszcze go nie widać... Albo już go nie widać...

– Masz ochotę drinka?... – Manuel zapytał po chwili, jak gdyby nigdy nic.

Julia otworzyła oczy. Rozejrzała się po sali, ale nikogo nie było. Wszyscy ludzie wyszli, a ona nawet tego nie zauważyła.

– Rozpłynęli się czy co? – pomyślała zdziwiona. – Dlaczego niczego nie zauważyłam?... Dlaczego nie słyszałam?... Nawet stoliki są posprzątane?... Podniosła rękę z zaciśniętą w niej komórką i sprawdziła godzinę. Dochodziła północ.

– Jak to?! Jak to możliwe?... – zdziwiła się jeszcze bardziej. – Gdzie jest Manuel? Przecież przed chwilą tu był?...

– Poszedł zamówić drinki... – pocieszyła się. – Ale dlaczego nikogo tu nie ma?...

– Manuel... – znów rozejrzała się po sali.

– Ma-nu-el... – utkwiła wzrok w pustym i samotnym kieliszku po Margaricie, stojącym na stole tuż przed jej nosem, w którym roztapiały się kostki lodu, do końca...

– Końca przecież nie widać?... – pomyślała smutna, zrezygnowana i zmęczona.

– A nie za późno?... – Julia odezwała się na głos, patrząc na swoje samotne odbicie w okiennej szybie, za którą rozprzestrzeniała się nocna panorama Katowic.

13

Sąsiadka zamiata chodnik, a ja wchodzę do klatki A.

– To nie tu... – pada z ust sąsiadki, ale ja nie zwracam na nią uwagi.

– Mówię ci, że to nie tu... – sąsiadka zaczyna się denerwować.

– Wiem, że TO nie TU! – podbiegłam do niej i wyszczerzyłam zęby.

– O Boże... Pani Julio... Przestraszyła mnie pani...

– To dlaczego się pani wtrąca?

– Chcę tylko pani pomóc?...

– „Pani pomóc, pani pomóc"... – zaczęłam ją przedrzeźniać. – Po co chce mi pani pomóc? Proszę o to?

– Nie...

– To o co chodzi?

– Pani mama mieszka w klatce B... – powiedziała niepewnie sąsiadka.

– Wiem, że mieszka w klatce B! – warknęłam.

– Pani Julio... Proszę wybaczyć, ale naprawdę nie rozumiem, dlaczego chce pani iść do mieszkania mamy przez klatkę A?

– A dlaczego by nie? – zapytałam wyzywająco.

– Bo tam... Bo tam... nie ma... żadnego przejścia? – sąsiadka zaczęła się jąkać. – Pani mama mieszka...

– Wiem! – ucięłam. – Moja matka mieszka w klatce B, na trzecim piętrze, pod numerem czterdzieści!

– No właśnie...

– Ale ja chcę wejść do klatki A! Chyba mogę wejść do klatki A? Zabronione? Zabroni mi pani?

– No... Nie...

– No więc? – zmierzyłam sąsiadkę takim wzrokiem, że ta zaczęła jeszcze szybciej zamiatać chodnik i już nie miała więcej odwagi spojrzeć na mnie.

– A jak się czuje pani mamusia? – zapytała w końcu bardzo ostrożnie.

– Nie wiem – odpowiedziałam szczerze.

– Nie była pani u mamusi? Widziałam panią tu kilka dni temu? I pani męża też...

– Nie wiem! – powtórzyłam ostrzej.

Sąsiadka się zamknęła i powoli zaczęła się ode mnie oddalać.

Stałam przed klatką A i teraz sama zaczynałam wątpić w swoje zamierzenia.

– Po co mam wchodzić do klatki A, skoro matka mieszka w klatce B? – nie mogłam siebie zrozumieć.

– Cholera... – postałam jeszcze trochę, zanim wścibska baba nie oddaliła się na bezpieczną odległość i z lekkim ociąganiem wróciłam pod klatkę B.

Drzwi uchyliły się same zapraszając mnie do środka. Weszłam do ciemnej klatki schodowej i od razu, prawie instynktownie spojrzałam na skrzynkę na listy. Dziury w skrzynce były czarne, co znaczyłoby, że nie ma nic w środku.

– Dziwne... – zastanowiłam się. – Jeszcze parę dni temu było tu tyle listów?... Czyżby ktoś je stąd wyjął?...

Z drugiej strony, uświadomiłam sobie, że przecież nie ma w tym nic nadzwyczajnego, żeby raz na jakiś czas wyjąć ze skrzynki korespondencję?

– Chyba ktoś tu mieszka? – pomyślałam zaskoczona swoimi wątpliwościami. – Przecież wybieram się właśnie do mojej matki?... A poza tym, mój brat chyba też nie wyprowadził się stąd?...

Miałam mętlik w głowie, bo z jednej strony wybierałam się właśnie, jak gdyby nigdy nic w odwiedziny do mojego rodzinnego gniazda, a z drugiej strony miałam jakieś takie dziwne przekonanie, że nikogo tu od dawna już nie ma? Nikt tu od dawna nie mieszka, a dom jest pusty i straszy. Tak, straszy! Te rozjechane schody, te liany, te włochate poręcze i te materace łóżkowe nie należą przecież do standardowego wystroju klatek schodowych?

– Ktoś tu jest... – pomyślałam i ostrożnie podeszłam do skrzynki na listy. Zaczepiłam małym palcem o dziurę i pociągnęłam. Skrzynka bez oporu się otworzyła. Zajrzałam do środka i stwierdziłam, że jest pusta. Zajrzałam jeszcze raz i wpatrywałam się w tę pustą skrzynkę z takim uporem, jakby od mojego patrzenia mogła zmienić się jej zawartość. Ale nic takiego się nie wydarzyło. Skrzynka ciągle była pusta.

Postałam jeszcze chwilę nie myśląc o niczym, dosłownie i powoli zaczęłam wchodzić na parter.

Stojąc na półpiętrze spojrzałam w lustro.

– Ale wyglądam? – zmartwiłam się. – Ale mam siwych włosów? Trzeba iść wreszcie do fryzjera...

– Nie jest tak źle... – odpowiedział Karpiński. – Pięknie wyglądasz...

Podskoczyłam, bo nie spodziewałam się nikogo w tej klatce i w takiej chwili, a już na pewno nie Karpińskiego.

– Co pan tu robi? – krzyknęłam.

– Wychodzę z piwnicy. Powiem ci jedno...

– Z piwnicy? Jakiej piwnicy?

– Nie udawaj... – spojrzał na mnie groźnie.

– Co mam udawać? – wytrzeszczyłam oczy.

– Jeżeli znów chcesz się załatwiać w piwnicy...

– Co PAN opowiada?

– To, co słyszysz...

– Ale ja nie załatwiam się w piwnicy! Nie mam takiego zamiaru? To się zdarzyło kiedyś... Może ze dwa albo trzy razy?... Kiedyś...

– To nie ma znaczenia... – ciągnął Karpiński. – Kiedyś czy nie kiedyś?... Jakie to ma znaczenie?...

– Ale ja...

– Ważne są fakty. A fakty są takie, że załatwiasz się w piwnicy! A to jest niedopuszczalne! Nie-do-pusz-czal-ne! Rozumiesz? Nie-do-pusz-czal-ne! Załatwiasz się! Widziałem to! Przecież cię widziałem? Chyba nie zaprzeczysz? I jak cię jeszcze raz TU zobaczę, TO...

– Co pan opowiada?... – nie mogłam uwierzyć w to co widzę i słyszę.

– Powiem twojej mamie...

– To niech pan mówi! – przerwałam mu ostro. – Niech pan mówi! Proszę! Proszę bardzo! Niech pan nawet zaraz pójdzie na górę i poskarży się mojej matce! – byłam naprawdę wzburzona. – Wie pan co? – odczekałam moment. – Gówno mnie to wszystko teraz obchodzi! Gówno! Rozumie pan? Może pan sobie opowiadać mojej matce to, co pan chce! Mogę dla pana nawet kupę zrobić w tej piwnicy jak pan chce? Ale i tak gówno mnie to wszystko teraz obchodzi! Rozumiesz?... – wykrzykiwałam nie panując nad sobą, a facet słuchał.

– Trzeba było wtedy to zrobić! Wtedy! Rozumiesz? Wtedy trzeba było poskarżyć! Dlaczego wtedy się nie poskarżyłeś, tylko do końca swoich dni szantażowałeś mnie z taką lubością? Całe życie mnie szantażowałeś dziadu? Miałeś wielką przyjemność w tym, żeby mnie zastraszać, zawstydzać i upokarzać?...

– Wcale nie miałem przyjemności... – Karpiński zaczął się bronić, ale ja mu nie pozwoliłam.

– Lubiłeś patrzeć, jak się czerwienię, jak jestem zakłopotana, bo nie wiem co mam powiedzieć i dokąd mam uciec z tej niezręcznej sytuacji? Pamiętasz? Rozumiesz co wtedy czułam? Wyobrażasz sobie, co może czuć człowiek w takiej sytuacji? I nie tylko w takiej sytuacji? Patrzyłeś zawsze na mnie tymi swoimi lubieżnymi gałami i prześwietlałeś mnie jak rentgen? Zawsze... Do końca twoich dni...

– Podobałaś mi się...

– Wiesz co dziadu?... Spadaj... Po prostu spadaj! Albo więcej... Spierdalaj! Nie boję się już ani ciebie, ani niczego...

– Ale przecież możemy się jakoś dogadać? – zapytał nagle.

– Jakoś dogadać?... – znów wytrzeszczyłam na niego oczy. – Co pan ma na myśli?... Co masz na myśli?... Dziadu?...

– Kawa?

– Przecież ty nie żyjesz?...

– Nie żyjesz, nie żyjesz... Zaraz „nie żyjesz"... To przecież sprawa względna? Względna ... – odpowiedział spokojnie. – To co, kawa?... Czy herbata?...

– Nie żyjesz! – wykrzyknęłam wzburzona.

– Twoja matka też nie żyje, a jednak TAM idziesz... – dodał beznamiętnie nie patrząc na mnie.

– Nie żyje?? – znów podskoczyłam. – Od kiedy nie żyje?

– Od czerwca ubiegłego roku. Nie wiedziałaś o tym? – zdziwił się.

Zrobiło mi się niedobrze. Przysiadłam na schodach, a Karpiński bez słowa zręcznie wyminął mnie i wyszedł z klatki.

– Nie, to nie... – usłyszałam, jak drzwi klatki zamknęły się za nim wydając cichy klik.

– Klik...

– Muszę wejść na trzecie piętro? – pomyślałam w panice. – Muszę wejść, zanim będzie za późno... – postanowiłam.

Wstałam ze schodów i przesunęłam się na środek parteru. Wszystko było tam normalne i znajome. Mieszkania z numerami 31, 32 i 33 wyglądały na puste. Na wszelki wypadek przyłożyłam ucho do mieszkania z numerem 33 i posłuchałam. Cisza. Spokój. Zastój. Nawet powietrze zastygło. Schody były nie-na-ru-szo-ne, więc bez zastanawiania się zaczęłam po nich wchodzić na górę.

Na pierwszym piętrze też było normalnie. Popatrzyłam z niesmakiem na drzwi Karpińskiego i przemknęłam bez problemów na piętro drugie. Tam też podsłuchałam co dzieje się w mieszkaniach dawnych sąsiadów. Po kolei przykładałam ucho do drzwi z numerami 37, 38 i 39 i odkrywałam, że nikogo tam nie było. Cisza i spokój. Nic się tam nie działo. Nikt się tam nie krzątał w środku, nie słychać było żadnych rozmów, żadnego telewizora, radia czy telefonu.

Powietrze stanęło w miejscu. I ja stanęłam w miejscu i zastanawiałam się, dlaczego taka cisza? Dlaczego tak łatwo idzie mi to wspinanie? Spodziewałam się rozjechanych schodów, a przede wszystkim spodziewałam się tych pozawieszanych w nieznanych przepaściach łóżkowych materaców?... Właściwie to sama nie wiem, dlaczego akurat te materace tak mi się głęboko wbiły w mózg? I dlaczego tak się ich bałam, skoro przez całe życie wchodziłam do domu przecież nor-mal-nie?

– Okropność... – pomyślałam i zaczęłam szybko podchodzić na MOJE pół-piętro.

Metalowy półksiężyc błysnął swoim nowiem.

– Okej... – odetchnęłam. – Już prawie... Jeszcze tylko siedem schodków...

Wcale nie śpieszyło mi się pokonać te siedem ostatnich schodków. Matta nie było na górze i drzwi mojego dawnego mieszkania były lekko uchylone. Nie wydobywał się ze środka żaden zapach, a już tym bardziej zapach duszonej wołowiny.

– Obiadu nie będzie... – przeleciało mi przez myśl i zaczęłam powoli wchodzić na trzecie piętro.

– Raz, dwa, trzy, cztery, pięć, sześć i siedem – policzyłam schody i stanęłam pod drzwiami.

Oparłam się lekko o zielonkawą poręcz i spojrzałam w dół, w przestrzeń między schodami.

– Splunąć?... Nie splunąć?... – walczyłam z dawnym nawykiem.

– A, splunę... – postanowiłam.

Patrzyłam z zaciekawieniem jak ślina leci w dół. I znów usłyszałam ten hałas:

– „Ojej, dzień dobry... – Ale śliczna dziewczynka... – Ojej... – Ale śliczna jesteś, wiesz o tym? – Ojej, nie... – Nie uciekaj, nie bój się mnie... – Nie... – Ale przecież możemy się jakoś dogadać? – Jakoś dogadać? Co pan ma na myśli? – Kawa? – Przecież ty nie żyjesz? – Nie żyjesz, nie żyjesz, zaraz „nie żyjesz", to przecież sprawa względna? To co, kawa czy herbata? – Nie żyjesz?? – Twoja matka też nie żyje, a jednak TAM idziesz? – Nie żyje?? Od kiedy nie żyje?? – Od czerwca ubiegłego roku, nie wiedziałaś o tym?"...

Na zakręcie poręczy schodów, między drugim a pierwszym piętrem mignęła mi przez moment letnia kretonowa sukienka w żółtą łączkę i czerwone sandałki jakiejś małej dziewczynki.

– Co ja robię? – pomyślałam ze strachem. – Chyba śnię?... A może znów czas robi mi psikusa i zapętla się niepokojąco?... Ale czy zapętla się niebezpiecznie?... Ciekawe?... Chyba nie?...

Delikatnie dotykam palcem uchylonych drzwi z numerem 40. Lekki zgrzyt, skrzypienie jakby i drzwi prawem fizyki uchylają się jeszcze bardziej. Zapraszają mnie do środka. Otwierają się same i do końca, już bez mojego popychania. To zaczyna nagle zaprzeczać wszelkim prawom fizyki. Patrzę na to i nie wiem czy mam się zdziwić, czy nie? Uciekać stąd czy nie? A może po prostu wejść i dalej brnąć w tym surrealistycznym filmie? Filmie albo śnie, gdzie właśnie odgrywam główną rolę?

– Jakim filmie? Jakim śnie? – mówię sobie na pocieszenie. – Przecież TU jest mój rodzinny dom?... Przecież TU mieszka moja matka?... – wchodzę powoli do środka.

Stanęłam w przedpokoju i rozejrzałam się dookoła. Jak zwykle brudno i duszno. Jak zwykle zaczęły szczypać mi oczy od pyłków i jakichś-tam wolnych rodników. Zawsze to mi się zdarza w dawno nieodkurzanych i niewietrzonych pomieszczeniach.

Zapach był mdlący i słodkawy. Tak dziwnie słodkawy, że zrobiło mi się niedobrze. Zakryłam dłonią usta i nos i przez chwilę walczyłam z odruchem wymiotnym. Uspokoiłam wreszcie oddech i odsunęłam powoli rękę od twarzy.

– Hallo?... Jest tu kto?... Hallo?... – zapytałam cicho.

Nie uzyskałam odpowiedzi. Za to jakiś mebel czy klepka podłogowa strzeliła ostrym „pyk" czy „klik", a ja podskoczyłam.

– Jest tu kto? – zapytałam śmielej i cały czas stałam w miejscu.

Wydawało mi się, że słyszę jakieś odgłosy na górze, na czwartym piętrze. Szczątki dźwięków telewizora czy czegoś-tam, co leciało na pewno z jakiegoś odbiornika czy głośnika. Te dźwięki wyraźnie wbijały mi się w uszy. Był to pewnie jakiś wywiad czy quiz, bo od czasu do czasu słychać było śmiechy i klaskanie ludzi. To mnie trochę uspokoiło. Ale tylko trochę...

– Hallo... – spróbowałam jeszcze raz, znów nieśmiało i bojaźliwie i jednocześnie zaczęłam iść bardzo powoli w kierunku dużego pokoju.

Po drodze rzuciłam okiem na prawą stronę przedpokoju, na lekko uchylone drzwi obecnego pokoju mojej matki, a wcześniej mojego pokoju i jeszcze wcześniej pokoju mojego ojca, kiedy jeszcze żył, ale nie zauważyłam tam niczego specjalnego. Nie było tam nikogo. NIKOGO.

– Chyba nie ma tu nikogo? – pomyślałam odruchowo.

Po prostu wyłonił mi się skrawek pustego pokoju, zagraconego, dawno nieodkurzanego i niewietrzonego.

– Pewnie mama jest w kuchni, a drzwi wejściowe nie były zamknięte na klucz i same się otworzyły? Przez jakiś może przeciąg albo co?... – zastanawiałam się.

Weszłam ostrożnie do dużego pokoju, w którym panowała całkowita cisza. Nie słychać już było ani telewizora na górze, ani niczego innego. Tym bardziej nie słychać było jakichkolwiek odgłosów należących do tego pomieszczenia. Wyostrzyłam słuch, ale nic oprócz lekko świszczącej i świdrującej moje zmysły ciszy nie usłyszałam.

– Hallo? Jest tu kto? Mamusiu?... – delikatnie zawołałam i znów nie otrzymałam odpowiedzi.

– Dziwne... – pomyślałam po chwili. – Wyszli czy co? Wszyscy wyszli? I zostawili otwarty dom? Dziwne...

Stałam na środku dużego pokoju i obserwowałam wnętrze. Najpierw tylko wzrokiem, bez poruszania głową, aż w końcu zdecydowałam się odwrócić głowę w prawo i popatrzeć na zatrzaśnięte drzwi pokoju mojego brata. Jak zwykle nie było tam klamki. Mój brat od jakiegoś czasu wyciągał zewnętrzną klamkę ze swoich drzwi, żeby mu matka nie przeszkadzała. Powiedział mi kiedyś, że matka bez pukania wchodzi do jego pokoju i robi awantury, co jest rzeczą całkiem normalną w tym domu, ale jeżeli brata nie ma, to też matka tam wchodzi i po kryjomu przeszukuje jego rzeczy.

Pokój bez klamki jest więc jedyną alternatywą, żeby temu zapobiec. I to obojętnie czy brat jest w domu, czy nie. Na dodatkowy zamek w tych drzwiach chyba go po prostu nie było nigdy stać, także wyjęcie klamki stało się logicznym i najtańszym sposobem.

Gorzej bywa, kiedy czasami wszyscy przychodzimy w odwiedziny do mojej matki, czyli Matt, dzieci i ja i mój brat jest w swoim pokoju. Pokoju bez klamki oczywiście. Brat siedzi tam albo sam, albo ze swoją dziewczyną i nie wychodzi dopóty, dopóki my nie wyjdziemy wreszcie z tego mieszkania. Dziwne co? Bardzo często dzieci pukały do niego i prosiły, ba, błagały nawet: – „Wujku, otwórz proszę?... Wujku, chcemy się przywitać?... Wujku, chcemy się pożegnać?... Wujku, co u ciebie słychać?... Wujku-to, wujku-tamto... Wujku, wujku"...

– Smutne... Smutne to wszystko...

Stoję na środku dużego pokoju i patrzę na zatrzaśnięte drzwi bez klamki. Zatrzaśnięte drzwi pokoju mojego brata i wujka moich dzieci.

– Teraz to chyba nie ma go w domu, bo cisza jest taka, że aż wierci w uszach? Ale... kto go tam wie? – kombinuję.

,– Jak tam teraz nie wejdę, to się nie przekonam? – walczę z pokusą.

– Trudno... – kapituluję po krótkim namyśle.

Wchodzę do kuchni, a raczej decyduję się na to, żeby wejść do kuchni. Nie jest to jednak prosta sprawa. Kuchnia jest tak mała, tak brudna i tak zagracona, że garnki i talerze stoją już w pokoju, na stole, a nawet na podłodze przed kuchnią. Można by rzec: kuchnia łączy się z salonem nie tyle architektonicznie, ale właśnie i przede wszystkim z powodu zagracenia.

Tak, zagracenia. I to jakiego? Do kuchni nie można po prostu wejść! Sterty brudnych garów i talerzy z resztkami starego i w większości spleśniałego jedzenia stoją dosłownie wszędzie: na blacie kuchennym, pod blatem, na lodówce, pod lodówką, na kuchence gazowej, pod kuchenką, w zlewie, pod zlewem...

– Dżisis... – znów zakrywam ręką twarz, bo znów robi mi się niedobrze.

– Dlaczego tego nikt nie sprząta? Dlaczego tak tu śmierdzi? Gdzie oni są? Gdzie oni się podziali? Dlaczego drzwi były otwarte? Dokąd poszli? I kiedy? Do cholery... Czy ja się tego dzisiaj dowiem? Czy ja się tego w ogóle dowiem?... – zaczynam panikować.

– Ma-mo... Ma-mu-siu... – wołam dosyć głośno, ale nic się nie wydarza.

– Ma-mu-siu! – jeszcze głośniej. – MA-MU-SIU!... MA-MU-SIU!... – wrzeszczę.

– Jest tu kto? JEST TU KTO? Hallo? HALLO? HA-LLO?... – zaczynam wydzierać się coraz głośniej.

Głuche echo odbija się o ściany, a ja zaczynam wpadać w jeszcze większą panikę.

Wciskam się do tej kuchni, idąc po talerzach, kopiąc brudne garnki i rozsuwając nogami jakieś papiery, szmaty, gumki recepturki, opakowania po ciastkach, papierki po cukierkach, niewyprasowaną bieliznę...

– Klik... – coś strzeliło za moimi plecami.

Odwracam się gwałtownie.

Zapleśniały kabanos oderwał się właśnie ze zmurszałej gumki i spadł na podłogę.

– Dżisis... – wystraszyłam się.

Zaczęłam nagle obracać się w tym ciasnym pomieszczeniu wokół własnej osi. Przed oczami wirował mi a to kuchenny blat, brudny i lepki od starego jedzenia, a to zawalony garami zlew.

– Dżisis... – spróbowałam się zatrzymać. – Kiedy to się skończy? Co to jest? O co tu chodzi? – ze wszystkich sił przytrzymałam się zlewu, żeby zakończyć ten dziwny i nieoczekiwany taniec.

Wreszcie udało mi się zwolnić i wyhamować. – Dżisis... – otarłam pot z czoła.

– Chyba trzeba stąd... spieprzać? – sucho potwierdziłam czekającą mnie najbliższą przyszłość.

– HALLO! – wrzasnęłam po raz ostatni, bardzo głośno, dobitnie i odważnie, po czym zaczęłam wycofywać się, najpierw z kuchni, a potem z dużego pokoju.

Zdecydowanie i desperacko dotarłam z powrotem do przedpokoju. Spojrzałam odruchowo w dość dużą szparę uchylonych drzwi, tym razem po mojej lewej stronie, drzwi obecnego pokoju mojej matki, wcześniej mojego, a kiedyś mojego ojca, kiedy jeszcze żył i... oniemiałam... ONIEMIAŁAM...

– Klik... – strzeliła podłogowa klepka albo jakiś stary i wyschnięty mebel.

Na nierozłożonej wersalce leżał mój ojciec. W ubraniu. W granatowej marynarce i spodniach, na których widoczne były bardzo cieniutkie, prawie niezauważalne podłużne szare prążki. Ręce założone miał pod głową, a raczej pod szyją, a nogi wyciągnięte i skrzyżowane w kolanach. Brązowe buty i szare skarpetki. Koszula chyba biała? Ciemny krawat, chyba jedno-kolorowy, rozluźniony przy szyi...

– Ta-tuś?... – stanęłam jak wryta i wytrzeszczyłam na niego oczy.

Ojciec się nie poruszył, tylko patrzył w sufit. Dalej patrzył w sufit. – Tak samo jak poprzednio?

– Jak to poprzednio? – Przed chwilą? – Jaką chwilą?...

– Tatuś?... – poczułam, że pocą mi się dłonie, twarz, nogi i całe ciało nagle i nieodwracalnie.

– Tatuś?... – jęknęłam przymurowana do podłogi, bo nie mogłam się poruszyć w żaden sposób.

– Tatuś?... Co TY TU robisz?... – zapytałam resztkami sił.

Byłam tak zszokowana tym nieoczekiwanym widokiem, że nawet omdlenie nie wchodziło w rachubę. Nawet omdlenie NIE WCHODZIŁO W RACHUBĘ! Za szybko... Za szybko TO się wszystko... TAM działo... Za szybko, żeby pomyśleć, poczuć coś, uzmysłowić sobie coś...

Teraz... Teraz, kiedy TO opisuję, dodaję do TEGO odpowiedni logarytm jakiegokolwiek znaczenia, ale wtedy?... WTEDY nie było na to czasu. Czas się WTEDY zatrzymał albo tak zaczął pędzić, że z kuli zrobił się dysk... Z KULI zrobił się DYSK...

– Tatuś, co ty tu robisz?... – pytanie to dociera do mojej świadomości płaskim pierścieniem. Jeszcze płaskim pierścieniem... O, zaczyna zwalniać... Z dysku kształtuje się kula... KULA...

Przełykam stężoną ślinę i odklejam się od posadzki przedpokoju. Uciekam. Uciekam z tego pomieszczenia. Uciekam z tego domu. Uciekam, to za mało powiedziane. Spierdalam! Tak, spierdalam, przeskakując po kilka schodów na raz. Trzecie piętro, metalowe nowie księżyca, drugie piętro, mieszkania z numerami 39, 38, 37. Między drugim piętrem a pierwszym trochę zwalniam i mocno chwytam się zielonkawej poręczy u góry. Zamierzam przeskoczyć siedem schodów-stopni na raz: – Hop! – udało się!
– Hurra! – ląduję pod drzwiami z numerem 35. – O nie... – jęczę w przerażeniu.
Karpiński prześwietla mnie swoimi przezroczystymi ślepiami.
– Ale śliczna...
– O nie... – krzyczę i próbuję go wyminąć.
– Ale...
– Już nie będę sikać w piwnicy! Przysięgam! – wołam płaczliwym głosem i zbiegam dalej w dół.
– Śliczna jesteś, wiesz o tym?
– Nie będę!...
– Kawa?
– Nie!...
– Jak nie, to nie...
– Klik... – słychać mocne trzaśnięcie drzwi klatki schodowej.

– Mówiłam ci, że TO nie TU... – baba zamiatająca chodnik wykrzywia do mnie swoją twarz, cynicznie i z pogardą.
– WIEM! WIEM! WIEM! – wrzeszczę na całego, nie zwracając już uwagi na to czy ktoś jest w pobliżu, czy nie.
– Wiem, że to nie tu... – mówię po chwili, nieco ciszej i zaciskam mocno pięści i powieki.

Zaciskam szczególnie powieki bardzo mocno, bo chce mi się nagle płakać. Nie mogę powstrzymać łez. Łzy bezwzględnie i bez jakiejkolwiek kontroli przeciskają się przez moje zaciśnięte szczelnie powieki i wpływają tam gdzie chcą: do nosa, do ust. Ciekną po policzkach i po szyi. Szczypią. Słone, bezwzględne i niczym niepohamowane...

– Tatuś... – słyszę skrawki swojego zanikającego szeptu.

– Tatuś? Gdzie oni są?... Gdzie oni się wszyscy podziali?... Dokąd oni poszli?... I kiedy?...

14

– Masz ochotę na drinka? – zapytał Manuel, jak gdyby nigdy nic.

– A nie za późno? – odpowiedziała pytaniem Julia, patrząc na swoje samotne odbicie w okiennej szybie, za którą rozprzestrzeniała się nocna panorama Katowic.

– Bar jest czynny do drugiej. Sprawdziłem...

– Co ty tu robisz? – Julia powoli odwróciła głowę w stronę Manuela.

– Proponuję ci drinka? – zajrzał jej w oczy.

– Drinka? – zapytała zdziwiona.

– Drinka... – wzruszył ramionami.

– Dla kogo? – udała zaciekawienie.

– Dla ciebie...

– Dla mnie?

– Tak. Dla ciebie... Marija...

– Zamyśliłam się...

– Więc czekam. Marija... Na ciebie czekam...

– Julia!

– No dobrze, chcesz znów zaczynać ten temat?

– Tak. Chcę znów zacząć ten temat! – Julia odpowiedziała wyzywająco.

– Margarita?

– Okej, poproszę... – zgodziła się grzecznie.

Manuel wstał i podszedł do baru. Złożył szybko zamówienie i po chwili wrócił z powrotem do Julii. Po paru minutach dostali Margaritę i whisky z lodem, szybciej niż poprzednio, ponieważ nikogo nie było już w kawiarni. Julia bez pośpiechu upiła łyk swojego drinka i odezwała się pierwsza.

– Czy mogę cię o coś zapytać?

– Właśnie pytasz... – Manuel oparł głowę o prawą rękę i uśmiechnął się do niej z czułością.

– Niedługo zacznę uczyć kompozycji w Bydgoszczy... – zaczęła niepewnie.

– Też na „B" – Manuel wypowiedział to automatycznie.

– No właśnie... Też na „B"... „B", jak Barcelona... – Julia popatrzyła na niego i też się uśmiechnęła.

– Wiem. Wszystko o tobie wiem. I o Barcelonie... I o Bydgoszczy... I...

– Manuel... – Julia przerwała. – Skończmy ten cyrk. – poprosiła.

– Cyrk?

– Tak, cyrk. – Julia upiła łyk Margarity.

– Nie byłem twoim studentem... – Manuel westchnął, udając smutek. – Wiem, że jestem podobny do tego... Manuela. – Twojego Manuela... – poprawił.

– Jakiego „mojego"? – przerwała mu zniecierpliwiona Julia.

Chciała dodać, że to on jest jej Manuelem, tylko on, ale się powstrzymała.

– To nie był żaden mój Manuel, tylko mój student? – wypowiedziała, siląc się na obojętność.

– Ale podobał ci się?

– No... trochę... – Julia się zaczerwieniła. – Był trochę przystojny... – próbowała ukryć zakłopotanie, bo szczerze mówiąc nie spodziewała się takiego pytania.

– Ale ja nie jestem nim... Na szczęście... – Manuel powrócił do tematu.

– Dlaczego „na szczęście?" – zaciekawiła się Julia.

– Poza tym, jestem dużo od niego starszy. Przecież wiesz?... – znów się uśmiechnął, ale tym razem jakoś tak inaczej.

Julia nie mogła tego od razu rozszyfrować, ale wydawało jej się, że w tym uśmiechu Manuela tkwi jakaś tajemnica. Poza tym, nie odpowiedział jej na pytanie. To ją trochę zresztą ucieszyło.

– Nigdy nie studiowałem kompozycji... – zaczął mówić mężczyzna. – Tamten Manuel studiował kompozycję. Tamten... studiował malarstwo. Malarstwo też studiował. Czyż nie? – zajrzał Julii w oczy.

– No tak, ale... Właśnie dlatego cię tak nazwałam, bo byłeś... jesteś do niego podobny, ale, ale... – Julia zaczęła się jąkać.

– Skąd on wie cholera, że tamten Manuel studiował również malarstwo? – pomyślała zaskoczona.

– Wiem... – mężczyzna skinął głową, ale Julia nie miała już pojęcia jaka to była odpowiedź i na co? Co on mógł wiedzieć, a czego nie?

– Skoro jednak... tak ci się po-do-ba to imię, to jestem przecież dla ciebie Manuelem? Tak przecież uzgodniliśmy? Nieprawdaż? Marija?...

– Tak, ale ja nie nazywam się Marija, tylko Julia!

– A ja Manuel! – mężczyzna wyciągnął do Julii rękę.

– Julia Majoor – Julia podała mu rękę i przez chwilę trwali w uścisku. – Czy ja cię skądś znam? – zapytała powstrzymując śmiech.

– A czy nigdy nie zdarzyło ci się widzieć kogoś pierwszy raz w życiu, a mieć przekonanie, że widziałaś już go kiedyś? Albo że go skądś znasz? – odpowiedział pytaniem.

– Nie zaczynajmy znów tego tematu... – odparowała dosyć ostro.

– Manuel... – Julia wbiła w mężczyznę swój proszący wzrok. – Kim jesteś?... I jak wszedłeś wczoraj do mojego pokoju? – przekrzywiła głowę tak, jak pies przyglądający się swemu panu z wielkim zainteresowaniem i oczekiwaniem.

– Mówiłem ci już, że drzwi były otwarte...

– Tra-la-la... To nieprawda...

– Pewnie, że nieprawda... – Manuel chwycił Julię mocno za rękę. – Ale brakowało ci mnie? – Bo mi ciebie bardzo... – dorzucił, zaglądając jej w oczy. Julia z trudem przełknęła ślinę. – Znowu zaczynasz?

– Marija...

– Nie jestem Marija, tylko Julia! – krzyknęła i wyrwała mu swoją rękę. – Proszę cię, Manuel... – błagalnie popatrzyła na niego.

– Ale brakowało ci mnie? – znów zapytał, tym razem niepewnie.

– Brakowało... – odpowiedziała głucho, jakby nieswoim głosem i odwróciła się do niego plecami.

Przez chwilę zaległa kłopotliwa cisza. Julia patrzyła tępo na rozświetloną różnymi kolorami nocną panoramę Katowic, ale nie widziała nic. Wszystko co do tej pory podobało jej się z lotu ptaka, a raczej z wysokości dwudziestego-szóstego piętra nie miało teraz żadnego znaczenia. Wszystko zatraciło swoje kontury i barwy. Julia poczuła się znów jak jakaś nieznana aktorka, która gra główną rolę w jakimś nieznanym filmie, gdzie końca nie widać i gdzie końca nikt nie zna.

– A może końca w ogóle nie ma? Dobrze by było... – pomyślała z ulgą i nadzieją, ale nagle przestraszyła się swoich marzeń.

– Czy to jest sen? Czy rzeczywistość? – zapytała zmieszana na głos i odwróciła się twarzą do Manuela.

– A co za różnica? – wyszeptał Manuel i spróbował ponownie wziąć ją za rękę.

Julia nie protestowała. – Boże... – pomyślała. – Czy to jest sen? Czy rzeczywistość? A może to są moje niespełnione marzenia? – zastanawiała się.

– Tak bardzo chciałabym teraz zatrzymać czas... – wypowiedziała to zdanie powoli, nie patrząc na Manuela.

– Ja też... – Manuel, który trzymał jej lewą dłoń w swojej dłoni przyłożył ją teraz sobie do ust i muskał suchymi, lekko otwartymi wargami jej powierzchnię, zatrzymując się dłużej na kostce jej wskazującego palca.

– Przepraszam... – szepnął prawie niedostrzegalnie.

– Ojej... – Julia drgnęła, ale nie wyrwała już swojej dłoni z dłoni Manuela, tylko zaczęła upajać się jego delikatnym dotykiem.

– Tak bardzo... chciałabym... teraz... zatrzymać... czas... – jeszcze wolniej powtórzyła swoje marzenie, oddzielając starannie słowa.

Zamknęła oczy.

– Przepraszam... – wyszeptał po raz drugi Manuel i nieoczekiwanie zaczął całować ją w usta, namiętnie i niecierpliwie.

Julia przez chwilę poddała się pocałunkom, ale kiedy uświadomiła sobie, a raczej poukładała w głowie jakiekolwiek strzępki ocalałej rzeczywistości, otworzyła szeroko oczy i obserwowała całą tę sytuację. Obserwowała tak, jakby nie była sobą, jakby z lotu ptaka widziała całującą się parę kochanków, którzy z kolei nie mają świadomości swojego istnienia.

– Boże... Czy to jest sen?... Czy film?... Czy rzeczywistość?... – walczyła ze świadomością.

Skupiła uwagę na długich i ciemnych rzęsach Manuela.

– Jaki on jest piękny... Jakie ma regularne rysy... Chyba to jednak nie jest sen... Ani sen, ani film... Boże... Co to jest? Co to znaczy? Co ja tu robię i dlaczego? A może TO właśnie jest rzeczywistość?... – patrzyła dalej na całującego ją Manuela, ale sama nie czuła już nic.

– Już nic albo jeszcze nic... To drugie byłoby lepsze... – pomyślała z nadzieją.

– Dlaczego nic nie czuję? – zaczęła się niepokoić. – Może dlatego, że otworzyłam oczy? Może trzeba znów zamknąć oczy? Zacisnąć...

– „Stoliczku nakryj się"... „Chwilo trwaj"... – Julia zacisnęła powieki i wtedy wszystkie jej mięśnie zrobiły się nagle bardzo wiotkie i miękkie jak z waty. Pożądanie wróciło. Nieoczekiwanie i niecierpliwie.

– Co ja robię? – zdążyła tylko szybko pomyśleć i nagle, jak za dotknięciem czarodziejskiej różdżki zakręciło jej się strasznie w głowie.

Wyrwała się gwałtownym ruchem z objęć Manuela i popatrzyła na niego rozpalonym wzrokiem. Manuel wyrwany z transu był równie rozpalony i oszołomiony. Czarne jego oczy patrzyły na nią z niepohamowanym pożądaniem, a otwarte i zaczerwienione usta, oderwane na siłę od jej ust trwały w swoim zaskoczeniu i zakłopotaniu.

– Przepraszam... – powiedział po chwili lekko chropowatym i matowym głosem, w którym wyczuć można było jakieś zażenowanie, niezręczność i smutek.

– Przepraszam... – powtórzył i wierzchnią dłoni wytarł swoje ciągle wilgotne od pocałunku wargi.

– Przepraszam... – znów wyszeptał. – Nie chcę niczego przyspieszać...

– Niczego przyspieszać?... – Julia lekko rozczarowana otworzyła szeroko oczy.

Czuła, że policzki palą ją do bólu. – Całe szczęście, że jest w miarę ciemno i nikogo tu nie ma... – zawstydziła się jak nastolatka i upiła łyk Margarity.

– Przepraszam... – powiedział jeszcze raz Manuel i też napił się swojej whisky.

– Za co mnie ciągle przepraszasz? – Julia zapytała zmieszana, ale nie otrzymała odpowiedzi.

Zrobiło się cicho i milcząco. Tak milcząco, że Julia bała się przełknąć ślinę. Wydawało jej się, że Manuel to usłyszy, jakby to było nie wiadomo co i odkryje jej zmieszanie? Przełykanie śliny w takich krótkich odstępach świadczy przecież o dużym zdenerwowaniu, a Julia nie mogła sobie na taki stres teraz pozwolić? Julia chciała jak najbardziej zachować spokój i naturalność.

– Że też teraz muszę nagle tyle tej śliny przełykać? – pomyślała zła na siebie.

Upiła kolejny łyk Margarity i spojrzała na Manuela. Ten zamyślony bawił się swoimi włosami i patrzył przez okno. Julia podziwiała jego regularny profil i długie rzęsy: – Jaki on jest piękny... Jaki przystojny...

– To chyba nie jest sen? To nie może być sen... Nie może... – modliła się w duchu.

– Co ja tu robię?... Co to znaczy?... Dlaczego?... – popłoch jak bumerang zaatakował ją na nowo i uderzył mocno w środek klatki piersiowej.

Cisza stawała się nie do wytrzymania.

– Która godzina? – Julia zapytała w końcu, a Manuel drgnął.

– Przepraszam... – wyszeptał. – Nie chcę niczego przyspieszać...

– Już mi to mówiłeś... – Julia bezradnie popatrzyła na niego. – Jaki on piękny...

– Powiedz mi... Manuel... Skąd ja cię znam? – odważyła się jeszcze raz o to go zapytać.

– Hmm... – Manuel zamyślił się, a Julia przestała oddychać. – A gdybym ci powiedział, że znamy się z poprzedniego wcielenia?

– Coo?...

– Uwierzyłabyś?

– Jak to?... – Julia poczuła, że znów robi jej się niedobrze. – Manuel, nie wygłupiaj się... Nie zaczynaj...

– Nie wygłupiam się... I nie zaczynam... – popatrzył na nią bardzo poważnie.

– Manuel... Boję się... – Ciebie... – dodała.

– Nie bój się... Kochanie...

– Manuel... – spojrzała na niego prosząco.

– Ale minka? – pocałował ją szybko i nieoczekiwanie w policzek. – Nie bój się... – powiało smutkiem.

– Dobrze... Ale... – Julia chciała ten smutek rozszyfrować.

– Nie pytaj... – Manuel nagle popatrzył w dół. – Mnie jest ciężko... – zaczął pocierać butem o podłogę.

– Ale ja cię... Manuel... Chyba cię nie pamiętam z poprzedniego... wcielenia? – Julia bardzo ostrożnie wypowiedziała to zdanie.

Teraz ona nie spuszczała z niego wzroku, chcąc odczytać jego myśli, jego uczucia i przełamać coraz bardziej ogarniający ją strach. Manuel ciągle poważny bawił się butem i patrzył w dół, aż w końcu się odezwał.

– Bo takich rzeczy na ogół się nie pamięta...

Przybliżył swoją twarz do twarzy Julii. Zajrzał jej w oczy, ale Julia trwała w bezdechu.

– No dobrze... W takim razie przedstawię ci się całkowicie... CAŁKOWI-CIE... – odczekał chwilę.

– Nazywam się Manuel Bertrois... – odsunął z powrotem swoją poważną twarz i wyciągnął do Julii rękę.

– Manuel Bertrois.

– Julia Majoor... – Julia podała mu ostrożnie rękę i spróbowała się uśmiechnąć.

– Manuel Bertrois! – mężczyzna powtórzył z naciskiem.

– Wiem... – odpowiedziała głucho Julia.

– I nigdy nie byłem twoim studentem...

– Wiem... – głos Julii zaczął się załamywać.

– I właśnie zaprosiłem cię na drugiego drinka...

– Wiem...

– I mam nadzieję, że nie ostatniego?

– Wiem... Nie ostatniego... Ja też mam taką nadzieję...

– Julio, nie płacz... – Manuel pocałował ją nagle w policzek, a widząc kapiące po nim łzy objął ją natychmiast ramieniem.

– Ja nie płaczę... Ja się cieszę... Cieszę się... Jesteś Francuzem? Prawda? Jesteś Francuzem?

– Przecież wiesz... – przycisnął ją mocniej do siebie.

– Francuzem... Jesteś Francuzem... – Julii ciekły łzy, ale mimo wszystko starała się na siłę uśmiechać.

– Tak. Przecież wiesz...

Przytuliła się do niego jeszcze mocniej i zaczęła wdychać ten charakterystyczny i słodkawy zapach taniej wody kolońskiej, który połączony z ledwo wyczuwalnym zapachem piżma, tytoniu i mięty na chwilę ją uspokoił.

– Chwilo trwaj... – przymknęła zapłakane oczy.

– Jestem pół Francuzem... – pociągnął Manuel. – Ojciec Francuz, a mama jest Hiszpanką.

– Była... – poprawił.

– Dobrze mówisz po polsku?

– Taak... – zaczął delikatnie gładzić ją po włosach.

– Ale...

– I nie pytaj mnie proszę, jak wszedłem do twojego pokoju. Jeszcze nie pytaj... Bo i tak ci nie odpowiem. Jeszcze nie odpowiem...

– Ale...

– Jestem twoim fanem. Twojej muzyki i... ciebie.

– Tak, ale...

– Całej ciebie...
– Widziałam cię dziś wieczorem na koncercie? – Julia odzyskała głos. –
Dlaczego nie zostałeś do końca?
– Jaka spostrzegawcza?
– Trudno byłoby nie zauważyć?
– Czyżby? – prowokował.
– No więc?...
– Co, „no więc"?...
– Dlaczego wyszedłeś z koncertu?
– A kto mówi, że tam w ogóle byłem?
– No... przecież... Manuel?...
– No dobrze, nie będę cię już więcej męczył. Wyszedłem, bo mi się koncert
nie podobał. Może być?
– Chyba tak...

– Jestem twoim fanem. Twojej muzyki i... ciebie. Całej ciebie... – zaczął
ponownie Manuel.
– Jesteś Francuzem... Jesteś Francuzem... Jesteś Francuzem... – Julia szep-
tała te słowa jak mantrę i poczuła, że znów łzy nieoczekiwanie napływają
jej do oczu.
– Manuel? Co z nami będzie? Co my mamy zrobić? Gdzie MY jesteśmy?
Gdzie TY jesteś? Gdzie Ja?...
– Julia... – Manuel przerwał i popatrzył na nią szklanymi oczami.

Łzy rozpaczy, niemocy, tęsknoty, wzruszenia i czegoś tak dziwnego i nowego, czego nawet sam nie potrafił nazwać, zdefiniować, uzmysłowić sobie kapały teraz po jego policzkach.
Manuel trwał tak, na poziomie jakiegoś pierwotnego i dawno zapomnianego uczucia.
Czy miłości? To nawet pod pojęcie miłość nie podchodziło? Nie pa-so-wa-
-ło... Miłość... jakie to łatwe i oklepane słowo... Miłość... jakie to trudne
i unikalne pojęcie... Może dlatego? Może dlatego nie znalazł na to nowe
uczucie nazwy? Definicji? Jeszcze nie znalazł? Albo już nie znalazł? Nowe
uczucie?... A może stare i dawno zapomniane?...
– O nie... Takich rzeczy nigdy się nie zapomina... On w każdym razie nigdy
tego nie zapomni. Nigdy... – Manuel przyciągnął Julię jeszcze ciaśniej do
siebie.

– Marija... – wyszeptał prawie do jej ucha. – Jestem twoim fanem... Twoim... – musnął ustami jej włosy. – I nie pozwolę już ci odejść... Nie pozwolę... Nigdy...

Julia poczuła silny dreszcz na ciele, ale tym razem nie odskoczyła, tylko poddała się temu uczuciu. Manuel gładził ją ustami po włosach, a potem czubkami palców przejechał delikatnie wzdłuż jej prawego ramienia. Julia nie oddychała i pragnęła zatrzymać czas. Tak, pragnęła, aby ten film czy ten sen nigdy się nie skończył. Ale jak wiadomo, każda, nawet najpiękniejsza bajka musi się kiedyś skończyć i trzeba to zaakceptować. Koniec nastąpi. Koniec jest. Niestety jest, choć jeszcze go całkiem nie widać. Jeszcze go nie widać? Albo już go nie widać?...
– Chyba trzeba się stąd zbierać? – zauważył ponuro Manuel. – Chyba zamykają tę knajpę... – stwierdził beznamiętnie.

Julia otworzyła oczy. Rozejrzała się po sali. Wszyscy ludzie już dawno przecież wyszli i sala była pusta. Kelnerzy bez żadnego „pardon" gasili światła i docierali szmatą niektóre stoliki i bar.
– Ma-mu-el... – Julia utkwiła wzrok w pustym i samotnym kieliszku po Margaricie, stojącym na stole, tuż przed jej nosem, w którym roztapiały się kostki lodu, do końca...
– Czy koniec w ogóle jest? – zaczęła się zastanawiać. – Czy koniec widać? A może po prostu końca w ogóle nie ma? Nie ma i już? Ani początku, ani końca? Tylko ruch? Ciągły ruch, gdzie kule zamieniają się w dyski i na odwrót? Dyski i pierścienie zamieniają się w kule i na odwrót?...
– Arystoteles by się ucieszył... – pomyślała zmęczona, ale czy smutna?
– Chyba nie. Na pewno nie. JUŻ NIE...

– Nie za późno? – Julia zapytała na głos samą siebie, patrząc na swoje odbicie w okiennej szybie, za którą świeciła nocna panorama Katowic i uśmiechnięta twarz Manuela, połyskująca jasno-pomarańczową aurą.

15

Wróciła do pokoju około wpół do trzeciej w nocy. Po wyjściu z kawiarni wypaliła jednego papierosa z Manuelem przed hotelem. Nie chciała, żeby Manuel odprowadzał ją pod pokój. Zostawiła go na dole. Nie pytała gdzie mieszka i dokąd się za chwilę uda. Nie pomyślała o tym. A może było to tak oczywiste, że Julia w ogóle nie wpadła na pomysł, żeby go o takie rzeczy wypytywać? W każdym razie pożegnali się przed hotelem jak para dobrych znajomych, podając sobie ręce. Manuel został na jeszcze jednego papierosa, a Julia pojechała windą na górę.

W pokoju automatycznie rozebrała się i poukładała starannie ubrania w szafie. Potem weszła do łazienki, umyła się, zrobiła siku i przebrała w nocną koszulkę. Po wyjściu z łazienki szczelnie pozasłaniała okna i wślizgnęła się do łóżka. Zawijając się dokładnie w kołdrę zgasiła lampkę przy łóżku i zamknęła oczy. Próbowała zasnąć, ale wrażenia z ostatnich kilku godzin wypierały sen. Julia myślała tylko i wyłącznie o Manuelu. Żaden koncert, ani jej, ani konkurencji nie miał już znaczenia.
– Koncert? Mój koncert? – pomyślała. – Jeszcze wczoraj byłam taka nieszczęśliwa, a teraz? Teraz mam to gdzieś... – uśmiechnęła się do siebie.
– Manuel... – rozmyślała. – Manuel mnie pocałował, a ja jego... Chyba?... – zastanawiała się.
Jeszcze raz postanowiła wszystko dokładnie zanalizować. Od początku do końca, jeżeli w ogóle jakiś początek i koniec jest?
– No więc... – Julia położyła się wygodnie na wznak, a ręce podłożyła pod głowę.
Skrzyżowała nogi w kolanach i popatrzyła w ciemny sufit, próbując właśnie tam znaleźć i odczytać jakąś kolejność zdarzeń.
– No więc... Był tu wczoraj Manuel... W tym pokoju... Zastałam Manuela, gdy przyszłam wieczorem do mojego pokoju... Po moim koncercie... No tak... Tak było? Wczoraj tak było? Jak wszedł do mojego pokoju? Przecież go nie zapraszałam? Przecież nie miał klucza? To ja miałam klucz? – myślała. – To ja otworzyłam drzwi kartą-kluczem, a on tam już był?... BYŁ TAM!
– Czy na pewno?... – zastanowiła się. – Na pewno tam był?... – zaczęła mieć wątpliwości.

– A może wszedł razem ze mną? Przecisnął się, prześlizgnął za moimi plecami? Jakoś?... – nowa myśl zaatakowała ją znienacka.

– Niemożliwe! – zganiła tę myśl. – To niemożliwe! Otworzyłam drzwi, a ON TAM JUŻ BYŁ! – stwierdziła fakt.

– No dobrze... Ale jak się tam znalazł? – myślała dalej. – No, ale w końcu... mógł wziąć klucz z recepcji? – ziewnęła. – Ale kto by mu go dał? Przecież te panie na dole bardzo dokładnie sprawdzają wszystkich wchodzących i wychodzących i pilnują swoich gości? Nawet mnie nie chciały powiedzieć, w którym pokoju zatrzymał się Mateusz? No ale w końcu... – Julia odkryła kołdrę, bo zrobiło jej się gorąco. – No, ale... mógł w końcu nakłamać tym panienkom na dole i powiedzieć na przykład, że jest moim mężem? Bratem? Ojcem?... – Julia poczuła silny ucisk w gardle i zapaliła lampkę.

– Jakim ojcem?... – zganiła się w myślach. – Co ja bredzę? Może mężem, kochankiem, ale przecież nie ojcem? Jakim ojcem?... – pokręciła z politowaniem głową i poczuła przypływ gorąca.

– Dużo o mnie wie... Jest moim fanem... Zna moją muzykę... Zna moją przeszłość... – analizowała. – Musiał się nachodzić na moje koncerty? Poczytać o mojej muzyce? O mnie? Skąd on tak dużo o mnie wie?... – zastanawiała się.

– No dobrze... Panienki go pewnie wpuściły do mojego pokoju, bo jakoś je przekonał... – Julia narzuciła sobie taką teorię. – Ale skąd on tyle o mnie wie? Habilitacji jeszcze nie napisałam do końca, a on wie o moich teoriach czasu?... – westchnęła.

– A może przeczytał moją pracę doktorską? Tam też jest o czasie? Tylko kiedy i gdzie? Pracę tę ma Akademia Muzyczna we Wrocławiu i ja?...

Julia wstała z łóżka i pilotem znalezionym na podłodze włączyła telewizor. W TVN 24 leciała właśnie kolejna powtórka jakiegoś dziennika.

– Dżisis... ale późno? – spojrzała na zegar w rogu ekranu. – Po trzeciej... – zaczęła się niepokoić.

Wyłączyła telewizor i postała chwilę na środku pokoju. Po szybkiej decyzji usiadła przy biurku i włączyła komputer. Nie sprawdzała już ani maila, ani wiadomości na facebooku. Nie obchodziło ją to. Włączyła za to czat Olgi i choć ta już pewnie dawno spała, przekręcając się w słodkim śnie z boku na bok, Julia zaczęła do niej pisać post:

„Olga, o koncercie już zapomniałam, a tak w ogóle, to wielkie dzięki za Twoje wsparcie :). Olga, stało się tu coś tak dziwnego, że muszę się z Tobą jak najszybciej spotkać i pogadać. Jutro, a właściwie już dzisiaj mam ostatnie koncerty, nie swoje oczywiście, ale wypada iść, a w poniedziałek, gdzieś tak około jedenastej będę zjeżdżać do stolicy. Jakbyś miała trochę czasu wieczorkiem, to zapraszam do siebie. Zrobię kolację, napijemy się wina. Jeżeli jesteś zajęta w poniedziałek, to dawaj znaka, kiedy możemy się jak najszybciej spotkać. Proszę! To dla mnie BARDZO WAŻNE! Olga, pomóż mi! Nie bój się. To nic złego. Powiem tylko tyle, że jestem tak szczęśliwa, jak nigdy dotąd... Olga, to do poniedziałku :) Mam nadzieję :)".

Julia przeczytała jeszcze raz wiadomość, dodała dwa przecinki i rozdzieliła spacją dwa ostatnie słowa „mamnadzieję". Zamknęła komputer i wróciła do łóżka. Sprawdziła w komórce godzinę. Dochodziło wpół do czwartej.
– Boże... – jęknęła. – Jak ja w ogóle zasnę? A może nie warto już spać, tylko przemyśleć to jeszcze raz?
– Okej... – westchnęła zmęczona. – No to jedziemy jeszcze raz... – znów ułożyła się w łóżku na wznak, podłożyła pod głowę ręce, a nogi skrzyżowała w kolanach.
– Wchodzę wczoraj po moim koncercie do mojego pokoju... – zaczęła na nowo analizować.
– Po moim koncercie... Jaki był wczoraj dzień?... Sobota?... Mój koncert był przecież w piątek?... No tak... Już jest niedziela... To przedwczoraj spotkałam tu po raz pierwszy Manuela... Przedwczoraj... W piątek... Po raz pierwszy?... – Julii zaczęły kleić się oczy, a mózg plątać.
– Pierwszy raz zobaczyłam TU Manuela w piątek wieczorem – uznała. – Rozmawialiśmy... – Jak tu wszedł?...
– Dżisis... Nie chcę już o tym myśleć... – zdenerwowała się. – Zmęczona jestem... Dżisis...
– No wszedł! Jakoś tu wszedł! – Julia próbowała sobie mimo wszystko odpowiedzieć na to pytanie.
– Przecież ja go tu nie zapraszałam? Nie wpuściłam? JA GO TU nie wpuściłam? Sam sobie wszedł albo wślizgnął... Sam sobie... – przymknęła na chwilę oczy. – No wszedł... i już... – odruchowo zgasiła lampę przy łóżku.
– A może to cud?... Cud jakiś?... Cuda się przecież zdarzają? Ale jaja... – zaczęła ziewać.
– Jaja jak berety... – nieoczekiwany sen uciął nagle tę zagmatwaną rzeczywistość.
Nieoczekiwany sen uciął od dawna wyczekiwany film.

– Klik...

– Film? Czy sen? – myślę, stojąc pod klatką.
Znów stoję pod klatką B. Znów...
– Cholera... – zaczynam się niepokoić.
Znów zaczynam się niepokoić.
– Znów?...
Patrzę ukradkiem na loggię-balkon na trzecim piętrze. Nic się nie dzieje.
Drzwi klatki otwierają się same przede mną i też nic się nie dzieje. Wchodzę i odruchowo spoglądam na skrzynkę na listy, która i tym razem jest pusta. Dziury są czarne. Nie ma tam nic. Nie podchodzę nawet do tej skrzynki.
Zaciskam za to powieki bardzo mocno, bo chce mi się nagle płakać. Nie mogę powstrzymać łez? Łzy bezwzględnie i bez jakiejkolwiek kontroli przeciskają się teraz przez moje zaciśnięte szczelnie powieki i wpływają tam gdzie chcą: do nosa, do ust. Cieknę po policzkach i po szyi. Szczypią. Słone, bezwzględne i niczym niepohamowane.
– O co tu znowu chodzi?... – myślę.

– Tatuś... – słyszę skrawki swojego zachrypłego głosu.
– Tatuś... – mój głos zaczyna zanikać.
– Tatuś?... Gdzie oni są?... Tatuś?... Gdzie oni się wszyscy podziali?... Tatuś?... Dokąd oni poszli?... I kiedy?...
– Kto wyjął tę pocztę? – w ostatniej chwili wypowiadam swoją kwestię.
– Zaraz sobie coś przypomnę... – myśl jak dzwon uderza mi w środek czoła, a ja próbuję zapanować nad pojawiającą się znienacka paniką.
No i przypominam sobie...

– A nie mówiłam? – od strony piwnicy dochodzi do moich uszu szyderczy śmiech sąsiadki, ale ja nie zwracam na to uwagi.
Już nie zwracam albo jeszcze nie zwracam na nią uwagi. Staję na półpiętrze i patrzę w obdrapane lustro.
Przypominam sobie nagle mojego ojca, którego niedawno TAM widziałam? Tam, czyli w tym mieszkaniu, na trzecim piętrze, pod numerem czterdzieści. Ojca, leżącego na swoim dawnym miejscu, na wersalce, na której kiedyś spał, kiedy jeszcze żył. Potem spałam tam ja z Nadią, a potem moja matka...

Z dziekanki wywalili mnie wtedy, kiedy nieopatrznie wzięłam urlop dziekański. A urlop dziekański wzięłam, ponieważ namówił mnie na to mój profesor. Profesor kompozycji, który potem, jak trzeba było, w niczym mi nie pomógł. Obiecywał pomoc oczywiście, ale jak przyszło co do czego wsadził głowę w piasek. Zachował się jak tchórz. Zresztą, nie pierwszy i nie ostatni raz, jak się później w życiu okazało...

Ale wtedy bardzo mnie to wszystko zabolało, bo zostałam na bruku z małym dzieckiem i nie miałam dokąd się wynieść. Za to urlop dziekański gwarantował mi dodatkowy rok tułaczki.

– Głupia ja...

Straciłam jedyny jak do tej pory, bezpieczny kąt na tym padole. Straciłam dom. Mój profesor zakończył sprawę całkiem na luzie, mówiąc mi na otarcie łez: – „Takie jest życie moja droga. Poradzisz sobie"...

– Poradzę sobie... – odpowiedziałam. – Takie to jest życie...

Urlop dziekański wykluczał bowiem mieszkanie w akademiku. Musiałam wynieść się stamtąd z maleńkim dzieckiem i wrócić niestety do rodzinnego domu, bo i gdzie indziej?

NIESTETY, a może i „stety"... umarł wtedy mój ojciec i miejsce w mieszkaniu się zwolniło. Się ZWOLNIŁO... Tatuś umarł i znalazł się pokój dla mnie i dla Nadii. Nie miałam WYJŚCIA, ale miałam za to WEJŚCIE...

No to wchodzę... Wchodzę do wejścia klatki B i idę stanowczo na trzecie piętro. Bez oglądania się za siebie, bez oglądania się na boki i bez zatrzymywania się. Idę na trzecie piętro. Idę...

– Jak to „idę"? Przecież ja stoję? – uświadamiam sobie nagle. – Przecież ja stoję jak wryta i patrzę na swoje odbicie w obdrapanym lustrze?

– Głupia ja... – próbuję oderwać od lustra wzrok.

– Co robił mój ojciec w tym mieszkaniu przedwczoraj? – pomyślałam, patrząc ukradkiem na to lustro.

– Głupia ja... – na siłę robię potężny krok i stoję teraz przy schodach do piwnicy.

– Mam iść na trzecie piętro? – przypominam sobie.

– Idę na trzecie piętro! – wydaję sobie rozkaz.

Patrzę szybko na numery mieszkań: 31, 32, 33. Wszystko się zgadza. Jestem na właściwej drodze i we właściwej klatce. Jestem na parterze. Chcę zrobić następny krok, żeby wejść na schody i pójść na górę, ale coś mnie powstrzymuje. Coś albo ktoś.

– Sąsiadka? – przypominam sobie. – Sąsiadka jest w piwnicy? Chyba... – decyduję się, żeby tam zajrzeć.

Schodzę powoli te cztery czy pięć schodków w dół i jestem już przed drzwiami piwnicy. Drzwi są jednak zamknięte i sąsiadki tam nie ma.

– Zamknięte? – naciskam ponownie na klamkę, na której zawieszona jest jakaś plastikowa reklamówka z czymś w środku.

– Zostawiła to tu? – myślę o sąsiadce. – Gdzie się ta baba podziała? Gdzie polazła? – ruszam kilka razy klamką w górę i w dół, ale drzwi są zamknięte na klucz.

– No dobra... Jak nie, to nie... – patrzę zrezygnowana na reklamówkę. – Co ta baba tu mogła zostawić? Gdzie się podziała?

Zaciekawiona zaglądam ostrożnie do reklamówki. W środku kawałki starego wyschniętego chleba pomieszane są z kolorowymi i świecącymi papierkami po cukierkach, złotkami, jakimiś wstążkami, szkiełkami po potłuczonych butelkach i...

– O Boże... – podskoczyłam.

Widzę dopiero co wyklute z jajek martwe ptaki. Zdechłe i nagie ciała kilku małych chyba gołębi poprzetykane są tymi złotkami, szkiełkami, wstążkami i starym chlebem.

– O Boże... – w jednej sekundzie pocą mi się dłonie wewnątrz i stopy, a raczej pod stopami.

– W jednej sekundzie? Jak to możliwe? Co to jest? – myślę w panice. – Gdzie ta baba? To jej torba? To ona to zostawiła? Co to w ogóle jest?

Spocona ze strachu zawieszam plastikową torbę z powrotem na klamce.

– Trzeba stąd iść? – dochodzę do wniosku szybciej niż pomyślałam. – Trzeba stąd wiać? Uciekać jak najszybciej...

– Spierdalam stąd! – postanawiam.

Wbiegam te cztery czy pięć schodków z powrotem na parter i bez zatrzymywania się pędzę po schodach na górę. Po drodze zauważam, że schody między półpiętrem a pierwszym piętrem zaczynają się powoli rozjeżdżać.

– Cholera... – przyspieszam kroku.

Wchodzę po dwa stopnie na raz. Muszę zdążyć. Nie mogę patrzeć w dół, nie mogę odwracać się do tyłu i patrzeć na boki. Nie mogę! Muszę iść. Mu-

szę iść prosto, do góry. Iść przed siebie... No to idę. Przeskakuję teraz po kilka stopni jednocześnie. Schody zaczynają rozsuwać się coraz bardziej.
– Chyba nie zdążę? Cholera... – panikuję, ale kolejne półpiętro przemierzam w miarę szybko.
Wykonuję takie duże kroki, że aż się sama sobie dziwię, że jestem w ogóle w stanie to zrobić?
– Dobrze jest mieć długie nogi... – wielkim susem zatrzymuję się wreszcie na trzecim półpiętrze.
Tutaj chcę chwilę odpocząć, odsapnąć, zebrać myśli. Na nowo zebrać myśli...
– Ale jestem rozciągnięta? No, no... Szacun... Brawo ja... – uspakajam się trochę.
– Jeszcze tylko te siedem schodków... – patrzę na metalowy półksiężyc.
Na szczęście szczeliny między poziomami schodów nie są TU aż tak duże, żeby nie można było przez nie przeskoczyć? Nie pojawiają się też TU żadne łóżkowe materace. Jeszcze się nie pojawiają...
– Pewnie nie ma takiej potrzeby? – myślę na głos. – Jeszcze nie ma... – taka opcja w miarę mi odpowiada. – Jak się nie ma co się lubi, to się lubi co się ma. – dochodzę całkiem już spokojna do wniosku. – Dam radę...
Lepiej jest chyba przeskoczyć te niestabilne i chyboczące się schody niż czepiać się jakichś łóżkowych materaców?
– Nieprawdaż? – pytam siebie.
– Prawdaż – odpowiadam sobie.

Cisza. Cisza i duchota. Skroplona para zaczyna kapać mi na nos, usta i policzki. Stoję na ostatnim półpiętrze i patrzę na metalowe nowie księżyca.
– A może poczekać, aż zrobi się z tego pełnia? – zaczynam się śmiać.

– Z czego się śmiejesz? – pyta Małgosia.
– Pokażę ci coś... – mówię tajemniczo i prowadzę ją w stronę śmietnika.
– Co mi chcesz pokazać? – Małgosia trochę się ociąga.
– Znalazłam niesamowity widok...
– Niesamowity widok? – Małgosia otworzyła szeroko oczy. – Gdzie?...
– Ale nie powiesz nikomu?
– Nie powiem...
– Przysięgnij?
– Przysięgam...

– Musimy iść za biały blok... – mówię podekscytowana. – Czegoś takiego jeszcze nie widziałaś...

– Co ty?

– No-o...

– To twój widok? – pyta Małgosia.

– Nie. Nie mój. Bożena TO znalazła...

– Jezu... Już się boję...

– Nie bój się, to tylko widok... – przechodzimy przez śmietnik. – Zobacz, ile tego tu jest?... – pokazuję Małgosi rozbitą szybę okienną, wystającą ostrzem z jednego z kontenerów.

– To ten widok? – pyta rozczarowana Małgosia.

– No coś ty? Widok jest za białym blokiem?

– To dlaczego tu stoimy?

– Pokazuję ci tylko, ile tu jest szkła? Ile możemy zrobić z tego widoków? I to jakich wielkich widoków?

– Wolę kolorowe szkła... – wzruszyła ramionami Małgosia.

– Ja chyba też... – zgodziłam się z nią. – Ale przyznasz, że pod taką szybę można tyle rzeczy nawsadzać?

– No, niby można... – Małgosia zamyśliła się. – Ale taki duży widok można też łatwo znaleźć i odkopać?

– No i co z tego?

– Jak to „co z tego"? – zdziwiła się.

– Jeżeli to będzie powierzchniowy widok, taki zastępczy, no wiesz, to niech sobie odkopują? Nikomu nie przyjdzie nawet do głowy, że pod takim dużym widokiem może być mniejszy i właściwy...

– Też prawda... – Małgosia zastanowiła się.

– Zaraz pójdziemy za biały blok... Zaraz pójdziemy za biały blok... Czary- -mary... Pójdziemy za biały...

– No dobra, gdzie jest ten widok? – przerywa zdenerwowana Małgosia.

– A nie powiesz nikomu?

– Nie powiem, nie powiem... – Małgosia zaczyna się niecierpliwić. – No chodźmy już?... – prosi.

Teraz ja się ociągam, bo z jednej strony mam taką wielką ochotę wyjąć tę rozbitą szybę z zielonego kontenera śmietnika, ale z drugiej strony nie pójdę z nią przecież za biały blok? Jeszcze może mnie tam ktoś zobaczyć? Zauważyć i wydać? A poza tym, niewygodnie mi będzie rozkopywać widok, który właśnie chcę pokazać Małgosi i trzymać jednocześnie pod pachą półmetrowy chyba kawał szkła?

– Pójdę po szybę potem... – postanawiam w myślach.

Wychodzimy ze śmietnika i idziemy za biały blok.

– A wie Bożena o tym, że tu jesteśmy? – zaniepokoiła się nagle Małgosia.

– A po co ma wiedzieć?

– Nie powiedziałaś jej?

– Nie muszę się przed nią spowiadać?

– No, ale przecież to JEJ widok? – Małgosia nie mogła zrozumieć.

– A kto mówi, że jej?

– No... Ty?

– Wcale tak nie powiedziałam. Ja powiedziałam tylko, że Bożena TO znalazła? Słuchaj uważnie.

– Acha...

– A poza tym, mam specjalne zezwolenie... – stanęłam i zajrzałam Małgosi w oczy.

– Czyli... Wie?... Trochę?... – zapytała niepewnie i z trudem przełknęła ślinę.

– Wie, wie... – uspokoiłam ją. – Ona nie chce mieć z TYM nic wspólnego. Zobaczysz sama... – zaczęłam znowu iść, a Małgosia za mną.

– O Jezu... Już się boję... – jęknęła jeszcze bardziej zdenerwowana.

– Nie bój się, to tylko widok... Zresztą, jak nie chcesz, to nie musimy TEGO rozkopywać? Nie musimy TAM w ogóle iść? Nie musisz NA TO patrzeć? – Jak nie chcesz... – dodałam.

– Chcę! – rzuciła ostro. – Chcę tam iść... – poprawiła spokojniej. – Gdzie ten widok?

– Spokojnie, spokojnie... – zaczęłam się śmiać.

– Z czego się śmiejesz? – spojrzała na mnie urażona.

– Z nerwów! – przybliżyłam nagle do niej swoją wykrzywioną grymasem twarz. – Na pogrzebie prababci też się śmiałam...

– Głupia jesteś! – Małgosia odskoczyła. – Ty jesteś chyba jakaś nienormalna? Czemu mnie straszysz? – zaczęła płakać.

– Bo lubię męczyć zwierzęta! – mój śmiech stawał się coraz bardziej gwałtowny i histeryczny.

Małgosia odwróciła się i odbiegła kawałek, a potem ode mnie uciekła. Po prostu ode mnie uciekła. Pognała jak strzała do klatki D, nie oglądając się ani razu za siebie.

– Gośka! Przepraszam... – zawołałam za nią. – Przepraszam, nie chciałam cię straszyć... – jęknęłam, ale Małgosi już nie było.

Uciekła, a ja sterczałam za białym blokiem w bezruchu i zastanawiałam się czy mam wykopać te zdechłe ptaki i jakoś je godnie pochować, czy zostawić je tak, jak je zastałam, na pastwę losu?

Czy te świeżo wyklute z jajek i martwe gołębie, poprzetykane kolorowymi papierkami, złotkami, wstążkami i kulkami zeschłego chleba mogą tak bezkarnie gnić w ziemi, czy zasługują na bardziej godny i dyskretny pochówek?

Zastanawiałam się też czy mam zostawić te gnijące ptaki pod tym wypukłym i zielonkawym szkłem, czy zrobić im jednak bardziej obszerny grób, gdzie wielka śmietnikowa szyba byłaby jakąś alternatywą? W końcu leżeć na takim WIDOKU i to tylko dlatego, że jakieś inne głupie i ludzkie zwierzę chciało się w ten sposób zabawić było dla mnie nie do pomyślenia, nie do zniesienia i nie do zaakceptowania.

– Albo muszę coś z tym zrobić, albo muszę o tym zapomnieć... – postałam chwilę.

– Muszę coś z tym zrobić! – postanowiłam i wróciłam niechętnie do śmietnika po rozbitą szybę.

16

Julia obudziła się w momencie, kiedy sprzątaczka otworzyła drzwi do jej pokoju.

– Co pani tu robi? – zerwała się z łóżka.

– Chciałam posprzątać. Przepraszam, nie wiedziałam...

– Nie ma sprawy... – Julia machnęła ręką. – To nie pani wina, nie wywiesiłam karteczki.

– Która jest godzina? – zapytała zaspana.

– Dziesiąta dwadzieścia – odpowiedziała sprzątaczka. – Posprzątam później...

– Nie ma sprawy – Julia wróciła do łóżka, kiedy drzwi jej pokoju z powrotem zamknęły się za wychodzącą sprzątaczką.

– Przespałam śniadanie – pomyślała zawiedziona. – No trudno... – postanowiła zadowolić się zaległym jabłkiem i resztką kiełbasy myśliwskiej z poprzedniego tu jedzenia.

Poleżała jeszcze przez parę minut w łóżku rozmyślając zawzięcie, a potem wstała i zrobiła sobie kawę rozpuszczalną. Zjadła jabłko i kiełbasę. W torebce znalazła jakieś stare ciasteczko bezglutenowe i też to zjadła, popijając średnio smaczną kawą. Po jakimś czasie chciała zrobić sobie następną kawę i znów włączyła elektryczny czajnik z wodą. Okazało się jednak, że limit torebeczek z kawą przydzielony do tego pokoju właśnie się skończył i Julia musiała zadowolić się herbatą. Opłukała w łazience szklankę, zrobiła sobie herbatę i wróciła z nią do łóżka.

Włączyła telewizor i śledziła poranne wiadomości. Sączyła powoli gorącą i trawiastą herbatę przez zęby i planowała zestaw ubrań na dzisiejsze koncerty. Pójdzie chyba w tej kolorowej sukience, bo fajna długość, gdzie może zaprezentować swoje długie i zgrabne nogi, sukienka jest kolorowa i można się spocić bez strachu, że plamy będzie widać, a poza tym jest tak uszyta, że nawet jak się człowiek nażre, to i tak brzucha za bardzo nie będzie widać.

– Tak... Założę tę sukienkę w kwiaty i czarny sweterek – postanowiła. – Nie muszę się do wieczora przebierać. Wygodnie, schludnie, seksownie i elegancko.

Wstała z łóżka i poszła do łazienki. Tam zrobiła najpierw kupę, a potem się wykąpała. Z mokrą głową wróciła do pokoju i zrobiła na łóżku pierwszą serię „brzuszków”. Potrząsała w tę i z powrotem niewyschniętą do końca fryzurą, gdy zadzwonił telefon.

– Olga? – ucieszyła się.

– Tak. Nie przeszkadzam? – zapytała Olga.

– Nie. Coś ty? Fajnie, że dzwonisz!

– Nie obudziłam cię?

– Nie... Coś ty?

– Co jest? – zapytała bez wstępów Olga.

– Ojej... – Julia podrapała się w głowę.

– Myślałam, że coś się stało?

– Nie-e... Jakby ci tu powiedzieć... – Julia szukała słów.

– No gadaj! Co się stało? – niecierpliwiła się Olga.

– Nic się nie stało. Po prostu...

– No gadaj!

– Po prostu... Chyba się zakochałam...

– Co-o?...

– Chyba się zakochałam! – powtórzyła śmielej Julia.

– W kim?

– W Manuelu...

– Jakim Manuelu?

– No... Jakby ci tu...

– Znam go?

– Nie...

– Kiedy się zakochałaś?

– Wczoraj...

– COO?...

– Przedwczoraj... – poprawiła Julia.

– Przedwczoraj?

– Tak. Przedwczoraj...

– A co na to Matt?

– A co ma mieć Matt na to? – skrzywiła się Julia.

– Nie mówiłaś mu?

– Olga... – Julia zaczęła się niepokoić. – Co mam mu mówić? Jego tu nie ma!

– Sama jesteś?

– No pewnie, że sama.

– Acha... – w telefonie zaległa cisza.

– Olga?

– No?

– Jesteś tam?

– No...

– Hallo?

– Myślę...

– Olga... Nie mów nikomu...

– No co ty? Pewnie, że nie... – No... No... A co to za jeden? – zapytała w końcu.

– Jakby ci tu powiedzieć... – Julia zaczęła się zastanawiać.

– Nowy jakiś? Znasz go? Znajomy? – dopytywała się Olga.

– W pewnym sensie tak...

– Co to znaczy „w pewnym sensie"?

– Olga, nie mogę teraz za długo gadać, bo zaraz muszę lecieć na koncert do filharmonii

– Jasne, jasne...

– Ale jutro wracam do Warszawy...

– Jasne, jasne...

– Masz czas jutro wieczorem?

– Mam zajęcia w szkole do ósmej.

– To co? Wpadniesz? Ugotuję coś dobrego?

– Dobra. Będę około wpół do dziewiątej.

– Możesz zaparkować u mnie w garażu, tylko daj cynk kiedy będziesz podjeżdżać. Albo jeszcze lepiej, przyjedź metrem, to się napijemy wina.

– Dobra. Ale chyba przyjadę autem, bo we wtorek muszę być trzeźwiutka.

– Olga?

– Tak?

– Olga, czekam na ciebie. Przyjdziesz na pewno?

– Na pewno. Nie martw się. Będzie dobrze.

– Będzie dobrze... – powtórzyła po niej Julia i rozłączyła się.

Westchnęła ciężko i zaczęła się ubierać. Ogarnęła szybko łóżko, umalowała się i poszła na pierwszy koncert, który znów rozpoczął się o dwunastej w filharmonii. Usiadła na balkonie, obok Mateusza.

– Długo jeszcze siedzieliście wczoraj u szefowej? – zapytała.

– Chyba do drugiej nam zeszło... – Mateusz zastanowił się. – Dlaczego tak wcześnie poszłaś?

– Północ to wcześnie? – zdziwiła się Julia.

– Do północy to jeszcze było? O północy przynieśli barszcz i paszteciki...

– Ja też się dobrze bawiłam... – Julia uśmiechnęła się tajemniczo.

– Sama?

– A co cię to obchodzi?

– Tak, tak... – Mateusz pokiwał głową. – Ale chyba nie za bardzo się wyspałaś? – spojrzał na nią zatroskany.

– A co? Widać? – przestraszyła się.

– Żartowałem... – zaczął się śmiać.

Za chwilę weszła orkiestra na scenę i po krótkich brawach rozpoczęli pierwszy utwór.

Julii było obojętnie co grają, bo i tak myślała tylko o Manuelu. Znów zaczęła roztrząsać całe ich poznanie i rozbierać wszystko na czynniki pierwsze:
– Przychodzi do mnie facet. Do mojego pokoju, po moim koncercie. Jak tam wszedł? Nie wiem. Może wziął klucz z portierni? Nie wiem. Może przecisnął się za moimi plecami? Może jest duchem i przeszedł przez mur? Nie wiem. A może to wszystko nieprawda i sama to sobie wymyśliłam? – Julia uszczypnęła się w udo.

Rozejrzała się dyskretnie po sali. Nie dostrzegła nigdzie Manuela.

– Pewnie mignie mi na wieczornym koncercie? Oparty jak zwykle o ścianę? Jak zwykle pod męską łazienką?... – pomyślała z nadzieją.

– No więc... – na nowo zaczęła porządkować myśli. – Jest sobie facet w pokoju hotelowym. Moim pokoju hotelowym... – Julia poczuła się nagle bardzo zmęczona takim rozkładaniem na czynniki pierwsze tej samej sceny, tej samej sytuacji, ale z drugiej strony jakaś dzika siła, której w ogóle nie mogła opanować, na nowo wpychała ją w ten labirynt, zagadkę, którą musiała przecież rozwiązać?

Julia czuła, że musi dojść do jakiegoś rozwiązania. Musi dojść do jakiegoś przynajmniej wspólnego, stycznego punktu tego dziwnego labiryntu, żeby w ogóle móc się uspokoić i móc przestać tak w kółko o tym myśleć. Była tak na siebie zła, że myślała nawet o tym, żeby wyjąć z torebki kartkę papieru i zacząć to sobie wszystko spisywać.

– Cholera... – mruknęła do siebie i jeszcze raz, z całych sił skupiła myśli i spróbowała przebić się przez dającą po uszach muzykę:

– Przychodzi facet, nie wiadomo skąd i jest w jej pokoju. Znam tego faceta? – przeskoczyła szybko na następny wątek, żeby nie zapętlać się znowu w tym samym miejscu. – Skąd mógł mieć klucz do mojego pokoju?...

– Znam faceta? – jeszcze raz zapytała się w myślach. – Znam faceta! – kiwnęła do siebie głową. – Ale skąd go znam?... – wzruszyła ramionami.

– Dobrze się czujesz?... Julka?... – zaniepokoił się Mateusz.

– Dobrze, dobrze... – Julia odpowiedziała zdawkowo. – Myślę... Nie przeszkadzaj. Muszę dokończyć myśl...

– Okej – Mateusz wycofał się.

– Skąd znam Manuela?... – Julia drążyła dalej, próbując zapanować nad niezamierzoną mimiką. – W Barcelonie uczyłam jakiegoś Manuela?... Pewnego Manuela?... Bardzo podobnego Manuela?... Ba, prawie identycznego! Ale tamten był młodszy?... Tak, młodszy. Koniec kropka! TAMTEN był młodszy, a TEN jest starszy! Koniec kropka! To nie ten! NIE TEN... – mruknęła.

– Dżulia? – Mateusz szturchnął ją łokciem w bok. – Myśl, a nie gadaj do siebie.

– Wczoraj się z nim całowałam... – Julia pomyślała i zaczerwieniła się. – Tak, całowałam się z nim...

– Całowałam?... – zaczęła mieć wątpliwości. – Chyba całowałam się z Manuelem?... Tym nie moim studentem?... Tym starszym?... Chyba?... – Julia znów uszczypnęła się w udo.

– Wypiłam dwie Margarity, a Manuel dwie whisky z lodem. Pocałował mnie... No przecież czułam? Widziałam? Tak więc... Widziałam go dwa razy. DWA RAZY! W piątek wieczorem, kiedy przyszedł nieoczekiwanie do mojego pokoju... Jak tam wszedł?... I w sobotę wieczorem?... W nocy?... Nie, wróć! W sobotę wieczorem, w filharmonii, na ostatnim koncercie, pod kiblem! A dzisiaj?... Co jest dzisiaj?... Niedziela?... No to dzisiaj też go widziałam! Rano, o drugiej w nocy. Poczęstował mnie skrętem, który wypaliliśmy pod hotelem. W nocy wypaliłam z nim skręta. Ale był smaczny ten papierosik... Holenderski tytoń... Mniam...

– Dlaczego nie zapytałam go gdzie mieszka? – Julia przypomniała sobie nagle. – W ogóle nie zapytałam go gdzie mieszka i dokąd pójdzie? I skąd się w tych Katowicach wziął? Chyba nie przyjechał specjalnie na mój koncert? A może przyjechał? Ale chyba nie? A może jednak tak? Ale z drugiej strony tyle o mnie wie? Skąd on to wie?... – Julia ucieszyła się, że myśli jej jakoś odbiły się wreszcie od uporczywego i obsesyjnego piątkowo-wieczornego tematu i rozprysły szerzej, pokazując jednocześnie jakieś nikłe światełko w tunelu tego dziwnego labiryntu.

– Manuel... – Julia westchnęła, a siedzący obok Mateusz westchnął jeszcze głośniej, dając jej do zrozumienia, że są na koncercie.

– Manuel... Gdzie ty jesteś? Skąd przybywasz? Skąd mnie znasz? A skąd ja ciebie znam? – Julia poczuła, że znów się zapętla.

– Nie dałam ci nawet numeru telefonu ani nie zapytałam o twój numer?... – przestraszyła się. – Jak to powiedziałeś? „Już cię nie stracę i nie pozwolę już ci odejść? Nie pozwolę, nigdy"... – odtworzyła jego głos.

– Manuel... – przymknęła oczy i oparła się wygodnie o fotel.

– Zakochałam się... Normalnie się zakochałam... – serce jej zaczęło mocno walić.

– Francuz... Jesteś Francuzem... Jesteś Francuzem... Francuzem... – słowa te zaczęły obijać się jak mantra o jej skołatany mózg.

– Francuz... – wypowiedziała na głos.

– To nie Francuz, to Włoch. – skorygował ją Mateusz.

– Jaki Włoch?... – Julia ocknęła się.

– Ten kontrabasista!

– Acha...

Na drugi koncert Julia nie poszła. Darowała sobie. Była niewyspana, zmęczona i głodna. Postanowiła wyjść na miasto, pochodzić po sklepach, poprzebierać się w ciuchy, to tak oczyszcza, tak oczyszcza, a potem coś zjeść. Tak też zrobiła. Wróciła do hotelu, zrobiła szybko drugą kupę, poprawiła makijaż i bez zbędnych i ciężkich książek programowych wyszła na słoneczne o tej porze dnia i roku ulice Katowic.

Nie spiesząc się zajrzała do jednego sklepu z ciuchami, potem do drugiego, potem poszła do nowego centrum handlowego wybudowanego tuż przy dworcu kolejowym. Trochę tam się poprzebierała, ale niczego nie kupiła. Za to na dworcu kolejowym wykupiła bilet na jutrzejszy pociąg o jedenastej. Wychodząc, zauważyła niewielką restaurację-bar sushi i tam postanowiła coś zjeść. Nie lubi sama jadać w restauracjach, ale czasami nie ma wyjścia. Jak się chce zjeść coś porządnego, a nie tylko kiełbasę myśliwską z jabłkiem, to trzeba się poświęcić. Wczoraj zresztą prawie nic nie jadła. Nie przypomina sobie, żeby gdzieś była? Poza jabłkami z portierni nie miała nic w ustach. Chciała najeść się na wieczornym przyjęciu u szefowej, ale jak wiadomo wyszła stamtąd za wcześnie. W barze, na górze w hotelu też nic nie zjadła, a tylko piła Margaritę. Dzisiejsze śniadanie? Wiadomo... Zaspała.

Julia przejrzała kartę dań i zamówiła dwie niewielkie potrawy: zupę miso bardziej wypasioną niż standard i tempurę. Dania były wyjątkowo małe i takie sobie w smaku. Julia poczuła się zawiedziona. Tym bardziej nie miała skrupułów, kiedy nie zostawiła kelnerowi żadnego napiwku, a tylko zapłaciła kartą i szybko wyszła. Po drodze do hotelu chciała się napić dobrej kawy, ale zrezygnowała. Zrobiło się nagle późno i trzeba było powoli szykować się na ostatni koncert, który dzisiaj miał zacząć się o siódmej.

Julia wróciła do pokoju i postanowiła zrobić sobie ekspresową kąpiel. Taką typu: tylko wejść do wanny, posiedzieć chwilę i wyjść, bez żadnego mycia głowy, suszenia, układania i takich-tam innych pierdoł. Tak też zrobiła. Posiedziała trochę w ciepłej wannie, a następnie z dobrą energią, wymyta, ciepła i świeżutka pognała na ostatni koncert.

Spodziewała się większej ilości ludzi na koncercie i lepszych utworów, a tymczasem parter świecił pustkami jak łysy facet z „pożyczką", a utwory też okazały się średniawe. To znaczy dobre, a nawet bardzo dobre momentami, ale to Julii nie wystarczało. Dla Julii dobry utwór to taki, który nie mierzy się momentami, ale całością. Całość ma brać albo nie brać i już.
– Momenty? Momenty można posłuchać, nauczyć się czegoś, docenić, ale tak naprawdę momenty można sobie w dupę wsadzić... – zaczęła chichotać.
Jakoś tak w ogóle zrobiło jej się wesoło. Może dlatego, że Olga zadzwoniła i Julia mogła się jej wyżalić? Zdradzić swoją najnowszą tajemnicę? A może po prostu dlatego, że się w końcu porządnie najadła? Trochę za mało co prawda, ale ciepłe jedzenie to jednak nie kiełbasa myśliwska z „Biedronki", zagryzana jabłkiem i popijana „Żołądkową Gorzką".

Julia zaczęła rozglądać się po sali.
– Bez sensu... – pomyślała nagle. – Przecież i tak go tu nie ma? Na pewno GO TU nie ma... – walczyła z natarczywymi myślami, które ciągle nakazywały jej myśleć tylko i wyłącznie o Manuelu i roztrząsać po raz kolejny ich poznanie i wszystkie te szczegóły.
Szczerze mówiąc, Julia była już tym roztrząsaniem zmęczona. Rozbolała ją głowa.
– Przyjdzie?... Nie przyjdzie?... Jest?... Nie ma?... Będzie?... Nie będzie?... W końcu jak mnie będzie chciał znaleźć, to mnie znajdzie? – próbowała się uspokoić. – Do tej pory bez problemu mnie znalazł, to i teraz pewnie... – Julia wychyliła się do przodu, bo myślała, że zobaczyła Manuela w pierwszym rzędzie na dole.
Po chwili opadła zrezygnowana i zawiedziona i oparła się mocno o fotel.
– To nie on... – westchnęła.
– Cholera... Co ja robię? – zezłościła się na siebie. – Dlaczego ciągle o nim myślę i ciągle go wypatruję? Cholera... Głupia baba ze mnie. Głupia i niekonsekwentna... – Julia była naprawdę zła. – Po co mi to wszystko? Mam męża, dzieci...

– Oj tam... – znów westchnęła. – Jak mnie będzie chciał zobaczyć, to mnie znajdzie? Wczoraj też mnie znalazł, a tyle wypatrywałam? Nie mogłam się skupić na żadnym utworze? To nie w moim stylu. Albo ja zwariowałam, albo te kompozycje są do dupy... – znów zaczęła chichotać.

– Z czego się śmiejesz? – odezwał się nagle Mateusz.
– Kompozycje są do dupy – powiedziała na głos i teraz razem zaczęli się śmiać.
– Hallo? Proszę pani? – zamachał do niej facet siedzący dwa rzędy niżej.
– O żesz... – Julia spojrzała na mężczyznę, który wczoraj próbował zaprosić ją na kawę.
Skinęła grzecznie głową i zwróciła się do Mateusza: – Wiesz Mateusz, zawsze chce mi się śmiać ze słowa „dupa". Jak usłyszę lub wypowiem słowo „dupa" zawsze chce mi się śmiać. Czy ty też tak masz?
– Dupa? – spojrzał na nią zaskoczony.
– Tak, dupa. – I to bez względu na kontekst – dopowiedziała i znów się roześmiała.
– No wiesz?... – Mateusz nie ukrywał zdziwienia.
– Nie śmieszy cię „dupa"?
– Dupa... Gówno... – zaczął wymieniać. – Dupa, gówno... Niech się zastanowię... Znajdzie się tego... – podsumował, siląc się na powagę.
– Ja nie mogę... – Julia prawie płakała ze śmiechu, bo Mateusz zaczął pokazywać głupie miny. – Przestań Mateusz, bo się zsikam... – pisnęła.
– A sikaj! Tylko mnie nie zalej...
– Mateusz...
– Ciii... – odwrócił się facet. – Koncert jest!
– Ma nade mną przewagę, bo nie chciałam się z nim umówić... – szepnęła w ucho Mateuszowi.
– To wiesz co?... – Mateusz zastanowił się. – Obsikamy go razem, bo mnie też się zachciało... – zaczął grzebać przy rozporku.
– Przestań! – Julia krzyknęła całkiem głośno i zakryła ręką usta, bo teraz to kilka osób się odwróciło i patrzyło na nich z niesmakiem.

Z oczu jej pociekły łzy. Nie ze smutku, ze śmiechu tym razem. Całe szczęście. Potrzebowała tego. W końcu jakoś się opanowała i wytrzymała w miarę spokojnie do przerwy.

Wyszła pierwsza niż inni i od razu pognała do toalety. Przy poręczy schodów jakby zwolniła i omiotła wzrokiem ceglastą ścianę, prowadzącą do męskiej łazienki. Manuela tam nie było. Julia poczuła się zawiedziona. Nawet bardziej niż przypuszczała. Choć starała się nie myśleć o nim tyle, to jednak zdążyła przyzwyczaić się już do tego dwudniowego ich rytuału.

– Nie ma go pod łazienką? To pewnie będzie czekał w hotelu? Przy windzie?... – pomyślała z nadzieją.

Nie była tego jednak do końca pewna, bo nagle ogarnęły ją kolejne wątpliwości.

– Wymyśliłam sobie ten „rytuał" – zezłościła się na siebie. – Wymyśliłam sobie powtarzalność regularności... A może jego powtarzalność i regularność jest inna niż moja?Różna od mojej? Przecież może tak być? Głupia ja... A może tej powtarzalności i regularności w ogóle nie ma? W ogóle nie istnieje? Po co wymyśliłam sobie jakiś „rytuał"? I to jeszcze dwudniowy? Ale jestem głupia... Głupia baba ze mnie. Głupia i niekonsekwentna! Nie będę już więcej myśleć o nim! – postanowiła. – Nie będę myśleć o Manuelu!

– Jaki on wyrachowany? Jaki egoistyczny? – po chwili znów zaczęła się zapętlać.

– Wchodzi do mojego pokoju? Bez zaproszenia? Bez kluczy? Kto go tam wpuścił?... Bezczelny! Podrywa mnie! Normalnie mnie podrywa, a ja głupia się cieszę... Głupia jestem! Głupia baba! Jak on wszedł do tego pokoju?... Niesamowite... Ile on o mnie wie?... Niesamowite... Ale jestem głupia! On o mnie tyle wie, a ja o nim?... Co ja o nim wiem? Nic! NIC! NIENTE! Niesamowite... Ale ze mnie idiotka... Naiwna idiotka! Ale w końcu... dlaczego on mnie szuka?... Dlaczego chce mu się tyle chodzić na moje koncerty?... Szperać w moim życiu?... Grzebać w mojej filozofii?... Skąd on wie o czasie?... O moim czasie?... Czas i jego wymiary... Przecież to moja filozofia? Pisałam doktorat, habilitacji jeszcze nie skończyłam... Skąd on TO WIE?...

– Dżisis... – Julia próbowała zrobić siku, ale znów się zablokowała.

Dzwonek zaczął dzwonić, oznajmiając koniec przerwy, a ona siedziała na kiblu rozdarta.

Nic już nie mogła ani wymyślić, ani zrobić. Siedziała rozdarta i wewnętrznie i zewnętrznie na chłodnej muszli damskiego kibla, zła i na siebie i na całą tę absurdalną sytuację i nie mogła nawet porządnie zrobić siku.

– Kończę z nim! – postanowiła. – Tak. Kończę! Kończę... Jak będzie chciał mnie znaleźć, to mnie znajdzie... – Julia wreszcie się załatwiła.

17

Nie wróciła jednak z powrotem do sali koncertowej. Kolejna część koncertu zaczęła się na dobre, a ona przechadzała się samotnie po pustych korytarzach nowej siedziby Nospru. Podziwiała architekturę tego wnętrza, zaprojektowanego i zrobionego ze smakiem i umiarem.

– Umiar... Jakie to ważne słowo... – zamyśliła się. – Od tego wszystko się zaczyna. Umiar jest podstawą bytu. Tak, bytu! – pomyślała zadowolona ze swojego wysokiego IQ.

Po śmierci Nadii, kiedy ratując swoje życie bezwiednie przechadzała się ulicami Warszawy, odkryła, że myślenie to wielki dar i przywilej, pod warunkiem oczywiście, że będzie to czyn w pełni świadomy, a przynajmniej uświadomiony. Chodząc po mieście i wyklepując nazwę swojej nowej historii, historii już bez Nadii, Julia pomyślała w pewnym momencie:

– „Jakie to jest fantastyczne uczucie móc myśleć. MYŚLEĆ"...

Niby takie proste, wszyscy przecież myślimy, a przynajmniej tak nam się wydaje, a jednak trudne. Myślimy? Oby? I czy to zawsze musi być prawdą? Wszyscy myślimy? Tak? Na pewno? A może tylko myślimy, że myślimy?...

W każdym razie, po wypadku Julia odkryła, zdała sobie sprawę z tego, że myślenie, choć często niezależne od nas i nieuświadomione, może stać się naprawdę wielką przyjemnością, dosłownie, ale tylko w takich momentach, kiedy sobie zdamy z tego sprawę. Do końca zdamy sobie z tego sprawę.

Myślimy więc myśląc. Kierujemy swoim myśleniem, ogarniamy intuicję i jej święte przebłyski, stawiamy tezy i wnioski, decydujemy. Tak, decydujemy. To my decydujemy, a nie żaden-tam Pan Bóg. Najlepiej jest zwalić odpowiedzialność za nasze decyzje na Pana Boga i w razie czego wypominać mu: – „Gdzie wtedy byłeś jak cię nie było? Dlaczego nie zareagowałeś, kiedy powinieneś był zareagować? Ile Żydów w czasie wojny w obozach zginęło? Ile ludzi umiera? A dzieci, to już w ogóle? Ile syfu i strachu na tym padole było, jest i będzie? A ty co? Patrzysz i milczysz? I nie zagrzmisz? Boże?"...

No tak... Można winić Boga za wszystko albo wychwalać go pod niebiosa, ale tak naprawdę to my decydujemy, nie zawsze słusznie, to już inna sprawa... Tylko co jest słuszne, a co nie jest? Czy słusznie jest żyć? Czy umierać? Przecież można to odwrócić i spojrzeć na to z su-fi-tu albo jak kto woli z nie-ba? Brzmi bardziej pozytywnie, nieprawdaż? Jeżeli odwrócimy dom, to będziemy chodzić po suficie i podziwiać podłogę nad naszymi głowami? W górze? Wypolerowaną zaskoczonym spojrzeniem i niedosięgłą... – Czyż nie? – Sprawa względna...

– „Sprawa względna"?... Gdzieś to już słyszałam? Niedawno... – Julia zadygotała.
– Życie, to sprawa względna... – przypominała sobie. – Życie to sprawa względna?... Czy śmierć to sprawa względna?... I to i to... – na chwilę przystanęła.
– Nie ważne... – w myślach machnęła ręką i powoli podeszła do jakichś drzwi, prowadzących do jakiegoś pomieszczenia.
Drzwi były duże, drewniane i zbyt „barokowe" jak na to industrialne wnętrze. Julia postała chwilę przed tymi drzwiami i delikatnie nacisnęła klamkę. Weszła ostrożnie do środka.
Weszła do sali bez okien, z której odchodził jakiś wąski, obłożony ze wszystkich stron miękką wykładziną korytarz. Tunel jakby... W sali panował półmrok, a właściwie blado-pomarańczowa poświata. Punktowe pomarańczowe światełka wskazywały kierunek do tego tu-ne-lu. Poza tym, stał tam owalny stół, w tej sali oczywiście, a na nim wazon z kwiatami. Wazon był wielki i przezroczysty, a kwiaty sięgały prawie do sufitu.
– Ale?... – Julia podniosła głowę. – Ale niespodzianka? Kwiaty dla wielkoluda? Dinozaura? Dziwne to wszystko...
Postała chwilę w tym wytłumionym pomieszczeniu, tak, wytłumionym, bo zupełnie nic nie słyszała, żadnego dźwięku ani szmeru, a tym bardziej odgłosów trwającego właśnie koncertu i powoli podeszła do wyłożonego miękką wykładziną korytarza.
– Wykładzinowy korytarz... – pomyślała po drodze.

Pomarańczowe światełka zaczęły się jakby niepokoić, bo mrugały nieregularnie i wydawały wysoki dźwięk. Coś w rodzaju: „pip pi-pip". Wyglądało to, jak rój jakichś muszek, które popiskując jak myszki informowały się nawzajem o nadchodzącym niebezpieczeństwie.

Tak, nie-bez-pie-cze-ństwie. Julia też to wyczuła. TEŻ... Muszki informowały myszki, a myszki informowały muszki... Pomarańczowe światełka podskakiwały, ale Julia nie czuła się temu winna. Nie pomyślała, że to o nią może chodzić. Po prostu weszła tu. Przecież drzwi były otwarte? Można tu przecież wejść?

– Chyba można tu wejść i można stąd wyjść? – pomyślała.

Pomarańczowe światełka zaczęły się coraz bardziej niepokoić. Nie dlatego, że weszła tu Julia, ale dlatego, że niebezpieczeństwo czaiło się za rogiem podstępnie. Mogło być i tak, że to Julia pierwsza się przestraszyła, pierwsza wyczuła to niebezpieczeństwo i światełka tylko zareagowały. Na nią zareagowały. Na jej strach. Mogło tak być. W końcu pies czy kot, czy inne zwierzę też reaguje na nasz strach. Pies warczy, kiedy wyczuwa, że człowiek się boi. Nieprawdaż? Ale jak tu się nie bać? Można nawet powiedzieć: „Kocie, psie nie boję się ciebie!", ale on i tak wyczuje prawdziwą, najprawdziwszą prawdę...

To my ludzie oszukujemy. I siebie oszukujemy i zwierzęta... Zwierzęta są szczere. Oszukać kota czy psa i mówić, że się ich nie boimy, a tak naprawdę to trzęsiemy portkami ze strachu, to jest nie fair. Lepiej i uczciwiej jest powiedzieć kotu i przy okazji sobie:

– „Kocie, boję się ciebie jak diabli, ale niestety muszę cię wyminąć i tak naprawdę to mam dobre chęci kocie, bo nie chcę nic złego. Nie chcę cię ani skrzywdzić, ani przestraszyć, ani wejść na twoje terytorium. Chcę tylko przejść. Przejść na drugą stronę. Puścisz mnie kocie? Nic ci złego nie zrobię, przysięgam. Trochę się co prawda ciebie boję, ale myślę, wierzę kocie, że ty mi też nic złego nie uczynisz. Prawda? Nie zrobisz mi nic złego? Kocie? Mogę przejść przez ciebie i iść dalej? Przejdę przez ciebie i pójdę dalej, okej? No i co? Zgoda? Zgadzasz się? Kocie? Stoi? Przybijesz łapą piąteczkę? A wiesz kocie, że już się ciebie mniej nawet boję? Czujesz to? Prawda? No i co ty na to? Widzisz to? Ja to widzę! Ty też widzisz i wiesz, że nie jestem dla ciebie już żadnym zagrożeniem, bo przestałam się ciebie bać. Bo tylko ten, co się boi jest dla ciebie zagrożeniem. Czyż nie? Bo tylko ten, co się boi jest bojowo nastawiony. Prawda? „Boi od bojowo"... Fajne, co? Kocie? Jaki jesteś ładny i milutki... No widzisz? Też ci się podobam. Też chcesz się do mnie przytulić. No widzisz, jakie to proste? Ty się nie boisz i ja się nie boję. Już się nie boimy... Jakie to proste"...

Pomarańczowe światełka uspakajają się. Julia myśli, że nie powinna teraz myśleć, a tylko wejść do tego korytarza. Wejść do wykładzinowego korytarza, całego w miękkim pluszu, gdzie sufit może być podłogą, a podłoga sufitem.

– Sprawa względna... – przekrzywiła głowę i zmrużyła oczy, bawiąc się promieniami pomarańczowych światełek.

– Co pani tu robi? – zapytał nagi mężczyzna.
– O Boże... Ale mnie pan wystraszył! – Julia podskoczyła i odwróciła się instynktownie, żeby nie patrzeć na jego obnażony członek.
– Tu się nie wchodzi – powiedział mężczyzna, siląc się na obojętność i pociągnął za zielony obrus, który przykrywał owalny stół.
Nie zauważył pewnie stojącego na stole wazonu i tego gigantycznego w nim kwiata-drzewa, choć szczerze mówiąc trudno byłoby czegoś takiego nie zauważyć, bo ściągnął to wszystko na ziemię, razem oczywiście z obrusem. Sam przykrył się zieloną tkaniną, a gigantyczny wazon z gigantyczną rośliną runął na podłogę rozbijając się w drobny mak.
– Trzask... Plum... Bang... i nie wiadomo-co-jeszcze... – uderzyło Julię po uszach.
Wystraszona zasłoniła sobie twarz dłońmi i kiedy echo potężnej eksplozji odbiło się jeszcze kilka razy po sali i uciekło przez ten tunel jak wypłoszone zwierzę, Julia powoli odważyła się rozsunąć palce i ocenić przez powstałe szpary strzępki ocalałej rzeczywistości.

Nagi facet owinięty zielonym obrusem wyglądał jak rzymski posąg i stał przy wejściu do tunelu, a na środku sali leżał dostojnie i monumentalnie kwiat-gigant. Cała posadzka upstrzona była drobnymi połyskującymi kryształkami i... wyglądało to przepięknie! Można by rzec: zajebiście! Kryształki oświetlone pomarańczowymi światełkami jakby ożyły. Mieniły się kolorami tęczy i migotały. Migotały i pulsowały, wydając nieregularne dźwięki: „pip pip pi-pip pip pi-pip pip pip pi-pip".
– Zjawiskowe... – Julia otworzyła usta ze zdziwienia i zachwytu. – To ci dopiero koncert... I jeszcze do tego z fajerwerkami? – pomyślała zahipnotyzowana.

– No to mamy problem... – odezwał się głucho nagi mężczyzna w zielonym obrusie.

– Coś pan mówił? – Julia się odwróciła. – Jakie to piękne... – westchnęła. – Jakie to surrealistyczne... Nie uważa pan? – mówiła jak w transie, bo wydało jej się, że rzymska rzeźba nagle ożyła i stała się dopełnieniem do całej tej kolorowej, połyskującej i popiskującej scenerii.

– Co pani tu robi? – zapytał ostro facet. – Tu nie wolno wchodzić? Kto panią TU wpuścił?

– Wpuścił? – Julia otworzyła szeroko oczy. – Sama weszłam... – patrzyła zdziwiona na niego. – Pan to chyba nie stąd?

– Ja? – wydarł się. – Pani się wynosi!

– Przyszłam na koncert...

– Koncert jest na koncercie! TU nie wolno wchodzić! NIE WOLNO! Rozumie pani? Nie wolno! Nikomu tu nie wolno wchodzić! – wykrzyknął oburzony.

Podniósł nawet ręce do góry i wtedy zielony obrus opadł na część gigantycznego kwiata.

Julia znów odwróciła głowę. Jeszcze szybciej, bo członek tego faceta wyrósł do całkiem sporych rozmiarów i sterczał sztywno jak miecz między jego nogami.

– Same giganty?... – pomyślała Julia lekko oszołomiona.

– Proszę stąd natychmiast wyjść! – wydała rozkaz naga męska rzeźba i znów przykryła się obrusem.

– A pan? A pan co tu robi? – Julia wcale nie miała zamiaru wychodzić.

– Nie widzi pani?

– Jeżeli stanie na golasa w tym dziwnym pomieszczeniu należy do pana obowiązków, to gratuluję! – powiedziała złośliwie.

– Przebieram się! – wyszczerzył do niej zęby.

– Wow... Zaraz się przestraszę! – warknęła w odsieczy. – To pana kwiaty? – wskazała łokciem na kwiat-drzewo.

– A co? Nie podoba się?

– Podoba! – Szukam tu kogoś... – dodała szybko, bo zobaczyła, że facet naprawdę się wkurwił.

– Tu nie wolno nikomu wchodzić – powiedział jakby łagodniej.

– No dobrze, przepraszam, stało się... – Julia rozłożyła ręce. – Drzwi były otwarte... – dorzuciła, starając się załagodzić sytuację.

– A to skurwysyny... – zaklął. – Kłopot mamy. Problem...

– Jaki problem?

– Wiking zmarł...

– Wiking zmarł? – Julia podskoczyła. – Jaki Wiking?

– Nie widzi pani?

– Ten kwiat? To Wiking? Czy ten wazon? – Julia z trudem przełknęła ślinę.

– Jakiś wariat? – pomyślała. – Jakiś wariat? Chyba trzeba się ewakuować stąd...

– Kłopoty będą...

– Pomóc panu w czymś? – zaproponowała nieśmiało.

– W czym? – spojrzał na nią wyzywająco.

– No... mogę... Mogę na przykład posprzątać?

– Posprzątać... – powtórzył i zaczął zawiązywać sobie obrus wokół pasa, robiąc z tego indonezyjskie saro.

Miał sprawne i mocne ramiona. Umięśnione i opalone.

– Rzymski bóg... Cholera... Co ja tu robię? W co ja znów wlazłam? – Julia poczuła, że pocą jej się dłonie, a w ustach zaczyna brakować śliny.

– No co tak stoisz i się gapisz? – warknął Posąg.

– Aaa... – Julia podskoczyła.

– Sprzątaj! – Jak chcesz – dodał.

– Szukam tu kogoś... – Julia odzyskała głos.

– Kogo? – zapytał Posąg przeskakując z nogi na nogę.

Pewnie chciał, żeby opadł mu członek do pozycji wyjściowej, a przynajmniej do takiej, żeby pod zielonym saro nie robił się namiot. Trochę to Julię rozśmieszyło.

– Manuela szukam... – powiedziała w ostatniej chwili, żeby się nie roześmiać.

– Manuel już wyszedł – stwierdził obojętnie mężczyzna.

– Kiedy? – Julia natychmiast spoważniała. – Kiedy wyszedł? Zna go pan? – wytrzeszczyła na niego oczy.

– A pani? – odpowiedział pytaniem w sposób tak cyniczny, że Julii zrobiło się przykro.

Przykro i głupio. Tak, Posąg ma rację. Uczepiła się tego Manuela jak rzep psiego ogona i nie chce się od niego odczepić. Nie chce dać mu wolności, wyboru, decyzji. Przecież w końcu Manuel też dokonuje wyboru i może właśnie jego wyborem i jego decyzją będzie to, żeby na przykład nie spotkać się dzisiaj z Julią?

– Ale jestem egoistką... – pomyślała. – Egoistką i głupią babą. Głupią, zakochaną babą. I to jeszcze zakochaną nie wiadomo w kim?...

– Manuel już wyszedł – powiedział spokojnie Posąg. – Nie ma co tu pani czekać. Nie ma sensu, żeby tu na niego czekać. On już wyszedł i już tu nie wróci.

– Acha...

– Niech pani już stąd idzie... Sam posprzątam.

– Okej... – kiwnęła głową zszokowana Julia.

– Niech pani tu już więcej nie przychodzi...

– Okej...

– Manuel i tak panią znajdzie, jak będzie czas.

– Acha...

– Znajdzie panią. Jak będzie czas... – powtórzył.

– Acha... – Julia przełknęła ślinę.

– Jest pan artystą? – zapytała po chwili.

– Artystą... – zamyślił się. – Artystą się nie jest. Artystą się bywa... – odpowiedział zagadkowo.

– Acha... A ja myślałam, że odwrotnie?... – Julia poczuła się niezręcznie.

– Trzeba stąd spieprzać – pomyślała.

– Przepraszam za wtargnięcie – powiedziała i nie czekając na odpowiedź odwróciła się, żeby wyjść.

– Niech pani uważa na siebie! – rzucił Posąg na pożegnanie.

Julia wyszła z pomieszczenia i starannie zamknęła za sobą drzwi. Postała chwilę na korytarzu zastanawiając się czy ma wrócić na salę, czy nie. W końcu postanowiła wślizgnąć się z powrotem na koncert, a potem zaliczyć ostatnie pożegnalne przyjęcie u szefowej. Skoro i tak nigdzie nie spotkała Manuela, to nie będzie odmawiać sobie towarzyskich przyjemności. Może uda się jej coś zjeść ciepłego u szefowej? Dobrze by było. W ostateczności kieliszek albo i dwa dobrego wina ze znajomymi też nie zaszkodzi... Musi zapomnieć o Manuelu i już. Posąg powiedział, żeby uważała na siebie, więc i tak zrobi. Będzie uważać na siebie. Porządnie się naje, napije, wygada, pośmieje, a potem grzecznie wróci do hotelu i grzecznie położy się spać. Nie będzie szukać Manuela ani przed hotelem, ani przy windzie, ani tym bardziej w barze na dwudziestym-szóstym piętrze! Położy się spać. Może pogląda trochę telewizję, sprawdzi pocztę w komputerze czy wiadomości na facebooku? Zobaczy się. Na razie musi jednak zapomnieć o Manuelu. Wybić go sobie z głowy.

– Posąg powiedział przecież: – „Znajdzie panią"... – pomyślała.

– „Jak będzie czas"... – odetchnęła z ulgą.

18

Cisza. Cisza i duchota. Skroplona para zaczyna kapać mi na nos, usta i policzki. Stoję na ostatnim półpiętrze i patrzę na metalowe nowie księżyca.

– A może poczekać, aż zrobi się z tego pełnia? – robi mi się dziwnie neutralnie, ani wesoło, ani smutno.

– Cholerka...

Drzwi na trzecim piętrze otwierają się nagle i na korytarz wychodzi moja matka. Staje przy zielonkawej poręczy i spogląda w szpary między schodami. Nic nie mówi, tylko stoi tak ze spuszczoną głową.

– Chyba mnie nie widzi? Nie zauważyła? – myślę.

– Nie patrz w dół... – słyszę.

– Nie patrz w dół... – to mówię ja.

– Spójrz na mnie... – znów ja.

– Mamusiu...

Cisza. Cisza i duchota. Matka stoi na korytarzu przy zielonkawej poręczy, przed otwartymi drzwiami mieszkania z numerem 40, a ja oparta o tę samą poręcz na półpiętrze wpatruję się w metalowy półksiężyc wtopiony w lastrico schodów.

– Nie wchodzisz na górę? – pyta obojętnie matka.

– A mam wchodzić? – odpowiadam pytaniem.

– Zapraszam... – uśmiecha się nie patrząc na mnie. – Ugotowałam obiad...

Wydaje mi się jakaś inna. Młodsza? Ładniejsza? Lepiej uczesana i ubrana? Ma kasztanowe, krótkie i lekko falujące włosy.

– Dziwne... – pomyślałam. – Zawsze była blondynką, a od wielu lat jest siwa?... Czyżby zmieniła kolor?...

Ubrana jest inaczej. W spodnie. – Nigdy nie nosiła spodni?...

– To ona? – zaczynam się zastanawiać.

– Ona – dochodzę do wniosku. – To jest ona, tylko jakaś taka... odnowiona... – cały czas stoję na półpiętrze i nie spuszczam z niej wzroku.

– Ładnie wyglądasz... – odzywam się.

– Dziękuję. Ty też... – matka spogląda w moją stronę.

Uśmiecha się. Uśmiecha się do mnie! Nie krytykuje mnie, nie ocenia, nie wypytuje od razu o to i o tamto... Uśmiecha się łagodnie i z życzliwością. Nie jestem przyzwyczajona do takiego przez nią powitania i dlatego czuję się bardzo zakłopotana. Nie wiem zupełnie co mam powiedzieć i co mam uczynić. Głupio mi jest tak bardzo, że zaczynam się pocić. Zupełnie jakbym była na jakimś ważnym spotkaniu, na którym muszę dobrze wypaść i załatwić coś, co wymaga ode mnie dużej odpowiedzialności. Mam tremę. Po prostu mam tremę. Chciałabym przyspieszyć teraz czas, a tu jak na złość wszystko się nagle zaczyna wydłużać. Skraplająca się zewsząd para kapie mi na nos, policzki, usta. Nie mam odwagi się ruszyć, a już tym bardziej przetrzeć mokrą od tych kropli i od mojego potu twarz.

– Mamusiu... – odzywam się lekko ochrypłym głosem, żeby przerwać tę zastygłą ciszę.

– A co zrobiłaś na obiad?

– Duszoną wołowinę...

– Acha...

– Zapraszam... – znów się do mnie uśmiecha.

– Mamusiu... Jesteś bardzo miła dla mnie dzisiaj?

– Zawsze jestem dla ciebie miła...

– Acha...

I znów kłopotliwa cisza.

– I co ja mam teraz zrobić, powiedzieć? – główkuję bezsilnie. – Mam jej zrobić wymówkę o to, że jest dla mnie miła? Bez sensu... Ale z drugiej strony... Dlaczego mnie nie krytykuje? Dlaczego mnie nie opieprza i wyśmiewa? Dlaczego nie żali się od progu na swój marny los? – myślę.

– Mamusiu... Ale wszystko dobrze?... – pytam nieśmiało.

– Ugotowałam obiad. Duszoną wołowinę – odpowiada jak automat.

– A jest... tatuś? – ośmielam się zapytać.

– Zagląda tu – o dziwo odpowiada na moje pytanie.

– Zagląda tu... – powtarzam bezwiednie i ocieram wreszcie spoconą twarz.

– Chyba był tu ostatnio? – pytam ostrożnie.

– Owszem...

– Mamusiu... Dlaczego tatuś tu przychodzi? – czuję, że robi mi się niedobrze.

– Sprawdza...

– Co „sprawdza"?

– Czy wszystko jest we właściwym porządku...

– We właściwym porządku? – wytrzeszczam ze zdumienia oczy. – Jakim porządku?

– Sprawdza...

346

– Jakim porządku? Mamusiu?
– Poleży chwilę na wersalce i odchodzi...
– Poleży na wersalce... – powtarzam za nią.
– Czasami leży w dużym pokoju, a czasami w małym...
– Leży w dużym pokoju, a czasami...
– Ale przeważnie leży w dużym pokoju. – przerywa mi.
– W dużym...
– Tak, w dużym. – matka kiwa głową.
– I nic nie mówi? – pytam.
– A skąd wiesz? – matka zmienia pozycję.
Nie stoi już przy zielonkawej poręczy schodów, tylko opiera się o drzwi są-
siadów. Opiera się o drzwi z numerem 41.
– Tam ktoś mieszka? – wskazuję ręką na te drzwi.
– Mieszka, mieszka... – odpowiada niechętnie.
– To co? Zajdziesz do mnie na obiad? – pyta trochę zniecierpliwiona.
– Zajdę... – odpowiadam głucho. – A tatuś jest?
– Zagląda tu...
– Ale czy teraz jest? – upewniam się.
– Nie ma.
– Acha...

Kłopotliwa cisza zaczyna mnie wkurzać.
– Muszę się na coś zdecydować? – myślę zła na siebie.
– Albo w tę, albo we w tę... – wkurzam się jeszcze bardziej.
– A gdzie Matt i dzieci? – tym razem matka przerywa kłopotliwą ciszę.
– Matt i dzieci?... – zastanawiam się. – Acha?... Chodzi ci o Matta i dzieci?...
– doznaję olśnienia. – Są w Holandii. Matt jak zwykle robi litery, pracuje,
a dzieci w szkole. Dobrze im idzie. Dużo się uczą, dużo grają, w przyszłym
roku matura...
– Czas leci... – przerywa mi matka. – To co? Zajdziesz? Ugotowałam
obiad...
– A co jest na obiad? – czuję, że coś mi tu nie gra.
– Wołowina duszona... Ojca nie ma. Nie musisz się bać. Zagląda tu od czasu do czasu, ale teraz go nie ma. – mówi sama z siebie.
– Acha...

– Czasami poleży w dużym pokoju na wersalce, czasami w małym. Zawsze to samo. Sprawdza. Po prostu sprawdza czy wszystko się zgadza i czy wszystko jest w porządku.

– Acha...

– Nic nie mówi, tylko leży i patrzy w sufit.

– W sufit...

– Leży w ubraniu, w garniturze. Zawsze leży w ubraniu, w garniturze. Śpi też w ubraniu, w garniturze.

– Acha...

– Jak garnitur się zniszczy, no wiesz, wytrze, to kupuje nowy i też w nim leży i śpi...

– Mamusiu...

– Śmiejemy się z Łukaszem, że ojciec kupił sobie nową piżamę...

– Nie wchodzi do łóżka? – ocknęłam się.

– Po co ma wchodzić do łóżka? Tyle trudu, żeby się rozebrać i wejść do łóżka?

– Trudu?

– Łóżko najpierw trzeba posłać... Wersalkę najpierw trzeba rozłożyć i posłać, a potem trzeba się rozebrać, a rano ubrać i znów posłać i złożyć...

– Ale...

– Łatwiej jest spać w ubraniu. Nie uważasz?

– Ale... Ale w ubraniu jest niewygodnie? – zapytałam nieśmiało.

– Dla jednego niewygodnie, dla drugiego wygodnie... – odpowiedziała zdawkowo. – Wiesz, że ojciec jest leniwy i woli spać na nierozłożonej wersalce niż rozbierać się i robić sobie co wieczór posłanie? Zawsze śmiejemy się z Łukaszem, że garnitur to jego mundurek i do pracy i do spania. Śmiejemy się z Łukaszem, że ojciec kupił sobie nową piżamę. Zawsze granatową w szare prążki...

– A w butach też śpi? – zaciekawiłam się.

– Też... – machnęła ręką. – Jest tak leniwy, że nawet butów nie zdejmuje.

– To jak on śpi? – nie mogłam sobie tego wyobrazić.

– Leży. Leży i patrzy w sufit.

– Czyli nie śpi?

– A kto go tam wie?...

– A jest Łukasz? – zapytałam nagle.

– Wyszedł.

– Acha... – znów poczułam, że powinnam stąd spieprzać. – A dokąd poszedł? – zapytałam jednak.

– Wyjął klamkę i poszedł. – stwierdziła ponuro matka.

– Wyjął klamkę i poszedł... – powtórzyłam za nią.

– Mamusiu... Ja chyba też pójdę?... – odważyłam się wypowiedzieć to zdanie.

– Nie zajdziesz na obiad? – popatrzyła na mnie zawiedziona.

Przełknęłam z trudem ślinę i przetarłam spoconą twarz. Popatrzyłam na srebrzysty półksiężyc i czekałam na jakiś od niego znak, jakieś ukojenie, odpowiedź, ale niczego się nie doczekałam. – Głupi kawałek metalu przy moich nogach – pomyślałam bezsilnie.

– Mamusiu... Jesteś dzisiaj bardzo miła dla mnie. Nigdy taka nie byłaś? Co się stało?... – odważyłam się zapytać w taki sposób, aby nie zabrzmiało to cynicznie.

– Zawsze jestem dla ciebie miła. – odpowiedziała stanowczo. – Zawsze. Tylko ty tego nie widzisz.

– Nie widzę?... – zdziwiłam się szczerze.

– Ty nie musiałaś nigdy słać sobie łóżka. Ja to za ciebie robiłam – zaczęła mówić.

– Mogłaś się lenić albo nie, ale łóżko i tak zawsze wieczorem było posłane...

– O, przepraszam! – przerwałam jej. – W pewnym momencie sama sobie słałam łóżko! – zaprotestowałam.

– A zresztą, wcale cię o to nie prosiłam? – zaczęłam sobie coś przypominać. – Pamiętasz, jak kiedyś chciałam nagrać audycję „Trzy kwadransy jazzu"? Chciałam przegrać audycję z radia na kasetę? Pamiętasz?...

– Nie bardzo...

– Nie miałam kabla do nagrywania, bo tatuś nie zrobił tego i musiałam nastawić oddzielne radio, oddzielnie magnetofon i nagrywać przez czterdzieści-pięć minut muzykę, siedząc w bezwzględnej ciszy. Pamiętasz?

– Nie pamiętam...

– Dochodziła już prawie jedenasta i ty nagle weszłaś do pokoju. Pamiętasz?... Zaczęłam dawać ci rozpaczliwe znaki, żebyś jeszcze te dwie czy trzy minuty poczekała i zostawiła mnie w spokoju, ale ty nie posłuchałaś. Pamiętasz?... – teraz ja zaczęłam robić jej wymówkę:

– Błagałam cię na migi, że właśnie audycja się kończy, właśnie nagrywam, a ty? A ty... nie! Ty musisz posłać tę cholerną wersalę!

– Chciałam ci posłać łóżko...

– No dobrze, ale ja cię tak prosiłam, tak cię prosiłam, żebyś jeszcze trochę poczekała? Troszeczkę...

– Chciałam ci posłać łóżko...

– No to posłałaś! Zgrzyt jeden, zgrzyt drugi, wersala rozłożona, audycja spieprzona! – wykrzyknęłam zdziwiona swoją reakcją.

– Chciałam ci posłać łóżko, żebyś nie musiała tego sama robić – odpowiedziała beznamiętnie.

– Pomogłaś mi... Bardzo mi wtedy pomogłaś... – czułam się rozżalona.

Zaczęłam kopać butem w poręcz.

– Bang... Bing... Bang... – rozszedł się wibrujący dźwięk.

– Przeciąg się robi... – westchnęła ponuro matka. – Przeciąg...

– No i co z tego?

– Wchodzisz? Czy nie wchodzisz? – zapytała już bez uśmiechu.

– No właśnie, zawsze musi być tak jak ty chcesz. Prawda? – popatrzyłam na nią wyzywająco.

Matka nie odpowiedziała. Trochę to mnie zastanowiło. – Dlaczego nie protestuje? Dlaczego nie kłóci się ze mną? Normalnie, to ja nie mogłam nigdy niczego do końca wypowiedzieć, bo zawsze była awantura? A teraz to JA JĄ atakuję? Coś takiego? – zawstydziłam się. – Czyżby zaczęła mnie słuchać? Normalnie, to... – zaczęłam się zastanawiać.

– Ale co jest normalnie? – przestraszyłam się nagle. – Tu nie jest normalnie? Teraz nie jest normalnie? Teraz... – coś mi zaczęło przeszkadzać.

– Coś mi tu nie gra... – uświadomiłam sobie. – Coś mi tu jednak nie gra... – walczyłam ze świadomością.

– Trzeba stąd spieprzać – postanowiłam.

– Bang... Bing... Bang... – wibrujący dźwięk stawał się coraz bardziej natarczywy, tak natarczywy, że musiałam dłońmi zakryć uszy, a oczy zacisnęłam prawie automatycznie.

19

– Zmęczyłam się... – powiedziała Julia i upiła łyk czerwonego wina.
– To nie myśl tyle o nim... – Olga też napiła się wina. – Nie myśl. Posłuchaj
Posąga. Przypomnij sobie, co ci Posąg powiedział: „Jak będzie chciał, to cię
znajdzie"... Posąg ma rację...
– Jak będzie chciał, to mnie znajdzie... – Julia westchnęła.
– I tak nie masz wyjścia. – Olga złożyła sztućce na pusty talerz.
– No, nie mam... – przyznała ponuro Julia i pokiwała głową.
– To nie myśl o nim. Nie myśl tyle o nim. To nic nie da. Nie masz na to
wpływu. I tak nie masz na to wpływu, bo i co możesz zrobić? Nic? Prawda?
Co możesz zrobić? Musisz czekać. Albo i nie czekać... – Olga zaczęła Julię
pocieszać.
– No... Wiem...
– Nie myśl tyle o nim...
– Też bym chciała... Ale to nie jest takie łatwe?
– Rozumiem cię... To nie jest takie łatwe...
– Od trzech, gdzie tam, od czterech dni chodzę na adrenalinie... I co?
– Musisz czekać.
– I gówno! – odpowiedziała sobie Julia.
– Chodzenie na adrenalinie może być całkiem przyjemne... – uśmiechnęła
się Olga, a Julia ciężko westchnęła.
– Musisz czekać. – powtórzyła Olga.
– Gówno czekać... – Julia wstała z krzesła i odeszła od stołu. – Mam tego
dosyć! Za stara jestem na takie emocje... – pokręciła się po pokoju i wróciła
z powrotem do stołu.
– Ty, a może ktoś chce ci zrobić jakiś kawał? – zapytała nagle Olga.
– Jaki kawał? – Julia się skrzywiła.
– Może ten Manuel chce cię po prostu poderwać? Normalnie poderwać?
– Mnie? – zdziwiła się. – Dlaczego akurat mnie?
– Jesteś piękną kobietą. Zdolną, znaną...
– Przestań! – Julia zaczęła się irytować. – Tyle jest pięknych i zdolnych ko-
biet na świecie. I do tego młodszych...
– Myślisz, że faceci tylko na młode lecą?
– O Jezu... Olga... Nie wiem... Nie interesuje mnie to. Ale zobacz, on tyle
o mnie przecież wie?...
– No widzisz...

– Co „widzisz"?

– Podobasz mu się, bo dowiedział się różnych rzeczy na twój temat...

– I jeszcze chodzi na moje koncerty... I zna moją muzykę, moją filozofię...
– Julia zaczęła wyliczać.

– No widzisz...

– Co mam widzieć?

– Może ktoś ci chce zrobić kawał? Albo chce cię poderwać, dowiadując się przy okazji różnych rzeczy na twój temat? To nie jest w końcu takie niemożliwe?

– No... Nie...

– Facet chce cię poderwać i już! – Olga machnęła ręką.

– Olga, ale ja czuję, że go skądś znam?... Skądś?... Nie wiem...

– No, ale przecież to nie jest twój były student z Barcelony? Sama mówiłaś, że to nie jest twój były student?

– No... nie...

– No... to?

– Ale podobny.

– Podobny do kogo?

– Do Manuela! Tego studenta z Barcelony. Oczywiście... Chociaż... – Julia zaczęła sobie coś przypominać. – Pamiętasz Olga takiego włoskiego piłkarza, z jakiejś reklamy w telewizji?

– Jakiej reklamy?

– W telewizji była niedawno taka reklama, czegoś tam i było trzech piłkarzy, no i Manuel jest podobny do jednego z nich. On jest podobny do tego włoskiego piłkarza, zapomniałam jak się nazywa...

– No to masz odpowiedź! – Olga uderzyła ręką w stół.

– Jaką odpowiedź? Chyba nie sądzisz, że to ten piłkarz włoski mnie podrywał?... Ha-ha-ha... – Julia zaczęła się śmiać.

– Ale jest podobny?

– I co z tego? Co to rozwiązuje?

– Jest podobny i dlatego tak cię to męczy?...

– Olga, zastanów się... – Julia spoważniała. – Jakiś Manuel odwiedza mnie w Katowicach. Jest bardzo podobny do mojego byłego studenta, który tak samo miał na imię, ale nie jest nim! Jest poza tym podobny do pewnego włoskiego piłkarza. Okej. Może się tak zdarzyć. Ale to i tak nie rozwiązuje tej zagadki? Nie rozwiązuje tego, skąd go znam? Nie rozwiązuje. Może być sobie podobny do wielu facetów o śródziemnomorskiej urodzie. W końcu Manuel, ten nowy, ten niby mój Manuel jest Francuzem? Pardon, jest pół-Francuzem i pół-Hiszpanem? Tak mi się przynajmniej przedstawił... – Julia się zastanowiła. – I co to rozwiązuje? No co? Nic! Prawda? No sama przyznaj?

– Jesteś pewna, że to jest prawdziwe jego imię? – zapytała poważnie Olga.

– Manuel?... – Julia westchnęła. – Nie jestem... – odpowiedziała po chwili.

– W sumie... – zaczęła się dalej zastanawiać. – W sumie to ja go tak nazwałam, a on się na to zgodził...

– Łojezu... – teraz Olga ciężko westchnęła. – Dziwne to wszystko... – dodała.

– Dziwne... – zgodziła się Julia. – W ogóle, dziwne mam ostatnio sny, dziwna rzeczywistość mnie otacza i dziwnie się z tym wszystkim czuję. Czasami to już sama nie wiem co jest snem, a co rzeczywistością... – popatrzyła błagalnie na Olgę.

Ta milczała zapatrzona w przyjaciółkę jak w średniowieczną ikonę.

– Śni mi się mój zmarły ojciec... Śni mi się moja zmarła matka... – Julia zaczęła wyliczać.

– Zmarła córka też ci się śni? – przerwała jej Olga.

– Nadia? – Julia odparła brodę o złożone ręce. – A wiesz, że śniła mi się parę dni temu? Przyszła do mnie w odwiedziny, tylko zapomniałam gdzie?... Zresztą, nieważne... I wyobraź sobie, że... jakby ci to powiedzieć... jakby to ująć... No... W każdym razie było to coś takiego, jakby Nadia po kryjomu spotkała się za mną. Po kryjomu...

– Po kryjomu? – Olga nie wytrzymała.

– Błażej nie pozwala Nadii kontaktować się ze mną. Błażej! Rozumiesz?

– Nie...

– Nadia wyraźnie dała mi do zrozumienia, że to Błażej ją blokuje i zabrania spotkań ze mną.

– Jak ten Błażej musi cię nienawidzić. Ale z drugiej strony, co on może? Przecież on żyje, a Nadia nie?

– No widzisz? Sama nie rozumiem, ale tak jest od lat. Od lat! Od lat przychodzi do mnie Nadia, od czasu do czasu oczywiście i nerwowo się rozgląda czy oby Błażej nie stoi za rogiem.

– Coś podobnego...

– Nadia boi się ojca, ale z drugiej strony bardzo chce być ze mną. Ale z trzeciej strony nie może wyplątać się z jego sideł...

– Ty, a może to Błażej jakieś modły odprawia? Egzorcyzmy?

– Nie zdziwiłabym się... – Julia posmutniała. – Jest taki mega pobożny przez ostatnie dwadzieścia lat, że aż głowa boli...

– Wiem coś na ten temat... – Olga uśmiechnęła się cynicznie. – Wszystkich nawraca, a jak nie uda się mu kogoś nawrócić, to krytykuje i wyśmiewa...

– No właśnie... – Julia westchnęła. – Wszystkich krytykuje i wyśmiewa. Ileż to razy mnie krytykował i wyśmiewał. Gdybym go posłuchała, nie zostałabym kompozytorem! Wyobraź sobie! Błażej nigdy nie był zrealizowany, a jak wiesz u facetów to podstawa. I w tym był i jest główny problem... A poza tym, może mu faktycznie odbiło? Taka mega pobożność zajeżdża mega fanatyzmem, a jak wiesz, co za dużo, to niezdrowo...

– Pewnie tak... – przyznała Olga. – Błażej poza tym nie jest lubiany w środowisku.

– W sumie, niech sobie robi co chce i nawraca kogo chce, jeżeli komuś to nie przeszkadza, ale ode mnie niech się odczepi.

– Ale przecież nie masz z nim kontaktu?

– Jak widzisz... mam... – Julia znów westchnęła. – Winił mnie o śmierć Nadii, wini i winić będzie... Także... Także w snach też czuję tę jego niechęć do mojej osoby i nie tylko do mojej osoby... A zresztą... – Julia wstała i poszła po nową butelkę wina. – Wini czy nie wini, ale wina możemy się napić. Prawda?

– No jasne! – teraz Olga wstała od stołu i przeszła się po pokoju.

– A zresztą... – Julia wróciła z nową butelką. – Nie chce mi się o tym gadać, bo to i tak nie jest najdziwniejsze w tych moich przeżyciach. Nadia przychodzi... Jest okej... A czy przychodzi po kryjomu, czy nie, to już nie ma znaczenia. Niech sobie przychodzi jak chce. I tak się kochamy...

– Kochasz... Nadię? – zapytała ostrożnie Olga. – Jak to jest po... tylu latach?

– Kocham... – Julia poczuła, że zaraz się rozpłacze.

Otworzyła szybko butelkę wina i wypełniła ich kieliszki. Upiła potężny łyk i podniosła głowę do góry, chcąc zatrzymać napływające do oczu łzy.

– Kocham Nadię, ale... czuję się czasami winna, że nie myślę o niej non stop i zapominam jak wygląda... – łzy zaczęły jej kapać po policzkach.

– To chyba normalne? Po ponad dwudziestu latach od wypadku? To normalne... Julia, nie płacz... – Olga wzięła przyjaciółkę za rękę. – Masz dwójkę nowych, cudownych dzieci... To normalne, że jej obraz się zamazuje...

– Myślisz?... – Julia zwróciła ku Oldze swoją załzawioną twarz.

– Tak. Tak myślę. – odpowiedziała stanowczo Olga. – Nie powinnaś się o to winić...

– Prawie jej nie pamiętam...

– Minęło ponad dwadzieścia lat! – przypomniała Olga.

– Tak... Dwadzieścia trzy lata, dokładnie... – Julia przetarła oczy. – No cóż? Żyłam, żyję i żyć będę z tym nożem w piersi, ale ból jest mniejszy...

– To jest normalne. Ciesz się, że ból jest mniejszy. Jakbyś miała wychowywać Filipa i Teę, gdyby ból był nie do zniesienia? No jak?...

– To prawda... – Julia kiwnęła głową.

– Twoja reakcja jest naturalna, ale rozgrzeszesz się...

– Wiem... – Julia znów kiwnęła głową i upiła kolejny łyk wina. – Mam cudowne dzieci. Nadii nie ma, ale mam cudowne dzieci... Ale właściwie, to nie o tym chciałam rozmawiać. Olga... – teraz Julia złapała przyjaciółkę za rękę. – Od kilku miesięcy nie mogę wejść do klatki...

– Jakiej klatki? – Olga zastygła.

– Do klatki B, tam gdzie mieszka, mieszkała moja matka. Wchodzę po schodach, bardzo ostrożnie, chcę wejść na trzecie piętro i nagle schody zaczynają się rozjeżdżać. Ro-zjeż-dżać! Rozumiesz?...

– Nie bardzo...

– Poziomy schodów rozsuwają się, a ja, żeby iść dalej muszę się jakoś po nich wspinać. Wspinać, jak po górskich szczytach, łapiąc się jakichś włochatych lin, lianów czy czegoś podobnego. Pode mną i nade mną same przepaście? Same...

– Co za sen? – skrzywiła się Olga.

– Teraz to jeszcze nic, ale parę lat temu, jak jeszcze matka żyła, to było jeszcze gorzej...

– Jeszcze gorzej? A co? – Olga otworzyła usta.

– Matka wyciągała za mną ręce i...

– I co? – Olga nie wytrzymywała napięcia.

– I chciała ściągnąć mnie do tych przepaści. Po prostu ściągnąć!

– Chciała cię ściągnąć?...

– Tak. Ściągnąć...

– Ale po co?

– A myślisz, że ja wiem? Idę spokojnie po schodach na trzecie piętro, żeby odwiedzić matkę. Schody w pewnym momencie zaczynają się rozjeżdżać, a ja, skoro i tak nie mam powrotu, bo przepaście robią się zbyt wielkie, chcę dojść do celu. I gdy już jestem na ostatnim poziomie schodów, na ostatnim półpiętrze, to wyciągnięte ręce, nagle wyciągnięte ręce mojej matki, sama nie wiem skąd ona się tam nagle znalazła? No to te jej ręce chcą mnie ściągnąć w dół. W tą przepaść...

– Łojezu...

– Matka ma taką minę... Taką zawziętą minę, że czuję, wiem, że chce... Dżisis... boję się nawet pomyśleć...

– Chce cię zabić? – nie wytrzymała Olga.

– No... Tak?... – Julia popatrzyła na nią żałośnie.

– Ale po co miałaby cię zabijać?

– No to po co ściąga mnie w tą przepaść?

– A ściągnęła cię kiedy?

– Na szczęście nie... Ręce jej prawie mnie dotykały, ale jakoś w ostatniej chwili odważałam się zrobić duży krok po tych chyboczących się schodach i wtedy nie mogła mnie już dosięgnąć...

– Jezu...

– Wtedy też budziłam się spocona i jedyną myślą było: – „Udało się. Żyję"...

– Jezu... Ale sny... Daj spokój...

– Dziwne? Prawda? Chciała mnie ściągnąć do tej przepaści jak jeszcze żyła. Przecież wtedy jeszcze żyła? – Julia zaczęła się zastanawiać.

– No... A teraz? Teraz cię... nie ściąga w dół? – dopytywała się Olga.

– O dziwo, nie. Teraz czeka na mnie z obiadem na górze i jest jakaś... miła?...

– Nie ściąga cię?

– Nie. Nie ściąga ani nie prześladuje...

– Dziwne...

– Dziwne... – przytaknęła Julia. – Dlaczego prześladowała mnie przed śmiercią? A po śmierci nie?

– Dziwne...

– Dziwne...

– I tak codziennie ci się śni?

– Prawie...

– Ale nie prześladuje cię?

– Nie. Na szczęście nie. Ale dziwne, co?

– Dziwne... Ale to chyba dobrze?...

– Co, dobrze?

– Że cię już nie prześladuje?

– Chyba?... Tak?... Ale dziwne, co?

– Dziwne...

– A teraz ten Manuel...

– Manuel to przyjemność... – Olga spróbowała się uśmiechnąć.

– Tylko ja już sama nie wiem czy to jawa, czy sen? Czy film? Czy...

– Ale piłaś z nim drinka?

– No... Piłam?...

– I pocałował cię?

– No... Tak?...

– To co się martwisz?

– Manuel... – Julia westchnęła.

– Pozdrów Manuela ode mnie, jak go spotkasz... – Olga zaczęła się śmiać.

– Przestań, Olga... Mnie się płakać chce, a ty żarty sobie robisz?

– Sorry, sorry... – Olga uspokoiła się. – Też dziwna sprawa... Ale i tak nie masz wyjścia. Musisz czekać – podsumowała.

– Muszę albo nie muszę... – Julia spróbowała wyzwolić się z tej zaciskającej jej umysł i serce pętli.

– Żebyś wiedziała, jak on na mnie patrzył... – rozmarzyła się po chwili.

– Zazdroszczę ci... – teraz Olga westchnęła.

– No, to się zapętliłam... – Julia dolała wina koleżance i sobie.

– Oj tam, zaraz „zapętliłam"? Zobaczysz co będzie? Czas pokaże? Pewnie cię znajdzie?... – Olga wypiła całą zawartość kieliszka. – Chodź, pogramy... – nagle wstała od stołu i zaczęła rozkładać saksofon.

Julia niechętnie podeszła do pianina, usiadła na stołku i zaczęła jedną ręką brzdąkać jakiś temat. Po chwili dołożyła lewą rękę i z niewinnego temaciku zaczął powstawać utwór.

Olga w międzyczasie rozłożyła instrument, podstroiła się i zaczęła grać razem z Julią. Improwizowały bez przerwy przez prawie czterdzieści albo i więcej minut. Przeżywały powstającą muzykę i uśmiechały się do siebie porozumiewawczo. W pewnym momencie, w czymś w rodzaju kulminacji Julia zamknęła oczy i zaczęła walić w klawiaturę. Najpierw akordami, wzbogacając i zagęszczając harmonię, potem klasterami i wreszcie na oślep całymi pięściami. Olga przestała grać i przez chwilę patrzyła oszołomiona na przyjaciółkę. Zareagowała dopiero, gdy ta zaczęła walić głową o pulpit.

– Co ty robisz? Co ty wyprawiasz? Julka? – wystraszyła się.

– Tak bym chciała... – Julia prawie natychmiast przestała walić w klawisze i oparła się całym ciałem o pianino. – Tak bym chciała...

– Zobacz jak dobrze nam wyszło? Nie uważasz? Super było! – Olga postanowiła szybko zmienić temat. – Ale czad... Ale fajnie się grało... Nie uważasz? – zadowolona poprawiała stroik w ustniku. – Spróbujemy dalej?

– Wiesz co Olga... – Julia odwróciła się do niej przodem. – Czuję się, jak na jakimś haju... Adrenalinie... Nie mogę powrócić do spokoju i normalności. Nie mogę normalnie spać, jeść ani nawet normalnie się załatwić?

– Zakochałaś się...

– Zmęczona jestem. Zmęczyłam się... – westchnęła Julia.

– Graniem?

– Gdzie tam graniem...

– Nie chcesz już grać?

– Nie bardzo...

– No to napijmy się jeszcze wina – zaproponowała Olga.

– Dobra... – Julia zwlekła się ze stołka i wypełniła oba kieliszki czerwonym trunkiem.

– Dlaczego faceci tacy są? – zapytała upijając łyk.

– Jacy?

– Tacy bezwzględni? Egoistyczni?

– Dlaczego egoistyczni?

– Tęsknię za nim już trzeci, gdzie tam, czwarty dzień, a jego nie ma?

– Może on też za tobą tęskni?

– Jakby tęsknił, to by się ujawnił? Nie ukrywał by się?...

– A skąd wiesz, że się ukrywa?

– To dlaczego nie przychodzi?

– Może nie może?

– Może... nie może... – przedrzeźniła ją Julia.

– A poza tym, dokąd, gdzie ma przyjść?

– Też prawda... – Julia się zamyśliła.

– Myślisz, że tu zaraz wejdzie i powie: „Hej, kobitki, jak leci? Mogę posłuchać jak gracie? Fajnie gracie. O, jest też i winko!" – Olga znów zaczęła się śmiać.

– Do hotelu mógł wejść, to...

– Już sobie wyobrażam twoją minę, gdyby teraz tu wszedł...

– Też prawda... – Julia napiła się wina. – Jak on TAM wszedł? – kolejna fala pytań bez odpowiedzi domagała się kolejnego wybrzmienia.
– Ojej... Nie zaczynajmy tego tematu... – zniecierpliwiła się Olga. – Julka, posłuchaj, jeśli ten twój Manuel będzie chciał się z tobą spotkać, to się z tobą spotka. Co ci mówił Posąg? No co?
– Ale...
– No to zaufaj Posągowi. Posąg ma rację! A swoją drogą... – Olga zachichotała. – Ja już nie wiem... Ja już nie łapię się Julka... Co ci się przydarza? Co za dziwne rzeczy ci się ostatnio przydarzają?...
– Uhmm... – Julia wypuściła powietrze z płuc.
– Dużego miał?
– Posąg?
– Posąg...
– Nie patrzyłam za bardzo, ale chyba tak? Sterczał pod tym obrusem jak japoński miecz! No więc...
– Ty to masz szczęście... – Olga pokiwała z uznaniem głową.
– Szczęście? Tak uważasz?... – teraz Julia roześmiała się szczerze. – Dziwne to wszystko...
– Dziwne...
– Ale żebyś widziała jak on podskakiwał?
– Dobry sposób... – przyznała Olga.
– Nie wpadłabym na to?...
– Ha-ha-ha... Bo nie masz fiuta... Ha-ha...
– I ten Wiking... Ha-ha-ha... – śmiała się Julia.
– Kwiat czy wazon w końcu?
– Nie rozszyfrowałam jeszcze... Ha-ha-ha...
– To pozdrów ode mnie następnym razem i Posąga i na wszelki wypadek Wikinga...
– Dobrze. Pozdrowię...

20

Matka weszła do swojego mieszkania z numerem 40, a ja dalej stałam na ostatnim półpiętrze.
– Trzeba stąd spieprzać... – przypomniałam sobie, ale zważywszy na fakt, że schody były dość sporo rozjechane postanowiłam jeszcze trochę postać na tym półpiętrze i przeczekać.

Chciałam przeczekać cały ten surrealistyczny chaos, ale także chciałam przeczekać chybotanie się schodów.

– Trzeba stąd spieprzać... – patrzyłam na ruszające się schody, które jednak i na szczęście coraz mniejszymi odchyleniami się na boki powracały stopniowo do stanu us-po-ko-je-nia.

Moje nerwy też stopniowo zaczęły się w związku z tym uspakajać i moje serce nie waliło już tak, jak rozpędzony koń na drewnianym pomoście.

Stopnie chodów stopniowo powróciły do wyraźnego pionu i zaczęły przypominać schody, a nie leżące w przestrzeni betonowe harmonijki. Szpary między poziomami też stopniowo poprzysuwały się do siebie, zakrywając i w końcu niwelując przepaście pode mną i nade mną.

– Chyba stabilnie? – pomyślałam nie ruszając się i nie oddychając.

Schody się uspokoiły całkowicie. Ja również. Stałam na normalnym półpiętrze i opierałam się o normalną poręcz. Dla sprawdzenia uderzyłam butem w poręcz.

– Bang... Bing... Bang... – rozszedł się wibrujący dźwięk, którego echo odbiło się po piętrach jeszcze przez ułamek sekundy.

Spodobał mi się ten dźwięk i zaczęłam mocniej kopać.

– Bang... Bing... Bang... Bing... Bang... – fale nakładały się na siebie i teraz to cała klatka schodowa zaczęła wibrować.

– Przeciąg się robi... – westchnęłam ponuro. – Przeciąg... Przeciąg się robi od tego dźwięku... – zaczęłam nadsłuchiwać.

– Też coś?... Jak to możliwe?... – zastanowiłam się. – Jak to w ogóle jest możliwe, żeby od wibrującego dźwięku robił się przeciąg? – czułam owiewający mnie ze wszystkich stron wiatr.

– Dźwięko-wiatr... Przeciąg z dźwięko-wiatru... Przeciąg z dźwięko-wiatru... Robię przeciąg z dźwięko-wiatru... Robię przeciąg z dźwięko-wiatru... – powtarzałam i coraz mocniej i agresywniej uderzałam butem o poręcz.

Potężny dźwięk z wydłużającym się ogonem echa hulał beztrosko po piętrach. Silny wiatr plątał mi włosy.

– Ale czad... – ucieszyłam się. – Ciekawe czy ktoś to usłyszy? – kopałam w poręcz z takim opętaniem, że miałam wrażenie, że ta kopiąca w poręcz noga nie należy już do mnie?

Czułam się wykwalifikowanym i silnym perkusistą, który uderza w rurowy i pojedynczy dzwon z taką precyzją, że sam zaczyna drgać razem z tym rozbrzmiewającym dźwiękiem. Jego drgania zestrajają się w perfekcyjne unisono z drganiami instrumentu. Moje drgania zestrajają się z drganiem poręczy, schodów, całej klatki schodowej...

– Co ja wyprawiam?... – myśl jak bicz musnęła mnie po twarzy.

– Ciekawe czy ktoś to usłyszy? – przypomniałam sobie.

– No i co z tego? – chciałam jakoś usprawiedliwić to moje kopanie, ale nagle postanowiłam to przerwać.

Dźwięk zapętlił się wokół mojego pasa pomarańczową smugą i pchnięty silnym powiewem wiatru wyleciał przez uchylony lufcik na półpiętrze. Zrobiło się cicho i spokojnie.

– Wchodzić? Czy nie wchodzić? – zapytałam siebie na głos i w niezrozumiały dla mnie sposób poczekałam na odpowiedź.

– Zajdziesz?... – znikomy szept delikatnie wsunął mi się w uszy.

– Zajdziesz?... – jeszcze raz.

– Zajdziesz?... – odbiło się echo.

– Zajdę... – odpowiedziałam automatycznie.

Postanowiłam wejść do mieszkania matki i mojego byłego. Dziwne uczucie. Przez prawie pół życia człowiek przychodził ze szkoły normalnie, jak gdyby nigdy nic naciskał na dzwonek, naciskał na klamkę, wchodził do środka, rzucał teczkę na podłogę w przedpokoju, wbiegał do kibla w ostatniej chwili i... się nie bał. Tyle czynności? Szczególnie ten kibel... W ostatniej chwili... Wiadomo... A teraz? Teraz boję się... Boję się nawet pomyśleć o tym, że za chwilę mam TAM wejść!

– Jezu... – westchnęłam.

Nigdy nie czułam się bezpiecznie w tym domu. Nigdy. Ale jak się jest młodym, to nie myśli się o takich rzeczach, prawda? A jeżeli już, to rzadko? Po co myśleć o braku bezpieczeństwa? Lepiej nie prowokować losu? Lepiej jest odganiać takie pesymistyczne wątki, które na szczęście tylko od czasu do czasu wyświetlają się w młodym mózgu? Jest przecież szkoła, są znajomi, są przyjaciółki, są sympatie. Poza tym jest tyle zajęć i nierozwiązanych ciekawostek? Są lekcje, jest granie, są koncerty, spotkania, randki i inne przyjemności. Nie myśli się więc o tym, że w rodzinnym domu nie ma bezpiecznej atmosfery? Poza tym, nie ma się przecież porównania? Bo co to jest bezpieczna atmosfera? Co to jest miła atmosfera? Na ogół w domu jest ponuro, pesymistycznie i krytycznie. Standard i już.

U koleżanek trochę wygląda to inaczej, gdzie „trochę" zaczyna w końcu świdrować moje beztroskie jestestwo. U koleżanek jest mama i jest tata, którzy razem z moimi koleżankami jedzą na przykład kolację. Albo razem, już bez moich koleżanek idą na przykład do kina i wtedy jest tak zwana „chata wolna". U nas w domu chata zawsze jest „zajęta" w tym sensie, że rodzice nigdy nigdzie nie wychodzą. Ani razem, ani osobno. Nie jadają też wspólnie z nami-dziećmi kolacji, chyba że na święta, jak już trzeba, po wielkiej irytacji ojca i narzekaniu matki.

W ogóle pojęcie „rodzice" źle mi się kojarzy i z trudem przechodzi mi przez gardło. Rodzice to wspólnota. Rodzice to przecież tatuś i mamusia razem? A nie oddzielnie, tak jak u nas?

U nas każdy jest oddzielnie. Oddzielnie jest nieszczęśliwa i samotna mamusia, oddzielnie również nieszczęśliwy i samotny tatuś, oddzielnie jest mój samotny i pasożytniczy brat i oddzielnie jestem ja w swoim jednak i na szczęście żywiole i niezależności.

Samotność ojca chyba była największa, a przynajmniej najbardziej dosłowna. Taka „jeden do jednego", bo ojciec nawet nie miał potrzeby, żeby się z kimś komunikować, w ogóle rozmawiać, nie mówiąc już o tym, żeby zwracać na kogoś uwagę, a nie daj Boże troszczyć się o kogoś! Tatuś, to tatuś... Obcy pan, zamknięty w swoim pokoju po pracy, wylegujący się w garniturze na nierozłożonej wersalce, a potem śpiący do rana w takim barłogu, przykryty tylko cienką narzutą...

Jeżeli jednak przyjmiemy, że pojęcie „rodzice" to ludzie, którzy nas spłodzili, urodzili, czyli u-ro-dzi-li-śmy się dzięki tym ludziom, to i owszem, zgadza się. To są nasi RODZICE. Prawda? Tylko tyle i aż tyle. „Rodzice" od „rodzić". Zgadza się. Tak mi zresztą często przy-po-mi-na-ła matka mówiąc, że to właśnie dzięki nim żyjemy i dlatego powinnyśmy być im za to wdzięczni.

– Wow... Dżisis... Dzięki Mamusiu... No tak... „Rodzice" od „rodzić"... Zgadza się... Dzięki Mamusiu... Gdyby nie Ty... I jeszcze te moje zdolności? Bóg zapłać! Nie! Wróć! To przecież JA mam zapłacić? Postaram się...

– Bezpieczeństwo? Też mi wymysł. Przecież miałam dach nad głową? Miałam ubrania i miałam co jeść? A tatuś na przykład nie pił? A przecież różnie to może w życiu być. Prawda? Różnie. Są pijący alkohol tatusiowie, a wtedy...

– No dobra... Raz kozie śmierć... – postanowiłam ruszyć na górę.

Przebyłam te siedem schodków bez problemu i stanęłam przed wła-ści-
-wy-mi drzwiami. Odruchowo spojrzałam w szparę między schodami, ale
tym razem nie splunęłam.

Weszłam bojowo do mieszkania z numerem 40. Nie naciskałam ani
dzwonka, ani klamki, bo drzwi były już uchylone, a raczej niedomknięte.
Kopnęłam tylko te drzwi lekko nogą i same się przede mną otworzyły.
Mały pokój i łazienka były szczelnie zamknięte, więc bez zwlekania wkro-
czyłam prosto do tak zwanego salonu. Przy zawalonym gazetami, papiera-
mi i książkami stole siedział mój brat i jego dziewczyna.
– O... Cześć? – zdziwiłam się. – Jesteś w domu?
– A co? Nie widać? – odpowiedział zaczepnie mój brat.
– No... Widać, ale...
– Jestem w domu – mruknął nie patrząc na mnie.
– Cześć... – powiedziałam jeszcze raz, trochę śmielej, mając nadzieję na to,
że jego dziewczyna mnie zauważy.
– Cześć – Ewelina podniosła głowę znad jakiejś książki czy gazety.
– Czytają książki... – przeszło mi przez myśl.
– Herbaty? – zapytała Ewelina.
– Sami jesteście? – rozejrzałam się po pokoju.
– A co? Nie widać? – warknął brat.
– Widać... Myślałam, że matka... – zaczęłam niepewnie.
– Matka?
– Tak, matka...
– Herbaty? – znów Ewelina.
– Przychodzi tu – mój brat.
– Napijesz się herbaty? – Ewelina utkwiła we mnie swój błagalny wzrok.
– Nie... Dziękuję... – zrobiło mi się niedobrze.

W mieszkaniu panował taki zaduch i był taki bałagan, że dodatkowo zebra-
ło mi się na kichanie.
– A...psik... – kichnęłam z całej siły i natychmiast przetarłam ręką mokry
nos.
– Na zdrowie – beznamiętnie rzuciła Ewelina.
– To przez wolne rodniki... – zaczęłam się tłumaczyć. – Chyba trzeba tu
przewietrzyć... – stwierdziłam nieśmiało.
– Zimno. Zimno jest – znów warknął mój brat.

– Nie przeszkadzam? – poczułam się niezręcznie. – Przychodzę nie w porę?

– Zrobić herbaty? – znów zapytała Ewelina.

– A co jest w porę? – cynicznie zapytał brat.

– No... – zastanowiłam się. – Wydawało mi się, że... mama tu jest... Była... – zaczęłam się jąkać.

– Nie ma! – przerwał ostro. – Nie żyje!

– No tak... – przyznałam natychmiast.

– Zrobię herbatę – Ewelina podniosła się wreszcie z krzesła i omijając leżące na podłodze sterty papierów i brudne garnki z resztkami jedzenia powlokła się do kuchni.

– Jeszcze tego nie zrobiłaś? – brat niechętnie zmierzył ją wzrokiem.

Rozsiadł się jeszcze szerzej na trzeszczącym krześle i patrzył z jakąś taką lubością czy satysfakcją na moje zakłopotanie. Nawet nie poprosił, żebym usiadła i się rozgościła. Zresztą, nie było nawet na czym usiąść, a tym bardziej się rozgościć, bo dwa, niby wolne krzesła też zawalone były jakimiś papierami i ubraniami.

– Co za cham... – pomyślałam, ale starałam się nie pokazywać mu swojej do niego niechęci i szczerze mówiąc pogardy.

– No dobrze... Skoro nie w porę przyszłam, to już idę. Do widzenia... – odwróciłam się, żeby wyjść.

– Herbata... Jest herbata! – rzucił mi w plecy.

– Okej... – odwróciłam się z powrotem w jego stronę, bez pytania zdjęłam z krzesła stertę nieprasowanych ubrań i dosiadłam się do stołu.

– Przychodzi tu... – zaczął cicho mój brat.

– Kto?

– Matka...

– Myślałam, że ojciec?

– Ojciec? – zdziwił się.

– Jezu... – jęknęłam.

– Co, Jezu?

– Boisz się? – zapytałam bez wstępów.

– A co myślisz? – wyjął z paczki papierosa i szybko zapalił.

– Można tu palić? – rozejrzałam się po pokoju.

– Teraz tak. Chcesz? – podsunął mi paczkę.

Wyjęłam ostrożnie cienkiego papierosa i poczekałam, aż brat podpali mi go swoją zapalniczką.

W międzyczasie Ewelina wyszła z kuchni i postawiła na stole tacę z trzema kubkami herbaty. Musiała przed tym zrobić na stole jakieś miejsce, zrzucając łokciem na podłogę piramidę książek.

– Słodzisz? – zapytała i również wyjęła z paczki cienkiego papierosa.

– Nie, dziękuję – patrzyłam, jak sama zmaga się z podpaleniem swojego papierosa jakąś tępą zapałką.

Brat nawet nie pofatygował się, żeby podać jej tak zwany ogień. W ogóle na nią nie patrzył.

– Co za cham... – pomyślałam znowu.

– Na długo przyjechałaś do Warszawy? – zapytała Ewelina.

– No... Nie... – nie wiedziałam co mam odpowiedzieć.

– Nie przyniosłaś cukru! – rzucił mój brat, a Ewelina bez słowa zwinęła się w szarą kulkę i wróciła pokornie do kuchni.

Zaległa kłopotliwa cisza. Naprawdę nie wiedziałam co mam powiedzieć i jak mam się zachować? Jak mam wybrnąć z tej nieoczekiwanej sytuacji i tej niezamierzonej konfrontacji? Szczerze mówiąc, nie spodziewałam się tutaj ani mojego brata, ani tym bardziej jego dziewczyny.

– Czego się właściwie spodziewałam? – natychmiast zadałam sobie w myśli to pytanie.

– Przychodzi tu... – brat odczytał moje myśli. – Codziennie lub prawie codziennie...

– Co znaczy „prawie"? – zapytałam.

– Co dwa, co trzy dni... Ale właściwie, to codziennie...

– Boisz się?

– Ja?... Ja to nawet daję radę, ale Ewelina... – wychylił się w stronę kuchni.

– Przychodzi tu... – Ewelina powoli przeszła z kuchni do pokoju. Upchnęła cukiernicę pomiędzy nienaruszonymi kubkami z herbatą. Do połowy wypalony papieros ukruszył się i wpadł słupkiem popiołu do jednego z nich. Ewelina bez pośpiechu wyjęła łyżeczką pływający tam popiół i jak gdyby nigdy nic upiła z tego kubka łyk gorącego napoju. Patrzyłam na ten rytuał ze zdziwieniem i lekkim zażenowaniem, ale i tym razem starałam się tego nie okazywać.

– Nie przejmuj się, to tylko popiół... – ona też odczytała moje myśli.

I znów nastała kłopotliwa cisza.

– No... To jak sobie radzicie? – przerwałam tę ciszę.

– Trudno jest... – Ewelina bardzo posmutniała.

Popatrzyłam na nią z niepokojem i współczuciem i uświadomiłam sobie, że właściwie to jeszcze nigdy w życiu tak smutnej osoby nie widziałam? Tak smutnej ogólnie? W całej postawie? W całym swoim jeszcze przecież młodym jestestwie, bycie? Smutnej z natury chciałoby się rzec, a nie tylko przez okoliczności?

Smutek Eweliny był skrajny, totalny i do bólu przygnębiający. Smutek Eweliny przemienił się w końcu w skromne i prawie bezgłośne pochlipywanie. Pojedyncze kropelki łez spływały po jej dwudziesto-kilku-letnich policzkach, ale wyraz jej twarzy nie zmieniał się. Dogłębny smutek zamurował wszelkie inne emocje. Wyższe? Niższe? Nieważne...

– Trudno jest... – Ewelina płakała pogrążona w swoim smutku.

– Dlaczego płaczesz? – usłyszałam swój głos i zrobiło mi się głupio.

– Szkoda mi jej... – pochlipywała jakby bez emocji Ewelina.

– Mojej mamy?

– Była taka samotna, taka nieszczęśliwa...

– Też mi żal... – przyznałam szczerze.

– Była dla mnie niedobra, ale... Ale tak mi jej żal...

– Nie układało wam się? – znów usłyszałam swoje głupie pytanie.

– Matka chciała Ewelinę zabić... – zaczął mój brat.

– Zabić? – wytrzeszczyłam oczy.

– No... Nie... Nie zabić, ale często mnie biła deką... – Ewelina próbowała wytłumaczyć.

– Jak to? – nie mogłam zrozumieć.

– Biła mnie deską po głowie...

– Matka biła Ewelinę deską i ta często musiała uciekać z domu i czekać na mnie pod sklepem, aż przyjdę z pra... – włączył się mój brat.

– Jak to? – przerwałam mu. – Deską? Po głowie? Starsza pani? Starsza pani bije dorosłą osobę deską po głowie?

– Ale teraz... Teraz to może nawet i bić mnie czym chce, żeby tylko żyła... – Ewelina dalej pochlipywała.

– Co ty wygadujesz? – przeraziłam się. – Co za bzdury gadasz? Jak to? – moje zdziwienie przerodziło się nagle w irytację. – Matka mówiła, że to wy ją prześladujecie? Wy! Ty i on! – wskazałam palcem na brata. – Mówiła, że ją głodzicie! Mówiła...

– Bzdury! – ryknął mój brat.

– Mówiła, że ją głodzicie! – krzyknęłam.

– Bzdury! Nikt jej nie głodził ani nie prześladował!

– Sama nie chciała jeść... – Ewelina przestała płakać. – Gotowałam jej regularnie. Gotowałam. Po prostu gotowałam, ale wszystko było niedobre. Gotowałam to co lubi, ale zawsze było nie tak. Zawsze było niedobrze. Jak chciała lody, to szłam na dół po lody, jak chciała owoce, to szłam po owoce. Wszystko... Wszystko było źle... – skarżyła się Ewelina.

– Powiedziałam sobie w końcu: „okej, trzeba wytrzymać", ale... – znów zaczęła pochlipywać, tym razem już bez łez.

– Mnie mówiła, że ją głodzicie! – nie wytrzymałam.

– Bzdury! – krzyknął Łukasz. – Nikt jej nie głodził!

– Sama odmawiała jedzenia... – dopowiedziała smutno Ewelina.

– Uff... – westchnęłam ciężko. – Ale teraz jest spokój?... Prawda?... – zapytałam cynicznie. – Jest spokój? Teraz macie spokój? Prawda? Od was się odczepiła, ode mnie...

– Teraz, to może mnie bić czym chce, żeby tylko żyła... – Ewelina znów zaczęła swój lament.

– Przestań Ewelina. Daj spokój... – zdenerwowałam się. – Było, minęło. Nie wrócimy do przeszłości, a poza tym, już to widzę jak chcesz być przez moją matkę bita?... Nie wrócisz Ewelina do przeszłości... – przemawiałam zrezygnowana.

Nastała cisza.

– Mnie też jest smutno. – westchnęłam w końcu. – Mnie też matka całe życie dokuczała i ja też mam wyrzuty sumienia. To normalne... – odczekałam chwilę, żeby sprawdzić jej reakcję, ale żadnej reakcji nie było.

– No więc... – zaczęłam dalej przemawiać. – No więc chociaż całe życie, prawie całe życie, do końca swojego życia dokuczała i mi i wam... To... – zastanowiłam się. – To teraz... – drugi raz się zastanowiłam. – To teraz niech sobie wreszcie odpocznie. I od was... I ode mnie... I od życia... A przede wszystkim... – przełknęłam ślinę. – A przede wszystkim... – znów przełknęłam ślinę. – Przede wszystkim niech odpocznie od siebie samej... – dokończyłam swoją kwestię cicho.

– Jeżeli w ogóle odpocznie? – wtrącił cynicznie mój brat.

– Jeżeli w ogóle odpocznie... – powtórzyłam po nim bezwiednie i w kryształowej popielniczce pełnej petów zgasiłam swojego papierosa.

Zrobiło mi się nagle tak smutno i było mi nagle tak żal mojej zmarłej matki, że nawet łzy nie mogły wyrazić tego wszystkiego. Oczywiście, moja matka miała marne i samotne życie, jeżeli marnością i samotnością życia jest przysłowiowy byt, czyli posiadanie męża, jakim by nie był i dwójki dzieci? Ja też mam męża, jakim by nie był i dwójkę dzieci, ale nie uważam się przez to za osobę pokrzywdzoną przez los? TO właśnie jest moim motorem. TO właśnie jest moją miłością i spełnieniem. Okej, mam jeszcze muzykę. I mam jeszcze siebie. O tym, że mam siebie nigdy nie zapominałam i nie zapomnę i uważam, że nie ma się czego wstydzić, a wręcz przeciwnie. Nie należy się wstydzić tego, że ma się siebie! Ba, trzeba dbać o siebie! Również, a może i przede wszystkim trzeba dbać o siebie, chociażby po to, żeby móc cokolwiek dawać innym? To żaden egoizm? To przecież wyraz miłości?
Muzyka... Muzyka jest też moją miłością. To właśnie muzyka uratowała mnie przed śmiercią. Muzyka, a nie jacyś tam ludzie. Ludzie też, ale gdy po wypadku różne myśli kłębiły mi się po głowie, to człowiek i tak nie miał do mnie takiego dostępu, jaki miała muzyka. Miała i ma. Do tej pory ma i całe szczęście. Muzyka ma do mnie dostęp i mieć będzie. Mam nadzieję...
Okej, nie przeżyłam wojny, ale przeżyłam biedę i śmierć Nadii. Śmierć mojego dziecka! To mało? Można by zgorzknieć. Prawda? Można by... Ale można też nie zgorzknieć. Prawda? Można nie zgorzknieć, pod warunkiem, że odkryjemy siebie, zaakceptujemy to i stwierdzimy, że pokora to w sumie nie jest takie głupie pojęcie?...
Trzeba wymagać od siebie tyle, na ile mózg nam pozwala i cieszyć się życiem! Tak. Cieszyć się życiem, a przynajmniej docenić jego istnienie i wartość. Slogan?... Dlaczego więc doceniamy przeważnie wszystko za późno? Dlaczego dopiero katastrofa albo choroba nas oświeci? Albo i nie oświeci... Matka przeżyła wojnę i biedę i wiele innych smutnych rzeczy, ale jakoś mało to ją oświeciło? Tak myślę. Wesołe rzeczy też chyba do cholery przeżyła? Ale i tu jednak niewiele z tej radości było kiedykolwiek widoczne?...
– A może moja matka za dużo od życia wymagała? – pomyślałam, próbując ją jakoś usprawiedliwić.
– Z drugiej strony, trzeba od życia wymagać?... – logiczny kontrapunkt zabrzmiał w mojej głowie.

– A może za dużo wymagała od innych, a za mało od siebie? Tak też mogło być?... – kombinowałam dalej.

– A może matka nie zauważała tego, że dzieci to odmienni ludzie, a nie tylko wyhodowane klony? A może nie zauważała, że z mężem różnie bywa i warto się albo dogadać, albo wycofać i wymienić męża ewentualnie, aczkolwiek niekoniecznie? A może nie zauważała, że posiadanie siebie to także przywilej i szczęście? A może po prostu nie umiała myśleć w taki sposób, żeby to myślenie zauważyć? Albo nie wiedziała, że myślenie, pozytywne myślenie trzeba wykształcić? Po prostu trzeba nauczyć się tego? Tak, na-u-czyć? Nauczyć się myśleć? A może matka nie chciała niczego już wiedzieć, bo to, bo tamto?... Nie chciała niczego więcej uczyć się, bo to, bo tamto?... Albo po prostu chciała mieć święty spokój? A może była zbyt leniwa? Albo była zbyt dumna?... – zadawałam sobie po kolei te pytania.

– Myślenie... Myślenie nie jest prostą sprawą... – westchnęłam ciężko.
– Jakie to jest szczęście umieć myśleć?... – pomyślałam.
– Myślenie to jest dar... – przypomniałam sobie.
– Herbata ci wystygnie... – odezwała się beznamiętnie Ewelina.
– Acha?... – otworzyłam usta i przechyliłam głowę, wpatrując się w jej smutne oblicze.

21

Julia wypaliła z Olgą po jednym papierosie na balkonie, a potem odprowadziła przyjaciółkę do jej zaparkowanego w pobliżu samochodu.
– Wypalimy jeszcze po jednym? – zapytała, przechodząc przez Plac Grzybowski.
– Bez wina nie dam rady... – skrzywiła się Olga.
– Możemy wejść do knajpy?
– To jak dojadę do domu? I tak sporo już wypiłam u ciebie... – Olga podrapała się w głowę.
– No właśnie... Może lepiej zostawisz tu jednak auto i pojedziesz metrem? – zaproponowała Julia.
– Nie mogę. Jutro rano muszę być wcześnie w pracy. Pojadę. Pojadę już... – Olga westchnęła.
– To daj mi jeszcze jednego papieroska. Wypalę sobie na murku...

– Proszę bardzo – Olga podała Julii paczkę. – Pal ile chcesz.

– Jeden mi wystarczy – Julia delikatnie wyciągnęła z paczki cienkiego papierosa.

– Masz zapalniczkę? A zresztą... – machnęła ręką. – Posiedzę sobie na murku, taki ładny wieczór... Ktoś mi go w końcu podpali?

– To polecę już – Olga cmoknęła Julię w policzek. – Trzymaj się i nie myśl za długo o Manuelu.

– Okej, okej... – Julia uśmiechnęła się.

Postała w miejscu, odprowadzając wzrokiem przyjaciółkę do jej auta, a gdy ta odjechała, przysiadła na murku, przy fontannie. Przez jakiś czas wpatrywała się w kolorowe rozpryski wody, które podświetlone były reflektorami od dołu. Wyglądało to spektakularnie.

– Piękny jest ten Plac Grzybowski... – Julia pomyślała zachwycona. – Pięknie go odnowili...

W mini-fontannowym parczku było trochę ludzi. Siedzieli na ławkach, przechadzali się albo odstawiali miejskie rowery do bazy. Dwóch nastoletnich chłopaków ćwiczyło skoki na desko-rolkach. Trochę to Julię drażniło, bo zachowywali się dosyć głośno. Odwróciła się, żeby na nich popatrzeć i ewentualnie zwrócić delikatnie uwagę, ale chłopcy się nieoczekiwanie i nagle uciszyli. Przy okazji rozejrzała się i oceniła kto mógłby mieć zapalniczkę i podpalić jej tego jedynego papieroska? Niestety nie zauważyła w pobliżu żadnego palacza.

– Cholera... – westchnęła.

– Wiking miał niezły zapłon... – usłyszała za plecami.

Odwróciła się gwałtownie, ale nikogo przy niej nie było. Fontanna podświetlona kolorowymi reflektorami tryskała radośnie w górę. Jakaś para na przeciwległym murku jadła wspólnego kebaba.

– „Wiking miał niezły zapłon"?... – Julia odtworzyła w myślach usłyszane przed sekundą zdanie i zaczęła się ponownie rozglądać. – Co to było? Kto to był? Przesłyszało mi się? Jaki znowu Wiking?... – zastanawiała się.

W międzyczasie nastolatkowie oddalili się od fontanny i pognali na deko-rolkach w Próżną. Julia patrzyła za nimi, ściskając niezapalonego papierosa.

– Cholera... – znów westchnęła, bo wokół zrobiło się prawie pusto.

Para kochanków zjadła wspólnego kebaba i też sobie gdzieś poszli. Zaparkowane rowery stały grzecznie w rządku, a pozostali ludzie rozpłynęli się, jak za dotknięciem czarodziejskiej różdżki.

– Chyba późno się zrobiło? – Julia sięgnęła do kieszeni kurtki po komórkę, żeby sprawdzić godzinę.

– Północ? – podskoczyła. – Jak to możliwe? Wyszłam z Olgą z domu po dziesiątej? Czyżbym prawie dwie godziny siedziała na tym murku? – przeraziła się.

– Dobry wieczór – usłyszała znajomy głos.

Podniosła głowę znad komórki i zobaczyła nad sobą Manuela.

– Manuel?... – znów podskoczyła.

– Marija... – szepnął Manuel.

Miał wyciągniętą w jej kierunku rękę, w której trzymał zapalniczkę.

– Co ty tu robisz? – patrzyła na niego oszołomiona.

– Chcę ci podpalić papierosa... – uśmiechnął się nieznacznie.

– Ale?... – Julia intensywnie myślała. – Ale skąd ty się tu wziąłeś? – zapytała ochrypłym głosem.

– Nie cieszysz się? – odpowiedział pytaniem.

– Cieszę... Ale...

– Ciii... – Manuel położył wskazujący palec na swoich ustach. – Chcesz zapalić?

– Tak... – Julia wsadziła papieros do buzi i zaczęła wstawać z murka.

– Nie wstawaj! – Manuel szybko przysiadł przy niej i podał jej ogień.

Julia zapaliła papierosa i patrząc tępo na podświetloną od dołu fontannę zaciągnęła się nim dwa razy. Czuła ciepło od promieniującego ciała Manuela i delikatny zapach jego taniej wody kolońskiej, połączonej z zapachem piżma, mięty i „śliwkowego" tytoniu.

– Co ty tu robisz?... – zapytała ponownie i odważyła się na niego spojrzeć.

– To, co ty... – Manuel popatrzył na nią z czułością i wyjął z kieszeni płaszcza paczkę ze swoim tytoniem.

Julia patrzyła na jego długie i zwinne palce, skręcające zgrabnego papierosa. Manuel poślinił koniec bibułki, skleił skręta, oderwał wystające strzępki pachnącego tytoniu i zapalił papierosa z lubością.

– Kto to jest Wiking? – zapytała po chwili Julia.

– Wiking?... – Manuel popatrzył na nią z uśmiechem.

– Tak… Wiking… – Julia szybko zaciągnęła się swoim papierosem.

– To chyba jakiś północny rycerz? – Manuel cały czas się uśmiechał.

Julia wyraźnie widziała ten jego uśmiech, choć było ciemno. Uśmiech Manuela był trochę czuły, trochę cyniczny, trochę dziwny? W każdym razie trudny do rozszyfrowania na pierwszy rzut oka, ale na drugi już nie. – Tajemniczy… – uświadomiła sobie to w końcu i poczuła się nieswojo.

– Kto to jest Wiking? – zapytała po raz drugi, bardziej śmiało i bardziej wyzywająco.

– A dlaczego pytasz? – zdziwił się Manuel.

– Wydawało mi się, że go znasz?

– Ja?… – zdziwił się jeszcze bardziej.

– Ale… – Julia poczuła się znów niepewnie. – Wydawało mi się, że znasz Wikinga?… – próbowała odzyskać przewagę.

– Jakiego Wikinga? – Manuel przyglądał jej się z czułością i z tym swoim tajemniczym uśmieszkiem.

– Nie udawaj! – Julia poczuła się manipulowana.

Tak, manipulowana. To właśnie takie uczucie pasowało jej teraz najbardziej do tej „nieswojej" aury, która przez cały czas krążyła wokół jej duszy i ciała i nie chciała za nic się odczepić, odpuścić.

– Nie znam żadnego Wikinga… – Manuel zaciągnął się swoim skrętem, patrząc Julii prosto w oczy.

– Wydawało mi się, że… znasz? – odezwała się niepewnie.

– Skąd mam znać?

– Przed chwilą usłyszałam, jak ktoś powiedział: „Wiking miał niezły zapłon"?… – Julia wbiła w niego swoje pytające oczy.

– Wiking miał niezły zapłon?… – powtórzył pytaniem Manuel. – Wiking to północny rycerz? Tak mnie uczono na lekcjach historii? A ciebie?

– Mnie? – teraz Julia zdziwiła się. – Nie pamiętam z lekcji historii, żeby ktoś mówił mi o istnieniu Wikingów?…

– Ale wiesz o co chodzi?

– No… Wiem?… Chyba?… – zastanowiła się.

Zaczęła intensywnie myśleć i jednocześnie jej złość na samą siebie zaczęła nagle narastać. Julia była zła, że nie może wyciągnąć od Manuela ani tego, co to jest, a raczej kto to jest Wiking i skąd Manuel go zna, ani tego, skąd się Manuel tu wziął? Ba, skąd się w ogóle wziął? I tu? I w Katowicach?…

– Manuel… – wypuściła z płuc powietrze. – Dość mam takich gierek… – rzuciła przed siebie niedopalonego papierosa.

– Nie cieszysz się? – przerwał i popatrzył jej w oczy, ale już bez tego zagadkowego uśmiechu.

– Cieszę... – szepnęła zakłopotana i poczuła się znów jak mała dziewczynka.

– Tęskniłem za tobą... – Manuel pociągnął nowy wątek.

– Ja też... – przyznała szczerze Julia.

Manuel zgasił swojego skręta i spróbował wziąć Julię za rękę. Ta odsunęła się gwałtownie od niego. – Ludzie...

– Jacy ludzie? – rozejrzał się. – Ludzie już dawno śpią. Zwierzęta... Zwierzęta... Patrz... – wskazał na przebiegającą wzdłuż krzaków kunę.

– Co to? – Julia podskoczyła. – Co to takiego?

– Kuna.

– Jaka kuna? Tu? W centrum miasta? – otworzyła usta ze zdziwienia.

– Podgryzają kable samochodowe i nie tylko... – Manuel uśmiechnął się z życzliwością.

Znów spróbował wziąć Julię za rękę, ale i tym razem nie pozwoliła. Zapięła szczelnie kurtkę, a ręce włożyła do kieszeni. Manuel zapatrzył się w migocącą fontannę, a Julii zrobiło się trochę głupio, że tak ostro zareagowała na niego. Wyrwała dłoń z jego dłoni, na dotyk której tak długo przecież czekała?... Chciała jakoś z powrotem go dotknąć i udobruchać, ale zabrakło jej odwagi. Manuel chyba to wyczuł, bo odwrócił w jej stronę swoją zamyśloną i zatroskaną twarz.

– Musimy dać sobie trochę więcej czasu, nie uważasz? – bardziej stwierdził niż zapytał.

– Jakiego czasu? – Julia udała, że nie rozumie.

– Musimy się lepiej poznać. – Na nowo... – dodał bardzo cicho, tak, że Julia nie dosłyszała.

– Tyle już o mnie wiesz? A ja o tobie właściwie nic? – spojrzała na niego pytająco.

– Jesteś przynajmniej kochana... – Manuel zignorował jej pytanie.

– Kochana? Ale... – Julia straciła wątek.

– Jesteś kochana przez swoje dzieci, męża...

– Ach, o to ci chodzi?... – rozluźniła się. – Tak... Moje dzieci bardzo mnie kochają. Mąż chyba też... – urwała zmieszana. – A ty? A ty nie jesteś kochany? – szybko zmieniła temat.

– Nie jestem – stwierdził ponuro. – Nigdy nie byłem – dodał po chwili.

– Nigdy nie byłeś? Jak to?... – Julia zdziwiła się. – Nikt cię nie kochał? A rodzice?

– W dzieciństwie... Może?... – Manuel zamyślił się. – Nie pamiętam. W bardzo młodym wieku wyjechałem z Francji.

– Naprawdę? Dokąd?

– Do Petersburga.

– Tak daleko? Do Petersburga? Do Rosji?

– Do Rosji...

– Ale po co? Po co do Rosji?

– Na studia...

– Do Rosji? Tak daleko? – Julia nie mogła zrozumieć.

– Uhm... Do Rosji... – Manuel znów się zamyślił.

– Ale... Po co do Rosji? – drążyła.

– Chciałem carowi spojrzeć w oczy... – odpowiedział poważnie, ale za chwilę na jego twarzy pojawił się dwuznaczny uśmieszek.

– Dowcipniś z ciebie... – Julia też spróbowała się uśmiechnąć, ale nie za bardzo jej to wyszło.

Dodatkowo uświadomiła sobie nagle, że cały czas rozmawiała i rozmawia z Manuelem po polsku. Zrobiło jej się nieswojo, bo poczuła jakby z powrotem znalazła się w jakimś dziwnym śnie czy filmie. Gwałtownie wyjęła ręce z kieszeni i rozpięła kurtkę. Ciepło buchnęło wzdłuż jej brzucha, szyi i twarzy, skraplając się bezzapachowym na szczęście potem nad górną wargą. Julia i tym razem postanowiła opanować emocje.

Przez chwilę nie ruszała się i patrzyła tępo na niedopałek wyrzuconego papierosa, który kończył swoje istnienie, aż wreszcie otarła dłonią usta. – Ale gorąco... – pomyślała.

– Tak myślisz?... – tajemniczy uśmieszek nie schodził z twarzy Manuela.

– Myślisz, że żartuję? Jakbym mógł? Myślisz, że mógłbym żartować z ciebie?... Marija?...

Julia nie odpowiedziała.

Nocna kuna skończyła swój obchód wokół pobliskich krzaków i jak gdyby nigdy nic przeszła obojętnie obok murka, na którym właśnie siedzieli. Julia automatycznie podkurczyła nogi.

– Ojej... Nie boi się?

– Kto? Kuna? Czego?

– Nas?

– Nie widzi...

– Nas?

– Nie widzi nas – poprawił Manuel.

– Nie widzi? – Julia poczuła gęsią skórę na plecach.

Zamilkła i wstrzymała oddech. Kuna prawie otarła się o jej podkurczone nogi, zwalniając bezszelestnie swój bieg. Julia znów wstrzymała oddech, tak długo, na ile było to możliwe i znieruchomiała. Kuna również znieruchomiała, zaczarowana jej bezdechem i zaczęła obwąchiwać jakiś kamień. Wyglądało to tak, jak szykujący się do skoku, polujący na swoją ofiarę kot, który w celu zatuszowania niecnych zamiarów obojętnie obwąchuje niewinne kwiatki...

W końcu Julia nie wytrzymała i ze świstem wypuściła powietrze z płuc. Kuna, jakby obudzona ze swojego letargu zaczęła z powrotem krążyć wokół ich murka. Była niespokojna, ale nie zwracała na nic i na nikogo uwagi, a już bynajmniej na nich. Węszyła coś.

Julia nawet nie myślała, tylko trwała. Tak, trwała w tej zawieszonej czasowo przestrzeni.

– Dżisis... – udało jej się w końcu zaczepić o jakąś myśl. – Co ja tu robię? Gdzie ja się znowu przeniosłam? Do jakiego czasu wlazłam? Do jakiej rzeczywistości, jeżeli w ogóle o jakiejś rzeczywistości można teraz mówić?... – główkowała w narastającej panice.

– Nie ugryzie mnie? Nas?... – odzyskała głos, bardziej ze strachu przed zwierzęciem niż z potrzeby.

– Nie widzi nas – spokojnie odpowiedział Manuel.

– Nie widzi? Nie ma oczu? Ślepa?

– Ona jest w innej rzeczywistości – stwierdził beznamiętnie.

– Nie tej samej? – Julia postanowiła zaryzykować.

– Nie tej samej...

– Czyli... Jakiej? – Julia spojrzała na Manuela pytająco.

– Powinnaś to wiedzieć? – udał zdziwienie.

– Ja?...

– Tak. Ty. Czas i jego wszelkie wymiary... Czas do kwadratu... Czas do sześcianu... – zaczął wyliczać.

– Skąd wiesz?

– Wiem. Wszystko o tobie wiem...

– No tak... – przerwała podirytowana. – Jak mogłabym zapomnieć?... – dodała cynicznie.

– No widzisz?...

– Co widzę? Dopiero co skończyłam pisać habilitację? Poprawiam... Nie jest jeszcze „online"? – zajrzała mu śmiało w oczy.

– Ale o swoim wyobrażeniu czasu mówisz od lat? – przekrzywił głowę i znów tajemniczo się uśmiechnął.

– No... Tak... – Julia przygryzła dolną wargę i zaczęła w przyspieszonym tempie intensywnie myśleć.

Nie chciała za wszelką cenę stracić tej swojej chwilowej nad nim przewagi, a przynajmniej odwagi, a tymczasem jej myślenie stawało się coraz bardziej chaotyczne i uciążliwe.

W końcu poczuła kolejny niepokojący dreszcz na całym ciele. Dreszcz, który bynajmniej nie był spowodowany narastającą przyjemnością, ale wręcz strachem. Julia zaczęła nagle tracić pewność siebie tak, jak noworoczny balon, z którego coraz szybciej ucieka powietrze...

– „Punkt... Niebieski. Na szarym tle... _Punkt... Rozchodzące się linie, coraz dalej dalej, szerzej, promienie w promieniach... Punkt... W promieniach coraz cieńsze linie skłębione w nowe całości, coraz dłuższe, coraz szersze pasma, dalej dalej... Cieniutkie nitki rozdwajają się i pędzą niczym drzewa bezlistne, coraz wyżej i szerzej połączone na nowo"... – Julia zaczęła bezgłośnie poruszać wargami.

– „Dlaczego?... Punkt? Na szarym tle? Dlaczego?"... – pytanie zamieniło się w szept.

– „Rozchodzące się linie, linie, linie"... – ostatnie słowo zapętliło się, jak kamień ciśnięty w jezioro, ślizgający się zanikającą „kaczką" po tafli wody.

– „Linie, jak noworoczne balony na drutach, wepchnięte w duży kartofel czy kapustę, a może seler"? – szept zamienia się w pytające dźwięki.

– „Punkt? Niebieski? A może czerwony? Punkt? Niebieski? A może czerwony?" – skąd znam te dźwięki?...

– „Dlaczego? Dlaczego? Dlaczego to taka otchłań?" – kolejne pytanie odbija się kolejną „kaczką" po rozdzielonej, rozpełzanej na wszystkie strony świadomości.

– „Linie... Linie pędzące, każda w swoim kierunku, jak promienie słońca"... – skąd znam te słowa?...

– „Dlaczego to taka otchłań?"... – Julia zapytała siebie na głos, zdziwiona magią tego dziwnego dźwiękowego zjawiska, które zaczęło bardzo powoli i konsekwentnie wyświetlać się w jej mózgu.

Wyświetlać, a właściwie rozmnażać się, wiązać się w coraz większe i szersze całości, zaułki, puzzle czy inne układanki, niezrozumiałe do końca. Powoli. Bardzo powoli... Coraz wolniej... Tylko czy po kolei?

– Czy przejście do innej rzeczywistości jest dla ciebie problemem? – Manuel spróbował wyrwać Julię z letargu.

– Żółta linia na szarym tle... – odezwała się po chwili, zapatrzona w obwąchującą ich murek kunę.

– Czy przejście do innej rzeczywistości jest dla ciebie problemem? – Manuel ponowił pytanie.

– Żółta linia na szarym tle...

– Hallo? – zajrzał jej głęboko w oczy.

– No... Nie wiem?... – ocknęła się i popatrzyła na niego ze zdziwieniem. Manuel był bardzo poważny. Poważny i skupiony.

– Niech się zastanowię... – Julia spróbowała pozgarniać myśli.

Równocześnie zamarzyła nagle o jego namiętnym i powłóczystym spojrzeniu, które jeszcze nie tak dawno, jeszcze na początku tego spotkania było możliwe, ale teraz rozwiało, rozpadło się w tej dziwnej i grobowej atmosferze.

– Grobowej albo... pozagrobowej... – Julia pomyślała zaskoczona.

– No... Nie wiem?... Zastanawiam się... – powtórzyła nieśmiało, żeby zyskać na czasie.

Znów poczuła zimny dreszcz na ciele, który i tym razem nie był spowodowany pożądaniem Manuela, ponieważ ten siedział nieruchomo na murku i patrzył w fontannę.

Julia obserwowała kątem oka jego nieruchomy profil, a dreszcz, który doznała nie był przyjemny. To było coś nowego. Coś, co powiało grozą. Julia zaczęła się bać. Bać Manuela. Po prostu bać się jego obecności i bliskości.

– A może to wszystko sobie wymyśliłam? I ciągle wymyślam?... – przestraszyła się.

– W sumie... – zaczęła ochrypłym głosem i cały czas zastanawiała się, po której stronie życia i śmierci właśnie się znalazła.

– W sumie... – znów się odezwała i pomyślała, że może to wszystko jest nieprawdą i może to wszystko jest tylko sugestią Manuela?

– W sumie... – odwróciła głowę w stronę Manuela i patrzyła na niego wyczekująco, jakby to on miał udzielić jej odpowiedzi.

Manuel dalej siedział nieruchomo. Jak posąg.

– Posąg?... – przypomniała sobie Julia. – Kim był Posąg? I Posąg? I Wiking?... – krople potu zaczęły łaskotać skrawek jej ciała nad górną wargą.

Wierzchem dłoni otarła usta. Zdała sobie sprawę z tego, że co innego było przecież wyobrażać sobie inne wymiary czasu, inne jego potęgi, nawet napisać o tym pracę i doktorską i habilitacyjną i rozgrywać to na polu muzyki, a co innego było znaleźć się w nich realnie? Znaleźć się w REALU? W innych czasach? W innych wymiarach czasowych? A przynajmniej uświadomić sobie realne w nich uczestnictwo? Wszystko przecież wskazywało na to, że Julia znalazła się w innej rzeczywistości? Musiała w to w końcu uwierzyć, uznać i zaakceptować?

– Jestem w realu? – zapytała samą siebie.

Manuel nie zareagował. Może nie usłyszał? Albo nie chciał usłyszeć?

– Jestem w realu... – szepnęła, próbując ubrać to w twierdzące zdanie.

– Jesteś w realu innej przestrzeni czasowej... – jakieś nieznane echo odbiło się w jej głowie.

– Przecież doświadczenia z ostatnich dni również by NA TO wskazywały?

– Julia dalej walczyła z niepewnością, bo trochę podświadomie nie dopuszczała do końca takiej jednoznacznej wersji.

Teraz musiała to szybko zmienić, zweryfikować.

– Jesteś w realu innej rzeczywistości czasowej... – echo jak dzwon odbiło się kolejnym pewnikiem w jej mózgu.

– Dżisis... – Julia westchnęła zakłopotana.

Owszem, różne rzeczy, dziwne rzeczy działy się ostatnio i nie tylko ostatnio w jej życiu, ale jakoś do tej pory potrafiła sobie z tym poradzić. Różne pytania, na które nie mogła znaleźć jednoznacznej odpowiedzi nurtowały ją, ale i to skutecznie udawało jej się odpierać od siebie. Przynajmniej tak jej się wydawało?...

Teraz jednak wszystko się odwróciło. Cała rzeczywistość się nagle odwróciła, wygięła w cynicznym rozkroku, pokazując jej bezwstydnie język... Nie wiadomo było dla niej co jest górą, a co jest dołem? Wszystko w jej świadomości stanęło na głowie. Jak w odwróconym do góry nogami domu?

Odwróconym do góry nogami bezpieczeństwie? Bezpieczeństwie związanym choćby tylko i wyłącznie z prawem ziemskiego przyciągania?

– A może ciekawość nowej sytuacji i całe to zauroczenie Manuela i Manuelem nie pozwalają mi na stwierdzenie pewnika: „tak, jestem w innym wymiarze czasu"? – pomyślała z nadzieją.

– Nie mam problemu z przejściem do innej rzeczywistości... – usłyszała własne słowa, pewnie i śmiało wypowiadane do przystojnego mężczyzny, siedzącego nieruchomo obok niej na murku.

– Nie mam... Nie mam problemu z przejściem do innej rzeczywistości... – powtórzyła i mięśnie jej zaczęły się gwałtownie rozluźniać.

Manuel nie zareagował. Siedział dalej jak posąg, jak zatrzymana klatka filmu. Martwa klatka martwego filmu...

– Hallo?... – teraz ona zajrzała mu głęboko w oczy. – Hallo?... – pomachała ręką przed jego twarzą.

Manuel nie poruszył się.

– Ma-nu-el... – szepnęła mu prosto do ucha.

– Żółta linia na szarym tle? Chcesz mi o tym opowiedzieć?... – Manuel ocknął się i popatrzył na Julię z zaciekawieniem.

– Żółta linie na szarym tle!?... – wykrzyknęła zaskoczona Julia.

Węsząca obok nich kuna, krążąca jak gdyby nigdy nic i od jakiegoś czasu wokół ich murka stanęła nagle „słupkiem" i po chwili czmychnęła wypłoszona i przestraszona w pobliskie krzaki.

– Jednak nas widzi... – Julia odetchnęła z ulgą.

22

– Myślenie nie jest prostą sprawą... – wypowiedziałam to zdanie powoli, patrząc na smutną i kamienną twarz Eweliny, która siedziała naprzeciwko mnie przy stole.

– Myślenie to jest dar... – odczekałam chwilę, nie spuszczając z niej wzroku.

– Jakie to jest szczęście umieć myśleć... Nie uważasz? – popatrzyłam na nią z naciskiem.

– Herbata ci wystygnie – Ewelina odezwała się beznamiętnie.

– Ach... – otworzyłam usta i przechyliłam głowę, wpatrując się dalej w jej smutne oblicze.

– Chyba już ci wystygła? – spojrzała na mnie pytająco.

– Chyba tak... – popatrzyłam z obrzydzeniem na ciemny muł w brudnym kubku, połyskujący kolorami tęczy.

Wzięłam z tacy łyżeczkę i zamieszałam płyn. Tęcza zawirowała kolorowym pierścieniem.

– Czy koniec w ogóle jest? – zaczęłam się zastanawiać. – Czy koniec widać? A może po prostu końca w ogóle nie ma? Nie ma i już? Ani początku, ani końca? Tylko ruch? Ciągły ruch, gdzie kule zamieniają się w dyski i na odwrót? Dyski i pierścienie zamieniają się w kule i na odwrót...

– Co ty gadasz? – zainteresował się brat.

– Tak sobie myślę... Na głos... – mieszałam łyżeczką tęczę w brudnym kubku. – Czy wiesz, że jak się przyspieszy ruch, to z kuli zrobi się dysk? Albo pierścień, jak kto woli?... – popatrzyłam na Łukasza.

– Jak to?

– Tak to... – mieszałam herbatę coraz szybciej. – Popatrz sam... – wskazałam mu ruchem głowy na mój kubek.

Brat zajrzał niechętnie.

– Jakie tam widzisz kule? – skrzywił się cynicznie.

– Kule nie. Już nie. Ale okręgi.

– No i co z tego?

– To z tego, że cały wszechświat składa się z kul i z okręgów.

– Też mi odkrycie

– Dlaczego jesteś cyniczny?

– Noga mnie boli...

– Widziałeś pierścienie Saturna? – ciągnęłam swój temat.

– Każdy widział – wzruszył ramionami.

– Czy wiesz, że kiedyś były to księżyce, ale kiedy za bardzo przysunęły się do Saturna, to zostały rozerwane na pył?

– Też mi odkrycie?

– Ale ciekawe? Nie uważasz? – postanowiłam nie zwracać uwagi na jego sarkazm.

Brat nie zareagował.

– Wyobraź sobie zbliżający się jakiś księżyc do Saturna... – znów zaczęłam.

– Przybliża się i przybliża... i w końcu z tej strony, z tej, która jest najbliżej planety następuje... pac i nie ma księżyca! Rozpada się, a części jego zaczynają teraz bardzo szybko krążyć wokół planety, coraz szybciej krążyć, tworząc jej nowy pierścień, albo wtapiają się w część starego. Cząsteczki księżyca stają się pierścieniem planety. Księżyc rozpada się i z kuli robi się dysk! Niesamowite co? Jest ruch, inny szybszy ruch, a co za tym idzie inny czas! Szybszy czas, bo... – odczekałam chwilę patrząc na niego z niepokojem.

Brat nie odpowiedział. Wyjął spokojnie papierosa z paczki i samotnie zapalił. Nie poczęstował papierosem ani Eweliny, ani mnie. Pewnie był to ostatni papieros w tej paczce, a drugiej już nie miał. Tak wywnioskowałam. Niemniej jednak zrobiło mi się trochę przykro. Ewelinie pewnie też. Siedziała z kamienną twarzą i patrzyła smutno w jeden punkt, na mój kubek, ale bez emocji i specjalnego zaciekawienia i zainteresowania.

– Ale cham jednak z tego mojego brata – pomyślałam i postanowiłam mimo wszystko dalej kontynuować swój wykład. – Czyli widzisz Łukasz jak to jest... Jeżeli przyspieszymy ruch, to z kuli zrobi się dysk. I na odwrót...
– Po co mi to mówisz? – przerwał mi.
– Bo tak sobie myślę...
– A co mnie to obchodzi?
– Dlaczego jesteś cyniczny i taki niemiły?
– Noga mnie boli
– To dlaczego nie pójdziesz do lekarza?
– Bo nie mam pieniędzy! – warknął.
– Jeżeli to są ZNÓW twoje podjazdy, żebym dała ci pieniądze, to...
– Po co tu przylazłaś? – wyzwierzył się.
– Przyszłam do matki...
– Matka nie żyje!
– WIEM! – teraz ja nie wytrzymałam i wrzasnęłam. – Chciałam opowiedzieć ci, wam o planetach... – w tym momencie szybko złagodniałam. – O ruchu, o czasie, żeby...
– Gówno mnie to obchodzi – znowu warknął.
– A co cię obchodzi?
– Noga mnie boli...
– Łukasz... Masz lekarzy, masz ubezpieczenie...
– Lekarze w Polsce mówią, że trzeba amputować.
– Co? – podskoczyłam. – Amputować? Nogę amputować? Ale po co? Jak?
– Tylko za granicą mogą mi te nogi ocalić.

– Nogi? Aż dwie? – znów podskoczyłam. – Jak to możliwe? Łukasz? Przecież tak szybko nie amputuje się nóg? Przecież ludzie z większą cukrzycą żyją z nogami? To są skrajne przypadki? I przecież nie amputuje się od razu dwóch nóg? – nie mogłam uwierzyć.

– Lekarze w Polsce powiedzieli, że tylko za dwadzieścia tysięcy euro, za granicą można te nogi ocalić.

– A bierzesz leki?

– Nie mam pieniędzy.

– Czyli nie bierzesz?

– Nie mam pieniędzy!

– A na papierosy masz? – znów nie wytrzymałam i się na niego wydarłam.

– Po o tu przylazłaś?

– „Przyszłaś" się mówi... A przyszłam do matki! – rzuciłam wzburzona i żeby nie dać mu dojść do słowa dodałam: – Przyszłam odwiedzić matkę, obojętnie czy żyje, czy nie! Rozumiesz? Życie to sprawa względna! Śmierć też! Chciałam TO wam przed chwilą wytłumaczyć, ale jesteś tak sarkastyczny i niemiły, że nie mam takiej możliwości! – byłam naprawdę wkurzona.

– A co ma Saturn i jego pierdolone pierścienie do mojej choroby? Życia? Śmierci? – brat wydał mi się nagle bezsilnym i małym chłopczykiem szukającym ratunku.

Zrobiło mi się go nagle strasznie żal.

– Łukasz... Musisz brać leki. Nie wierzę w to, sorry, ale w to nie wierzę, że tylko za granicą mogą ci nogi ocalić? – zaczęłam łagodnie. – No powiedz sam? Przecież to absurd? Powinieneś brać leki, może nawet zmienić leki, zmienić lekarza? W końcu masz ubezpieczenie? Łukasz, nawet jakbym chciała, to nie mam tyle forsy, żeby fundować ci operację?

– A czy ja proszę cię o coś? – znów się na mnie wydarł.

– Nie prosisz... – skapitulowałam. – Nie prosisz... – ciężko westchnęłam.

– Uważam, że nie powinieneś palić – odezwałam się po chwili i popatrzyłam z przerażeniem jak Łukasz wyjął kolejnego, a jednak papierosa z paczki i odpalił go od poprzedniego, którego jeszcze nie skończył.

– Łukasz... Co ty wyprawiasz? Sam się skazujesz na śmierć... – patrzyłam na niego z niedowierzaniem.

– Przecież to sprawa względna? – wykrzywił się cynicznie. – Sama mówisz, że życie i śmierć to sprawa względna? No więc o co chodzi?... – zaciągnął się nowym papierosem.

– Faktycznie... – zrezygnowana musiałam się z nim zgodzić. – Twoje życie.

– Moje życie. I moja śmierć. – znów się zaciągnął. – A o tych księżycach i o tych pierścieniach Saturna i nie tylko Saturna to już wiedziałem... – dodał łagodniej.

– Zapalisz? – podsunął mi paczkę.

– Nie, dziękuję... – wzdrygnęłam się.

Za to Ewelina bez słowa skorzystała z poczęstunku. Wyciągnęła cienkiego papierosa z paczki i nie czekając na dżentelmeńskie maniery mojego brata sama go sobie podpaliła jego zapalniczką.

– Ostatnio był tu tatuś... – odezwałam się po jakimś czasie nieśmiało.

Ewelina i Łukasz nie zareagowali.

– Ciekawe, co TU sprawdza? – prowokowałam.

Cisza.

– Kule i pierścienie, żółta linia... – powiedziałam do siebie.

Cisza.

– Arystoteles by się ucieszył...

Cisza.

– Arystoteles by się ucieszył... – powtórzyłam trochę głośniej.

– Jaki Arysto-teles? – zaciekawiła się nagle Ewelina.

– Filozof grecki – odpowiedziałam spokojnie.

– Aaa? – udała, że rozumie.

– Arystoteles by się ucieszył... – wypowiedziałam to zdanie jeszcze raz, dobitniej, zmęczona całą tą sytuacją.

– Dlaczego? Dlaczego by się ucieszył? – zainteresowała się Ewelina.

– Bo sprawdziło się i ciągle się sprawdza, że czas to ruch. Im szybszy ruch, tym szybszy czas... – zaczęłam mówić. – Wszystko się zgadza...

– Co się zgadza? A skąd Artysto... Arysto-teles to wie? Wiedział? – dopytywała.

– Widzisz moje droga... Tego się nie wie... To się czuje... – zamyśliłam się.

– Tak mocno się czuje, że w końcu się wie...

– Naprawdę?

– Naprawdę. Wszystko jest w ruchu... Odmierzamy czas, możemy odmierzać czas, bo jest ruch! Gdyby ruchu nie było, to nie byłoby czasu...

– Planety też by chyba pospadały na dół? – Ewelina patrzyła na mnie z taką intensywnością, że aż zachciało mi się śmiać.

Oczy jej zaczęły coraz bardziej się powiększać, a do połowy wypalony papieros zgasł samoistnie na skutek braku zaciągania się nim.

– Też by pospadały na dół... – uśmiechnęłam się w końcu, bo dodatkowo spróbowałam sobie ten „dół" wyobrazić.

– Ze mnie się śmiejesz? – zapytała lekko urażona Ewelina.

– Skąd? – zaprzeczyłam szczerze. – Zobacz Ewelina, jeżeli rozpędzimy, rozwibrujemy kulę, przyspieszymy ruch kuli, to zrobi się z tego dysk, placek płaski, jak kto woli... – popatrzyłam na jej zaciekawioną twarz. – Albo pierścień... – dodałam. – Wyobraź sobie kucharza, który robi pizzę. Kręci kawałkiem ciasta, kulką ciasta i kręci... i z tej kulki robi się placek... – odczekałam chwilę.

Ewelina patrzyła na mnie wielkimi oczami, a mój brat udawał, że go to nie interesuje. Wlepił wzrok w leżącą na wierzchu gazetę i udawał, że czyta. Trwał w tym swoim udawaniu, dopalając bez pośpiechu papierosa.

– Wszystko jest w ruchu... – zaczęłam dalej mówić. – Czas jest wieczny, a jego fenomen polega na ciągłym ruchu: jest ruch, jest zmiana, jest czas, nie ma ruchu, nie ma zmiany, nie ma czasu...

– Dlaczego?

– Bo czas nie istnieje bez zmiany i bez ruchu. To właśnie twierdził Arystoteles. Ja też tak twierdzę... – znów odczekałam chwilę. – Z kolei Platon uważał, że czas powstał wraz z niebem, a niebo według niego ma gdzieś swój początek...

– A kto ma rację? – przerwała zniecierpliwiona Ewelina.

– Arystoteles oczywiście! – spojrzałam na nią zdziwiona.

– Dlaczego „oczywiście"?

– Nie ma czegoś takiego jak początek i koniec? No wyobraź sobie?... – popatrzyłam na nią pytająco i czekałam na jej reakcję.

Ewelina milczała wgapiając się we mnie jak w eteryczną zjawę, a mój brat dalej „czytał" swoją gazetę. Nie doczekawszy żadnej odpowiedzi ani z strony Eweliny, ani ze strony brata postanowiłam mówić dalej:

– Tylko Platon twierdził, że czas ma jakiś początek. Przynajmniej taka była teza, znana już za czasów Arystotelesa. Arystoteles już wtedy mówił, że wszyscy filozofowie z jednym wyjątkiem, czyli jak już wiesz z wyjątkiem Platona zgadzali się, że czas jest wieczny, czyli ani bez początku, ani bez końca... – zaczęłam się zastanawiać i teraz ja wlepiłam w Ewelinę swój natchniony wzrok.

– Bez początku i bez końca... – powtórzyłam.

– Chciałabym zatrzymać czas... – westchnęła nagle Ewelina. – Myślisz, że można zatrzymać czas?

– Nie jeden filozof już się nad tym głowił zadając sobie i nie tylko sobie pytania, na które nie ma jednoznacznych odpowiedzi... – odpowiedziałam i znów się zamyśliłam na chwilę.

– Jaki filozof?

– Każdy... – odpowiedziałam odruchowo i jednocześnie uświadomiłam sobie, że takie proste i potoczne stwierdzenie jak: „zatrzymać czas" jest bez sensu.

– Jak można „zatrzymać" czas? – zaczęłam się zastanawiać. – Czasu nie można przecież zatrzymać, a tylko go spowolnić? Spowolnić! Tak skutecznie go spowolnić, że wydawać się może, że czas się zatrzymał...

– Zatrzymać czas... – wypuściłam ze świstem powietrze z płuc.

– Naprawdę? Myślisz, że to możliwe? – podchwyciła. – To znaczy, że... jak tak siedzimy i nie ruszamy się i będziemy tak siedzieć albo stać w miejscu, nawet tutaj w tym pokoju i nie będziemy się ruszać, to... To zatrzymamy czas? – myślała intensywnie Ewelina.

Miała przy tym taką minę, że musiałam się w końcu roześmiać.

– Nie... Nie jest to takie proste... – popatrzyłam na nią rozbawiona. – Gdyby tak było, to... – urwałam i spojrzałam na brata. – To Łukasz mógłby tak czytać i czytać tę gazetę, która leży do góry nogami... że...

– O co ci chodzi? – warknął.

– O nic... – śmiałam się. – Jak już coś czytasz, to...

– Znalazła się uczona! – znów warknął.

– A żebyś wiedział! – zdenerwowałam się nagle. – Żebyś wiedział palancie, że od lat pracuję nad tym, żeby zatrzymać... Wróć! Spowolnić czas! – wykrzyczałam.

– No i co? – odłożył odwróconą gazetę. – Udało ci się? – wykrzywił się cynicznie.

– A żebyś wiedział!

– Zatrzymałaś czas?

– Czasu nie można zatrzymać! – przypomniałam i jemu i sobie.

– To czemu się wymądrzasz?

– Próbuję zatrzymać... Ptwu... Próbuję spowolnić czas i jego wszelkie wymiary!

– Wy-co?...

– Wymiary palancie! Wymiary! Czasu wymiary! Bo to, że są wymiary, to wiem na pewno!

– Skąd ty to wiesz? Mądrala się znalazła... Uczona...

– WIEM! – wrzasnęłam wzburzona.

– A niby skąd? – zapytał trochę łagodniej.

Chyba się przestraszył mojego wyzwierzenia.

– Intuicja mój drogi... Intuicja... – mnie też nieco opadły emocje.

Przetarłam dłonią spocone czoło.

– Chcesz o tym posłuchać? Podyskutować?...

– A wal... – Łukasz sięgnął po kolejnego papierosa.

Zapalił i zaciągnął się nim błyskawicznie. Ewelina też zapaliła, nie prosząc Łukasza ani o poczęstunek, ani o zapalniczkę.

– Popatrz... – zamyśliłam się. – Popatrz, taki na przykład Arystoteles?... Przekonywał nas o ruchu i zmianie dla uzyskania definicji czasu?... – mówiłam dalej. – A taki Archimedes z kolei uważał, że czas to zjawisko doświadczalne, osadzone w porządku natury... Z kolei Heraklit z Efezu nie wiedząc jak ująć zjawisko upływającego czasu porównał go do płynącej rzeki... Śmieszne co? – znów się na moment zamyśliłam.

– Miałaś mówić o wymiarach czasu – przypomniał mi brat.

– Zaraz do tego dojdę... – machnęłam ręką. – Nie raz słyszy się powiedzenie: „nie wchodzi się do tej samej rzeki ". Prawda? Znacie takie powiedzenie: „nie wchodzi się dwa razy do tej samej rzeki"? – przekrzywiłam głowę, myśląc bardzo intensywnie.

– A co to ma do rzeczy? – brat się nerwowo zaciągnął.

– Do jakiej rzeki? – wtrąciła nieśmiało Ewelina.

– Cicho siedź! Nie przerywaj! – zganił ją Łukasz.

– No co?... – przestraszyła się.

– Zamknij się!

– Czy możemy wejść do tej samej rzeki dwa razy? – zadałam im pytanie, ale patrzyłam tylko na Łukasza.

– Do Wisły? – spytała płaczliwym głosem Ewelina.

– Nie! Do Warty! – ryknął na nią mój brat. – No wal! – zniecierpliwił się, zwracając do mnie swoją sarkastyczną twarz i gasząc do połowy wypalonego papierosa.

– Nie można... – odpowiedziałam tajemniczo.

– Dlaczego nie można? – znów Ewelina. – Do Wisły też nie?

– Zamknij się babo! – zagrzmiał Łukasz. – Głupia jesteś...

– Do Wisły też nie... – powstrzymałam kolejny wybuch śmiechu. – Rzeka niby jest, koryto rzeki niby jest, ale woda się zmienia... – spróbowałam szybko zakończyć tę kwestię, żeby nie męczyć już Eweliny. – Nie wchodzi się więc nigdy do tej samej rzeki, bo nigdy tej samej wody nie będzie...

– A do jeziora? – Ewelina spytała niespodziewanie. – W jeziorze przecież woda się nie zmienia? Przecież...

– Zamknij się! – znów Łukasz.

– Dobre pytanie... – popatrzyłam na Ewelinę uważnie... – Dobre pytanie... – powtórzyłam.

– Ale wydaje mi się, że wszystko się zmienia?... – po raz kolejny się zamyśliłam.

– Naprawdę? – znów Ewelina.

– Głupia jesteś... – mój brat.

– Isaac Newton nauczał, że absolutny matematyczny czas płynie sam przez się niezależnie od niczego... – postanowiłam kontynuować. – Ale już Gottfried Wilhelm Leibniz twierdził, że czas i przestrzeń nie istnieją w sensie absolutnym, lecz są złudzeniami. Zupełne przeciwieństwa! Nie uważacie?... – przełknęłam ślinę. – I kto ma tu rację? Jak z tego wybrnąć? – popatrzyłam na nich. – Myślisz, że można z tego jakoś wybrnąć? – przechyliłam się gwałtownie w stronę brata, że aż prawie spadłam z krzesła. Nie zareagował.

– Można by wymieniać i wymieniać... i jakby się temu nie przyglądać, to... i jeden i drugi i następny mają rację. Wszyscy oni mają rację... – mówiłam dalej. – Nie uważasz?... – znów przechyliłam się w stronę brata, jeszcze mocniej.

Tym razem podskoczył.

– Ale z ciebie filozofka? Uczona... Najmądrzejsza uczona...

– Każdą teorię na swój sposób odczuwam właściwie, ale niekompletnie... – mówiłam dalej, starając się nie reagować na jego zaczepki. – Czyżbym był łącznikiem?... – zastanowiłam się, a oczy Łukasza zaczęły się nagle powiększać. – Chcę to widzieć kompletnie! Widzieć, słyszeć i czuć kompletnie! Czas i jego wymiary...

Cisza.

– Co to w ogóle jest czas i ile ma wymiarów? Bo to, że ma wymiary, tego jestem pewna! – powtórzyłam to zdanie z naciskiem.

Cisza.

– Gdzie czas ma swój początek i gdzie koniec?

Cisza.

– Dlaczego w określonych strefach czasowych podporządkowany jest on perpetuum zależnym od pory roku, nocy i dnia? Co wpływa na początek różnych zjawisk, ich rozwój i przemijanie? Czy czas możemy zatrzymać? A może go spowolnić, zwłaszcza wtedy, kiedy jesteśmy w stanie szczęśliwości?... – w tym momencie przestałam mówić, popatrzyłam w sufit i odetchnęłam głęboko.

Brat się nie odezwał. Ewelina tym bardziej. Dawno już pokończyli swoje papierosy i bez wyrazu patrzyli na mnie. Miałam wrażenie, że Łukasz porządnie zaciekawił się moimi wywodami, choć cały czas do tej pory próbował udawać obojętność. Nie zajął się na szczęście ani czytaniem odwróconej gazety, ani niczym innym, co dało mi większą pewność siebie i większą nad nim przewagę psychiczną. Poczułam, że bez specjalnych zakłóceń mogę wreszcie rozwinąć swoje teorie, które i dla mnie samej były nowe, odkrywcze, zagadkowe i trochę... przerażające.

– Właśnie, ta boska teraźniejszość... Chwilo trwaj... – zapatrzyłam się w jakiś punkt przed sobą. – A może uda nam się przyspieszyć czas, kiedy jesteśmy nieszczęśliwi? – znów popatrzyłam w sufit z takim wyrazem twarzy, jakby to niewinnie nade mną sklepienie miałoby na coś wpływ.

– A może... jesteśmy w stanie przeskoczyć pewne strefy czasowe, które mają swój rytm, systematykę i określony puls? A może... jesteśmy w stanie przeskoczyć czas liniowy, zwany czwartym wymiarem, którego definicję zaserwował nam Einstein i przejść do jego innych, większych wymiarów? I to jeszcze, że tak powiem... za życia?...

Teraz Ewelina podskoczyła.

– A jak jest z muzyką? – odezwał się niespodziewanie mój brat i zwrócił do mnie swoją ciągle lekko cyniczną twarz, na której malowało się jakieś nieokreślone do końca napięcie.

388

– Czy muzyka też jest fenomenem natury?

– Pewnie tak?... – zastanowiłam się. – W muzyce zatracam się bez reszty i chyba, a nawet na pewno udaje mi się choć na chwilę zatrzymać teraźniejszość. – dokończyłam zdanie zadowolona, że wreszcie zaczęli mnie słuchać, że Łukasz zaczął mnie słuchać.

– Skąd ta pewność? – zapytał Łukasz, już bez cynizmu.

– Taak... – zignorowałam jego pytanie i potwierdziłam swój pewnik w zamyśleniu:

– Taak... Muzyka jest chyba najlepszą, najszybszą, najbardziej abstrakcyjną, zmysłową i duchową formą wypowiedzi. Muzyka jest chyba najwygodniejszym językiem, żeby odpowiedzieć, a przynajmniej spróbować odpowiedzieć na tych kilka, jakże kluczowych i egzystencjalnych pytań. Czyż nie? Nie sądzisz?... – znów zwróciłam do niego swoje zamyślone oblicze, ale nie otrzymawszy odpowiedzi mówiłam dalej:

– Taak... Obojętnie jaką teorię przyjmiemy czy czas jest, czy nie? Czy płynie nieskażony niczym, czy tylko dzięki ruchowi? Czy jest złudzeniem, czy nie? Jedno jest pewne, skoro istniejemy, to go zauważamy! Mało tego, chcemy go określić i zmierzyć. Gdybyśmy nie istnieli, to czy czas jest, czy nie, nie miałoby znaczenia? Przecież mógłby sobie płynąć bez względu na to czy istniejemy, czy nie? Albo nie płynąć? Ale skoro jednak zauważamy czas, to znaczy, że jest! Tylko jaki? A może jest ich więcej? Tylko my o tym jeszcze nie wiemy? Domyślamy się? Szukamy?... – odczekałam chwilę.

– Ja się domyślam, ba, wiem to na pewno! Spróbuję to udowodnić najpierw filozoficznie, a potem...

– Julia... – przerwała mi Ewelina. – Ona tu przychodzi... Przy-cho-dzi... – przesylabizowała ostatnie słowo.

– Czas i jego wszelkie wymiary... – mówiłam dalej, nie zwracając uwagi ani na Ewelinę, ani na brata, który siedział teraz zgarbiony nad brudnym kubkiem z wystygłą herbatą i nie poruszał się.

– Skoro wymiary, to czy i jak możemy go... je... zmierzyć? Dlaczego to fenomenalne zjawisko wzbudza tyle emocji? – pytałam samą siebie.

– Przy-cho-dzi... tu... – Ewelina wbiła we mnie swój błagalny wzrok.

– Tylko co zrobić z tym „przed" i „po"?... – wstrzymałam na chwilę oddech, po czym odpowiedziałam sama sobie:

– Ano związać teraźniejszością!

Przestałam mówić i spojrzałam na nich z zadowoleniem i satysfakcją.

– Ona TU przy-cho-dzi... – niskim i bezbarwnym głosem oznajmiła po raz czwarty Ewelina.

– Arystoteles... Arystoteles by się ucieszył... – wypowiedziałam to zdanie dobitnie, zmęczona całą tą sytuacją, ale czy smutna?

Chyba nie. Na pewno nie. JUŻ NIE...

– Przy-cho-dzi...

– Kule, pierścienie, żółta linia... – zaczęłam prowokacyjnie wyliczać, nie zwracając uwagi na pojękiwania Eweliny.

– Jaka żółta linia? – Łukasz się ocknął.

– Nie opowiadałam ci nigdy o tym?

– O czym?

– O żółtej linii na szarym tle?

– Nie opowiadałaś... – mruknął obojętnie.

– A miałbyś ochotę usłyszeć? – na wszelki wypadek zapytałam grzecznie.

– Wal – chciał zapalić kolejnego papierosa, ale nic już nie było w paczce.

– Ona tu przychodzi... – Ewelina kiwając się jak w sierocej chorobie, po raz kolejny beznamiętnym głosem wypowiedziała swoją kwestię.

– Kiedy? Kto przychodzi? – popatrzyłam na nią trochę oszołomiona.

– Ona...

– Matka?

– Matka...

– Matka moja?

– Tak... – kiwnęła głową.

– Kiedy?

– Teraz... – Ewelina ruchem gałek ocznych wskazała na krzesło przy oknie.

– A co z tymi wymiarami? Miałaś mówić o wymiarach czasu?... – przypomniał mi brat.

– O Jezu... – gęsia skóra obleciała całe moje ciało.

23

– Czas i jego wszelkie wymiary... Gdzie czas ma swój początek i gdzie koniec? Dlaczego w określonych strefach czasowych podporządkowany jest on perpetuum zależnym od pory roku, nocy i dnia? Co wpływa na początek różnych zjawisk, ich rozwój i przemijanie? Czy czas możemy zatrzymać? A może go spowolnić, zwłaszcza wtedy, kiedy jesteśmy w stanie szczęśliwości? Właśnie, ta boska teraźniejszość! Chwilo trwaj... Albo przyspieszyć, kiedy jesteśmy nieszczęśliwi? A może jesteśmy w stanie przeskoczyć pewne strefy czasowe, które mają swój rytm, systematykę i określony puls? A może jesteśmy w stanie przeskoczyć czas liniowy, zwany czwartym wymiarem, którego definicję zaserwował nam Einstein i przejść do jego innych, większych wymiarów? I to, że tak powiem za życia?... Co to w ogóle jest czas i ile ma wymiarów? Bo to, że ma wymiary... Tego jestem pewien...

– Co ty bredzisz? Wynocha stąd! Won! Słyszysz? Nie potrzebujemy już takich gadek! Chcemy się bawić! Dzisiaj chcemy się bawić! Jest święto! Rozumiesz? Jest ŚWIĘTO! – krzyknął jakiś młodzieniec.
– Ale ja... – zaczął Manuel. – Ale ja chcę coś powiedzieć?
– No to krótko i węzłowato bracie! Streszczaj się!
– No więc... – zaczął niepewnie Manuel. – No więc, obojętnie jaką teorię przyjmiemy czy czas jest, czy nie? Czy płynie nieskażony niczym, czy tylko dzięki ruchowi? Czy jest złudzeniem, czy nie? Jedno jest pewne, skoro istniejemy, to go ZAUWAŻAMY. Mało tego, chcemy go określić i zmierzyć. Gdybyśmy nie istnieli, to czy czas jest, czy nie, nie miałoby znaczenia? Przecież mógłby sobie płynąć bez względu na to czy istniejemy, czy nie? Albo nie płynąć? Ale skoro jednak zauważamy czas, to znaczy, że jest! Tylko jaki? A może jest ich więcej? Tylko my o tym JESZCZE nie wiemy? Domyślamy się? Szukamy?... Ja się domyślam! Ba, wiem to na pewno! Spróbuję to udowodnić... Postaram się... Najpierw filozoficznie, a potem...
– Hej Cyceron! Zamknij się! – pada z trybuny.
Manuel nie zwraca jednak uwagi i mówi dalej: – Postaram się... No dobrze! Na razie chciałbym przypomnieć trochę teorii...
– Hej, Cyceron, stul pysk!

Manuel zawahał się i na chwilę zamilkł. W tym momencie podszedł do niego wielki i umięśniony mężczyzna w zielonej tunice i szepnął mu coś do ucha. Manuel wysłuchał i kiwnął potakująco głową. Tłum okalający kamienną arenę Koloseum, na której właśnie stali nie zwracał na nich uwagi. Ludzie zajęli się jedzeniem. Rozkładali na kamiennych ławach owoce, jarzyny, mięso. Gliniane karafki z winem o różnych rozmiarach porozstawiane były prawie wszędzie.

– Poczekaj aż zjedzą – Posąg klepnął Manuela po plecach.

– Ale zaraz znów wyjdą Gladiatorzy?

– Tak szybko nie wyjdą... – uspokoił go Posąg. – Trzeba to posprzątać... Tyle krwi dawno tu nie było...

– Naprawdę?

– A co myślisz? Plebsowi już nie wystarczają zabawy zwierząt...

– Gdzie ja się wpakowałem... – przeraził się Manuel.

– Trudno... – Posąg rozłożył swoje wielkie ramiona. – Skoro się wpakowałeś, to musisz wybrnąć z tego. Musisz dokończyć swoją misję.

– Ale kiedy mam dokończyć?

– Poczekaj, aż trochę się posilą. Plebs musi się nażreć. Nie do syta, bo wtedy będzie po wszystkim...

– Czyli co? – przerwał Manuel.

– Pijaństwo i krew.

– Pijaństwo i krew... – powtórzył zamyślony. – A jest na to jakiś sposób? – zapytał po chwili.

– Co masz na myśli?

– Czy można ten... no... plebs... jakoś... – zaczął się jąkać.

– Masz na myśli wykształcić? – wszedł mu w słowo Posąg.

– Tak. Wykształcić! Sprowadzić na bardziej ludzką drogę?

– Ludzką drogę mówisz?... – teraz Posąg się zasępił. – A co jest „ludzką drogą"? – zapytał w przestrzeń. – Może właśnie TO? – spojrzał beznamiętnie na Manuela.

Manuel nie odpowiedział. Rozejrzał się po trybunach i westchnął.

– I tak jest codziennie? – zapytał zrezygnowany.

– Codziennie – beznamiętnie potwierdził Posąg.

– I nie można nic z tym zrobić? NIC?

– Właśnie robisz... – Posąg zatoczył wielkim łapskiem wielki łuk, wskazując imponujące wnętrze rozświetlonego południowym słońcem Koloseum.

Ludzie siedzący na trybunach bez pośpiechu spożywali posiłek, rozmawiając między sobą, śmiejąc się, gestykulując. Taka sobie biesiadka w przerwie zawodów Gladiatorów, którzy w pierwszej części spektaklu walczyli z niedźwiedziami, a teraz przyszło im walczyć ze sobą. Walczyć na śmierć i życie oczywiście.

– Chyba dobry moment, żebyś dalej przemawiał... – Posąg klepnął Manuela w pewnym momencie w ramię, a sam wycofał się do jednego z wyjść.

– Jak wiemy, mamy cztery wymiary: długość, powierzchnię, objętość i czas. – odważnie i głośno zaczął Manuel. – Nazwijmy czas: T od time, a ściślej: T jeden. Dlaczego T do pierwszej potęgi? Dlatego, że żyjemy w czasie LINIOWYM, a nie POWIERZCHNIOWYM czy PRZESTRZENNYM. Czy oby nie?... Żyjemy w czasie liniowym w tym sensie, że istnienie ludzkie zaprogramowane jest na czas liniowy. Bo przecież rodzimy się i umieramy? Nie możemy się cofnąć do naszej młodości ani nie możemy przyspieszyć naszej naturalnej starości. Taśmę filmową możemy odegrać od końca do początku, ale życia ludzkiego nie.

W muzyce jest podobnie. Wiem coś o tym, bo moja cór... Moja ukochana...

– Hej Cyceron! Spadaj stąd! Nudzisz bracie! Nudzisz! – zawołał znów młodzieniec z trybuny.

– Miało być krótko? A ty co?

– E–ron! Cyce-ron! E-ron! Cyce-ron! E-ron! Cyce-ron... – zaczął skandować tłum.

– Ale ja... Ale ja wam chcę coś powiedzieć? Posłuchajcie... – Manuel wyciągnął ręce w górę.

– Spierdalaj!

– Czas muzyczny, jakiego w WIĘKSZOŚCI doświadczamy też należy do czasu liniowego!

– Spierd...

– Słuchamy utworu od początku do końca i nawet jak go odsłuchamy od końca do początku, to odsłuchamy go w kolejności upływu sekund! Biologicznego rytmu! – Manuel nie dawał za wygraną i zaczął bardzo szybko mówić. – Biologicznego rytmu! Zegara natury! Naszej ziemskiej natury! Spojrzymy na zegar i powiemy: – „O, upłynęło na przykład dwadzieścia minut?"...

– Jaki „ze"?... Co za „ze"?... Ze-co?... – zawołał ktoś inny.

– Zdarzenia muzyczne mają tu swój początek i koniec! – Manuel próbował dalej mówić, a właściwie krzyczeć. – Czas muzyczny więc, jakiego w większości doświadczamy jest czasem realnym, w którym żyjemy! Realnym, bo liniowym! Czwartym wymiarem! Muzyka, którą słyszymy w realnym czasie czwartego wymiaru brzmi w przestrzeni, ale przestrzeni również naszej, bo ziemskiej! Muzyka przebiegająca w realnym czasie czwartego wymiaru brzmi również w wymiarze trzecim, zwanym objętością! Czwarty wymiar brzmi w naszej ludzkiej ziemskiej objętości! Tu pozwolę sobie na spostrzeżenie...

– Co ty bredzisz? – znów młodzieniec. – Won stąd! Mamy święto! ŚWIĘTO palancie... Spier...

– E-ron! Cyce-ron! E-ron! Cyce-ron! E-ron! Cyce-ron... – skanduje tłum.

– Człowiek ma dwoje oczu i dwoje uszu! Za pomocą tych organów funkcjonujących...

– Co ty nie powiesz? Myślałem, że więcej? Ha-ha-ha-ha...

– E-ron! Cyce-ron! E-ron, Cyce-ron...

– DUPA! – krzyknęła jakaś wściekła kobieta po przeciwległej stronie trybuny, za plecami Manuela.

Zdezorientowany Manuel odwrócił się nagle. W tej chwili przeleciał obok jego twarzy dojrzały pomidor, ale na szczęście go nie trafił. Nie zrażony mówił dalej: – Człowiek ma dwoje oczu i dwoje uszu...

– Co ty nie powiesz? Ha-ha-ha-ha...

– Za pomocą tych organów funkcjonujących jednocześnie i bez zastrzeżeń widzi i słyszy przestrzennie, objętościowo, a nie powierzchniowo!

– Co ty nie powiesz?

– Co mogłoby mieć też logiczne wytłumaczenie: funkcją dwóch wymiarów, parametrów jest powierzchnia! Ale... Przecież... Jeżeli zasłonimy jedno oko widzimy powierzchniowo, a nie przestrzennie. Jeżeli zasłonimy jedno ucho słyszymy też „powierzchniowo", a nie przestrzennie. Przestrzeń, czyli objętość w której więc widzimy, słyszymy i funkcjonujemy i próbujemy ją nieustannie polepszać i rozszerzać, co jest zrozumiałe i nieuniknione i tak będzie zawsze przestrzenią-objętością! Ziemską oczywiście przestrzenią-obję...

– Zamknij się! Hej ty!... Nie potrzebujemy już takich gadek! Chcemy się bawić! Dzisiaj chcemy się bawić! BAWIĆ! Rozumiesz? Jest święto! Rozumiesz? Jest ŚWIĘTO! Nie potrzebujemy JUŻ takich gadek...

– Podążając dalej za tymi spostrzeżeniami... – przekrzyczał go Manuel. – Podążając za tym spostrzeżeniem logicznie byłoby również, gdybyśmy posiadali nie dwie, a trzy gałki oczne i trzy małżowiny uszne do uzyskania tej

objętości. Mamy jednak parę oczu i parę uszu, a nasz mózg jest tą trzecią siłą-parametrem, tym trzecim wymiarem łączącym! Słyszymy więc przestrzennie! Widzimy przestrzen...
– E-ron! Cyce-ron! E-ron! Cyce-ron...
– Przy okazji pragnę dodać, że często zastanawiają mnie takie mowy: czas, przestrzeń, inna przestrzeń, lepsza przestrzeń, bo porozstawiamy instrumenty po całej sali koncertowej...
– E-ron! Cyce-ron! E-ron! Cyce-ron...
– Czy takie mowy, które prowadzą do zastanowienia się czy rzeczywiście osiągniemy inną, lepszą przestrzeń poprzez inne rozstawienie instrumentów na sali będą jednocześnie potwierdzeniem osiągnięcia innej właściwości przestrzeni? A przez to innej rzeczywistości?
– Co ty bredzisz palancie? Spierdalaj!
– Czy inna przestrzeń w ogóle istnieje w TAKIM pojęciu naszego realnego świata?
– Spier...
– Otóż nie! – przerwał mu wściekle Manuel i zaczął jeszcze szybciej mówić, połykając prawie słowa: – Otóż... Ot... Otóż innej przestrzeni w realnym świecie na pewno nie uzyskamy w rozumieniu dosłownym, a jedynie lepszą jej... JEJ jakość, bo może, bo może i będziemy się rozglądać dookoła, może jakość brzmienia wyda... WYDA nam się lepsza, ale i tak nie zmieni to faktu, że przestrzeń, czyli trzeci wymiar jest tylko przestrzenią-objętością, w której jesteśmy i w której jest muzyka! Muzyka trwająca od początku do końca w swoim liniowym czasie i bycie! Tak więc lepsze lub gorsze w jakości warunki przestrzenno-objętościowe będą zawsze tylko naszym ludzkim i ziemskim trzecim wymiarem! Innej przestrzeni na pewno nie uzyskamy w realnym świecie. Ale w nierealnym... W NIEREALNYM... Jak najbardziej!
– Jesteś w nierealnym świecie idioto! – padło z trybuny.
– Co? – zawołał Manuel.
– Jesteś w nierealnym świecie idioto! – krzyknął brodaty starzec. – Może więc warto pokusić się i postarać wejść z powrotem do realności? Hej, Cyceron? Nie uważasz?
– Może więc warto pokusić się i postarać, żeby właśnie wyjść poza tą naszą ludzką, realną rzeczywistość? A przynajmniej SPRÓBOWAĆ? – odkrzyknął Manuel.

– A po co masz próbować? Myślisz, że TU jest inaczej? Lepiej? TU jest TAK SAMO! Wracaj skąd przyszedłeś! Wracaj do swojej realności! Tu jest tak samo! Też liniowo... Li-nio-wo!

– Naprawdę?

– A co myślisz? Myślisz, że się nad tym nie głowiłem? Głowiłem się! I to jak! TUTAJ też jest czas liniowy! I czas muzyczny TEŻ jest liniowy! Czas liniowy doświadczamy w WIĘKSZOŚCI!

– No właśnie! – podchwycił Manuel. – Sam mówisz: „w większości", to znaczy...

– Że w mniejszości odczuwamy co innego! – odpowiedział starzec. – CO INNEGO! – powtórzył.

– No właśnie... – ucieszył się Manuel. – Ja też tak uważam! Uważam, że czas muzyczny i w ogóle czas liniowy doświadczamy w większości bo... – przetarł szybko pot z czoła. – Bo w MNIEJSZOŚCI doświadczamy czas do kwadratu i do sześcianu! W mniejszości doświadczamy czas do potęgi drugiej i trzeciej i...

– Hej, Cyceron! A skąd ty to wiesz?

– I nie NALEŻY tego w jednej linii łączyć z wymiarami ziemskimi, w których TEŻ zawarte są potęgi... – kontynuował Manuel, nie zwracając już na starca uwagi. – Doświadczamy czasy do kwadratu, do sześcianu i dalej NIESTETY jeszcze w mniejszości, bo po pierwsze człowiek w swej biologicznej naturze nie jest w większości zaprogramowany i przez to skonstruowany na życie w INNYCH czasach, a po drugie, jeżeli nawet mózgi u niektórych ludzi mają większe widełki jakiegokolwiek odbioru kosmosu, tak zwane przypływy geniuszu, co było jest i będzie, to i tak masa przeciętnych wyrówna balans!... Spójrzmy w tym momencie na historię? Gdyby takich geniuszy jak Budda, Chrystus czy Mahomet WYSŁUCHANO właściwie i do końca, nie mielibyśmy wojen krzyżowych? A być może posiadalibyśmy tajemnicę wieczności? I nie tylko? Nasze mózgi mogłyby rozwijać te niewykorzystane procenty, otwierać anteny skierowane na inne rzeczywistości i inne wymiary czasu? Myślę, że teleportacja nie byłaby problemem? Tak jak zmiany cząsteczkowe, konieczne do CAŁKOWITEGO przejścia z jednego wymiaru czasu do drugiego? Czasu na przykład do kwadratu w czas na przykład do sześcianu czy większej potęgi? Zaraz to rozwinę, ale najpierw...

– Ty lepiej nie rozwijaj tylko wynoś się stąd! – znów ktoś krzyknął z trybuny.

– Cicho...

– Co cicho? Ten palant...

– Cicho głupcze! Daj mu mówić!

– Ale...

– E-ron! Cyce-ron! E-ron! Cyce-ron...

Zrobiło się lekkie zamieszanie, bo brodaty starzec i spora już część ludzi zainteresowała się tym co mówił Manuel i chcieli wysłuchać jego wywód do końca.

– Won! Spadaj stąd palancie! Głosisz jakieś bzdury i herezje! – krzyknął inny młody mężczyzna.

– Cicho! – wrzasnął na niego starzec. – Dajcie mu mówić! No mów! Hej, Cyceron! Mów! – zachęcał Manuela, który i tak by mówił, bo był na tyle rozgrzany i upałem i transem, że trudno byłoby go w takim momencie i takiej sytuacji zatrzymać i zamknąć.

Manuel przełknął tylko z trudem ślinę i przymknął powieki, bo raziło go słońce i jakieś dziwne pomarańczowe światło, które ze słońcem nie miało nic wspólnego...

– To teraz pozwolę sobie na postawienie pierwszej tezy... – zaczął, gdy zrobiło się trochę ciszej. – Jeżeli czas liniowy, a więc czwarty wymiar, który znamy i w którym jesteśmy i który nazwę literą T jest zbiorem takich podzbiorów jak: wymiar pierwszy-długość, którą nazwę X, wymiar drugi-powierzchnia, którą nazwę XY i wymiar trzeci-objętość, którą nazwę XYZ i wyjdzie nam taka zależność: X – XY – XYZ – T, to czas liniowy do potęgi pierwszej, który nazwę czwartym wymiarem do potęgi pierwszej – T jeden jest zbiorem takich podzbiorów jak: wymiar pierwszy-długość do potęgi pierwszej, którą nazwę X jeden, wymiar drugi-powierzchnia do potęgi pierwszej, którą nazwę XY jeden i wymiar trzeci-objętość do potęgi pierwszej, którą nazwę XYZ jeden i wyjdzie nam zależność: X jeden – XY jeden – XYZ jeden – T jeden. Dodam tylko, że nazwa „zbiór i podzbiory" nie jest może perfekcyjnym określeniem, ale skorzystam umownie z tego hasła, bo jest mi po prostu najwygodniej... – tutaj Manuel zawiesił na chwilę głos, żeby sprawdzić reakcję ludzi.

Na trybunach zrobiło się cicho jak makiem zasiał... i nikt już niczego złego nie wykrzykiwał w jego kierunku.

– Mów! Mów... Mów... mów... mów... – słowo odbiło się nagle o jego uszy, jak „kaczka" puszczona po wodzie.

– Faktem jest, że taka zależność istnieje na pewno. – zaczął mówić Manuel. – Żyjemy w czasie, czwartym wymiarze liniowo, tak jak i pozostałych wymiarach: długości, powierzchni i objętości żyjemy również LINIOWO. Liniowo w tym sensie, że na ziemskich warunkach. Nie szkodzi, że w swoim zapisie i właściwościach ziemskich wymiary te mają potęgi? Życie nasze wraz ze swoimi ziemskimi potęgami jest liniowe! Zatem zależność: X – XY – XYZ – T jest TYM SAMYM co zależność: X jeden – XY jeden – XYZ jeden – T jeden. Przy czym cyferki dodane służą mi tylko po to, żeby odróżnić i to bardziej wizualnie niż pojęciowo różne, dalsze wymiary czasu, czasów wraz ze swoimi podzbiorami, o czym za chwilę...

– Dlaczego za chwilę? – wydarł się brodaty starzec. – To bardzo ciekawe co mówisz? Wal, Cyceron, wal!

– No dobrze... – Manuel odetchnął gorącym i suchym powietrzem i zaczął dalej przemawiać:

– Taka sama więc teza, druga teza dotyczy innych wymiarów czasu! Teza, w którą głęboko wierzę, ba, odczuwam to i próbuję nazwać... – zastanowił się na chwile.

Na trybunach panowała absolutna cisza. Goąc dawał się we znaki, ale ludzie prawie się nie poruszali. Siedzieli jak zamurowani i tylko szum wachlarzy docierał do świadomości. Szum, jak skrzydła ptaków, które przelatując nad pustynią tworzą perfekcyjne dźwiękowe unisono... Jak wdech i wydech... Puls... Puls Matki Ziemi...

Pomarańczowe niesłoneczne światło też jakby zaczęło delikatnie pulsować. Ale bardzo delikatnie... Manuel jednak na wszelki wypadek znów przymknął oczy...

– Zależność czasu do kwadratu ze swoimi podzbiorami, a więc: X dwa, czyli długość do drugiej potęgi – XY dwa, czyli powierzchnia do drugiej potęgi – XYZ dwa, czyli objętość do drugiej potęgi – T dwa, czyli czas do drugiej potęgi odbywa się na TAKICH SAMYCH zasadach jak zależność czasu do sześcianu wraz ze swoimi podzbiorami, a więc: X trzy, czyli długość do trzeciej potęgi – XY trzy, czyli powierzchnia do trzeciej potęgi – XYZ trzy, czyli objętość do trzeciej potęgi – T trzy, czyli czas do trzeciej potęgi. ! tak dalej. – kontynuował z zaciśniętymi coraz bardziej powiekami:

– Jeżeli przyjmiemy, że czas liniowy: T jeden jest czasem REALNYM, bo w nim żyjemy, to czas do do kwadratu – T dwa, czas do sześcianu – T trzy i czas do większej potęgi, potęg są... – zawiesił głos. – Są czasami NIERE-ALNYMI, bo w nich nie żyjemy! – Manuel zrobił przerwę, ale nic się nie wydarzyło.

Cisza. Cisza świdrująca w uszach.

– Na ogół nie żyjemy... – poprawił i spróbował otworzyć oczy.

– Czas do potęgi jest więc czasem nierealnym w naszym ludzkim pojęciu, ale czy nieistniejącym? – oczy zaczęły mu nagle łzawić. – Tu miałbym wątpliwości, bo skoro na własnej skórze odczuwam coś więcej, to znaczy, że coś więcej jest na rzeczy? Coś, co na szczęście nie tylko ja jeden i ani nie ja pierwszy i ani nie ja ostatni odczuwam i odczuwać będę...

– A jak wyobrazić sobie czas nierealny w ogólnym tego pojęcia znaczeniu? – przerwał starzec.

– W bardzo w sumie prosty sposób... – odpowiedział powoli Manuel i przetarł rąbkiem wyciągniętej ze spodni koszuli w kratkę piekące oko.

– Ziemia nasza, planeta obraca się wokół własnej osi w ciągu dwudziestu czterech godzin. Tak więc doba ma zawsze dwadzieścia cztery godziny, a rok trzysta sześćdziesiąt pięć dni, bo tyle trwa obieg naszej planety wokół Słońca...

– Ty, Cyceron, a skąd ty to wiesz? – zapytał ktoś.

– Galileusz i Kopernik! Nic ci to nie mówi? – odpowiedział Manuel.

Na trybunach powstało nowe, lekkie zamieszanie, ale brodaty starzec i tym razem skutecznie uciszył towarzystwo.

– Mów! Mów dalej! – wydał rozkaz.

– Gdyby ruch Ziemi został przyśpieszony lub opóźniony, spowolniony... Krótko mówiąc zachwiany... – mówił dalej Manuel. – To wszystkie proporcje by się zmieniły i teoretycznie znaleźlibyśmy się w czasie nierealnym, gdyż NIENALEŻĄCYM do właściwości naszej planety Ziemi!

– Dlaczego teoretycznie? – padło pytanie.

– Bo praktycznie nikt i nic by nie przeżył, nie przeżyło w takim nagłym zakłóceniu sił natury!

– Jak to?...

– Gdyby jednak okazało się, że ktoś lub coś przeżyło taką nagłą turbulencję czasową, to czas nowy, czas jakiego by ktoś lub coś doświadczało, płynąłby na innych warunkach. Szybciej albo wolniej! Ale nadal LINIOWO! To tak, jakbyśmy przenieśli się na orbitę Merkurego albo Marsa...

– A co to takiego? – padło kolejne pytanie.

– Nie przeszkadzaj mu! – wydarł się starzec na młodego chłopaka w białej tunice.

– Mogę dalej? – zawołał Manuel.

Starzec machnął mu ręką.

– No więc... – zaczął Manuel. – Gdybyśmy się przenieśli na orbitę Merkurego albo na orbitę Marsa, to czas upływa tam szybciej lub wolniej w stosunku do tego co znamy, ale ciągle liniowo. Bo doba czy rok kończy się i zaczyna również i TAM! Trwa tylko INACZEJ! – odczekał chwilę.

– Czas nierealny może być, jak widać również czasem liniowym! Jeżeli czas liniowy, czyli czas do pierwszej potęgi, który znamy i odczuwamy jako czas realny, bo na naszej planecie może być również czasem nierealnym, bo poza granicami naszej planety i stać się na nowo czasem realnym, jeżeli za te granice naszej planety się przeniesiemy, to czas do kwadratu czy czas do sześcianu i tak dalej też mogą współtworzyć TAKIE zależności! Czas do kwadratu i czas do sześcianu i dalsze, które na warunkach ziemskich wydawać się mogą CZASAMI NIEREALNYMI nabierają cech czasów REALNYCH w momencie ich ROZPOZNANIA i ODCZUCIA!

– ...?

– Jak zatem rozpoznać czas na przykład do kwadratu czy do sześcianu? Czas, który RÓWNIEŻ jest czasem nierealnym w tym znaczeniu, że nie odczuwalnym przez większość?

– ...?

– A może jednak realnym, bo odczuwalnym przez mniejszość?

– ...?

– Ciągle jeszcze NIESTETY odczuwalnym tylko przez mniejszość? A może i dobrze, że tylko nieliczni to czują? Pytania egzystencjalne... W każdym razie... ja się poważnie zastanawiam czy oby na pewno żyjemy TYLKO i wyłącznie w czasie liniowym?

– ...?

– Czy nie żyjemy RÓWNIEŻ w czasie powierzchniowym czy w czasie przestrzennym? Przynajmniej czy nie ZDARZA nam się również bywać w czasie powierzchniowym czy przestrzennym?

– ...?

– Jak TO rozpoznać w naszych ziemskich warunkach? Jak to wyczuć, że tak powiem... jeszcze ZA ŻYCIA? Naszego ziemskiego życia?... – Manuel zawiesił głos, a ponieważ nikt nic nie powiedział i nawet szum wachlarzy ustał, zaczął mówić dalej:

– I tu teza trzecia!...

– ... trzecia... ecia... ecia... – odpowiedziało mu nieznane echo.

– Myślę, że musimy NAJPIERW przyjąć tę zasadę, że czas do kwadratu jest nałożeniem się, powierzchnią, funkcją dwóch różnych czasów, czas do sześcianu jest nałożeniem się, objętością, funkcją trzech różnych czasów i tak dalej, a NASTĘPNIE musimy spróbować to wszystko rozpoznać, odczuć i przyswoić tak, aby czas dotychczas NIEREALNY stał się czasem REALNYM!

– ...?

– Cały tric polega na tym, żeby odczuć te czasy JEDNOCZEŚNIE! Przy czym czasy mogą być różne. Długie, krótkie, równe... Teoretycznie nie liczą się długości czasów, ale ich właśnie i przede wszystkim FUNKCJE!

– ...?

– Powinnyśmy odczuwać funkcje tych czasów, te nałożenia się na siebie czasów o różnych długościach JEDNOCZEŚNIE! Na przykład nazwę to umownie: czas Ziemi i czas Merkurego, albo: czas Ziemi, Merkurego i Marsa powinnyśmy odczuwać JEDNOCZEŚNIE! To jednoczesne odczucie różnych czasów daje nam DOPIERO inny jego wymiar! Inną jego powierzchnię, inną jego objętość, inną jego potęgę i zupełnie inną jego PRZESTRZEŃ! Inną RZECZYWISTOŚĆ! Przestrzeń o innej właściwości i innej rze-czy-wis-to-ści! Ta NOWA przestrzeń nie ma za dużo... Ba, nie ma NIC wspólnego z objętością, ludzką objętością-przestrzenią, czyli taką, która jest nam znana, dana, którą jak to zwykle nazywamy... Ojej... Ludzka przestrzeń, chociaż jest to to samo słowo, nie ma nic wspólnego z objętością czasów, innych czasów, z przestrzenią...

– Hej! Cyceron! Jakiego Mar... Marsa? – padło nagle z trybuny, ale Manuel nie zwrócił na to uwagi. – Przy czym inny, nowy wymiar czasu, który do tej pory był czasem nierealnym, w momencie rozpoznania, odczucia i przyjęcia staje się czasem realnym! Czas nierealny staje się czasem realnym przy jego przyswojeniu!...

– ... jeniu... eniu... eniu... – odbiło się echo na tle przeraźliwej, świdrującej w uszy ciszy.

– Jednoczesne odczuwanie tych nałożeń czasowych, niekoniecznie o różnych długościach może być, jest odczuwalne również w muzyce! Te same czasy są odczuwalne w muzyce, bo człowiek przecież muzykę tworzy? Człowiek tworzy muzykę zawierającą inne wymiary czasu, czasów pod warunkiem, że te inne czasy, te inne wymiary ROZPOZNA i ODCZUJE!...

– ... czuje... uje... uje...

– Może być jeszcze taka możliwość, że to muzyka zawierająca inne wymiary czasu zawładnie człowiekiem? Nie wykluczam takiej możliwości? Nieważne co jest pierwsze. Jajko czy kura?...

– ... kura... ura... ura...

– Ważne, że przyjmuję teorię czasów do potęg! To mi zostało niemalże NARZUCONE! Wystawiam więc swoje anteny na kosmos i z pokorą staram się przyjmować te fale...

– ... fale... ale... ale...

– Staram się przeżywać życie, nowe inne życie będące funkcją kilku czasów planetarnych, że tak powiem, na przykład w połączeniu czasu Ziemi, Merkurego czy Marsa i to jest, że tak powiem... Mniej straszne...

– ... aszne... szne... ne...

– Ale próbuję też żyć z funkcją, w funkcji czasów o równej długości! Próbuję żyć w funkcji kilku czasów o równej, bo liniowej, ludzkiej długości! Staram się przebywać, doświadczać funkcje czasów różnych ludzkich żyć! Odczuwam różne ludzkie byty jednocześnie i to jest... bardziej straszne...

– ... aszne... szne... ne...

– ... Aczkolwiek możliwe do zaakceptowania i wykonania zadania...

– ... dania... ania... ania...

– Krótko mówiąc, jeżeli oszukamy nasz mózg i przestawimy się RÓWNIEŻ na inny, na przykład trzydziesto-sześcio-godzinny czas dobowy, niekoniecznie tak długi jak na Marsie, to po jakimś czasie nasz organizm zacznie się przyzwyczajać do innej rzeczywistości i w końcu się przyzwyczai...

– ... i... i... i...

– Teraźniejszość, a więc łącznik między przeszłością a przyszłością się WYDŁUŻY! Jeżeli nie stracimy przy tym dobrej i TYLKO dobrej energii, to wydłużająca się teraźniejszość będzie wydłużającym się szczęściem! Nirwaną! W końcu... dążymy do... wydłużającego się szczęścia, a nie do jego skracania?...

– ... cania... ania... ania...

– Tak więc, dłuższe czasy będą zawsze bardziej atrakcyjne, bo o dziwo... starzejemy się TAM... też wolniej?! Czyżby dobra energia, coraz lepsza energia, boska energia spowalniała czy nawet zatrzymywała ziemskie tarcie?...

– ... arcie... cie... cie...

– Jednocześnie żyjemy RÓWNIEŻ w dwudziesto-cztero-godzinnym rytmie dobowym, bo tak mamy i już. Wstajemy rano, a wieczorem idziemy spać. Jeżeli uda nam się utrzymać funkcję tych dwóch czasów, żyjąc w jednym, a czując drugi czas, to jest dobrze! Jeżeli mamy w sobie więcej czasów, to jeszcze lepiej! Przy czym... dłuższe-większe czasy dają nam nie tylko dłuższą teraźniejszość, gdzie kiedy dobrze, że tak powiem zadbamy, wydłuży się też nasze poczucie szczęścia, dłuższe-większe czasy dają nam lepszy dystans i balans i to, że w poczuciu dłuższego życia poprawimy przede wszystkim jego jakość i wartość!...

– ... ość... ość... ość...

– Trwajmy więc w boskiej teraźniejszości! W jej transie! W teraźniejszości, która tak naprawdę najbardziej się liczy! Chwilo trwaj!...

– ... aj... aj... aj...

– To ta mniej straszna funkcja czasów...

– ... ów... ów... ów...

– Jeżeli z kolei oszukamy nasz mózg w tym sensie, że pozwolimy własnym antenom odbierać RÓŻNE fale, to nie jest to wykluczone, żeby nie móc się skontaktować z falami innych bytów? Może być ludzkich bytów, które już żyły? Albo żyć będą? Albo może żyły, żyją i żyć będą jednocześnie?...

– ... cześnie... eśnie... nie...

– Trudno to sobie wyobrazić, ale z drugiej strony takie pojęcia jak duchy, życie po życiu, reinkarnacja czy deja-vu nie ja wymyśliłem i jeżeli odczuwam funkcję różnych czasów liniowych, różnych ludzkich żyć, będąc w roku tysiąc dziewięćset trzydzieści dziewięć, dwa tysiące pięć, dwa tysiące sześć, dwa tysiące piętnaście, a widząc jednocześnie zdarzenia z roku tysiąc dziewięćset dwadzieścia sześć... Na przykład z roku tysiąc dziewięćset dwadzieścia sześć albo z roku czterysta dziesięć... to... tylko się cieszę! Cieszę się, że nie tyle ŻYJĘ, ale UCZESTNICZĘ w czasie do kwadratu, w czasie do sześcianu czy czasach do dalszych potęg!...

– ...

– To ta bardziej straszna wersja odczuwania przeze mnie czasów do innych potęg...

–...

– Staram się być... bywać w długich, dłuższych czasach i to raczej, bardziej... w czasach... pozaziemskich, a mniej w czasach... pozagrobowych... Ale... – Manuel z trudnością przełknął ślinę. – Ale różnie to bywa... Ostatnio... Ostatnio nawet... – urwał.

Trybuna z zastygłymi w upale ludźmi zaczęła jakby falować... A może to gorące powietrze falowało? Gorące powietrze, strzępiące się pomarańczową niesłoneczną linią? Linią, która nagle zaczęła coraz bardziej i mocniej drgać i wydzielać, wydawać dźwięki podobne do zaśpiewu wielorybów z oceanicznej otchłani... Masa dźwięków, gdzie małe h pulsowało w swojej intensywności najbardziej i rozdzierało głowę Manuela. Przyłożył zaciśnięte pięści do skroni i znów spróbował zamknąć oczy, żeby przynajmniej nie widzieć tej szalejącej pomarańczowej linii i móc skończyć jak najszybciej swój nieoczekiwany wykład, swoje myśli, złote myśli, które oplotły go znienacka, jak ta pomarańczowa teraz sieć...

– Staram się osiągnąć taki trans, który pozwoli mi poczuć tę inną rzeczywistość albo inną teraźniejszość... – ciągnął Manuel. – Szczęśliwszą teraźniejszość, zawierającą inne czasy i ich inne wymiary... Symultanicznie odczuwalne różne wszechświaty, które jednak TU i TERAZ są...
– Hej Cyceron!...
– Są... – Manuel przełknął ślinę. – Zatrzymać teraźniejszość... – znów przełknął z trudem ślinę.
– Hej Cyceron, a mnie się wydawało, że czas jest wieczny? A jego fenomen polega na ciągłym ruchu? – zawołał brodaty starzec, przerywając nagle ten uporczywy i świdrujący w uszach Manuela i w całej jego głowie i ciele dźwięk.
– Wiem... – odpowiedział głucho Manuel i poczuł, że robi mu się niedobrze.
– Jest ruch... Jest zmiana... Jest czas... – zaczął starzec.
– Nie ma ruchu... Nie ma zmiany... Nie ma czasu... – dokończył Manuel.
– ... bo czas nie istnieje bez zmiany i bez ruchu! Tylko co zrobić z tym „przed" i „po"?... – zapytał starzec. – Wiesz coś o tym?...
– Ano związać teraźniejszością... Arystotelesie... – odpowiedział resztkami sił Manuel.

– Eron! Cyceron! Eron! Cyceron!... – rozgorzał nagle i nieoczekiwanie tłum.
– E-ron! Cyce-ron! E-ron! Cyce-ron! E-ron!! Cyce-ron!! – coraz głośniej i głośniej huczał.
– EE–RON!! CYCE–RON!! EE–RON!! CYCE–RON!! EE–...

– DUPA!! – wrzasnęła Julia wzburzona i... otworzyła oczy.

24

– Żółta linia na szarym tle?... Chcesz mi o tym opowiedzieć?... – Manuel też otworzył oczy i popatrzył n a nią z czułością.

– Jednak nas widziała... – Julia odetchnęła z ulgą, obserwując uciekającą w kolejne krzaki kunę.
– Kule, pierścienie, żółta linia... – zaczęła bezwiednie wyliczać.
– Jaka żółta linia? – Manuel był wyraźnie zaciekawiony.
– Nie opowiadałam ci?
– O czym?
– O żółtej linii na szarym tle?
– Nie opowiadałaś? – zmrużył oczy.
– A chcesz usłyszeć?
– A mogę cię najpierw pocałować? – zaskoczył ją pytaniem.
– A możesz... – odezwała się zalotnie, zdziwiona swoją reakcją.

Wolno, bardzo powoli... Zwalniamy klatkę filmową prawie do zera... Prawie do zera, bo czasu nie można przecież zatrzymać... Bardzo powoli Manuel przybliżył swoją twarz do twarzy Julii. Ta zamarła w bezdechu. Przylgnęli na chwilę do siebie czołami, tak blisko, że wielkie brązowe oko, jedno wielkie brązowe oko Manuela, wypełniające prawie całą jego twarz połączyło się z jednym wielkim i brązowym okiem Julii...

– W dzieciństwie, kiedy miałam cztery lata, po raz pierwszy wyobraziłam sobie, że życie jest filmem... – Julia nie czekając na pocałunek, a może i nawet obawiając się tego postanowiła szybko opowiedzieć swoją historię:

– Jestem na ekranie jakiegoś niewidzialnego wielkiego telewizora i odgrywam swoją rolę. Film bardzo się ciągnie. Tak długo, ile mniej więcej godzin, dni, miesięcy, lat ciągnie się mój los: Jeden do jednego. Nieznani widzowie, może i nawet sam Pan Bóg oglądają mnie, a ja jem, śpię, bawię się czy siedzę w toalecie... Tu mogłaby nastąpić przerwa w emisji... Cały czas jestem obserwowana. Jestem jeszcze na początku tego filmu, tak myślę i nie mam pojęcia jak długo będzie on trwał i jak się skończy? Czy w ogóle się skończy? Film jest monotonny i nudny. Czasami coś się wydarzy, ale przeważnie to spanie, jedzenie, sranie, chodzenie do szkoły, odrabianie lekcji, użeranie się z mamą, bratem. Zimno, gorąco, ciemno, widno...

– Jaki to długi film? – myślałam. – Czy nie dałoby się tego skrócić? Na przykład: idę do szkoły, prawię pędzę, bo za chwilę lekcja, naciskam jakiś niewidzialny guzik i ... już jestem w klasie. Albo... nie mogę zasnąć, boję się, przyciskam guzik i ... budzę się rano.

– Dlaczego ten czas tak się wlecze? Dlaczego nie ma sposobu, żeby go skracać albo wydłużać? Na przykład podczas wakacji? Biegnąc do szkoły zawsze odmierzałam kroki:

– Teraz idę powoli i kroków jest tyle, teraz biegnę i kroków jest tyle, pędzę, żeby się znowu nie spóźnić i moich susów jest coraz mniej. Zmienia się także czas. Przyspieszam klatki mojego filmu przechodząc w paniczny galop i... jestem w klasie nawet przed dzwonkiem! Mało tego, nie czuję się wreszcie obserwowana! Być może moja panika przed spóźnieniem zasłaniała na chwilę ten cholerny ekran? Przyznam, że świadomość odgrywania roli w filmie pod tytułem „moje życie" napawała mnie jakimś niezrozumiałym strachem.

– Kiedy ten film się skończy? Jaki będzie jego koniec? A może nigdy się nie skończy? Nie chcę, nie chcę być tak obserwowana!? Wolałam już spóźnić się na lekcje niż ciągle wisieć na czyimś oku i czuć się pod kontrolą.

Jeszcze gorsze były sny. Sny tak dziwne i niewytłumaczalne, że już jako czterolatka wiedziałam, że nie można ich tak po prostu komukolwiek opowiedzieć. Bardzo się wtedy bałam. Musiałam wymyślać jakąś ludzką wersję o wilkach, trupich czaszkach i podobnych rzeczach, żeby mój lęk brzmiał prawdopodobnie. Często przychodziłam do łóżka matki i prosiłam o pomoc: – „Mamoo, śni mi się wilk... – To nie myśl o wilku – odpowiadała zaspana matka. – Ale jak nie myślę o wilku, to śni mi się trupia czaszka... – To nie myśl o trupiej czaszce"... – standardowa odpowiedź.

W końcu przestałam przychodzić do matki. Wiedziałam bardzo dobrze, że nie mogę powiedzieć jej prawdy: – „Śni mi się żółta linia na szarym tle. Mamusiu, znów śni mi się ta żółta linia! Mamusiu, tak się boję... Żółta linia na szarym tle znów się do mnie dobiera"... Zostawiałam uchylone drzwi sypialni, ale sen ciągle powracał. Strach paraliżował wszystkie moje zmysły tak, że nie mogłam się ruszyć, nie mówiąc już o spaniu. Żółta linia na szarym tle prześladowała mnie co noc.

Zaczynało się to niewinnym łagodnym i sinusowym dźwiękiem, który jak mantra wybrzmiewał małym h i który zobrazowany był świetlistym paskiem żółci płynącym bez zakłóceń po szarej przestrzeni. Dźwięk wydobywał się gdzieś z dołu, jakby z dwóch kamieni ustawionych naprzeciwko siebie. Dwóch czarnych i nieregularnych kamieni oplecionych czymś w rodzaju wikliny? Kamienie generowały dźwięk, który stopniowo zaczynał się jakby strzępić. Fala sinusowa przechodziła w kwadratową, a żółta linia wchodziła w coraz to większe drgania. Dźwięk stawał się nieprzyjemny, chropowaty, przerywany i straszny. Żółta linia nie była już linią, tylko bezkształtną pulsującą masą, siekającą jak jakieś ostrza noży szarą przestrzeń swoim złotym i zdziczałym blaskiem.

Wyglądało to... jak jakiś wykres... bijącego serca? Serce pędzące w takim tempie, jakby za chwilę miało wypaść z klatki piersiowej! Elektrokardiogram, gdzie ostre szpiczaste fale życia wymykały się aż poza ekran! O dziwo, przecież to właśnie było... życie? Przecież to był właśnie jego wykres? Życia, a nie śmierci!? Dlaczego tak się tego bałam? Przerażająca siła skaczącej żółci i coraz głośniejsze konwulsyjne tony wydobywające się z tych kamiennych „głośników" doprowadzały mnie do szaleństwa. Mój strach narastał wtedy do zenitu. Leżałam skostniała w łóżku z otwartymi oczami czując, że jak je zamknę, to horror ten ponownie mnie zaatakuje!

Po jakimś czasie wszystko powoli się uspakajało i wracało do pierwotnego kształtu. Żółta linia na szarym tle znów była linią, a chropowaty postrzępiony dźwięk zanikał sinusowym małym h. Uspakajał się też mój lęk i w końcu zasypiałam.

Dlaczego tak się potwornie bałam? Dlaczego wykres... śmierci... dopiero mnie uspakajał? Skąd się to brało? Co to w ogóle miało znaczyć?

– To przecież stereo? – myślałam wiele lat później, kiedy wiedziałam już, co to jest stereo. Wiedziałam też, że za czasów moich snów stereofonii jeszcze nie wymyślono?...

Julia na chwilę przestała mówić. Wsłuchała się w miarowy oddech przyklejonego ciągle do jej czoła Manuela i przełknęła ślinę.

– Często zadawałam sobie te pytania i zadaję do dzisiaj. – odzyskała głos. – Do dzisiaj też nie znam na nie odpowiedzi. Żółta linia, jak całe moje kruche istnienie falowała, faluje i falować pewnie będzie wzlotami i upadkami, żeby w końcu dojść do celu. Dokończyć tę... podróż i z podniesioną głową wyjść z tego... kina? – Julia wreszcie oderwała swoją twarz od twarzy Manuela.

– Czym że jest więc śmierć? Czekaniem na... życie? – zapytała, patrząc mu głęboko w oczy.

– Sen... – Manuel szepnął, prawie niedostrzegalnie.

– Sen... – powtórzył nieco głośniej uśmiechając się dwuznacznie.

Julia drgnęła, jakby obudzona ze snu. Z tego snu. Manuel wykorzystał ten moment i znów przybliżył do niej swoją rozpaloną twarz. Szybko pocałował ją w usta. Tym razem nie broniła się. Trwali w pocałunku przez kilka minut. Julia zamknęła oczy i zobaczyła na nowo szarą ścianę dźwięku, a na niej te żółte połyskujące punkciki...

– Ściana dźwięku przybliża się i cofa... – jej świadomość zaczęła stopniowo odrywać się od pożądania. – Żółte punkciki na szarym tle... Teraz na czarnym... Teraz znowu na szarym... Świdrują mi w oczach... Ojej... Ściana dźwięku jest coraz bliżej... Napiera na mnie, zasysa jak jakaś czarna dziura... Jest coraz bliżej... Pulsuje... Żółte punkciki jak jakiś przeraźliwy rój świetlistych insektów wypełniają moje wnętrzności... Ojej, skąd znam te żółte punkciki?... – Julia oderwała się gwałtownie od Manuela.

Ten popatrzył na nią zaskoczony.

– Co się stało?

– Jest mi niedobrze... Przepraszam... Zrobiło mi się niedobrze... – Julia odwróciła się od niego, oparła łokciami o szeroko rozstawione kolana i zwiesiła głowę.

Cały czas miała zamknięte oczy.

– Czasami zdarza mi się zemdleć... – rzuciła krótko.

– Wezwać pogotowie? – zaniepokoił się Manuel.

– Nie – ucięła.

– Jak mam ci pomóc?

– Cicho – znów ucięła. – Nie mów nic. Sorry, nie mogę teraz mówić... – Julia zaczęła ciężko oddychać.

Manuel zastygł i czekał na jej powrót.

– Świetliste kontury pozytywów nabierają koloru... Zaczynam widzieć... – Julia odezwała się po chwili.

– Negatywy zamieniają się w pozytywy... Ojej... – znów zaczęła ciężko oddychać.

– Julia...

– To nie jest sen... Zaczynam sobie powoli coś uświadamiać... – mówiła bardziej do siebie niż do niego.

– Julia? Już ci lepiej? – Manuel patrzył na nią z niepokojem i czułością.

– Lepiej... – westchnęła. – Mdleję... Mdleję czasami... – dorzuciła zerowym głosem, starając się usprawiedliwić zaistniałą sytuację.

– Już ci lepiej? – Manuel delikatnie pogłaskał ją po włosach.

– Lepiej – Julia podniosła głowę. – Sorry... – w jej oczach pojawiły się łzy. – Odzwyczaiłam się od takich emocji... – próbowała się tłumaczyć.

– Za co mnie przepraszasz? – Manuel przytulił ją do siebie. – Za co mnie przepraszasz?

– Chyba za wcześnie na... całowanie?... – Julia spróbowała się uśmiechnąć.

– Chyba nie jestem gotowa na...

– To ja przepraszam... – delikatnie przerwał jej Manuel. – Znów się pospieszyłem... – lekko przycisnął ją do siebie, a za chwilę uwolnił z objęć. Wyjął z kieszeni spodni paczkę tytoniu i bez pytania zrobił dwa skręty. Jeden dla niej, a drugi dla siebie.

– Pytałaś czym jest życie? – zapytał i nie czekając na odpowiedź mówił dalej. – Życie jest czekaniem na śmierć. Rodzimy się, żeby umrzeć...

– Pytałam, czym jest śmierć... – drżącym głosem wtrąciła Julia.

– To wszystko jedno. Tak jak życie jest czekaniem na śmierć, tak śmierć jest czekaniem na życie. Rodzimy się, żeby umrzeć, a umieramy, żeby żyć. Nie pamiętasz?... Kule, pierścienie, wdech, wydech, czarne, białe... – Manuel zaczął wyliczać.

– A może życie jest filmem? Podróżą? – zapytała śmielej Julia. – Filmem o podróży? Przygotowujemy się przez cały czas do tej nieznanej podróży, gdzie śmierć jest jej końcową stacją, wyjściem z kina, żeby potem pognać na następny spektakl?... – znów zajrzała mu w oczy.

Manuel zaciągnął się papierosem.

– Dobrze myślisz... – pomyślał. – Bystra z ciebie dziewczynka... – drugie zaciągnięcie.

– Wszystko co się tak pięknie na wiosnę odradza, mówię o przyrodzie, to umiera na jesień... – odezwał się w końcu.

– Manuel... – Julia usiadła prosto na murku. – Manuel, zimno się robi. Zimno i późno...

– Czyżby? – Manuel też się wyprostował.

– Co czyżby? – zapytała zmieszana Julia.

– Czy myślisz, że wszystko co się na wiosnę rodzi, to umiera jesienią?

– No... Chyba tak?... – Julia trzymając skręta w ustach szczelnie zapięła kurtkę.

– Otóż nie!... – teraz Manuel zajrzał Julii głęboko w oczy.

Ciemno-brązowe oczy Manuela, które patrzyły na nią nieruchomo wydawały się być teraz jakby nieobecne. Jakby zahipnotyzowane. Jakby te jego dwie ciemno-brązowe, prawie czarne i żywe do tej pory tęczówki zamieniły się nagle w dwie czarne i martwe szklane kulki. Martwe szklane oczy-kulki nieruchomego i martwego szklanego robota.

– Otóż nie umarłoby... Nic by nie obumarło... Nic... Rozumiesz? Nic by nie umarło... Nic i nikt... Nic i nikt... Nic i nikt... – Manuel zaczął powtarzać to jak mantrę, co w uszach Julii brzmiało jak: – Tik, tak... Tik, tak... Tik, tak... Odwieczny zegar świata zaczął dalej odliczać swoją teraźniejszość, oddzielając ją płaskim dźwiękiem od przeszłości i okrągłym echem od przyszłości...

– Nic by nie umarło, bo... – Manuel popatrzył na skostniałą z zimna Julię, przekręcił głowę tak, jak robią to czasami koty albo psy starające się dobrze zrozumieć polecenie swojego pana, a po chwili znów przyłożył swoje czoło do jej czoła.

I znów brązowe ich oczy spotkały się ze sobą, tworząc jedno wielkie wspólne oko pośrodku ich głów o nieokreślonej barwie. Manuel szeptał dalej swoje proroctwo, prawie nie poruszając wargami, a Julia siedziała zasłuchana.

– Gdyby coś obumarło, to by się nigdy nie odrodziło... – odczekał chwilę, ale Julia ani się nie odezwała, ani nie poruszyła.

Zaczął więc mówić dalej, rozdzielając każde prawie zdanie:

– Umieramy więc... my, ludzie chyba też nie do końca i nie naprawdę, bo jednak się odradzamy...

Cisza.

– I chociaż nie jesteśmy tego bezpośrednimi świadkami, to widzi nas przyroda...

Cisza.

– Tak jak my przyrodę widzimy odradzającą się, tak przyroda widzi odradzających się nas, ludzi...

– Zimno...

– Skoro przyroda nie ma zielonego pojęcia o tym, że się odradza, to dlaczego my ludzie mamy mieć pojęcie o tym, że my się odradzamy?

– ...?

– Jesteśmy mimo wszystko częścią przyrody, częścią natury. Jakie to oczywiste dla nas widzieć, że przyroda się odradza? Jakie to oczywiste jest dla przyrody widzieć, że my się odradzamy?

– ...?

– Zaufajmy przyrodzie! Zaufajmy naturze! Ja zaufałem. A ty? – teraz Manuel gwałtownie oderwał swoje czoło od czoła Julii.

– Aaa... – jęknęła zaskoczona Julia.

– A ty?... – powtórzyła pytaniem, budząc się z letargu.

– Pojedziesz ze mną do Rzymu? – Manuel zmienił nagle temat.

25

– No i co? – zapytał Posąg. – Nie było chyba aż tak źle? – otoczył Manuela ramieniem i wyprowadził z Koloseum przez jedno z bocznych wyjść.

– Aż tak źle nie było... – zgodził się oszołomiony Manuel.

Wyszli przed okrągłą budowlę, postrzępioną zębem czasu i skierowali się prosto w stronę Forum Romanum. Po drodze zatrzymali się przed samotnie stojącą studnią i Posąg nabrał wody do drewnianego wiadra, zawieszonego na włochatym sznurze na żurawiu.

– Ale upał... – syknął.

Wypił z wiadra chyba z pół litra wody, potem podał wiadro Manuelowi, a gdy ten też się porządnie napił odebrał wiadro i oblał swoje spocone ciało resztą zawartości, zaczynając od czubka głowy.

– Ale upał... – odstawił wiadro i przetarł wielkimi dłońmi wielką i mokrą twarz.

– Merde! – zaklął Manuel. – No to nieźle...

– Nic się nie zmieniło i nie zmieni... – Posąg przysiadł na murku otaczającym studnię, a
Manuel oparł się o piniową sosnę w pobliżu.
Na szczęście rosło tu kilka drzew i mogli odpocząć w ich cieniu.

– Pijaństwo i krew... – Posąg oparł się łokciami o szeroko rozstawione kolana i powolnym ruchem zwiesił w dół głowę.

– Pijaństwo i krew... – Manuel powtórzył zamyślony. – Czyli... nie ma na to sposobu?... – bardziej stwierdził niż zapytał.

– Sam widziałeś...

– I nie można ich wykształcić?

– A można? – Posąg na chwilę podniósł głowę i omiótł pytającym spojrzeniem Manuela.

– Sam widziałeś – opuścił głowę z powrotem.

– Ale słuchali? – Manuel zmrużył oczy. – W końcu... – dodał i wpatrywał się intensywnie w przyjaciela.

– Tak, słuchali... – Posąg wzruszył ramionami. – W końcu słuchali... – potakująco kiwnął głową.

– Myślę... – Manuel zastanowił się. – Myślę, że można ich wykształcić. Sprowadzić na bardziej ludzką drogę...

– Ludzką drogę mówisz? A co jest „ludzką drogą"? Może właśnie to?...

– Co?...

– To! – Pijaństwo i krew! – dorzucił.
Manuel westchnął ciężko.

– I tak jest codziennie? – zapytał.

– Codziennie – beznamiętnie potwierdził Posąg. – Prawie codziennie... – poprawił.

– I nie można nic z tym zrobić?

– Można! Właśnie to zrobiłeś! Nie było aż tak źle? Prawda? – Posąg spróbował się uśmiechnąć.

– Pijaństwo, krew i pieniądze... – powiedział po jakimś czasie.

– Pieniądze? – zdziwił się Manuel.

– A co myślisz? Władze Rzymu serwują plebsowi takie przyjemności, żeby potem plebs na nich głosował w wyborach. Oni to opłacają! Rzym to opłaca!

– Nic się nie zmieniło... – znów ciężko westchnął Manuel.

– O dziewiątej rano zbiera się plebs na trybunach i zaczyna się prezentacja Gladiatorów...
– zaczął opowiadać Posąg. – Potem są walki Gladiatorów ze zwierzętami. Jak cię niedźwiedź czy tygrys nie rozerwie na strzępy, to masz bracie szczęście. Wyjeżdża taki tygrys z dołu, w klatce z wyjściem na arenę i się zaczyna... Dwieście prawie pięćdziesiąt ludzi pracuje na to, żeby takie klatki ze zwierzętami wyjechały na górę! Wyobrażasz to sobie? Tyle trudu, żeby rozwścieczona i głodna bestia mogła cię bracie rozszarpać! Wyobrażasz to sobie? Ponad dwieście niewolników! – Posąg kopnął jakiś kamień. – Jak cię bracie tygrys albo niedźwiedź nie rozerwie, to wpuszczają następne zwierzę i „we go"! Musisz mieć bracie niezłą krzepę, żeby wygrać! Ale czasami się udaje... – Posąg zaśmiał się cynicznie.
– I tak jest codziennie? – wtrącił Manuel.
– Prawie... Prawie codziennie są jakieś atrakcje, zakrapiane i winem i krwią. Bo to bracie zmurszały plebs decyduje! Dasz władzę plebsowi, to i masz... – zaśmiał się gorzko.
– Plebs pije i żre i gówno go obchodzi, że ginie właśnie człowiek! Obojętnie czy jest rozszarpywany przez niedźwiedzia, czy przez innego Gladiatora po przerwie południowej... Plebs pije, żre, śmieje się... Plebs decyduje bracie! Plebs! Dasz wiarę?...
– I nie można nic z TYM zrobić?
– A można? Jak plebs ma władzę? Dasz władzę plebsowi... Demokracja... Kurwa... Ha-ha-ha...– Posąg tak się zaczął śmiać, że aż dostał ataku kaszlu. Zanosił się i śmiechem i kaszlem, a Manuel patrzył na niego rozszerzonymi oczami.

– Chyba nie masz bracie problemu z przechodzeniem do innej rzeczywistości? – zadał Manuelowi pytanie, jak już przestał kaszleć.
– Nie mam – przytaknął Manuel.
– To sam sobie odpowiedz. Co było? I przedtem i potem? No co? Przesilenie bracie! Przesilenie! Każde przesilenie wprowadza naród, ludzkość w nowy zamordyzm. A co? Nie jest tak? – popatrzył wściekły na Manuela.
– Jest – zgodził się Manuel. – Przyszło chrześcijaństwo...
– Przyszło chrześcijaństwo, średniowiecze... i tak dalej. Chrześcijaństwo stało się na początku wybawieniem tej zepsutej hołoty pełzającej w niekrzepnącej nigdy krwi. Nowy powiew pseudo wolności i pseudo moralności zapanował nad światem. I co?... – zapytał samego siebie.

– I gówno! – odpowiedział sobie. – I tak w nieskończoność. Chrześcijaństwo, średniowiecze, renesans i... znów od nowa. I znów od nowa! Przesilenie bracie... Każde przesilenie wprowadza ludzkość w nowy zamordyzm. – powtórzył swój pewnik. – Ludzie nie chcą, nie potrafią chyba utrzymać balansu...

– A może właśnie nie utrzymywanie balansu jest jakąś metodą na przetrwanie?... – bardziej stwierdził niż zapytał Manuel.

– Samozagłada? Regularne samozagłady? To masz na myśli? – skrzywił się Posąg.

– Z tego by wynikało? Patrząc na dzieje...

– Ale we wszechświecie panuje przecież balans, umiar, harmonia? Inaczej przecież wszechświat by się rozpadł?

– A kto to wie? Jaką masz pewność, że wszechświat by się rozpadł?

– Nie wiem, ale wydaje mi się, że skoro w naturze panuje harmonia, umiar i balans, to my ludzie też powinnyśmy o tym pamiętać, szanować to, stosować...

– Rozumiem, że jak tygrys pożre antylopę, to jest balans i harmonia, ale jak już pożre Gladiatora? To co? Nie ma balansu? I nie ma harmonii we wszechświecie? – zapytał podstępnie Manuel.

– Tygrys pożera antylopę, bo jest głodny. Ty też pożerasz kurę, bo jesteś głodny. To jest porządek natury. Ale jeżeli tak dla przyjemności patrzysz na czyjąś śmierć albo nie daj Boże jeszcze kogoś zeżresz, to jesteś bracie zwyrodnialcem!

– A co to ma za znaczenie, że pożrę kogoś z głodu czy z przyjemności? Liczą się chyba fakty?

– Ale bracie liczy się też chyba jakaś moralność? Etyka? Przecież bracie takie uczucia istnieją? Są dam dane? DANE? A skoro istnieją i są nam dane, to znaczy, że można je wykorzystać? Nie uważasz?

– Jak najbardziej uważam! – zgodził się Manuel. – Możemy je wykorzystać, jak sam powiedziałeś, ale nie musimy? Prawda? Wyższe uczucia są nam dane lub nie są nam dane. Jednemu dane, drugiemu nie dane... Ale czy musimy je wykorzystywać? Albo zdolności? Talenty? Powołanie?...

– Niby tak... – przyznał niechętnie Posąg.

– Jest ruch, jest czas. Nie ma ruchu, nie ma czasu... – zamyślił się Manuel.
– Jest dobro, jest zło. Nie ma dobra, nie ma zła... – spojrzał na przyjaciela. –
A może TO jest tym balansem?

414

– Co?

– To, że musi być zawsze taka huśtawka dobra ze złem? Piękna z brzydotą? Miłości z nienawiścią? Czarnego z białym? – wyliczał Manuel.

– Może... – Posąg się zamyślił.

– Było jak jest, jest jak jest i będzie jak jest. Nic tu więcej nie wymyślimy. Więcej nic tu nie wymyślimy...

– Może...

– No bo i co można tu więcej wymyślić? – Manuel popatrzył na przyjaciela bezradnie.

– Ludzie... Ludzie chyba nie dorośli do demokracji i nigdy nie dorosną...

– Posąg znów się zamyślił i zaczął kiwać się w przód i w tył jak w sierocej chorobie.

– A do czego dorośli?

– Feudalizm... Feudalizm kurwa... Pod warunkiem, że król mądry... – splunął między rozstawione nogi.

– Tak myślisz?

– Tak myślę, no bo co? – podniósł głowę. – Król ma państwo, decyduje, dba o lud, płaci, podatków nie trzeba, korupcji nie ma...

– A Ludwik XIV?

– Oj tam... – Posąg machnął wielką łapą. – Temu akurat zachciało się wprowadzić podatki na te swoje wojenki...

– Czyli feudalizm odpada?

– Król musi być mądry! – ryknął. – Przecież mówię!

– Czyli Ludwik XIV...

– Jakby mądry był, to by rewolucji nie było! – Posąg przerwał Manuelowi i kolejny raz splunął między nogi.

– Rewolucja przyszła później – wtrącił Manuel.

– No i co z tego? Wszystko i tak prowadziło do rewolucji, bo jak król jest za bardzo zachłanny i na lud nie zwraca za bardzo uwagi... – Posąg zaczął myśleć na głos. – W końcu trzeba brać odpowiedzialność za lud. Nie uważasz? – odwrócił głowę w stronę Manuela. – Dla mnie to takie oczywiste? Jesteś bracie królem i musisz bracie dobrze rządzić? Odpowiednio i odpowiedzialnie rządzić! Od-po-wie-dzial-nie! Nie uważasz? Musisz odpowiadać za państwo, a nie tylko za siebie i za ewentualną rodzinę, jeśli twoja zachłanność na to pozwoli? Twój egoizm i zachłanność bracie nie może cię zdominować, no bo co? Jeśli jesteś królem, to cię coś obowiązuje! Nieprawdaż?

– Prawdaż...

– Taki na przykład Szejk Emiratów Arabskich...

– Czyli feudalizm odpada... – przerwał westchnięciem Manuel.

– Taki na przykład Szejk Emiratów Arabskich... – Posąg dalej ciągnął swój wątek, nie zważając na przyjaciela. – Taki Szejk... Bogactwa nie zgarniał egoistycznie dla siebie, jak to robią zazwyczaj inni, tylko zadbał o naród! Szkoły, stypendia, służba zdrowia... – zaczął wyliczać. – Tolerancja, ale z umiarem bracie! Żadnych emigrantów, żadnych uchodźców bracie i takich-tam rzeczy... Lud i już! Własny lud się liczy! Chcesz popracować w takim kraju bracie, to popracujesz, tylko potem wracasz grzecznie tam, skąd pochodzisz i nie ma sprawy! Wszystko jest jasno i sprawiedliwie przedstawione i czy chcesz czy nie, musisz się z tym zgodzić. Musisz się zgodzić z prawem gospodarzy, a nie odwrotnie! Feudalizm... Dobry król... Dobry władca... – Posąg popatrzył przed siebie. – Feudalizm kurwa! Nic innego w tej chwili do łba mi nie przychodzi. Król kurwa, ale pod warunkiem, że będzie w porządku, że będzie mądry! I tyle... – zakończył swój wywód kolejnym splunięciem.

– Róbmy swoje! Róbmy po prostu swoje. – odezwał się w końcu Manuel. – I tak mamy szczęście. Takie mamy talenty i atuty i powołanie... Mało osób to ma... – Manuel klepnął się po udach.

– Każdy to ma, tylko nie każdy to zauważa. Nie każdy o tym wie. Nie każdy ma TEGO świadomość... – Posąg podrapał się po karku. – Wystarczy tylko wysterować antenę...

– O nie... – pokręcił głową Manuel. – Myślenie to nie jest prosta sprawa... Myślenia jest sztuką, a co dopiero przechodzenie do innych czasów?

– Ale ty nie masz problemów z przechodzeniem do innych czasów? Do innych rzeczywistości? – bardziej dla upewnienia spytał Posąg.

– Już ci mówiłem, że nie mam. A ty? Ty masz?

– Też nie mam – przyznał. – Nie mam, ale wkurwia mnie za każdym razem to samo gówno. To samo ludzkie gówno, chciwe jestestwo, gdzie zanikanie wyższych uczuć nasila się zawsze pod koniec każdej epoki i nie tylko...

– Mnie też to wkurwia – zgodził się z nim Manuel.

– Kurwa mać... – zaklął rozżalony Posąg.

– Jeżeli już mamy takie zdolności, to wykorzystajmy je maksymalnie i róbmy swoje. – Manuel podsumował kwestię i oparł się mocniej o sosnę.

W tym momencie zeschła gałąź, która jakimś cudem trzymała się jeszcze tej sosny spadła pod jego nogi.
– Wiking miał niezły zapłon! – wypowiedzieli prawie równocześnie i prawie równocześnie zaczęli się śmiać.

– Marija... Julia... Rzym... Ludzkość... – Manuel nagle znieruchomiał.
– Powiedziałeś jej prawdę? – zapytał Posąg, kiedy się uspokoił.
– Komu? Mariji czy Julii?
– I jednej i drugiej?
– Mariji nie. Julii jeszcze nie... – Manuel przysiadł obok przyjaciela na murku i wyjął z kieszeni spodni paczkę z tytoniem.
Zrobił sobie cienkiego skręta i zapalił z lubością.
– Dlaczego nie?
– Tak wyszło... – Manuel zaciągnął się papierosem. – Mariji to chciałem nawet powiedzieć, ale za długo zwlekałem i w końcu... – zaciągnął się po raz drugi. – I w końcu umarła bezsensowną śmiercią w bezsensownym wypadku samolotowym... – strzepnął popiół. – A zresztą... – znów się zaciągnął. – Marija i tak nic by nie zrozumiała. Żyła w czasie liniowym. Tylko w czasie liniowym...
– A Julia? – przerwał mu Posąg.
– Julia jest bardziej bystra... – Manuel zamyślił się. – Ona wie o co chodzi. Chyba mnie sprawdza...
– Sprawdza? – zdziwił się Posąg. – Jak cię sprawdza?
– Dla Julii przechodzenie do innych rzeczywistości nie jest problemem. Chyba? Chyba TEŻ nie jest problemem, ale jak na razie nie wychyla się z tym...
– Czas do kwadratu? Czas do sześcianu?
– I do kwadratu i do sześcianu i jeszcze większych potęg... – Manuel zaczął wyliczać.
– Ona to ogarnia. Tak myślę. Chyba, a nawet na pewno to ogarnia. Julia dużo czuje, dużo wie... Zbyt dużo...
– To dlaczego nie powiesz jej prawdy?
– Bo nie chcę jej wypłoszyć.

– Wypłoszyć? – Posąg wytrzeszczył oczy. – Przecież jest po naszej stronie? Po NASZEJ?

– Wiem, ale... – Manuel znów się zaciągnął. – Jakby ci to powiedzieć, jakby to najlepiej ująć... – zamyślił się. – Chciałbym pobyć z nią... liniowo. Rozumiesz? Na razie przynajmniej chciałbym pobyć z nią liniowo. Jeszcze przez jakiś czas chcę być z nią tylko li-nio-wo...

– Kochasz ją? – nie wytrzymał Posąg.

– Tja... – Manuel wyrzucił papierosa. – A co to znaczy kochać?

– Skoro chcesz z nią pobyć? – Liniowo? – dodał trochę cynicznie.

– Kocham...

– Powiedziałeś jej to?

– Jeszcze nie do końca...

– A Mariji?

– Marija nic nie wiedziała...

– I nie chcesz jej powiedzieć?

– Tamto życie było bez sensu. Nie chcę znowu wracać do tamtego...

– Nie rób drugi raz tego samego błędu! – przerwał mu gwałtownie Posąg.

– Nie rób tego Julii – poprosił łagodniej.

– Postaram się – Manuel podniósł się z murka. – Nigdy nie wchodzi się dwa razy do tej samej rzeki... Wiedziałeś o tym? – popatrzył na przyjaciela wymownie.

– No żesz bracie? Zaskoczyłeś mnie? Aleś mnie bracie zaskoczył?... – Posąg znów zaczął się śmiać.

– To co? Piweczko?... – zaproponował cały czas się śmiejąc.

– Piweczko... – zgodził się natychmiast Manuel. – A swoją drogą, to ten Wiking miał niezły zapłon... – dodał, odrzucając uschniętą gałąź sosny piniowej na sąsiedni trawnik.

26

Bardzo przestraszyłam się widząc moją zmarłą matkę, która siedziała na krześle przy oknie. Krześle, którego do tej pory nie zauważyłam.

– Mówiłam ci, że ona tu przychodzi – Ewelina wyczuła mój strach.

Nie odpowiedziałam, no bo co można w takiej sytuacji odpowiedzieć? Za szybko jest, żeby coś odpowiedzieć. Za szybko! Trzeba najpierw uporządkować strach, a dopiero po tym uporządkować nerwy i włączyć myślenie. Powoli włączyć myślenie. Bez pośpiechu, żeby nie spanikować. Nie wolno spanikować. Tak, nie wolno spanikować, bo można wszystko popsuć... Tak, popsuć!

Myśleć trzeba trzeźwo, logicznie, bez paniki i adekwatnie do sytuacji, obojętnie jaka by nie była... Ewelina też chyba o tym wiedziała, bo zamroziła swoją twarz na parenaście ładnych sekund. Na tyle, na ile satysfakcja, która absolutnie zaczęła rozpychać się pomiędzy innymi jej uczuciami została sprowadzona do poziomu prawie zerowego. Satysfakcja nie zdominowała uczuć Eweliny. Ewelina zdążyła w porę zamrozić twarz, na której nie było już ani strachu, ani cierpienia, ani tym bardziej satysfakcji.

– Jak ona jest w sumie dojrzała? – spostrzegłam to trochę zaskoczona.

– A ja? Czy mnie też udało, uda się opanować emocje?... – pomyślałam spocona i postanowiłam się nie ruszać.

Zupełnie jak zwierzę, które boi się innego zwierzęcia, ale wie, że nie może tego strachu tak za bardzo okazać, popatrzyłam kątem oka na matkę. Ta siedziała jak gdyby nigdy nic, jakby nas TU w ogóle nie było i robiła jakąś robótkę na drutach.

– Mówiłam ci, że tu przychodzi... – znów beznamiętny głos Eweliny wybił mnie z otępienia.

– Często? – zapytałam nie ruszając się i prawie nie otwierając ust.

– Często – potwierdziła.

– Nie widzi nas?

– Chyba... – wzruszyła ramionami.

– A co... A często?... A co robi na drutach? – wlepiłam w Ewelinę swój tępy wzrok, szukając w niej jakiegoś pocieszenia, bezpieczeństwa?

– Skarpety robi...

– Skarpety... – powtórzyłam bezwiednie. – Faktycznie? Cztery druty... – odważyłam się spojrzeć na matkę.

Brat wyprostował się na swoim krześle i westchnął: – Tjaa...

– Czyli... często przychodzi... – znów bardziej stwierdziłam niż zapytałam, żeby przełamać kłopotliwą ciszę.

– Codziennie lub prawie codziennie – odpowiedziała od razu Ewelina.

– I skarpety robi na drutach? – usłyszałam swoje głupie pytanie.

– Czasami nic nie robi, tylko siedzi...

– Ale... Ale rozmawiacie? Mówi coś? Do was? Rozmawiacie?... – dopytywałam.

– Nic nie mówi.

– Nic? – wykrzyknęłam, a matka przestała ruszać drutami.

Nie spojrzała na mnie, ani na nikogo, tylko bez słowa odłożyła robótkę, podniosła się ze swojego siedzenia na krześle przy oknie i ruszyła do kuchni. Patrzyłam jak bezszelestnie wymijała leżące na podłodze brudne garnki, papiery i nieuprasowane ubrania.

– Poszła zrobić obiad – zerowym głosem odezwał się Łukasz.

– Dla was? – otworzyłam szeroko oczy ze zdziwienia.

– Tjaa... – znów westchnął sarkastycznie mój brat.

Przez kilka sekund nic nie mówiliśmy, tylko siedzieliśmy przy stole, każdy w swojej pozycji i nadsłuchiwaliśmy odgłosów z kuchni. Przynajmniej ja nadsłuchiwałam. W końcu nie wytrzymałam i wstałam z krzesła.

– Co robisz? – błyskawicznie zareagował mój brat.

– Wstałam z krzesła. A co? Nie wolno? – popatrzyłam na niego z wyrzutem. Nic nie odpowiedział. To mnie zdenerwowało. – Boicie się? Czy co? Czego się boicie? To tylko matka?

Cisza.

– Idę zobaczyć co WAM ugotuje... – wypowiedziałam to zdanie trochę cynicznie i zaczęłam chodzić po pokoju.

Oczywiście stąpałam w takich miejscach, gdzie było to możliwe, czyli nie leżały tam garnki, nieuprasowana bielizna czy jakieś łachy, papiery i inne niepotrzebne przedmioty. W końcu, kiedy poczułam się pewniej, skierowałam się prosto do kuchni.

Matka stała przy kuchence gazowej i smażyła jakieś kotlety. Była odwrócona do mnie plecami. Weszłam głębiej do kuchni i zajrzałam jej przez ramię.

– Co robisz? – zapytałam śmiało.

– Kotlety rybne – odpowiedziała spokojnie.

– Rybne? Przecież miały być steki z jelenia?

Matka nic nie odpowiedziała.

– Hallo? Miały być steki z jelenia? – powtórzyłam ostrzej.

– Nic o tym nie wiem – padła sucha odpowiedź.

– Steki z jelenia miały być i purre ziemniaczane!
– Nic mi na ten temat nie wiadomo...

Patrzyłam na czarne patelnie, na których smażyły się podłużne kotlety, pływające w dużej ilości oleju.
– Dasz mi jedną patelnię? – poprosiłam. – Chcę usmażyć steki z jelenia...
– Nie mam wolnej patelni – odpowiedziała beznamiętnie matka.
– Używasz dwie patelnie. – Dwie! – podkreśliłam, czując, że moja cierpliwość zaczyna się powoli kończyć.
Cisza.
– Poproszę o patelnię. – zażądałam w miarę jeszcze łagodnie jak na moje możliwości.
Cisza. Matka stoi odwrócona do mnie plecami i przesuwa na dwóch patelniach kotlety rybne z jednego miejsca na drugi drewnianą łopatką. Smród palonego oleju na dużym gazie wbija mi się w nozdrza, płuca... Prawie nie mogę oddychać, a biały dym zaczyna dodatkowo wypełniać kuchnię.
– Poproszę o patelnię... – spróbowałam jeszcze raz.
Zero reakcji.
– Dawaj tę patelnię! – nie wytrzymałam i wyrwałam z ręki matki jedną z patelni.
Przerzuciłam trzy kotlety na tę drugą patelnię i z obrzydzeniem wlepiłam wzrok w błyszczące od tłuszczu czarne dno zdobytego naczynia.
– Ale czarna! – krzyknęłam wzburzona. – Dlaczego jest taka czarna? Przecież to nie jest cygańska patelnia? Przecież to teflon! Teflon! – krzyczałam.
– Jak można smażyć rybę, cokolwiek, na czymś takim? Przecież to jest trujące? TRUJĄCE! To jest trucizna! Nie wiesz o tym? Spalony teflon powoduje raka? Raka! – dalej krzyczałam. – Zatrujesz nas wszystkich! Siebie...
– urwałam.
Matka nie zwracając na mnie uwagi dotykała drewnianą łopatką wszystkie siedem kotletów, które stłoczone były teraz na jednej patelni. Jak gdyby nigdy nic, jakby mnie tu wcale nie było... Patrzyłam oszołomiona na jej plecy z nadzieją, że się odwróci, ale nic takiego nie nastąpiło. Matka nie wyłączyła nawet gazu na wolnym od smażenia stanowisku!
Stałam z czarną patelnią w ręku i nie wiedziałam co mam zrobić? Czy mam zrezygnować i wyjść stąd, czy usmażyć te jelenie steki? A jeżeli usmażyć, to jak? Jak mam usmażyć steki na takiej trującej patelni?

– Gdzie jest purre ziemniaczane? – przypomniałam sobie i nie czekając na odpowiedź zajrzałam do lodówki.

Faktycznie stał tam garnek przykryty niedbale zieloną pokrywką, z którego wysypana była część ziemniaków.

– Cholera... – syknęłam przez zęby i wyjęłam ostrożnie przepełniony po brzegi ziemniaczanym purre garnek z lodówki.

Pokrywka spadła na podłogę i rozległ się przesadnie ostry, nieprzyjemny dźwięk.

– Kurwa mać... – nie wytrzymałam.

– Mamusiu? – zapytałam łagodniej. – Miało być dzisiaj purre ziemniaczane? – Razem ze stekami z jelenia? – dodałam bezsilnie.

– Do ryby nie pasuje purre ziemniaczane – odpowiedziała natychmiast, ciągle beznamiętnym głosem. – Do ryby zawsze robię ryż. Zawsze. Zawsze robię ryż do ryby. Zawsze...

Zajrzałam odruchowo przez jej ramię. Faktycznie, w aluminiowym garnku, przypalonym ze wszystkich stron dochodził ryż.

– Ale można zrobić przecież wyjątek? Można zjeść ziemniaki do ryby? – zaproponowałam nieśmiało.

Cisza.

– Mamusiu, czy można... mogę zrobić ziemniaki? – Do ryby?...

Cisza.

– Mamusiu? Słyszysz mnie?...

Cisza.

– Mamusiu... Ja już rezygnuję i z tych steków i z tych ziemniaków, tylko powiedz coś?... – poprosiłam zrezygnowana i odstawiłam garnek z ziemniakami na wolny skrawek blatu kuchennego przy zlewie.

Cisza.

– Mamusiu, powiedz coś? – zachciało mi się nagle płakać. – Please... Mamusiu... Hallo?...

– Zostaw ją – brat zajrzał do kuchni. – Niech robi, co chce. Wyjdź stąd!

– Ale?... – popatrzyłam na niego ze łzami w oczach.

– Skąd ci te steki z jelenia przyszły do głowy? – popukał się ręką w czoło. – Rozumiem steki, ale jeszcze z jelenia?...

– No... Ale...

– Dobrobyt macie w TEJ Holandii... – prychnął cynicznie. – Dobrobyt...

– Chciałam dobrze... – żachnęłam się odzyskując pion.

– Wyjdź stąd! – powiedział ostrzej i pociągnął mnie za rękaw kurtki.

Teraz dopiero uświadomiłam sobie, że cały czas byłam tam, jestem w puchowej kurtce. Nawet nie zdjęłam puchowej kurtki, chociaż było tam, jest tu tak gorąco?

– Tam? Gdzie „tam"? Jakie „tam"? Jakie „tu"?... – przestraszyłam się nagle i natychmiast wróciłam do pokoju.

Ewelina siedziała przy stole tak, jak ją ostatnio widziałam, zapamiętałam. Brat wrócił na swoje miejsce, a ja stałam na środku pokoju zakłopotana i przestraszona.

– Nie bój się – Ewelina znów wyczuła moje myśli. – Ona tu przychodzi. Mówiłam ci... – teraz popatrzyła na mnie z satysfakcją.

– Okej, okej... – zawiodłam się takim jej spojrzeniem. – Myślałam, że jednak jest bardziej dojrzała... – zrobiło mi się z tego powodu smutno. – Jednak nie umie, nie potrafi dostosować emocji do sytuacji... – zaczęło mnie to złościć. – A ja? Czy mnie też udało, uda się opanować emocje?... – przypomniałam to sobie cała spocona i postanowiłam wyjść z tego domu.

– Idziesz już? – zawołał za mną mój brat.

– A co?... – odwróciłam się i spojrzałam na puste miejsce przy stole, tam, gdzie siedziała ostatnio moja, nasza matka.

– Nie zostaniesz na obiad?

– To dla was gotuje, a nie dla mnie... – odpowiedziałam automatycznie, zdziwiona własną reakcją.

– Jak chcesz... – brat wzruszył ramionami.

– Tak. Tak chcę. – odpowiedziałam pewniej.

– Przyjdę innym razem. Albo nie przyjdę... – zaczęłam się ociągać z wyjściem.

– Jak chcesz...

– Wyjeżdżam... – rzuciłam. – Wyjeżdżam do Holandii... – popatrzyłam na niego z nadzieją, że mnie jakoś zatrzyma.

– Tylko po co? Po co ma mnie zatrzymywać? – nieznany mi dotąd kontrapunkt zaświdrował jednocześnie w mojej skołatanej głowie.

– To wyjeżdżaj... – brat odpowiedział obojętnie.

– A kiedy wyjeżdżasz? – zapytała niespodziewanie Ewelina.

27

– Kiedy?... – Julia się ocknęła. – Kiedy jedziesz do Rzymu?...

– Pałac Kultury zrobił się pomarańczowy! Zobacz! – wykrzyknął nagle Manuel.
– Gdzie? – Julia odwróciła głowę.
– Faktycznie? – zdziwiła się. – Nigdy takich kolorów tu nie było?
– To na twoją cześć! – Manuel zaczął się śmiać.
– Dlaczego? – Julia nie zrozumiała aluzji.
– Holandia...
– Aaa?...
– Pomarańczowy, to kolor Holandii. Czyż nie?
– Uhm... – przyznała lekko oszołomiona, bo pomarańczowy kolor rozlał się nie tylko wokół Pałacu Kultury, ale także wypełnił cały Plac Grzybowski, łącznie z odstającymi od niego ulicami.
Pomarańczowe były drzewa, krzaki i fontanna. Pomarańczowe były dłonie Julii, zaciskające poły jej puchowej kurtki i twarz Manuela. Wszędzie zrobiło się pomarańczowo i przeraźliwie cicho. Do tego duszno. Powietrze stanęło w miejscu. Nie wiał wiatr. Było cicho, zimno i duszno, choć to nielogiczne... Zimno, duszno i pomarańczowo...

– Kiedy? Kiedy jedziesz do Rzymu? – Julia po raz drugi zapytała.
– Pomarańczowe niebo... Zobacz!... Holandia! Holandia nas wypełnia!
– Kiedy?...
– Do Rzymu wybieram się... W połowie sierpnia... – Manuel podjął zaczęty temat.
– Na długo jedziesz?
– Na sześć dni.
– Na sześć...
– Pojedziesz ze mną?
– Ale...
– Powiedz, że pojedziesz ze mną?
– Ale... Jak to?... – Julia nie potrafiła ukryć radości.
– Normalnie! Samolotem! Ty ze mną! My... – Manuel wreszcie popatrzył na nią tym swoim charakterystycznym spojrzeniem, lekko pożądliwym i powłóczystym.

Julia zaczerwieniła się. Czekała na to spojrzenie i się doczekała. – Nie będę już więcej kombinować... – pomyślała i jednocześnie poczuła ulgę.
– Okej – spojrzała mu śmiało w twarz. – Pojadę z tobą! Do Rzymu. – Dokąd chcesz... – chciała dodać, ale w ostatnim momencie powstrzymała się.

Przez chwilę miała wątpliwości związane z tym, jak ma całą tę sprawę przedstawić mężowi, ale szybko te wątpliwości odrzuciła. – Jakoś to będzie? Coś wymyślę? – postanowiła nie martwić się na zapas.
– A co będziemy robić w Rzymie? – zapytała zalotnie.
– Kochać się i zwiedzać miasto... – odpowiedział bez ogródek Manuel.
– Nie wiem... czy dam radę? – Julia lekko się speszyła, bo nie spodziewała się takiej bezpośredniej odpowiedzi.
– „Nie wiem, czy dam rade"? Julia?... Dam radę kochać się?... Czy miasto zwiedzać?... – Manuel znów zaczął się śmiać.
– Manuel...
– Dasz radę... Dasz... Jestem tego pewien... – uspokoił się i przyciągnął ją szybkim ruchem do siebie.
Ta nie broniła się. Złączyli się mocnym i namiętnym pocałunkiem. Manuel zamknął oczy. Julia też. Nie zebrało jej się tym razem na omdlenie. Wręcz przeciwnie. Czuła narastające podniecenie, jeżeli idzie o fizyczne aspekty jej kobiecości, ale jednocześnie czuła psychiczną przyjemność, radość i coś w rodzaju wolności. Nowej wolności, której już nie znała albo jeszcze nie znała...
– A może znała, tylko zapomniała?...
– Nonsens. To było coś nowego! Coś niesamowitego! Coś, co tylko nieliczni mogą odczuć...
– Nieliczni... – przypomniała sobie Julia.
– Nieliczni... liczni... czni... – usłyszała nagle, jak przez mgłę uciekającą „kaczkę", puszczoną po tafli jej świadomości.
– To jest talent... To jest dar... To jest atut... – nieznany kontrapunkt włączył swoją cichą melodię.
– Jak mi dobrze... mi dobrze... dobrze... – następna „kaczka", tym razem jej własnego westchnienia.
– Chwilo trwaj... trwaj... aj...– kolejne westchnienie Julii, między jednym pocałunkiem a drugim.
– To jest talent... To jest dar... To jest atut... – melodia kontrapunktu zaczyna swój godowy taniec.

– Chwilo trwaj... trwaj... aj... – to znowu Julia.

– Gdzie ja jestem? Czy to film? Czy to sen? Jaki sen?...

– To dar! – odpowiada kontrapunkt. – To dar! Talent! Powołanie, przeznaczenia i atut! Wykorzystaj to zanim będzie za późno. Wykorzystaj to i nie oglądaj się za siebie! Idź prosto i nie patrz ani na boki, ani za siebie! Idź prosto, jak w baśni Andersena. Pamiętasz?...

– Wykorzystaj TO! – głos kontrapunktu jest teraz bardzo wyraźny.

– To nie sen?... – zapytała się w myślach Julia, nie otwierając oczu.

– Nieee... – zaśmiał się dobrodusznie głos. – Nieee... To nie jest sen... Wykorzystaj swój talent, swoje przeznaczenie, powołanie, swój atut, swój dar... – znów zaczął krążyć nikłą melodyjką wokół jej mózgu.

– To nie jest sen... – szepnął wreszcie kontrapunkt, odrywając na chwilę usta Manuela od ust Julii.

– Sen?... – Manuel również wypowiedział to słowo, prawie niedostrzegalnie.

– Sen?... – powtórzył nieco głośniej, uśmiechając się dwuznacznie do Julii.

– Która godzina? – spytała spłoszona Julia.

– Północ. Północ minęła... Parę minut po północy...– Manuel w bardzo spowolnionym tempie spojrzał na zegarek.

– Północ minęła... – Julia powtórzyła bezwiednie. – Północ minęła... Północ... Noc... – zastygła wpatrzona w fontannę.

– Pa-rę mi-nut po pół-no-cy... – Manuel skorygował ją zamierającym głosem.

– Po pół-no-cy... – jeszcze wolniej i ciszej wymówił te dwa słowa.

– Pół-no-cy... nocy... no-cy... – znajomy głos wypełnił echem pomarańczowy powiew zanikającej rzeczywistości.

Rzeczywistość zaczęła powoli zanikać. Bardzo powoli... Coraz wolniej... Jeszcze wolniej... Stopniowo i konsekwentnie... Zatrzymujemy klatkę filmową... Prawie... Prawie...

– Dżisis... Parę minut po północy? – Julia ocknęła się i podskoczyła, ale za chwilę, jak to się mówi wróciła do pionu.

Nie spiesząc się, ruszyła w stronę domu.

– Ale się zasiedziałam?... Zimno... Zimno jak cholera... Zimno jak cholera się zrobiło... Się zrobiło... – Julia poczuła dreszcz i jeszcze mocniej otuliła szyję kapturem puchowej kurtki. Szybkim krokiem przecięła Grzybowską.

– Parę minut po północy... – przypomniała sobie. – Koń by się uśmiał... – uśmiechnęła się.

Uśmiechnęła się również dlatego, że TYM razem potraktowała TO jak coś normalnego. Jak pewnik, który RÓWNIEŻ jej się przydarzył i przydarzać będzie...

– Ma się ten talent! Ma się te atuty! Ma się te dary! Antena nastrojona... – wypowiedziała te zdania na głos.

– Trzeba to wykorzystać... I talent i atuty i dary... – postanowiła.

– Nie będę już więcej oglądać się za siebie! Nie będę i już! Wykorzystam ten talent i w muzyce i w przechodzeniu do innych czasów, do innych rzeczywistości! A co?... Wykorzystam ten dar!

– Raz kozie śmierć! – bojowo otworzyła pilotem bramę do patio swojego bloku.

– Co ma być, to będzie? Raz kozie śmierć... – przemaszerowała przez patio.

– Albo życie... – otworzyła zewnętrzne drzwi swojej klatki schodowej.

– Albo śmierć... – otworzyła drugie wewnętrzne drzwi.

– Albo życie... – poczekała, aż drzwi się zamkną za nią.

– Albo śmierć... – znikła za zakrętem.

– Albo życie... Albo śmierć... Albo życie... Albo... – przemaszerowała do windy i zatrzymała się przed nią.

– Klik... – nacisnęła przycisk dziesiątego piętra, kiedy była już w windzie.

– Manuel... – wyszeptała zasypiając.

28

– Mama! Mama! Wezwać pogotowie? – zawołał Filip, mój osiemnastoletni już syn.

– Mama! Mamka! Maminka kochana...

Schody. I znowu schody. Tym razem w całości, ale bardzo nierówne. Na początku normalne, a potem coraz większe, szersze i wyższe... Tak wysokie, że aż trzeba przysiąść na nich i ześlizgnąć się na następny niższy schodek... – Jezu... Po co mi to wszystko? Cholera...
Nogi mnie bolą od tego wyciągania, tyłek od tego ześlizgiwania się i głowa od myślenia. Tak. Głowa boli mnie od myślenia!

Całe życie za dużo myślę i całe życie przez to boli mnie głowa. Czasami boli mnie od zmiany ciśnienia albo z powodu zbyt dużej ilości wypitego alkoholu, tak zwany kac, ale na ogół i tak myślenie zbiera swój największy plon. – I co ja mam z tym wszystkim zrobić?

Oczywiście chadzałam do lekarzy i w Polsce i w Holandii i prosiłam o to, żeby przypisali mi coś na zmniejszenie myślenia. Nic z tego! Nie ma leku na zmniejszenie myślenia. Przynajmniej w moim przypadku nie ma. Nie ma i już! Jeżeli chcę komponować, ba, tworzyć, to muszę się męczyć i myśleć w nieskończoność. Trudno i nie trudno, bo myślenie też ma swoje zalety.

– Myślenie jest zaletą! Myślenie jest darem! – już to chyba gdzieś mówiłam?...

No to myślę. Myślę i tworzę. Tworzę sztukę, taką mam nadzieję. Wróć! Pewna jestem, że tworzę sztukę!

– Ale zarozumialec ze mnie? Filozofka i uczona, jak mawiał mój brat. No i dobrze... Ha-ha... Mogę być i filozofką i uczoną i twórcą i Bóg wie kim i czym, żeby tylko móc tworzyć i móc myśleć. A jednak...

– Myślenie, to dar! – dochodzę kolejny raz do wniosku.

– A miłość? Czy miłość jest darem? Czy każdy może kochać? Bo to, że każdy chce być kochany, to co innego...

– Czy każdy może kochać? – pytam trzęsącym się głosem.

– Maminka! Ja cię kocham! Maminka obudź się! – woła Filip.

– Do mnie? Do mnie woła Filip? – zastanawiam się. – Co on tu robi? Dlaczego płacze?...

Byłam kilka razy nieszczęśliwie zakochana i kilka razy odchodziłam i rezygnowałam w porę ze związku wróżącego nieszczęście.

– „Miłości jest w tobie wiele, ale obiekt nie ten" – powiedziała mi kiedyś przyjaciółka, a ja to zdanie dobrze zapamiętałam i uwierzyłam. – Taak... Miłości jest we mnie wiele, ale obiekt nie ten...

To stwierdzenie uratowało mi życie wielokrotnie. Uratowało mnie i od fałszywych zaklęć Błażeja i od Luca i od innych. Czasami trudno mi było oddzielić emocje od rozumu, ale jak sobie myślałam o tym obiekcie niedostosowanym do tej miłości, to było mi jakoś lżej.

Czas leczył rany i tylko trzeba było poczekać. Trzeba było zdobyć się na cierpliwość i dostać w końcu nagrodę w postaci wolności i czystości ducha

i ciała, a nie trwać w zakłamaniu, choćby i chwilowo zmąconym oczarowaniem i pożądaniem. Czas i tak robił zawsze swoje.
– Cudowny ten czas, czyż nie?...

Schody są coraz wyższe. Nie dosięgam już nogami do niższego stopnia i zamiast ześlizgiwać się, muszę niestety zeskakiwać. Cholera...
– Schodzę w dół? – pytam ochrypłym głosem.
– Czyli schodzę w dół? – upewniam się. – Nie muszę już wchodzić na górę? – czuję ulgę.
– Maminka, proszę cię, otwórz oczy... Maminko kochana... – płacze Filip.
– Filip? Co ty tu robisz? – otwieram oczy. – Filip... – znów zamykam.
– Patrz na mnie! – woła syn. – Nie zasypiaj! – rozkazuje.
– Co się stało? – walczę ze snem.

Nigdy nie widziałam Kuby Wojewódzkiego „na żywo", a teraz go widzę, jak stoi pod palmą i uśmiecha się do mnie.
– Czyli schody musiały się skończyć? – dochodzę do wniosku.
– Ale tu ładnie? Same palmy i cyprysy? – rozglądam się. – I jak ciepło? Jak pięknie świeci słońce? Co robi tu Kuba Wojewódzki?... – patrzę na jego twarz pooraną drobnymi zmarszczkami. – No, no... w telewizorze tego tak nie widać! – uśmiecham się z dziwną satysfakcją.
– Dzień dobry... – mówię nieśmiało.
– Mama... Mama... Wezwałem pogotowie! – to znowu Filip.
– Aaa... – otwieram oczy. – Co się stało? – patrzę na jego przerażoną twarz.
– Mama, mamka, maminka, tak cię kocham... – płacze syn.
– Ja też cię kocham?...
– Myślałem, że nie żyjesz?...
– Aaa... A co się stało?
– Tu cię znalazłem...
– Zemdlałam?
– Ta-ak...
– Ojej... Przepraszam...
– Za co mnie maminka przepraszasz? Za co? Tak cię kocham... – szlocha Filip.
– Ja też cię kocham... – powoli dochodzę do siebie. – Chyba zemdlałam?
– Ta-ak...
– Ojej... Jak mnie boli...

– Leż maminka. Nie ruszaj się. Zaraz przyjedzie pogotowie... – Filip uklęknął przy mnie.

Dopiero teraz zauważyłam, że ma czerwoną twarz. – Od mojej krwi... – szpiczasta myśl znów niebezpiecznie rozluźniła moje mięśnie.

Zamknęłam na chwilę oczy, żeby nie patrzeć na krew i spróbowałam się uspokoić. Filip okrył mnie kocem, który również był zakrwawiony.

– Dżisis... – sapnęłam. – Jak to się stało?

– Tu cię znalazłem... Leż, nie ruszaj się. Zaraz przyjedzie pogotowie. Lepiej ci już maminka?

– Synku kochany? – otworzyłam oczy. – Cały jesteś zakrwawiony?

– Wiem, wiem. Próbowałem cię ratować...

– A co ja robiłam?

– Leżałaś nieprzytomna!

– Długo?

– Z dziesięć minut!

– Ojej... – znów sapnęłam i przekręciłam się na drugi bok, żeby nie widzieć tej kałuży krwi w której częściowo leżałam. – Chciałam zrobić ci śniadanie i przecięłam sobie opuszkę palca nożem... Ojej... Jak mi słabo... Dziesięć minut?... Naprawdę? Tak długo tu leżałam? – zaczęłam ciężko oddychać.

– Nie oddychałaś... – Filip znów zaczął płakać. – Zrobiłem ci sztuczne oddychanie i przekręciłem cię na bok i wtedy... I wtedy poruszyłaś się. Mama, tak cię kocham!

– Też cię kocham synku... A jak leżałam? – zaciekawiłam się.

– Na plecach. Oczy miałaś otwarte, ale widać było tylko same białka...

– Ojej... To chyba strasznie wyglądało?

– Ta-ak. Zacząłem krzyczeć: – „Mama! Mamka! MAMA! MAMINKA" – a ty nic! Pomyślałem, że nie żyjesz!?...

– Ojej...

– „Dlaczego? Dlaczego akurat teraz?" – zacząłem krzyczeć. – „Dlaczego to ty musisz teraz umierać?! Dlaczego akurat mnie TO się musi przydarzyć? Dlaczego, DLACZEGO"... – tyle pytań? Wyłem z rozpaczy, bo ty naprawdę wyglądałaś jak nieżywa! – Filip z trudem łapał powietrze. – W końcu zacząłem cię reanimować i złapałaś oddech.

– Synku kochany...

– Wezwałem pogotowie. Zaraz tu przyjadą! Tak cię kocham!

– Synku mój...

430

– Nie pozwolę ci umrzeć!

– Ale ja nie chcę umierać?

– Lepiej ci maminko?

– Lepiej syneczku... To strasznie długo leżałam? A dlaczego tyle tu krwi?

– Chyba sobie głowę rozbiłaś?

– Faktycznie... – dotknęłam ręką czoła. – A palec? Co z moim palcem? Leci jeszcze?...

– nieśmiało spojrzałam na drugą rękę i z ulgą uznałam, że krwawienie z palca musiało się skończyć.

Zrobiło mi się zimno i poprosiłam Filipa, żeby lepiej mnie zakrył tym zakrwawionym kocem. Było mi już wszystko jedno. Cieszyłam się, że żyję, że wróciłam.

– To musiałeś się nieźle napracować tu ze mną? – spróbowałam zażartować.

– To było straszne... Najważniejsze, że żyjesz! Żyjesz mama. ŻYJESZ! – Filip zaczął głaskać mnie po włosach.

– Ale się umazałeś?

– Rzuciłem się na ciebie i nie patrzyłem na krew...

– Ale jak to się stało? – bardziej siebie zapytałam niż jego.

– Upadłaś i rozbiłaś sobie głowę.

– Chciałam ci zrobić kanapki na śniadanie?...

– Słyszałem jak schodziłaś po schodach na dół do kuchni. W pewnym momencie usłyszałem jak coś ciężkiego upadło, takie wielkie bum... no wiesz... Ale nie przyszło mi do głowy, że to możesz być ty?

– No i co?

– Poczekałem jakieś może z pięć minut...

– Ojej...

– I zacząłem schodzić na dół.

– Ojej...

– Zobaczyłem cię leżącą we krwi, będąc jeszcze na schodach! Zbiegłem i zacząłem krzyczeć! Ty nie reagowałaś! A dalej to już wiesz...

– Chciałam zrobić ci śniadanko i przecięłam sobie palec nożem. Myślałam, że wytrzymam? Włożyłam palec do buzi i czekam, aż przestanie krwawić...

– zaczęłam odtwarzać sytuację.

– A tu leci ta krew i leci... Słodko w gębie... Wyobraźnia działa... – „Dam radę" – mówię sobie, ale jak widać nie dałam. Zawsze w takich sytuacjach kładę się byle gdzie, żeby się nie poobijać i potłuc, ale tym razem nie zdążyłam.

– Oj mamka, mamka...

– Myślałam, że dam radę... – zamyśliłam się. – Ale jak widać...

– Nie mów już nic! – przerwał mi Filip. – Leż spokojnie. Zaraz przyjedzie pogotowie...

– Pierwszy raz w życiu pozwoliłam sobie na taki wyczyn? – nie mogłam uwierzyć. – Chciałam zawalczyć z czasem, zawalczyć z przeznaczeniem...

– Boli cię bardzo główka?

– Z przeznaczeniem nie da się walczyć... – mówiłam do siebie. – Nie ma sensu walczyć z przeznaczeniem... Ale z czasem?... Można walczyć z czasem?...

– Maminka...

– Z czasem można powalczyć... Zresztą, „powalczyć" to złe określenie, niewłaściwe określenie. Z czasem się nie walczy, czas się wchłania. Wchła-nia... – popatrzyłam w sufit kuchni. – WCHŁANIA...

Wydawało mi się, że drgnęła czerwona lampa, zawieszona nad okrągłym stołem. Drgnęła nagle i niespodziewanie. Od moich słów? A może to moje słowa były logarytmem tego jej gwałtownego poruszenia?

– Ojej, Filip, kochanie, chciałam zrobić ci śniadanie i przecięłam sobie palec nożem. Zamiast się położyć i przeczekać falę omdlenia, spróbowałam wygrać z przeznaczeniem, ale nie wygrałam. Walnęłam się w łeb i teraz trzeba to posprzątać... – westchnęłam ciężko.

– Wszystko posprzątam mamka. Nie martw się. Wszystko posprzątam... – Filip otarł łzy, a ja spróbowałam się uśmiechnąć.

Było mi jeszcze słabo, ale cieszyłam się, że żyję.

Zaczęłam opowiadać Filipowi o pędzącym pociągu, o palmach, o cyprysach i o oleandrach rosnących wzdłuż torów kolejowych, o ciepłym i suchym powietrzu muskającym moje wnętrze i zewnętrze, o Kubie Wojewódzkim, który nie wiadomo skąd znalazł się na końcu jakichś schodów?... Leżałam na plecach przykryta zakrwawionym kocem i czekałam z pokorą na przyjazd karetki. Młody i całkiem przystojny lekarz zszył, a raczej skleił mi głowę w miarę sprawnie i szybko. Filip podziękował, ja też. Byłam bardzo dumna ze swojego syna. Posprzątał kuchnię. Koc i swoje ciuchy wrzucił do pralki, umył się na dole, a mnie zaprowadził do łazienki na górze. Delikatnie wykąpałam się w wannie, uważając na łeb. W końcu przebrałam się w czystą koszulkę i wsunęłam ostrożnie do łóżka.

– Dzięki synku... – wyszeptałam, zakrywając się szczelnie kołdrą. – Ale jesteś dzielny!

– Najważniejsze, że wszystko jest dobrze... – Filip usiadł przy moim łóżku, wziął moją dłoń i pocałował.

Pogłaskałam go po głowie i po policzkach. – Mój ty kochany synku...

– Nie rób mi tego więcej mamka? – poprosił. – Jak już masz zemdleć, to kładź się, zanim będzie za późno...

– Okej, okej...

– Nie walcz z przeznaczeniem...

– Nie będę... – Z przeznaczeniem nie będę walczyć. – poprawiłam całym zdaniem. – Ani z przeznaczeniem, ani z czasem... – obiecałam i Filipowi i sobie.

Syn posiedział ze mną parę minut, a potem wrócił do swojego pokoju. Pewnie usiadł przy komputerze, żeby odgonić złe myśli i przynajmniej częściowo odświeżyć psychikę jakąś niewinną komputerową gierką po tej niedawnej traumie... A może poszedł dalej sprzątać po mnie i po sobie? A może po prostu poszedł spać, dalej spać? Albo poszedł się uczyć? Albo tylko myśleć? Albo nie myśleć i trwać w tej ciszy i spokoju? Po prostu trwać w ciszy i spokoju po niedawnej bitwie. A może właśnie przed bitwą?

– Kto to wie? Któż to może wiedzieć?... – wzdychałam w myślach.

– Czas się wchłania... Wchła-nia... – przypomniałam sobie nagle.

– WCHŁANIA... – otworzyłam szeroko oczy, próbując coś zobaczyć i coś usłyszeć, ale nic nie zobaczyłam.

Nic też nie usłyszałam. Cisza. Cisza i duchota. Filip siedzi w swoim pokoju w zupełnej ciszy.

– Pewnie myśli... – pomyślałam. – Trwa... – trwałam w nadsłuchiwaniu.

– Jak tu cicho?... Cicho i duszno?... – walczyłam ze snem. – Dlaczego jest tu tak cicho?...

– Filip?...

W końcu zamknęłam oczy.

29

Czerwony kolor kuchennej lampy zadrgał znów pod moimi powiekami.

– Działo się i dzieje... – wypowiedziałam to zdanie powoli, widząc kwadratową i równie czerwoną klatkę schodową.
– Czerwoną? Dlaczego czerwoną?... – zastanowiłam się. – Czyżby od koloru mojej krwi? Czy od koloru tej lampy?...
– Jakiej lampy?... – patrzyłam na szerokie czerwone korytarze, pomiędzy którymi świeciła kwadratowa dziura.
– Normalnie powinna być w takim miejscu winda, a nie kwadratowa przepaść? – pomyślałam zdenerwowana. – Jak można zaprojektować, skonstruować taki budynek?... – zdziwiłam się.
Wychyliłam się delikatnie przez czerwoną poręcz czerwonych schodów i spojrzałam w dół. Zakręciło mi się trochę w głowie, bo doszło do mojej świadomości, że znajduję się na bardzo wysokim piętrze.
– To chyba dwudzieste-szóste piętro? Czyżby ostatnie?... – odruchowo spojrzałam w górę.

Miałam nadzieję, że niczego nad sobą już nie zobaczę, a tymczasem spirala schodów wznosiła się ku górze, jak gdyby nigdy nic, zostawiając mnie mniej więcej w połowie swojej objętości.
– Dżisis... – znów mi się wyrwało, bo po szybkim przeliczeniu uznałam, że pięter w tym budynku musi być co najmniej pięćdziesiąt dwa.
– Cholerka... – spojrzałam w dół.
Schody pokryte były jakąś miękką wykładziną, pluszem czy aksamitem jakby, oczywiście w czerwonym kolorze i pomimo swojego „kwadratowego" opadania, wydawały mi się jakby zaokrąglone?... Zakrzywione, jak jakiś tor bobslejowy czy saneczkowy?... Taka jakby kwadratowa spirala?...
– Działo się i dzieje... – nie ruszając się omiotłam gałkami ocznymi „moje" piętro.
Ze zdziwieniem odkryłam, że ściany, które na pierwszy rzut oka tworzyły zamknięty kwadrat tego piętra wcale się ze sobą nie łączyły.

Po krótkim namyśle postanowiłam zrobić mały obchód. Ruszyłam wzdłuż tej ściany, która była najbliżej mnie i doszłam do jej prostopadłej-niby-kontynuacji. Niby, bo pomiędzy tymi ścianami znajdował się długi i wąski korytarz, pokryty wszędzie, dosłownie wszędzie również czerwonym pluszem. Korytarz był tak długi, że nie mogłam dostrzec jego końca. W ogóle nie mogłam zobaczyć jakiegokolwiek końca.

– Końca nie widać... Końca nie ma... – przemknęło mi nagle przez myśl.

Nie zastanawiając się, ruszyłam płynnie dalej, a raczej „kwadratowo" dalej, bo wzdłuż tych prostopadłych-niby ścian klatki schodowej. Wszędzie było tak samo. Prostopadła-niby-kontynuacja poprzedzana była identycznym, wąskim i długim korytarzem. Wyglądało to wszystko tak, jak sporawy czerwony kwadrat klatki schodowej, z którego rogów odchodziły niespodziewanie cztery korytarze-odnóżki, prowadzące donikąd.

– No bo i gdzie czy dokąd mogą prowadzić te korytarze-odnóżki, skoro końca i tak nie widać?... – z trudem przełknęłam ślinę.

Czułam gulę w gardle i zrobiło mi się niefajnie.

– Mam nadzieję, że nie zemdleję... – odruchowo pomacałam głowę, gdzie lepka rana po niedawnym rozbiciu, pomiędzy czołem a włosami jeszcze trochę pobolewała, ale na szczęście już sporo podeschła.

Skierowałam się, a raczej zagłębiłam, schroniłam się w najbliższym korytarzu–odnóżce. Czerwony plusz na podłodze, ścianach i suficie wygłuszył na moment mój niespokojny oddech. Cichy i jednolity dźwięk rtęciówek, który pomarańczową nitką przeszył znienacka moje uszy uświadomił mi swoje istnienie.

– Znów?...

Pulsowanie rtęciówek połączyło się z pulsowaniem mojego serca w perfekcyjne unisono.

– Znów ten dźwięk?... – jęknęłam zawiedziona.

Przeszłam parę kroków. Czerwone drzwi mieszkań, porozdzielanych między sobą jakimiś tak na moje oko czterema metrami miały wytłoczone kolejne numery. Również czerwone i jak na mój gust kosmiczne: 26100100, 26100101, 26100102, itd.

– Ale numery? Dlaczego takie wielkie? – zdziwiłam się.

– No przecież... – klepnęłam się ręką w czoło i w tej samej chwili syknęłam z bólu.

– Ale jestem głupia... – oblizałam krew z palca.

Poszłam dalej w głąb korytarza-odnóżki. Nie rozglądałam się ani na boki, ani do tyłu, tylko szłam przed siebie i odruchowo odliczałam kroki. Patrzy-

łam tylko i wyłącznie pod nogi. Przy numerze dwadzieścia-sześć-milio-
nów-sto-tysięcy-sto-dziewięćdziesiąt-dziewięć zatrzymałam się. Podniosłam głowę. O dziwo, numer mieszkania, przed którym właśnie stanęłam
wskazywał taką samą liczbę: 26100199.
– Dziwne... – pomyślałam na tyle szybko, że nie zdążyłam się zdenerwować.
Odwróciłam się gwałtownie do tyłu. Zanikający kwadracik zanikającej
klatki schodowej majaczył w oddali swoją zanikającą purpurą, ale był jeszcze widoczny. Spojrzałam przed siebie. Ten sam korytarz ciągnął się bez
zmian, po linii prostej, bez zakłóceń i bez końca. Korytarz ciągnął się, można by rzec, w nieskończoność.
– Końca nie widać... Końca nie ma... – odezwałam się stłumionym głosem.
Stłumionym i tym wszędobylskim czerwonym pluszem i moim strachem.
– A jednak...

Po przeciwnej stronie mieszkania z numerem 26100199 odkryłam windę. Podwójne, szare tym razem drzwi, prawdopodobnie z jakiegoś metalu
odcinały się od tego krwistego oceanu.
– Szare z czerwonym... – pomyślałam. – Na Grzybowskiej też mam sza-
ry z czerwonym, ale czerwone są tylko trzy ściany, a szarość betonu, szaf
i krzeseł pięknie tę czerwień podkreśla.
– Tylko podkreśla... – dodałam w myślach i wcisnęłam przycisk przy windzie.
– Tutaj, to przede wszystkim czerwień podkreśla, a raczej wskazuje na te
podwójne szare drzwi od windy... – bezwiednie zaczęłam przestępować
z nogi na nogę.
– Winda... Jaka to winda i dokąd? – zastanowiłam się. – Muszę chyba do
niej wsiąść, bo nie mogę już znieść tej czerwoności... – moje przeskakiwanie z nogi na nogę zaczęło się nagle zagęszczać.
– Trzeba stąd wiać! – wypowiedziałam to zdanie na głos, gdy drzwi windy,
szare i metalowe otworzyły się przed moim nosem.
Weszłam do środka. Drzwi zamknęły się za mną nagle i bezszelestnie wydając tylko cichy klik.

– Kik... – ruszyła winda bez żadnej mojej interwencji.
Ruszyła nie w dół czy w górę, ale w bok! W prawy bok. Najpierw powoli jak
żółw ociężale, a potem coraz szybciej i szybciej...

– Winda towarowa?... – zaczęłam się rozglądać. – W takim budynku? Jak to? Dlaczego? Po co?...

Stałam w kącie, oparta mocno o przeciwległą do drzwi ścianę i trzymałam się metalowej barierki, która znajdowała się gdzieś tak w okolicy mojej pachy. Winda była bowiem otwarta! Wyglądała jak jakaś przesuwająca się loggia czy kolejka linowa, gdzie od połowy jej objętości można było podziwiać tak zwane widoki. Metalowa, jakby balkonowa konstrukcja trzymała cały ten pędzący prostopadłościan w stabilności. Nie było żadnych drgań, turbulencji i tego typu zachwiań. Otwarty windowy box przesuwał się w bok, po linii prostej, z coraz większą prędkością. Nie było w tej windzie żadnych okien czy w ogóle szyb, ale nie było też i wiatru.

– Cisza i duchota. Nie ma nawet wiatru? – stwierdziłam fakt. – Powinien być chociaż wiatr?... – zaczęłam intensywnie myśleć. – Wiatr, który jest spowodowany prędkością czy jakimkolwiek ruchem?...

– Dlaczego nie ma wiatru?... – moje myślenie zaczęło przekształcać się w strach, powoli i bezszelestnie, tak jak ta bezszelestnie sunąca w próżni i z coraz większą prędkością winda.

– Winda towarowa... – słyszę swój głos. – Winda towarowa... – jeszcze raz.

– Dokąd?... Po co?...

Widoki, jakie rozciągały się przede mną były szare, metalowe, nudne, puste i ciche. Pustynia jakichś rur, lin.

– Lianów? – przeszło mi nagle przez myśl. – Jeszcze tylko łóżkowych materacy TU brakuje? – mruknęłam do siebie cynicznie.

– Jak w jakiejś kopalni? – zimny prąd przeszył moje ciało.

– Jak w piekle... – odważyłam się stwierdzić.

Nie wiem jak długo trwała moja podróż, nie wiem czy coś jeszcze pomyślałam, czy tylko zastygłam w tej zapętlonej rzeczywistości? Nie pamiętam... Otworzyłam oczy, potem zamknęłam, potem znów otworzyłam i winda się nieoczekiwanie zatrzymała.

– Klik... – pstryknęły metalowe drzwi.

Purpura korytarza buchnęła ciepłem jak ogniem.

– Kurwa mać... – wyrwało mi się. – Chyba naprawdę jestem w piekle? – ostrożnie wyszłam z windy.

– Klik... – drzwi błyskawicznie zamknęły się za mną.

Odwróciłam się gwałtownie, ale zamiast z windą, zderzyłam się z czerwoną pluszową ścianą.

– Kurwa mać! – zaklęłam szczerze, bardziej zła niż przestraszona.

– Kurwa mać... – jeszcze raz.

– I co ja mam teraz zrobić?... – zapytałam siebie na głos, próbując opanować narastającą panikę.

Odwróciłam się od tej ściany i spojrzałam na numer przeciwległego mieszkania: 26900999.

– Dwadzieścia-sześć-milionów-dziewięćset-tysięcy-dziewięćset-dziewięćdziesiąt-dziewięć... – wymówiłam jak zahipnotyzowana.

– Ale numer... – z trudem przełknęłam ślinę.

– Czyli jestem... na tym samym piętrze?... – poczułam, że znów robi mi się niedobrze.

Oddychałam głęboko i starałam się o niczym nie myśleć.

– Chyba trzeba zakończyć ten sen... – postanowiłam wreszcie. – Ale jak?... – zaczęłam się delikatnie rozglądać.

Czerwony wąski korytarz ciągnął się przede mną i za mną prostą linią, w nieskończoność, a raczej w swoje nieskończoności, bo strony były przecież dwie: w prawo i w lewo.

Postałam parenaście sekund, próbując opanować oddech, aż wreszcie skierowałam się w lewo.

– Z powrotem?... – tak mi się wydało. – Z powrotem do czego?... – bolesna wątpliwość użądliła moją świadomość.

– Z powrotem do klatki schodowej... – łagodny kontrapunkt świadomości uspokoił na chwilę moją panikę.

– To idę... – skierowałam się w lewo i zrobiłam parę kroków.

– Nie tędy... Tędy nie dojdziesz... – jednostajny i uporczywy dźwięk rtęciówek doszedł do moich uszu pomarańczowymi drganiami.

– Znów... Znów ten dźwięk... – skrzywiłam się z niesmakiem.

Zamarzyłam nagle o nartach. O wyjeździe na narty do tego kurortu... Do kurortu, którego nigdy „na żywo" nie widziałam, a tylko w snach. Ten sam kurort, składający się z trzech czteropiętrowych budynków, ustawionych w kształcie jakby kanciastej podkowy, otwarty na upstrzoną narciarzami malowniczą górę. Połyskujący śnieg, śmigający narciarze i zawsze wczesny zachód słońca. Ten sam kurort...

– Dlaczego zawsze TAM chcę jeździć na nartach? – zastanowiłam się. – Dlaczego, kiedy we śnie chcę sobie trochę pojeździć na nartach, to ten nieznany, nigdy niewidziany przeze mnie NA ŻYWO kurort jest moim przeznaczeniem? Dlaczego właśnie do tego kurortu wracam i to tylko i wyłącznie we śnie?

Wcześnie zachodzące słońce, narciarze śmigający w pomarańczowej poświacie. Jak błogo, jak przyjemnie... Wychodzę z ostatniej klatki budynku A i zastanawiam się czy już teraz mam przypiąć narty i zjechać do doliny pod wyciąg, czy skierować się na prawo, do tej niewinnej i zdecydowanie mniejszej górki za kurortem?

Wybieram górkę. Tam słońce nie zdążyło jeszcze porządnie zajść. Tam jest jeszcze w miarę widno i nie jest tak pomarańczowo... Chwytam narty pod pachę i idę po chrupiącym śniegu. Śnieg zamienia się nagle w taflę wody, a raczej lodu. Idę więc po lodowisku, nie zwracając na nic i na nikogo uwagi. Zresztą, nikogo i niczego specjalnego tu nie ma. Tylko ja, narty, lód pod moimi stopami i ta szpiczasta górka, do której zmierzam.

Nie wiadomo kiedy znalazłam się na szczycie tej górki. Nie wiadomo kiedy założyłam narty i nie wiadomo kiedy usadowiłam, ustawiłam się na tej górce, a właściwie na jej wyjątkowo szpiczastym szczycie tak, jak zawieszona na kiju waga, albo zawieszona na jakimś kamieniu dziecięca huśtawka.

Stoję w tych nartach, na środku tej górki, w środku jakby ciężkości, bo narty wystają mi i z jednej i z drugiej strony tego wyjątkowo wąskiego i szpiczastego szczytu i próbuję utrzymać balans. Muszę za wszelką cenę utrzymać balans. Muszę i chcę utrzymać balans, czyli muszę po prostu utrzymać równowagę. Rów-no-wa-gę, żeby za żadne skarby nie zjechać w dół.

– Ciekawe dlaczego? – myślę sobie. – Jeżdżenie na nartach polega przecież na zjeżdżaniu w dół? Ciekawe dlaczego nie mogę zjechać w dół? – myślę dalej. – I to ani do przodu, ani do tyłu? Przede wszystkim nie mogę zjechać do tyłu! Za żadne skarby nie mogę pojechać do tyłu! Ciekawe?... – leciutko i bezwiednie zaczynam się huśtać na tych nartach.

– Ojej... – pocą mi się dłonie w rękawicach. – Gdzie ja znowu wlazłam i co tu teraz zrobić?... – staram się ocenić sytuację.

Szczerze mówiąc, wolałabym już zjechać jak to się mówi po bożemu, czyli do przodu w dół, a nie do tyłu. – Po co miałabym zjeżdżać do tyłu? Taką wysublimowaną narciarką to jeszcze nie jestem i nie wiem czy kiedykolwiek będę? – myślę w panice, bo utrzymanie równowagi na tym szpiczastym szczycie nie jest takie proste.

Narty wachlują mi, a to do przodu, a to do tyłu, a ja nawet boję się normalnie oddychać, nie mówiąc już o tym, żeby odkaszlnąć albo kichnąć. Huśtam się na nartach w miarę jeszcze stabilnie, ale... No właśnie... Właśnie zbiera mi się, akurat teraz zbiera mi się na kichanie...
– Co tu zrobić? Co tu zrobić? Co tu zrobić? Co tu zrobić? – powtarzam w panice, w równych odstępach, żeby utrzymać równowagę i czuję, że nie wytrzymam, czuję, że zaraz kichnę...

– Zaciśnij powieki! – słyszę nikły rozkaz.
Zaciskam powieki i... znów stoję z nartami przy klatce A tego samego sennego kurortu. Przede mną znajoma góra z narciarzami, rozświetlona pomarańczowym zachodzącym słońcem.
– Okej... Okej... – uspokajam się i rękawicą narciarską wycieram nos.
Patrzę w prawo, ale szybko rezygnuję z pójścia na narty na tę szpiczastą górkę za kurortem.
– Trzeba zjechać w dół, do doliny, pod wyciąg... – myślę niechętnie.
Wcale nie chce mi się jechać na wielką górę, która tak malowniczo rozciąga się przede mną.
– Dlaczego nie chcę tam pojechać? – zastanawiam się. – Przecież tyle tam ludzi zjeżdża? Jest bezpiecznie... Chyba?... – dalej zastanawiam się. – Chyba to ludzie zjeżdżają na tych nartach? – zaczynam mieć wątpliwości. – A czy to w ogóle są ludzie? Dlaczego tak dziwnie się poruszają?...

– Nie tędy... – słyszę głos.
– Zamknij oczy... – inny głos.
– Okej... Okej... – odpowiadam i zamykam oczy: – Klik...

Czerwony pluszowy i wąski korytarz. – No nie... – ostrożnie otarłam pot z czoła.
– To już chyba wolę być na tych nartach... W tym, cholera jasna... kurorcie... – dodałam w myślach po chwili.
– A może trzeba jeszcze mocniej zacisnąć powieki? – doznałam nagle olśnienia. – Może siła zaciskania powiek zmienia te dziwne sny? – spróbowałam zacisnąć powieki najmocniej jak tylko potrafiłam, ale nic się nie wydarzyło.
Sen się jednak nie zmienił. Czerwony pluszowy i wąski korytarz, prowadzący donikąd i w nieskończoność cynicznie puścił do mnie oko...

– Głupi dziad... – pomyślałam nie wiem czemu o tym korytarzu i zamaszystym krokiem, bez oglądania się ani za siebie, ani na boki ruszyłam w stronę klatki schodowej.

Ruszyłam w stronę tego czerwonego kwadratu-holu klatki schodowej, który jakimś cudem zamajaczył nagle w oddali. Wyrósł znienacka w mglistej oddali, ale już na powierzchni mojej świadomości. Zahaczył o powierzchnię mojej świadomości...

– No i dobrze... – odetchnęłam z ulgą.

30

– Mamka, lepiej się czujesz? – Filip nieoczekiwanie wtargnął do mojego pokoju.

– No i dobrze... – odpowiedziałam.

– Lepiej? – upewnił się.

– Lepiej – przyznałam szczerze.

– No i dobrze... – zamyślił się mój piękny, osiemnastoletni syn.

Jaka jestem smutna. Tak smutna, że nawet płakać nie wypada. Płakać mi się nie chce. Płakać nie mogę. Jeszcze nie mogę, albo już nie mogę.

– Już? – zaczynam wątpić.

– Nieee... Jeszcze nieee... Jeszcze nie mogę płakać... Na płacz przyjdzie czas. Przyjdzie...

Westchnęłam i przykryłam się szczelniej kołdrą.

– Zimno ci mamka? – zapytał Filip i przysiadł na moim łóżku.

– Zimno i dziwnie...

– Dlaczego dziwnie?

– Dziwne mam sny.

– Pewnie kolorowe?

– I to jak... – uśmiechnęłam się.

– To chyba nie nowość?

– Chyba nie?... – znów się uśmiechnęłam i wzruszyłam ramionami. – Co będziesz teraz robił synku? – szybko zmieniłam temat.

– Pogram na trąbce. Nie będzie ci przeszkadzać? – Filip się ożywił.

– Skąd! Graj synku! – ucieszyłam się.

Ale i tak jestem smutna. Smutna wewnętrznie, choć uśmiecham się przez niewidzialne jeszcze łzy... Dlaczego jestem smutna? Wszystko się przecież zgadza? Jestem teraz w Holandii, żadnego zagrożenia, żadnej wojny? Wakacje za miesiąc, niecały miesiąc?...

To przecież w Polsce zostawiłam te rozchodzące się schody klatki B w moim dawnym domu, a raczej moim dawnym miejscu zamieszkania? Zostawiłam tam smutnego brata i jeszcze bardziej smutną Ewelinę? Smutną do bólu, do mojego bólu, bo ona chyba już żadnego bólu nie czuje? Tak myślę...

Co jeszcze zostawiłam w Polsce? Wspomnienia? Może wyrzuty sumienia? Strach? Niejasne, nierozwiązane sytuacje?

Dlaczego jestem smutna? Przecież nie wchodzę już do klatki B? Nie spotykam się ani z mamusią, ani z tatusiem? Zresztą, co to za różnica czy spotkam się z nimi, czy nie? I tak nic to nie zmieni. Nic TO JUŻ nie zmieni...

A może zmieni? A może właśnie powinnam TAM bywać, a przynajmniej jeszcze raz tam pójść i posiedzieć na krześle w zagraconym pokoju?

I patrzeć jak matka w ciszy robi na drutach skarpety, tatuś sprawdza czy wszystko jest w porządku, czy wszystko się zgadza, a mój brat ze swoją dziewczyną popijają zimną herbatę i palą na zmianę papierosy?

– Ojej... – westchnęłam i przekręciłam się na drugi bok.

A jednak jestem smutna. A jednak jestem teraz w Holandii i nie powinnam się ani smucić, ani bać. Nie ma żadnego zagrożenie, żadnych wojen... Mam cudowne dzieci, Filip właśnie gra na trąbce... Mam dobrego męża, mam przyjaciół, mam pasję tworzenia, mam jakąś-tam karierę, dwa fajne domy. Mieszkam w dwóch krajach, znam kilka języków. Kota i psa nie mam, ale za to gołębie... Mam pieniądze, które starczą i na życie i na wyjazdy na narty. Na przykład starczą na wyjazdy na narty...

– Skąd przychodzi mi do głowy ten nieznany i niewidziany przeze mnie nigdy „na żywo" narciarski kurort? – przypomniałam sobie.

Zamknęłam oczy, żeby jeszcze raz to zobaczyć.

– Po co? – otworzyłam oczy. – Po co mam TO robić? Po co mam TO jeszcze raz zobaczyć? – nie mogłam siebie zrozumieć.

Ani siebie, ani tej dziwnej siły, która trzymała mnie swoimi kleszczami już od dłuższego, jakby nie było czasu.

– Spowolnię ten czas! Spowolnię cholera jasna! – zaczynam się na siebie wściekać, a zniewalająca moc znów nieoczekiwanie przymyka moje po-

wieki, które ciężko opadają w dół, jak ciężka klapa śmietnikowego kontenera:
– Klik...

– Śmietnik... – teraz już pamiętam, przypominam sobie:
– Szyba... Wielki płat okiennej rozbitej szyby, wystającej ze śmietnika... Jestem z koleżanką Małgosią. Tą z klatki D. Taka-tam neutralna kumpela, z którą nie za bardzo się przyjaźniłam, ale może właśnie dlatego mogłam jej zaufać. Niezobowiązująca znajomość... Ja mam może z siedem, osiem lat, Małgosia rok młodsza: pogodna, potulna, przyjacielska i dyskretna. Cierpliwa, w przeciwieństwie do mnie, ale też cholernie naiwna. Jeszcze chyba bardziej naiwna niż ja... Rozśmieszyła mnie ta jej naiwność, niewinność i te jej wpatrzone we mnie, niebieskie oczy. Już sobie wyobraziłam jej minę, kiedy zobaczy to, co chcę jej właśnie pokazać...

– Z czego się śmiejesz? – pyta Małgosia.
– Pokaże ci coś... – mówię tajemniczo i prowadzę ją w stronę śmietnika.
– Co mi chcesz pokazać? – Małgosia się trochę ociąga.
– Znalazłam niesamowity widok...
– Niesamowity widok? – Małgosia otworzyła jeszcze szerzej swoje niebieskie oczy. – Gdzie?
– Ale nie powiesz nikomu?
– Nie powiem...
– Przysięgnij?
– Przysięgam...
– Musimy iść za biały blok... – mówię podekscytowana. – Czegoś takiego jeszcze nie widziałaś...
– Co ty?...
– No-o...
– To twój widok? – pyta Małgosia.
– Nie. Nie mój. Bożena TO znalazła...
– Jezu... Już się boję...
– Nie bój się, to tylko widok... – przechodzimy przez śmietnik. – Zobacz ile tego tu jest?... – pokazuję Małgosi rozbitą szybę okienną, wystającą ostrzem z jednego z kontenerów.
– To ten widok? – pyta rozczarowana Małgosia.
– No coś ty? Widok jest za białym blokiem?

– To dlaczego tu stoimy?

– Pokazuję ci tylko, ile tu jest szkła? Ile możemy zrobić z tego widoków? I to jakich wielkich widoków?

– Wolę kolorowe szkła... – wzruszyła ramionami Małgosia.

– Ja chyba też... – zgodziłam się z nią. – Ale przyznasz, że pod taką szybę można tyle rzeczy nawsadzać?

– No, niby można... – Małgosia zamyśliła się. – Ale taki duży widok można też łatwo znaleźć i odkopać?

– No i co z tego?

– Jak to „co z tego"? – zdziwiła się.

– Jeżeli to będzie powierzchniowy widok, taki zastępczy, no wiesz, to niech sobie odkopują? Nikomu nie przyjdzie nawet do głowy, że pod takim dużym widokiem może być mniejszy i właściwy...

– Też prawda... – zastanowiła się Małgosia.

– Zaraz pójdziemy za biały blok... Zaraz pójdziemy za biały blok... Czary-mary... Pójdziemy za biały...

– No dobra, gdzie jest ten widok? – przerywa zdenerwowana Małgosia.

– A nie powiesz nikomu?

– Nie powiem, nie powiem... – Małgosia zaczyna się niecierpliwić. – No chodźmy już?... – prosi.

– Zaraz! – ostro ucinam.

Zaciekawiona i zafascynowana patrzę na połyskujące kolorami tęczy szkło.

– Brać? Nie brać? – walczę z pokusą. – Ile można narobić widoków... – rozmarzyłam się i podeszłam na palcach do śmietnikowego kontenera. – Starczy chyba na cały miesiąc! Tylko jak to wyjąć? – kombinuję.

– Chcesz to wziąść? – Małgosia odczytuje moje myśli.

– Nie „wziąść", tylko wziąć! – koryguję ją.

– Wziąć? – poprawia Małgosia.

– A jak myślisz? Popatrzeć? – wyzwierzyłam się do niej, robiąc groźną minę.

– Ojej... Julka... – Małgosia odskoczyła. – Nie strasz mnie...

– Wcale cię nie straszę. Myśl Gośka, myśl...

– A co mam myśleć? Sama myśl, jak to stąd zabrać? Mądrala się znalazła...

– Małgosia zaczęła się bronić. – No bierz! Bierz jak jesteś taka mądra...

– Duża ta szyba... – mruczę do siebie. – Brać?... Nie brać?...

– Bierz! No bierz... – prowokuje koleżanka.

Teraz ja się ociągam, bo z jednej strony mam taką wielką ochotę wyjąć tę rozbitą szybę z zielonego kontenera śmietnika, ale z drugiej strony nie pójdę z nią przecież za biały blok? Jeszcze może mnie tam ktoś zobaczyć? Zauważyć i wydać? A poza tym, niewygodnie mi będzie rozkopywać widok, który właśnie chcę pokazać Małgosi i trzymać jednocześnie pod pachą półmetrowy chyba kawał szkła?

– Pójdę po szybę potem... – postanawiam w myślach.

Wychodzimy ze śmietnika i idziemy za biały blok.

– A wie Bożena o tym, że tu jesteśmy? – zaniepokoiła się nagle Małgosia.

– A po co ma wiedzieć?

– Nie powiedziałaś jej?

– Nie muszę się przed nią spowiadać...

– No, ale przecież to JEJ widok?

– A kto mówi, że jej?

– No... Ty?

– Wcale tak nie powiedziałam. Ja powiedziałam tylko, że Bożena TO znalazła? Słuchaj uważnie.

– Acha...

– A poza tym, mam specjalne zezwolenie... – stanęłam i zajrzałam Małgosi w oczy.

– Czyli... Wie?... Trochę?... – zapytała niepewnie i z trudem przełknęła ślinę.

– Wie, wie... – uspokoiłam ją. – Ona nie chce mieć z TYM nic wspólnego. Zobaczysz sama... – zaczęłam znowu iść, a Małgosia za mną.

– O Jezu... Już się boję... – jęknęła jeszcze bardziej zdenerwowana.

– Nie bój się, to tylko widok... Zresztą, jak nie chcesz, to nie musimy TEGO rozkopywać? Nie musimy TAM w ogóle iść? Nie musisz NA TO patrzeć? – Jak nie chcesz... – dodałam.

– Chcę! – rzuciła ostro. – Chcę tam iść... – poprawiła spokojniej. – Gdzie ten widok?

– Spokojnie, spokojnie... – zaczęłam się śmiać.

– Z czego się śmiejesz? – spojrzała na mnie urażona.

– Z nerwów! – przybliżyłam nagle do niej swoją wykrzywioną grymasem twarz. – Na pogrzebie prababci też się śmiałam...

– Głupia jesteś! – Małgosia odskoczyła. – Ty jesteś chyba jakaś nienormalna? Czemu mnie straszysz?... – zaczęła płakać.

– Bo lubię męczyć zwierzęta! – mój śmiech stawał się coraz bardziej gwałtowny i histeryczny.

Małgosia odwróciła się i odbiegła kawałek, a potem ode mnie uciekła. Po prostu ode mnie uciekła. Pognała jak strzała do klatki D, nie oglądając się ani razu za siebie.

– Gośka! Przepraszam... – zawołałam za nią. – Przepraszam, nie chciałam cię straszyć... – jęknęłam, ale Małgosi już nie było.

Uciekła, a ja sterczałam za białym blokiem w bezruchu i zastanawiałam się czy mam wykopać te zdechłe ptaki i jakoś je godnie pochować, czy zostawić je tak, jak je zastałam, na pastwę losu?

Czy te świeżo wyklute z jajek i martwe gołębie, poprzetykane kolorowymi papierkami, złotkami, wstążkami i kulkami zeschłego chleba mogą tak bezkarnie gnić w ziemi, czy zasługują na bardziej godny i dyskretny pochówek?

Zastanawiałam się też czy mam zostawić te gnijące ptaki pod tym wypukłym i zielonkawym szkłem, czy zrobić im jednak bardziej obszerny grób, gdzie wielka śmietnikowa szyba byłaby jakąś alternatywą? W końcu leżeć na takim WIDOKU i to tylko dlatego, że jakieś inne głupie i ludzkie zwierzę chciało się w ten sposób zabawić było dla mnie nie do pomyślenia, nie do zniesienia i nie do zaakceptowania.

– Albo muszę coś z tym zrobić, albo muszę o tym zapomnieć... – postałam chwilę.

– Muszę coś z tym zrobić! – postanowiłam i wróciłam niechętnie do śmietnika po rozbitą szybę.

Stanęłam przed zielonym kontenerem, tym razem bez Małgosi i kombinowałam jak wyjąć kawał rozbitego szkła.

– Muszę coś z tym zrobić... – powiedziałam do siebie, ale już bez przekonania.

– Muszę przecież zrobić pogrzeb tym biednym gołąbkom?... – szczątki wyrzutów sumienia popychały mnie w stronę szyby.

– Ale z drugiej strony, to nie ja zakopałam w ziemi te jeszcze chyba żywe ptaszki?... – próbowałam się rozgrzeszyć.

– Ale z trzeciej strony, to tak głupio z tymi gołąbkami wyszło? To pewnie ta baba? To pewnie ta baba tam je zakopała? – główkowałam.

– Muszę, muszę jednak coś z tym zrobić! – postanowiłam po raz kolejny i nieodwracalny.

Podeszłam bliżej do kontenera, podstawiłam sobie pod nogi jakąś rozwalającą się drewnianą skrzynkę, stanęłam dodatkowo na palcach i jednym ruchem wyjęłam ze śmietnika szybę. Skrzynka pękła pod moimi nogami, a ja, żeby nie upaść, odruchowo oparłam się o wystający brzeg szpiczastego szkła. Tak się oparłam, że ostry jego ząb wbił mi się niechcący w kolano. Nawet tego początkowo nie zauważyłam. Nie czułam też żadnego bólu. Dopiero kiedy chciałam wyjść ze śmietnika zorientowałam się, że jestem ze swoją zdobyczą po-łą-czo-na! Jestem połączona z tą szybą! Rozbita szyba swoim wystającym ostrzem połączyła się z moim ciałem! Połączyła się z moim kolanem! Zaczęłyśmy stanowić jedną całość! Symbiozę! Niezamierzoną i niewymarzoną, ale nie da się ukryć i zaprzeczyć, że stanowiłyśmy w tym momencie symbiozę!

– Co robić? – pomyślałam w panice. – Jak mam się z tym szkłem rozłączyć?

– spróbowałam wyciągnąć ostrze, ale było to nie-moż-li-we.

Szkło mocno zagnieździło się w moim kolanie, a poza tym poczułam ból. Dodatkowo zaczęła wyciekać krew z tej szklano-kolanowej symbiozy, co najbardziej mnie zdenerwowało i nawet przestraszyło.

– Jak mam z tym wyjść? Jak mam z tym wrócić do domu?...

– Małgosia... – zawołałam cienko.

– Trzeba z tym jednak wrócić do domu... – zdecydowałam.

Ze łzami w oczach i szybą w kolanie wyszłam ze śmietnika i zamiast za biały blok, skierowałam się prosto do mojej klatki B w moim bloku. Na dole nie patrzyłam już w stronę skrzynki na listy, tylko poszłam od razu do góry na moje piętro. Na parterze oczywiście odruchowo spojrzałam w lustro i zobaczyłam swoją załzawioną twarz. Jeszcze bardziej zrobiło mi się siebie żal i zachciało mi się płakać.

– Ale jestem biedna. Biedna i nieszczęśliwa... Ciekawe, co powie mama? Jaka jestem biedna...

Mijając metalowy półksiężyc, zatopiony w lastrico schodów, między półpiętrem a moim

trzecim piętrem przystanęłam, poprawiłam szybę i odetchnęłam ciężko trzy razy.

– Raz kozie śmierć... – westchnęłam i ruszyłam dalej.

– Co ma być, to będzie...

– Raz kozie śmierć... – przemaszerowałam pierwsze trzy schodki.

– Albo raz kozie życie... – następne trzy schodki.

– Albo śmierć... – zatrzymałam się na ostatnim siódmym schodku.

– Albo życie... – poczekałam chwilę i znów poprawiłam szybę, tkwiącą w moim kolanie.

– Albo śmierć... – pokonałam ostatni schodek.

– Albo życie... Albo śmierć... Albo życie... Albo... – walczyłam z płaczem i przeznaczeniem.

– Klik... – nacisnęłam przycisk dzwonka, stojąc przed drzwiami mojego, naszego mieszkania z numerem 40.

31

– Manuel... – szepnęła Julia i otworzyła oczy.

– „Kiedy? Kiedy jedziesz do Rzymu?"... – przypomniała sobie ich ostatnie majowe spotkanie przy fontannie na placu Grzybowskim:

– „Pomarańczowe niebo... Zobacz!... Holandia! Holandia nas wypełnia! Julia zobacz...

– Kiedy?...

– Do Rzymu wybieram się... w połowie sierpnia...

– Na długo jedziesz?

– Na sześć dni.

– Na sześć?

– Pojedziesz ze mną?

– Ale...

– Powiedz, że pojedziesz ze mną?

– Ale... Jak to?

– Normalnie! Samolotem! Ty ze mną! My!

– Okej. Pojadę z tobą! Do Rzymu"...

– Pojadę z tobą Manuelu. Pojadę dokąd zechcesz... – Julia wstała z łóżka i lekko się zataczając poszła do kuchni.

– Ale długo spałam?... Coś mi się chyba ciekawego śniło?... – pokręciła z niedowierzaniem głową.

Nastawiła wodę na kawę, nalała do miseczki mleka sojowego i wsypała tam trochę płatków kukurydzianych i rodzynek. W międzyczasie szybko zrobiła siku. Wróciła do kuchni i zalała kawę wrzątkiem. Przygotowała dzbanek z kawą, a do sojowej mieszanki włożyła łyżkę.

Na oddzielnym talerzyku ułożyła dwie galaretki owocowe i dwa ciasteczka bezglutenowe. Wszystko to upchnęła na niewielką tacę, dostawiając jeszcze pusty kubek do kawy i z takim śniadaniem wróciła do łóżka. Po drodze zerknęła na zegar przy, a raczej na Pałacu Kultury.

– Dziesiąta pięć... Uff... Do samolotu mam jeszcze ponad trzy godziny... – odetchnęła z ulgą.

Ostrożnie przeszła z tacą do sypialni.

– Manuel... – rozmarzyła się, będąc już w łóżku i spokojnie jedząc śniadanie.

– A więc Godzina Zero w końcu wybiła... – podekscytowana popijała kawę.

– Prawie wybiła... – włączyła telewizor, żeby obejrzeć wiadomości, a w szczególności sprawdzić warunki pogodowe.

Wszystko się zgadzało. I pogoda i data. Julia wpatrywała się w telewizor, ale myślała tylko i wyłącznie o Manuelu.

– Jadę do ciebie! Jadę do Rzymu! – powtarzała i uśmiechała się do siebie. – Godzina Zero wybija! Prawie wybija... – pomyślała.

W końcu wstała z łóżka i zaczęła się powoli ubierać. Zrobiła kupę, umyła się i postanowiła szybko uporządkować mieszkanie. Nikt jej przecież w tym nie pomoże? Nie wyręczy? Niby jak? Jest przecież w domu sama?...

– Czyżby? – mała wątpliwość mignęła w podświadomości.

– A jednak... – mglista odpowiedź sprowadziła ją na ziemię.

Julia posprzątała starannie sypialnię, łazienkę i kuchnię. Odkurzyła wszystkie trzy pokoje, dwa balkony i na końcu samą tylko rurą odkurzacza przejechała po włosach. Od kilku lat zawsze w ten sposób układa sobie fryzurę...

Ubrała się, dobierając do białego T-shirta dżinsową krótką spódniczkę. Do tego te beżowo-czarne sandały na sporawym, aczkolwiek wygodnym obcasie. Bagaż ustawiła pod drzwiami. Potem podlała kwiaty i pozamykała wszystkie okna. Przy okazji wyjrzała przez okno.

– Piękna sierpniowa pogoda. Ani jednej chmurki na niebie. To dobrze. To bardzo dobrze... – pomyślała zadowolona.

– Dzieci na kursach muzycznych, Matt w Holandii... Chyba właśnie kosi trawę w ogrodzie?... – uśmiechnęła się.

– To też bardzo dobrze... – znów odetchnęła z ulgą.

– Czy oby Matt jest w Holandii?... Przecież był tu jeszcze wczoraj?... – zamarła na moment i zaczęła się zastanawiać.

– No pewnie, że jest w Holandii, a dzieci na kursach. W Janowcu... – spróbowała się uspokoić.

– Matt miał przecież załatwić jakieś sprawy w Holandii i skosić trawę?... – lekki niepokój pokrył jej ramiona gęsią skórką.

– A może to jest sen?... – dla sprawdzenia zamknęła oczy, otworzyła, znów zamknęła i znów otworzyła.

– To nie jest sen. – stwierdziła fakt po chwili. – Sen został pod poduszką... Tym razem sen został pod poduszką... – zachichotała nerwowo.

Pokręciła się jeszcze po mieszkaniu, sprawdziła jeszcze raz czy wszystkie lampy zostały zgaszone, a okna pozamykane, popatrzyła w lustro na swoje lekko opalone odbicie i wyszła z domu.

Po jakimś czasie stała na przystanku autobusowym, przy Dworcu Centralnym, z jedną białą walizeczką i małą torebką na ramię i czekała na właściwy autobus. Wszystkie numery podjeżdżały po kolei, ale 175 jak nie było, tak nie było. Julia zaczęła się trochę niepokoić.

– Cholera... Mogę się spóźnić na samolot?... – pomyślała, ale szybko odgoniła taką wersję.

Jakaś młoda i dosyć ładna szatynka w obcisłych dżinsach, która pewnie też czekała na autobus na tym samym przystanku również się niepokoiła. Chodziła w tę i z powrotem.

Nie miała żadnego bagażu, tylko niewielką skórzaną torebkę, zawieszoną na ramieniu. Długi warkocz, zupełnie niepasujący ani do sylwetki tej szatynki, ani do jej stroju zapleciony był w tak zwany „kłosek".

– Co ona tak łazi w tę i we w tę?... – Julia z niesmakiem popatrzyła na kobietę.

– Przecież nie jedzie na lotnisko?... Nie ma przecież bagażu? Nawet podręcznego? Czym się tak denerwuje? Czemu tak łazi?... – obecność nerwowo spacerującej kobiety nie dawała Julii spokoju.

Wodziła za nią wzrokiem i coraz bardziej się wkurzała.

– Od dwudziestu prawie minut tak łazi i łazi ta baba...

– Nie mogę już patrzeć na tę babę... – Julia wreszcie odwróciła głowę i zobaczyła jakiegoś chyba bezdomnego pijaka, siedzącego na ławce przy przystanku.

Pijak kiwał się bezgłośnie i z przepicia i z bólu. Nogi miał zabandażowane, a i tak przez opatrunek przebijała krew.

– O Boże... – Julia wzdrygnęła się. – Ten człowiek jest chory! Dlaczego nikt mu nie pomoże? – odruchowo spojrzała na szatynkę w obcisłych dżinsach. Ta zatrzymała się i też spojrzała, najpierw na pijaka, a za chwilę na Julię. Przez chwilę kobiety badały się wzrokiem. Szatynka otworzyła usta, żeby coś powiedzieć, chyba do Julii, ale Julia też rozchyliła usta, bardziej ze zdziwienia niż z potrzeby mówienia.

W tym momencie jakaś pijaczka wyrosła nagle przed nimi i poprosiła o jałmużnę. Julia zamarła w bezdechu. Szatynka też.

– Ooo... – wypowiedziała ni to do Julii, ni to do siebie.

– Ooo... – wyrwało się z ust Julii ciche prawie niesłyszalne echo.

Za szybko było, żeby zareagować, a może za szybko przyjechał autobus? Tak, za szybko przyjechał autobus... Na pewno za szybko przyjechał autobus! W każdym razie obie panie znalazły się nagle w jego wnętrzu, opatrzonym numerem 175, a znikająca w oddali pijaczka zaczęła przysiadać się do znikającego w oddali pijaka. Pewnie należeli do siebie?

Znikająca krew na zabandażowanych nogach tego chorego człowieka rozmyła na chwilę ten sen.

– Sen? Jaki sen? Przecież to nie jest sen?... – Julia zaczęła powątpiewać.

– To nie może być sen! – stwierdziła fakt, patrząc uważnie na stojącą przed nią szatynkę bez bagażu.

– Ona też jedzie do Rzymu. Chyba?... – jakiś dziwny prawie-pewnik przeszył nieoczekiwanie jej ciało.

– Sen, rozmyty razem z wytartą krwią... Sen, znikający razem z wytartą krwią... – pomyślała zaskoczona Julia, kiedy wysiadła z autobusu linii 175. Szatynka w obcisłych dżinsach również wysiadła z tego samego autobusu i również skierowała się na lotnisko Chopina do sali odlotów. Julia widziała to wyraźnie i dlatego specjalnie zmieszała się w tłum ludzi i przeczekała, aż tamta zniknie za zakrętem jakiegoś sklepu ze sportową odzieżą.

Kiedy było już po wszy-stkim i w miarę bez-pie-cznie Julia podeszła do tablicy informacyjnej i sprawdziła lot do Rzymu. Wszystko się zgadzało:

numery, godzina, data. Nie było żadnego opóźnienia. Piękna słoneczna pogoda sierpniowego popołudnia.

– Manuel... Jadę do ciebie... – rozmarzyła się. – Twoja Julia jedzie do ciebie... Manuelu...

– Albo twoja Marija... Jak wolisz... – zdziwiła się tą nagłą i niespodziewaną myślą.

– Ooo... – podświadomość ukłuła ją nieoczekiwanie w ucho.

– Co za ooo?... – zadrgało mgliste pytanie, które odprowadziło Julię do bramek odpraw, tuż za sklepem sportowym.

– Czy ja się cieszę? – Julia zaczęła się zastanawiać, siedząc już w samolocie.

– Chyba tak? – wzruszyła ramionami. – Na pewno tak! – poprawiła stanowczo. – Lecę do niego! Lecę do Manuela!

Manuel będzie czekał na nią na lotnisku w Rzymie. Tak się umówili. Tak mu było wygodnie, ponieważ przylatywał prosto z Paryża i bez sensu byłoby lecieć przez Warszawę? Julii też było to na rękę. Po co kusić los? Matt mógłby opóźnić przecież swój wyjazd do Holandii i zechcieć odprowadzić Julię na lotnisko, a wtedy sytuacja mogłaby się lekko pokomplikować.

– Oj tak... – pomyślała Julia i zapięła pasy.

Siedzi w samolocie. Do Rzymu. Zapięty pas. Na twarzy dwuznaczny uśmieszek. Z jednej strony ludzie, z drugiej strony ludzie.

– To nie jest sen... – uspokoiła się.

– Ani sen, ani film...

Samolot startuje. Julia patrzy przez okno i widzi błękitne niebo. Z drugiej strony to samo. Dwuznaczny uśmieszek nie schodzi jej z twarzy. Tęskni za Manuelem, ale też wyczekuje z lękiem kolejnej turbulencji. Boi się. Ma spocone dłonie i mówi sobie w myślach wielokrotnie:

– „To nic, to tylko zwykła turbulencja"... – ale i tak się boi.

Przeżywa teraźniejszość, w której się właśnie znalazła, o której marzyła od trzech miesięcy i której się boi. I nic nie da się tu zrobić. Nic.

– Zamknąć oczy? – pomyślała cynicznie. – Po co? Jeszcze może w ogóle nie wyląduję? Albo w ogóle nie znajdę się w tym samolocie i w ogóle nie spotkam się z Manuelem? Po co kusić los? Wolę już te turbulencje... Dam radę! A poza tym, nie jest to aż tak nieprzyjemne, żeby komukolwiek nawet o tym wspominać?... – Julia wychyliła się w stronę korytarza i omiotła wzrokiem najbliższych pasażerów.

– Muszę taką rzeczywistość zaakceptować i pokonać... – rozluźniła się, nie dostrzegając tajemniczej szatynki.

– Chcę taką rzeczywistość zaakceptować i pokonać... – uśmiechnęła się do siebie.

– O właśnie! Wylądowaliśmy w Rzymie! Opłaciło się poczekać... – odetchnęła z ulgą, kiedy samolot walnął o ziemię i zaczął ostro hamować.

– Jestem dzielna! Moja Godzina Zero właśnie zaczyna wybijać... – Julia usłyszała gromkie brawa pasażerów.

32

– Sen, rozmyty razem z wytartą krwią... – odezwałam się.

– Sen, znikający razem z wytartą krwią... – pomacałam się po głowie.

– Auu... Jeszcze boli... – syknęłam z bólu i oblizałam czerwony palec.

– Nie wytarłam jednak tej krwi do końca...

– Cholera jasna... – mruknęłam niezadowolona, bo sen się nie zmienił. Sen się jednak nie zmienił. Czerwony pluszowy i wąski korytarz, prowadzący donikąd i w nieskończoność znów cynicznie puścił do mnie oko...

– Głupi dziad... – pomyślałam nie wiem czemu o tym korytarzu i zamaszystym krokiem, bez oglądania się ani za siebie, ani na boki ruszyłam w stronę klatki schodowej.

Ruszyłam w stronę tego czerwonego kwadratu-holu klatki schodowej, który jakimś cudem zamajaczył nagle w oddali. Wyrósł znienacka w mglistej oddali, ale już na powierzchni mojej świadomości. Zahaczył o powierzchnię mojej świadomości...

– No i dobrze... Przynajmniej wiem, dokąd mam zmierzać... – odetchnęłam z ulgą.

– Przynajmniej wiem, że jakiś koniec jest i przynajmniej jakiś koniec widać! – dzielnie maszerowałam bez zatrzymywania się i bez patrzenia pod nogi.

– Jestem dzielna i wcale się nie boję! – powiedziałam do siebie, tak dla animuszu.

– Tylko po co mam tam iść? Po co mam przebywać w tym dziwnym czerwono-sennym budynku?... – lekka trwoga powiała po moich nogach.

Spojrzałam na nogi i ze zdumieniem stwierdziłam, że nie mam żadnych rajstop, nawet cienkich. Nie miałam też żadnej kurtki. Skórzana torebka wisiała na moim ramieniu, też gołym. Biały T-shirt i dżinsowa miniówka były jedynym moim strojem. Do tego te beżowo-czarne sandały na sporawym, aczkolwiek wygodnym obcasie.

– Czyli jest lato?... – dotarło do mojej świadomości. – Te buty kupiłam już po powrocie z Polski? – pomyślałam.

– W Holandii kupiłam te buty, a dokładnie w Amsterdamie. Czerwiec?... – zaczęłam sobie coś przypominać.

– Czyli jestem w Holandii? Muszę być więc w Holandii? Tylko kiedy i gdzie? Może jestem w Donemusie? W moim wydawnictwie muzycznym? Tam też jest czerwono w całym budynku? – zastanawiałam się.

– Ale w Donemusie jest przecież inaczej? Jednak jest inaczej... czerwono?... – myśl ta nie dawała mi spokoju.

– Gdzie ja do cholery jestem?... – zaczęłam się rozglądać.

Korytarz był prosty jak drut. Co cztery tak na oko metry odbijały kolejne drzwi, na powierzchni których uwypuklały się gigantyczne numery.

– Gdzie ja do cholery ciężkiej jestem? – wypowiedziałam to zdanie i otworzyłam pierwsze-lepsze drzwi.

O dziwo, drzwi te nie były zamknięte. To mnie bardzo ucieszyło, również dlatego, że nagle strasznie zachciało mi się sikać.

– Muszę natychmiast pójść do toalety... – myśl ta zdecydowanym ruchem wepchnęła mnie do środka nowego pomieszczenia.

Stanęłam w czerwonym przedpokoju i skrzyżowałam nogi tak, żeby nie popuścić. Odczekałam chwilę, opanowawszy i strumień cisnącego na mój pęcherz moczu i strumień narastającego strachu.

– Dżisis... – jęknęłam widząc salę operową, znajdującą się na końcu kręconych i obszernych schodów, które zaczynały się tuż pod moimi stopami.

– Dżisis... – znów mi się wyrwało, bo i owszem scena operowa na dole była imponująco wielka, ale tam, gdzie powinna być tak zwana widownia, rozciągała się olbrzymia pusta przestrzeń, jakby sala balowa, bez żadnych foteli, krzeseł czy innych siedzeń, pokryta kolorowymi perskimi dywanami.

– Ale przestrzeń... – otworzyłam szeroko usta z zachwytu, zapominając na chwilę o moim pęcherzu.

Zeszłam powoli po tych kręconych i bardzo rozległych schodach i zatrzymałam się w ich połowie.

– Boże, co za sala! Chyba z pięć oper Wagnera można tu naraz wykonać i nie tylko...

Zdjęłam odruchowo ciężkie sandały na wysokich obcasach i zbiegłam na sam dół. Czułam się trochę jak Kopciuszek zmierzający na jakiś tajemniczy bal. Czułam się jak Kopciuszek, który co prawda nie gubi swojego pantofelka, bo i jak tu zgubić taki wielki bucior, ale też nie szuka swojego księcia! Jeszcze nie szuka...

– Dlaczego nie szukam TU swojego księcia? – pomyślałam zaskoczona.

– A może właśnie TU należy poszukać swojego księcia? Dlaczego by nie? Dlaczego by nie poszukać TU na przykład Manuela?...

– Chyba jednak nie tu... Tu nie należy go szukać... – doszłam wreszcie do wniosku, bo chyba nie do końca czułam się jak Kopciuszek, a może to tylko ogrom tej sali spowodował u mnie takie skojarzenia?

W każdym razie nie miałam zamiaru szukać w tym momencie jakiegokolwiek księcia. Tym bardziej nie miałam takiej potrzeby, żeby szukać tu Manuela. Toaletę natomiast chciałam znaleźć jak najbardziej i jak najszybciej, bo mój pęcherz właśnie sobie o tym przypomniał.

– Muszę się zaraz wysikać! – znów bezradnie skrzyżowałam nogi. – Muszę się wysikać...

Stałam na środku wielkiej balowej sali, okrągłej w swojej architekturze, pokrytej czerwonym pluszem, lustrami w złotych ramach, złotymi dodatkami i walczyłam z pęcherzem.

Na górze i z boków połyskiwały kryształowe lampy, pod nogami mieniły się kolorami perskie dywany, które porozkładane były blisko siebie, jak połączone swoimi mackami rozgwiazdy, a ja wypatrywałam toalety.

W końcu zdecydowanym krokiem przemierzyłam tę balową salę i po kolei, zaczynając od tak zwanej sceny zaczęłam zaglądać we wszystkie możliwe zakamarki.

– Musi być tu jakiś kibel... – powtarzałam i coraz szybciej otwierałam jakieś nowo-napotkane drzwi.

Trafiłam do następnej sali. Chyba jeszcze bardziej balowej, bo długiej, jeszcze większej i jaśniejszej, prostokątnej tym razem, z ogromną ilością złoconych luster, lampionów, bóg-wie-jakich kryształowych lamp i świeczników czy czegoś-tam podobnego, obrazów tłustych bab z wyłupiastymi oczami i facetów w perukach. Marmurowa posadzka wyślizgana przez wieków czas i kamienne ławy po bokach przyciągały mnie do tego TAM i w TYM trwania.

– Wersal... – otworzyłam usta ze zdziwienia.

– Wersal, jak Boga kocham... – przypomniałam sobie mój ostatni pobyt w Paryżu w listopadzie 2015, który dopiero... MIAŁ NASTĄPIĆ! Dopiero MIAŁ SIĘ DOKONAĆ!

– Wow... – przetarłam pot z czoła. – Dzieje się, jakby to kurwa nie nazwać?... Dzieje się... Oj dzieje...

Stanęłam na środku tej sali balowej, w tym WERSALU i ciągle rozglądałam się na boki w poszukiwaniu jakichś tajnych drzwi do jakiegoś tajnego wychodka.

– No przecież ci ludzie musieli się tu jakoś załatwiać? – moja obsesja była skierowana tylko i wyłącznie na tę część tematu, w tej historii i w tej rzeczywistości.

– Ludwiku Czternasty... Królu... Gdzie tu, do cholery jasnej jest jakaś, delikatnie mówiąc toaleta!... – wrzasnęłam zdesperowana.

Cisza. Cisza i duchota była moją odpowiedzią.

Nie czekając dłużej, popchnęłam jakieś niewidzialne drzwi i weszłam do jakiejś niewidzialnej sypialni. Pod całkiem sporym łóżkiem zauważyłam całkiem spory nocnik. Nie zastanawiając się wyciągnęłam nocnik spod tego łoża, zdjęłam porcelanowe wieko, ściągnęłam majtki i zasiadłam na tym osiemnastowiecznym tronie.

– Okej... – poczułam płynącą błogość.

– Nocnik, co za fajny wynalazek... Ale chyba bardziej pasuje do pupy małego dziecka niż dorosłego? – pomyślałam i z trudem się podniosłam.

Założyłam majtki, zakryłam nocnik wiekiem i wsunęłam z powrotem pod łóżko. Rozejrzałam się po „na bogato" urządzonej sypialni i postanowiłam jak najszybciej wynieść się stąd.

Chciałam wrócić do tego czerwonego korytarza, ale nie było to takie proste. Pogubiłam się. Otwierałam kolejne drzwi i kolejne, ale nie udawało mi się znaleźć ani sali balowej, ani opery, nie mówiąc już o rozległych schodach. Kręciłam się po Wersalu jak mysz po walcu, wracając cały czas do tej sypialni, w której się wysikałam. Zdesperowana oparłam się o ścianę i wtedy zauważyłam, że są tam jeszcze bardziej niewidoczne drzwi, pokryte tą samą co ściana wykładziną-tapetą.

– Pewnie nie widziałam tego z drugiej strony?... – otarłam pot z czoła.

Popchnęłam te drzwi i znalazłam się w tej już znajomej złoto-lustrzanej i największej do tej pory sali balowej. Teraz było łatwiej. Znalazłam bez trudu drogę powrotną, pokonując mniejszą okrągłą salę balowo-operową i czerwone kręcone schody. Doszłam, a raczej dobiegłam do wyjścia, a właściwie wejścia tego labiryntu, nacisnęłam klamkę, ale drzwi były zamknięte! Jeszcze raz... Zamknięte.

– No i fajnie... – zacisnęłam pięści i zaczęłam w te drzwi walić.

Nic. Cisza. Cisza i duchota.

– No i fajnie... – powiedziałam na głos i rzuciłam się z powrotem do ucieczki.

Zbiegłam ze chodów, pokonałam jedną salę balową, drugą, labirynt sypialni i „na bogato" urządzonych komnat, jakieś korytarze i przedsionki. Biegłam na oślep, trzymając w garści moje sandały.

– Musi być wyjście... Musi... Musi... – powtarzałam coraz bardziej zdesperowana.

Zatrzymałam się schodach, innych schodach: jasnych i marmurowych, wytartych zębem czasu i od strony również marmurowej poręczy i na samym środku. Zdecydowanie zwolniłam swój bieg i powoli zaczęłam schodzić na dół. Ciągle byłam sama. Na dole odruchowo weszłam do czarnego i dusznego pomieszczenia. Jacyś ludzie kręcili się tam jak cienie, tak mi się wydało, bo wyraźnie czułam ich zapachy, oddechy i szurania butami po miękkich wykładzinach. Poza tym, było tam ciemno. Czarno, ciemno, wilgotno i duszno. Poza nielicznymi świecznikowymi pobłyskiwaniami nie było tam nic widać.

– Czy to są w ogóle ludzie?... – zaczęłam nadsłuchiwać. – Chyba ludzie?... – wchłaniałam wilgotne powietrze.

– A jednak ludzie... – poczułam wreszcie ulgę. – Tu są ludzie. Widzę ludzkie cienie... – wytężałam wzrok.

– Skąd się tu nagle wzięli? – zastanowiłam się po chwili.

– Nie ważne... – machnęłam ręką i uznałam, że nie powinnam się ani teraz tym zajmować, ani nie powinnam się spieszyć, w żadnym wypadku spieszyć.

– Dlaczego?

– Nie wiem...

Wmieszałam się delikatnie w ten cienisty i bezgłośny tłumek, chyba ludzi i przy blasku świec oglądałam pośmiertną wystawę, poświęconą królowi Ludwikowi Czternastemu. Trzysta bowiem lat temu, dokładnie pierwszego września, tysiąc-siedemset-piętnastego roku zmarł król Francji Louis XIV.

– „The King is Dead. Exhibiton at the Palace of Versailles. 27th October 2015 – 21st February 2016". – przeczytałam elegancko podświetlony napis na jakimś plakacie.

Obok zauważyłam następny plakat z głową króla w siwej peruce, a na nim napis: „The last days of Louis XIV.

– Acha... – westchnęłam. – To ta wystawa, zorganizowana trzysta lat po śmierci francuskiego króla, którą miałam, MAM zaszczyt zobaczyć razem z Mattem w końcu listopada tego roku?... Z Mattem mieliśmy, MAMY pojechać do Paryża na kilka dni?... Zaraz po tych zamachach terrorystycznych z połowy miesiąca?... – przypominałam sobie.

– Acha... – bezgłośnie przecisnęłam się przez grupę bezgłośnych ludzi-cieni.

– To ta wystawa, którą dopiero MAMY zobaczyć?... MAMY!... – odruchowo spojrzałam na swoje nagie kolana i spróbowałam obciągnąć krótką dżinsową spódniczkę.

– Acha... – gęsia skóra pokryła cale moje ciało.

– No to poglądam to, co mamy, jest nam DANE pooglądać... – śmiało ruszyłam w ciemność.

Przechodziłam z jednego miejsca w drugie prawie na palcach, starając się bezgłośnie i niezauważalnie, tak na wszelki wypadek wmieszać w równie bezgłośny i prawie niezauważalny tłumek ludzi-cieni. Z zaciekawieniem, a jednak... oglądałam obrazy, pamiątki po królu, przyrządy lekarskie, które potrzebne były do przeprowadzenia sekcji zwłok, jakieś dokumenty, jakieś nuty z żałobnego orszaku. Znowu jakieś obrazy, znowu jakieś dokumenty, pamiątki, skąpe wycinki partytur... Depresyjna muzyka-cień plątała się między moimi obnażonymi kolanami...

– Śmierć... Tu czai się śmierć... – wbiłam wzrok w migający płomień świecy.

Dziesiątego sierpnia, tysiąc-siedemset-piętnastego roku król Francji Louis XIV wrócił właśnie z Chateau de Marly, jednego z ówczesnych pałaców, położonego niedaleko Wersalu, który dzisiaj już nie istnieje. Króla coraz bardziej bolała noga zainfekowana gangreną, ale tego nikt jeszcze nie wiedział.

– Lekarze, lekarze... Bezsilni lekarze... – myślał bezsilny król, który z każdym dniem, z każdą godziną stawał się coraz słabszy. Siedemnastego sierpnia nie był już w stanie ani wyjść do pałacowych ogrodów, ani jadać w towarzystwie dworu czy uczestniczyć we mszy. Leki nie działały, noga rwała z bólu.

W sobotę dwudziestego-czwartego sierpnia doktor Fagon stwierdził jednoznacznie gangrenę. Zdał sobie sprawę Louis XIV, że wkrótce umrze. Zdał sobie również sprawę i ze swoich błędów i z tego, że czym prędzej musi się wyspowiadać i prosić Boga o przebaczenie. Tak też zrobił. Następnego dnia, podczas uroczystości związanych z dniem Świętego Ludwika nastąpił początek końca. Louis XIV otrzymał ostatnie namaszczenie od kardynała de Rohan i położył się bezpowrotnie do łóżka. Trzy dni później spróbował jeszcze wypić cudownie uzdrawiającą miksturę, sporządzoną przez jakiegoś człowieka z Marsylii, który twierdził, że może go tym wyleczyć. Istotnie, król poczuł się na chwilę lepiej, jak to zwykle bywa przed czającą się ze wszystkich zakamarków śmiercią... Trzydziestego-pierwszego sierpnia był już nieprzytomny. Przeleżał tak do ósmej-piętnaście następnego dnia.

– Przyczaiła się śmierć... Dopadła go dokładnie o ósmej-piętnaście, pierwszego września, trzysta lat temu... – wypowiedziałam to zdanie w zamyśleniu, patrząc na płonącą świecę.

W tym momencie miałam już szczerze dosyć tej żałobnej i ciemnej aury i postanowiłam jak najszybciej wyewakuować się z tego żałobnego pomieszczenia. Wyszłam z czarnej sali i powoli zaczęłam zsuwać się z tych samych jasnych i marmurowych schodów. Zmierzałam na parter. Na szczęście znów byłam sama. Zostałam sama, z gołymi ramionami i gołymi nogami.

– Zimno, cholerka... – wzdrygnęłam się mimochodem i przyśpieszyłam swoje ze schodów zsuwanie, jak się okazało „na bosaka".

– Zimno, cholerka... – pomyślałam jeszcze raz, założyłam sandały i szybkim krokiem zaczęłam przemierzać dość długi korytarz, prowadzący prawdopodobnie do jakiegoś wyjścia, tak mi się wydawało.

Ludzie-cienie pojawiali się co jakiś czas na mojej drodze. Byli poubierani znacznie cieplej niż ja i że tak powiem wielowarstwowo. Uciekałam przed ich zdziwionymi spojrzeniami. Uciekałam też, bo było mi po prostu zimno. Ludzie-cienie oglądali się za mną. Niektórzy przystawali i pukali się w głowę.

– November... Hello... Lady... This is November... – zawołał ktoś, śmiejąc się przy tym wulgarnie.

– No tak... Listopad... – przypomniałam sobie.

Nie zważając na nikogo i na nic doszłam, a raczej dobiegłam do jakiejś windy.

– Klik... – automatycznie otworzyły się metalowe podwójne drzwi.

Otworzyły się tuż przed moim nosem. Bez żadnej interwencji. Żadnej mojej interwencji.

Weszłam do środka windy i drzwi równie szybko i automatycznie się za mną zamknęły.

– Klik... – prawie bezgłośnie ruszyła winda, również bez mojej interwencji. Ruszyła w górę. Tym razem nie w bok: ani w prawo, ani w lewo, tylko w górę!

– Uff... – odetchnęłam z ulgą w pierwszym momencie, ale już w drugim obleciał mnie strach.

Owiał moje nogi i ramiona zimnym dreszczem, skroplił bez uprzedzenia moje dłonie, spód stóp i czoło bezzapachowym potem.

– Dzieje się... – popatrzyłam przez oszklone ściany na znikający w dole hol i znikających ludzi, których cienie również rozmywały się w tej coraz bardziej rozświetlonej przestrzeni.

Tak. Robiło się coraz jaśniej. Jaśniej i wyżej. Zdecydowanie wyżej. Widziałam to pod sobą, bo podłoga pędzącego w górę dźwigu też była ze szkła. Na chwilę zamknęłam oczy i czułam tylko rytm hulającej maszyny. Otworzyłam oczy i odruchowo przywarłam do szklanej ściany. Znów popatrzyłam pod nogi. Szczyty budynków Wersalu już dawno przemieszały się ze szczytami pobliskiego Paryża.

– Ooo... Wieża Eifla... – znajomy punkt zamajaczył w oddali i znikł równie szybko, jak szybko się pojawił.

Błękitne niebo zaczęło razić mnie swoją intensywnością.

– Winda do nieba?... – pomyślałam, czując się uwięziona w tej pędzącej do góry maszynie.

– Tym razem jest to winda do nieba... – znów zacisnęłam powieki i dałam się ponieść kolejnej turbulencji.

33

– Samolot... Jestem w samolocie... – otworzyłam oczy.

– Jest dwudziesty-pierwszy sierpień, dwa-tysiące-piętnaście. – uświadomiłam sobie.

Dla sprawdzenia wyjęłam komórkę z torebki i spojrzałam na zielone cyferki daty: 21. 08. 2015.

Siedzę w samolocie do Rzymu. Z jednej strony ludzie, z drugiej strony ludzie. Przez okno widzę błękitne niebo, z drugiej strony to samo. Matt czyta przewodnik po Rzymie, ja wyczekuję kolejnej turbulencji. Boję się. Mam spocone dłonie i mówię sobie wielokrotnie:

– „To nic, to tylko zwykłe turbulencje"... – ale i tak się boję.

Przeżywam teraźniejszość, w której się właśnie znalazłam, której się boję i wiem, że nic nie mogę z tym zrobić. Nic. Niente. Nie mogę ani cofnąć, ani spowolnić, ani przyspieszyć, ani zmienić przeznaczenia.

– Czyżby?... – mgliste echo moich myśli połaskotało mnie w ucho.

– Zamknąć oczy... – pomyślałam cynicznie.

– Po co?... Po co mam znów zamykać oczy?... Jeszcze może w ogóle nie wyląduję? Albo w ogóle nie znajdę się w tym samolocie i w ogóle nie spotkam się... No właśnie, z kim się nie spotkam?... Z kim mam się spotkać albo nie spotkać w Rzymie?... Z Manuelem?... Z jakim Manuelem?... Moim?... Jakim moim?... Przecież obok mnie siedzi mój mąż?... Matt siedzi obok mnie?... MATT! Chyba?...

Turbulencje nasilają swoją moc. Mój mózg dymi... Wolę już te turbulencje... Dam radę... A poza tym, nie jest to aż tak nieprzyjemne, żeby komukolwiek o tym wspominać.

– Nie warto nawet wspominać o tym Mattowi... – wychyliłam się w stronę korytarza i omiotłam wzrokiem najbliższych pasażerów.

– Muszę taką rzeczywistość zaakceptować i pokonać... – przypomniałam sobie.

– Ale nie wiem czy tego chcę? – dotarło do mojej świadomości.

– Klik...

Śmietnikowa szyba, która utkwiła mi w kiedyś kolanie. Miałam wtedy może z siedem czy osiem lat...

– Ha-ha... Pamiętam to dobrze...

Poszłam z tą szybą do domu. Do mojego starego mieszkania, z numerem czterdzieści, w obskurnym bloku. Przechodziłam przez obskurną klatkę B i wdrapywałam się na trzecie piętro.

Mama się wystraszyła, nawet trochę za bardzo, bo zaczęła histeryzować. Tatuś natomiast, zdecydowanie mniej się przestraszył i zachował jak to się mówi „zimną krew".

Przeprowadził operację, która polegała na wyciągnięciu opornego ostrza z mojej nogi. Oczywiście był ból i płacz, ale wreszcie mogłam się od tego szkła uwolnić, odczepić na zawsze, tak mi się wydawało... Przyjechał pan doktor, zaopatrzył mi ranę i zabrał szybę.

Po jakimś czasie czerwona dziura pod plastrem zaczęła mnie bardzo boleć, inaczej boleć.

Ostrożnie odchyliłam ten plaster i zobaczyłam pod nim tak przepiękny widok, grafikę jakby, że na moment zapomniałam o swoim cierpieniu.

Przepiękny widok zainfekowanych żył zablokował na jakiś czas moje cierpienie. Z czerwono-sinej tym razem dziury, która dodatkowo otoczona była pomarańczowo-żółtym okręgiem rozchodziły się na wszystkie strony czerwono-fioletowo-czarne nitki. Jakby się jeszcze bliżej pochylić nad tym moim biednym kolanem, można by było dopatrzyć się zielonego koloru.

– Ale ładnie! – wyrwało mi się między jednym „au-au" a drugim.

– Wygląda to, jak zachodzące słońce? I jeszcze do tego jak słońce otoczone tęczą? Czyż nie?... – nie mogłam się nadziwić.

– Ile tu kolorów? A te nitki? Te rozdwajające się nitki? Patrzcie jakie to piękne? Nie uważacie?...

– To żyły... – odezwał się tatuś.

– Jak bezlistne gałęzie drzew, rozciągające swoje macki coraz dalej i dalej... Jak liany, próbujące się na nowo połączyć... Promienie w promieniach... – wyliczałam zachwycona.

– Żyły... To są żyły... – znowu tatuś.

– Punkt... Niebieski. Na szarym tle... Nie! Wróć! Punkt... Czerwono-siny. Na żółto-pomarańczowo-zielonym tle... Punkt... Rozchodzące się linie, coraz dalej dalej, szerzej, promienie w promieniach... Punkt... W promieniach coraz cieńsze linie skłębione w nowe całości, coraz dłuższe, coraz szersze pasma, dalej dalej, cieniutkie nitki rozdwajają się i pędzą niczym drzewa bezlistne, coraz wyżej i szerzej połączone na nowo... Dlaczego?...

– Trzeba z tym natychmiast jechać do szpitala! – krzyknęła nagle matka.
– Zaraz do szpitala... – syknął tatuś. – Poczekajmy... Poczekajmy jeszcze chwilę...
– Dlaczego?... – zapytałam.
– Co dlaczego? Jak to dlaczego? – zaczęła piszczeć matka. – Nie widzisz co się dzieje? Trzeba z tym jechać do szpitala!
– Uspokój się Halina! Poczekajmy... Poczekajmy jeszcze chwilę... – tatuś powtórzył swoją kwestię.
– Dlaczego?... Punkt?... Na szarym... Nie! Wróć! Na żółto-pomarańczowo--zielonym tle?... – pytałam dalej.
– Jaki punkt? Jakie tło? O czym ty mówisz? Córko? – wydarła się matka.
– Dlaczego?... – znów ja.
– Co dlaczego? O czym ty...
– ...rozchodzące się linie, linie, linie, jak noworoczne balony na drutach, wepchnięte
w duży kartofel czy kapustę, a może seler...
– Co ty córko wygadujesz?... – znów matka. – Heniek... Z nią jest niedo-brze... – to do mojego ojca.
– Punkt... Niebieski, a może czerwony, a może czerwono-siny?... Dlacze-go? Dlaczego to taka otchłań?... Linie... Linie pędzące każda w swoim kie-runku, jak promienie słońca, to... taka otchłań? – pytam dalej.
– Natychmiast do szpitala! – decyduje wreszcie matka.
– Tak, tak... Do szpitala... – trochę ociąga się ojciec, ale w końcu kapituluje.

Jedziemy wszyscy tramwajem na ostry dyżur do najbliższego szpitala na Działdowskiej.
– W ostatniej chwili... – wzdycha dyżurny lekarz. – Zakażenie krwi jak nic!
– Gangrena? – pyta zdenerwowana matka.
– Zakażenie krwi – potwierdza głową lekarz. – Masz dziecko szczęście... – próbuje uśmiechnąć się do mnie.
– Mogłam umrzeć? – pytam nieśmiało.
– Uhm... – lekarz w skupieniu dezynfekuje mi ranę. – Mogłaś... – dopowia-da poważnie.
– Ale to jeszcze nie twój czas... – zakłada mi na ranę opatrunek z lekiem. – Jeszcze nie twój czas, dziecko... – powtarza spokojnie i bardzo delikatnie bandażuje mi kolano.
– A co to znaczy? – patrzę na niego zdziwiona.

– To znaczy, że śmierć cię ominęła.

– Śmierć? Naprawdę?

– Tak. Śmierć cię ominęła.

– Mogłam umrzeć? – zachciało mi się płakać.

– Śmierć... Tu czai się śmierć... – lekarz wbił we mnie swój ciągle poważny wzrok.

– Tu czaiła się śmierć... – powtórzył nieco łagodniej. – Ale ja tą śmierć właśnie odgoniłem!

– popatrzył na mnie z satysfakcją.

– Przyczaiła się śmierć?... – powtórzyłam bezwiednie.

– Tak. Próbowała się do ciebie przyczaić, ale ja ją właśnie odgoniłem! – teraz uśmiechnął się do mnie szeroko.

– Dziękuję panie doktorze... – popatrzyłam na niego z wdzięcznością.

– Nie ma za co, dziecko...

– Klik...

– Ale dlaczego właściwie teraz TO sobie przypominam?... – zdziwiłam się i dyskretnie rozejrzałam się wokół siebie.

– Bo to jeszcze nie był i nie jest twój czas... – usłyszałam mgliste echo własnych myśli.

– To nie jest jeszcze TWÓJ CZAS...

– O właśnie! Wylądowaliśmy w Rzymie! Opłaciło się poczekać... – odetchnęłam z ulgą, kiedy samolot walnął o ziemię i zaczął ostro hamować.

– Jestem dzielna! Moja Godzina Zero właśnie zaczyna wybijać... – mgliste echo znów zanuciło swoją pieśń i za chwilę rozległy się gromkie brawa pasażerów.

MÓJ CZAS zaczął wypychać mnie, nas z pokładu Ryanaira na rozświetloną taflę lotniska.

Na lotnisku wakacyjnie. Szukamy autobusu do Rzymu. Świeci słońce, jest gorąco, powiewają palmy i inne egzotyczne rośliny.

– O tak... Tutaj teraźniejszość jest znacznie przyjemniejsza niż w Warszawie... – myślę i idę za Mattem.

Ciągnę niezbyt ciężką walizkę, a właściwie bardzo lekką białą walizeczkę i chłonę, chłonę, chłonę... Chłonę teraźniejszość egzotycznego kraju. Jest mi bardzo przyjemnie.

Jakaś nadzieja rozprzestrzenia przede mną swoje ramiona mówiąc: –
„Chodź tu, zobacz, poznaj, posmakuj i zapomnij"...
– O czym mam zapomnieć? – zastanawiam się i bezwiednie napinam mięśnie.
– A no tak... O sprzątaniu... Na przykład o sprzątaniu... – rozluźniam na
chwilę spięty kark, ale bez specjalnego przekonania.

Musi być fajnie, słonecznie, bezpiecznie... No to jest fajnie już od samego
początku, bo wsiedliśmy do złego autobusu, który zamiast od razu zawieźć
nas do Rzymu, to krążył po okolicznych wioskach przez ponad godzinę.
Ale co tam? Pooglądaliśmy prawdziwą Italię. Nieturystyczne miejsca, normalnych ludzi, w większości tubylców: Włochów i Muzułmanów. Piękne krajobrazy za oknem. Zupełnie inna roślinność niż w Polsce: palmy,
kaktusy, cyprysy, sosny piniowe, które jak jakieś rzeźby ocieniały swoimi
„daszkami" ogrody oleandrów.
– Jak ja to lubię... Jak ja to lubię... – myślę sobie.
– No i te oleandry...
Oleandry są białe, różowe, chyba z pięć odcieni różowego naliczyłam
i czerwone. Jakie to piękne rośliny. Już nie krzaczki tak jak we Francji, ale
„krzaczory" i poważne drzewa!
Są prawie wszędzie. I dobrze, bo bardzo mi się podobają. Coraz bardziej
mi się podobają i te oleandry i te palmy i te cyprysy... Zabudowa jest na razie niska, w kolorach terakoty i różnych odcieniach beżu, ciekawa i zachęcająca. Coraz więcej zabudowań i więcej... Żaluzje pozaciągane w oknach,
okiennice pozamykane, bo ciągle upał. Budynki stają się coraz wyższe
i wyższe... Rzym... Gorący i świecący w słonecznym upale i moim entuzjazmie... Rzym! Fantastyczne miasto pojawia się na horyzoncie.

Łaziliśmy po Rzymie do wieczora, a właściwie do nocy. Zakończyliśmy
wieczór butelką „Primitivo", szynką i wędzonym serem.
– MÓJ CZAS... – pomyślałam zasypiając.
– A co to jest „mój czas" i co tu robi Matt? Przecież nie z Mattem miałam
być w Rzymie? Z Manuelem? Z moim Manuelem, a nie z moim mężem?
Chyba?... Ale jakim „moim"? Co jest „moje", a co nie jest „moje"? – główkowałam.
– „Chodź tu, zobacz, poznaj, posmakuj i zapomnij"... – usłyszałam radosny głos nadziei, po raz drugi w tym dniu.

– O czym mam zapomnieć? – przypomniałam sobie i znów bezwiednie napięłam mięśnie.

– A no tak... O sprzątaniu... Na przykład o sprzątaniu... – spróbowałam rozluźnić spięty kark, ale nie za bardzo mi to wyszło.

– O sprzątaniu na pewno mam zapomnieć, a przynajmniej powinnam... – powiedziałam do siebie, ale bez specjalnego przekonania.

– O czym jeszcze mam zapomnieć? – zaczęłam się niepokoić.

– O Manuelu? – myśl jak gwóźdź wbiła mi się w obolały kark. – Czyżbym o Manuelu miała zapomnieć? Dlaczego?? WHY?? To z Manuelem mam być w Rzymie! Z MANUELEM, a nie z MATTEM?...

– Czyżby?... – znów ten głos. – Czyżby?... – znów mgliste echo moich myśli połaskotało mnie w ucho.

– Przyleciałam do Rzymu z... – zastanowiłam się i spojrzałam na sąsiednie łóżko.

– Z Mattem! – lekkie chrapanie męża stanęło „dęba" w mojej głowie, jak jeden wielki wykrzyknik połączony z jednym wielkim znakiem zapytania.

– Z MATTEM!?...

– Nie! Wróć! WRÓĆ...

34

– Wróć! To jest Rzym! Widzę Rzym! – Julia wychyliła się w stronę okna samolotu.

– Jestem dzielna! Moja Godzina Zero właśnie zaczyna wybijać... – usłyszała gromkie brawa pasażerów, kiedy samolot wreszcie wylądował.

JEJ CZAS zaczął wypychać ją z pokładu Ryanaira na rozświetloną taflę lotniska.

Na lotnisku wakacyjnie. Świeci słońce, jest gorąco, powiewają palmy i inne egzotyczne rośliny.

– O tak... Tutaj teraźniejszość jest znacznie przyjemniejsza niż w Warszawie... – myśli i idzie w stronę sali przylotów.

Ciągnie niezbyt ciężką walizkę, a właściwie bardzo lekką białą walizeczkę i chłonie, chłonie, chłonie... Julia chłonie teraźniejszość egzotycznego kraju. Jest jej bardzo przyjemnie. Jakaś nadzieja rozprzestrzenia przed nią swoje ramiona mówiąc: – „Chodź tu, zobacz, poznaj, posmakuj i zapomnij"...

– O czym mam zapomnieć? – Julia zastanawia się i bezwiednie napina mięśnie.

– A no tak... O sprzątaniu... Na przykład o sprzątaniu... – rozluźnia spięty kark.

– A co mam posmakować, poznać i zobaczyć? – następne pytanie.

– Jak to co?... – uśmiecha się do siebie i podchodzi do jednej z sześciu bramek wyprowadzających z hali przylotów na zewnątrz.

Tajemnicza szatynka z długim warkoczem zaplecionym w „kłosek" i w obcisłych dżinsach stoi tuż przed nią. Julia nie widziała jej wcześniej.

– A jednak... – poczuła lekki dreszcz. – Jednak ta baba też przybyła do Rzymu...

Julia wyjęła z torebki komórkę, żeby sprawdzić godzinę. Zielone cyferki wyświetliły datę: 14. 08. 2015. Godz. 15. 30.

– Co-o?! – komórka wypada jej z ręki.

Schyliła się, żeby podnieść telefon. W tym czasie szatynka przemieściła się do przodu, a jakiś facet przeciął Julii drogę. Julia wyprostowała się i jeszcze raz odczytała datę:

– Czternasty sierpień dwa-tysiące-piętnaście...

– Czternasty sierpień dwa-tysiące-piętnaście?... – zamarła w bezruchu.

– Hallo, proszę pani, proszę przechodzić... – padło obok.

Julia powoli odwróciła głowę.

– Proszę przechodzić do przodu. Blokuje pani wyjście... – facet wskazał jej bramkę.

– Kim pan jest?

– Stało się coś?

– Nie, nie stało...

– To pani? – facet wskazał na leżący pod nogami Julii bilet warszawskiej komunikacji.

– Już nie... – odpowiedziała Julia i schyliła się po raz drugi, żeby podnieść bilet.

– Przepraszam... – powiedział facet i przecisnął się do przodu.

Julia jeszcze raz spojrzała na komórkę: !4. 08. 2015. Godz. 15. 38. Przetarła palcem szkło aparatu i sprawdziła czy nie ma na nim uszkodzeń po niedawnym upadku. Nie było.

Dalej stała w miejscu i trzymała w ręku telefon. Ludzie wymijali ją ze wszystkich stron.

Pełnia dnia. Świeci słońce i ani jednej chmurki. Egzotyczna roślinność kołysze się przy podmuchu lekkiego wiaterku. Julia widzi to za rozległą szybą. Za chwile przekroczy bramkę i za tą rozległą szybą spotka Manuela. Tak, spotka Manuela, a nie Matta.
– Chyba spotka Manuela?... – zaczyna wątpić.

– Ma-ri-ja! – usłyszała nagle, kiedy była w trakcie przekraczania bramki.
– Jean! – wydarła się szatynka, która nie wiadomo jakim cudem znów pojawiła się przed Julią.
– Ma-ri-ja... – zabrzmiało echo.
– Ma-ri-ja... – jeszcze raz.
– Je-an... – to znowu ta szatynka macha ręką w kierunku mężczyzny z ciemną czupryną długich włosów, związanych z tyłu głowy gumką-recepturką, który stoi za rozległą szybą.
Julia patrzy w tę stronę i zastyga w zaskoczeniu. Za wcześnie jest, żeby zareagować, za wcześnie jest, żeby się przestraszyć, za wcześnie, żeby się ucieszyć. A może za późno?
Julia cały czas stoi w miejscu, w tej dość szerokiej bramce, popychana przez ludzi i obserwuje szeroko otwartymi oczami przystojnego bruneta, który właśnie idzie w jej kierunku. Chyba idzie w jej kierunku, bo patrzy tylko na nią, rozciąga i ramiona i uśmiech z nieskazitelnie białymi zębami.
– La-u-ra! – słyszy Julia.
– La-u-ra! – jeszcze raz jakieś echo odbija się w jej głowie.
– Jean... – to znów ta szatynka.
– La-u-ra... – przystojny brunet łapie Laurę w ramiona.
Znikają nagle z pola widzenia tak szybko, jak szybko się ukazali.

– Ma-ri-ja... – Manuel idzie w kierunku Julii.
Patrzy tylko na nią, stęskniony i niecierpliwy. Rozciąga szeroko ramiona. Rozciąga jeszcze szerzej uśmiech z nieskazitelnie białymi zębami. Ciemne włosy związane z tyłu głowy, w tak zwany „koński ogon”. Za chwilę padną sobie w objęcia. Za chwilę...
Zwalniamy klatkę filmową prawie do zera, żeby popatrzeć w przybliżeniu na wszystkie szczegóły. Nic nie może nam teraz umknąć, wylecieć razem z tym lekkim wietrzykiem, który właśnie omiata nogi Julii. Omiata cienką pomarańczową poświatą i wydaje cichy pulsujący dźwięk: pip, pip-pip, pip, pip-pip, pip...

468

– Ma-nu-el... – odzywa się Julia, ni to szeptem, ni to w myślach.
– Ma-nu-el... – jeszcze raz.
– Co ja tu robię?... – strzępki jakiejś nikłej świadomości przebijają się na powierzchnię tej nowo zaistniałej teraźniejszości.

„Co-ja-tu-ro-bię" zaczyna mieszać się z pulsującym dźwiękiem. Pomarańczowa poświata staje się coraz bardziej wyraźna i coraz bardziej uporczywa. Promienie tego niesłonecznego światła rażą Julię w oczy, a dźwięk przeszywa mózg tak, że zbiera jej się na wymioty.
– Co-ja-tu-ro-bię... Co-ja-tu-ro-bię... – brzęczy jej obsesyjnie w gardle jak mantra.
– Zaraz tu do mnie podejdzie... Zaraz rzucimy się sobie w objęcia... – Julia obserwuje swoje podnoszące się w górę, jak do lotu ptaka ramiona.
– Zaraz polecę... Polecę jak ptak... To są moje skrzydła, nie ramiona... Będę unosić się tuż nad ziemią, z nogami wyciągniętymi do przodu... Przede mną niekończąca się woda... Pode mną jaskrawo-zielone pole koniczyny... Turkusowy ocean, upstrzony małymi wysepkami, na których stoją jakieś starożytne budowle... Kolosea?... Czy to są jakieś Kolosea w oddali? Dlaczego tyle tego pomarańczowego światła?... Jak tu pięknie... Bajecznie kolorowo... Wszystko promienieje w uśmiechu, tęsknocie i takiej dziwnej niecierpliwości... – zastanawia się Julia.
– Moja twarz też promienieje w uśmiechu... Moja twarz też wyraża tęsknotę i niecierpliwość... – mówi do siebie.
– Czy moja twarz wyraża szczęście? – Julia czuje się dziwnym obserwatorem i samej siebie i tego, co obok niej właśnie się dzieje, wydarza.
– Dzieje się, oj dzieje... – kolejny szept albo myśl.

– To jest SEN! – stwierdza Julia po chwili. – To jest SEN albo FILM... – poprawia, ale już niepewnie.
– MA-RI-JA... – Manuel łapie ją w ramiona.
– Nie-na-zy-wam-się-Ma-ri-ja... – Julia sylabizuje, ale za chwilę i tak zapada się w ciemność. Ciemność bijącą, promieniującą od zamykających, zasuwających jej powieki pocałunków.
– Je-an... – słyszy jak przez mgłę.
– La-u-ra...
– To ja?... To moje słowa?... Czy to znów ta szatynka?... – Julia próbuje otworzyć oczy.

– Je-an… – kolejny szept.

– Ma-ri-ja…

– Nie nazywam się Ma-ri-ja! – Julia wreszcie otwiera oczy i wyrywa się z objęć Manuela.

Patrzy na niego zaskoczona. Kosmyk jego długich włosów wysunął się z „końskiego ogona" i opadł mu niesfornie na twarz. Manuel odruchowo podniósł rękę, żeby ten kosmyk z powrotem wplątać w gumkę recepturkę. Odsunął się od niej na chwilę. Odskoczył speszony jej reakcją.

– La-u-ra! – pada po raz drugi.

– La-u-ra! – jeszcze raz jakieś echo odbija się w głowie Julii.

– Je-an…

– To znów ta szatynka?

– La-u-ra… – przystojny brunet łapie Laurę w ramiona.

– To już było? – myśli Julia. – Już to widziałam? Za chwilę znikną z pola widzenia? Tak szybko, jak szybko się ukazali?… – patrzy na całującą się parę. Szatynka przymyka oczy, Laura przymyka oczy. Przystojny brunet też przymyka oczy.

– Czy to jest Jean? – zastanawia się Julia. – Pewnie Jean… – dochodzi do wniosku.

– Jean i Laura… Jean i Laura… – powtarza. – A może Jean i Marija?… – jakiś dziwnie znajomy dreszcz łaskocze ją po plecach.

– Kto to jest Jean, a kto Marija?… – następne pytanie.

Całująca się się para stoi tuż za plecami Manuela. Julia dobrze to widzi… Za chwilę Laura wyrwie się z uścisków tego mężczyzny…. Za chwilę otworzy oczy. Mężczyzna też otworzy oczy. Odsuną się od siebie, odskoczą, jak spłoszone zające… I ona i on… I Laura i Jean… I Marija i Jean…

– O żesz… skąd ja to znam?… – Julia z trudem łapie oddech.

– On jest podobny do ciebie! Bardzo podobny?… – wyrywa jej się z ust.

– Kto? – Manuel odwraca głowę.

– Ten facet… Ten brunet…

– Jaki brunet?

– No właśnie, jaki?… – zastanawia się Julia. – Przecież znikają z pola widzenia… Tak szybko znikają, jak szybko się ukazali…

– Manuelu weź mnie za rękę… – prosi nagle Julia. – Złap mnie za rękę! – niecierpliwie wydaje rozkaz.

Manuel posłusznie bierze Julię za rękę. Do drugiej ręki przejmuje jej białą mini-walizeczkę.

Bez słowa wychodzą z terenu lotniska na najbliższy przystanek autobusowy. Ciepłe i suche powietrze bucha za rozległą szybą znienacka. Julia ściska dłoń Manuela, ale nie śmie na niego spojrzeć.

– Nie chcę... Nie chcę, żeby to był sen... Panie Boże... – zaczyna modlić się w duchu.

– To nie może być sen. Ani sen, ani film... Panie Boże... Niech to będzie prawda...

– Klik...

Idę... Idę za mężczyzną, którego kocham.

– Kocham? Czy kochałam? A może kochać będę?... Kto to jest? Czy go znam, a jeżeli tak, to skąd? Skąd go znam i kiedy?... Jakie „kiedy"? Jakie „skąd"? Jakie „przed" i jakie „po"? Co to jest „przed"? I co to jest „po"? Co to jest „przed"? I co to jest „za"?... ZA kim teraz idę? Za Manuelem? Czy za Mattem? I to na „M" i to na „M"?... ZA kim teraz idę? Czy ten mężczyzna PRZEDE mną ciągnie moją-białą walizeczkę? Czy jaskrawo-seledynową walizeczkę mojego męża?... – tyle pytań.

– Klik...

PRZED klatką schodową wystaję regularnie... I regularnie boję się do niej wejść. Wchodzę co prawda, ale i tak się boję. Ostatnio coraz więcej klatek mnie przeraża. Coraz więcej... No cóż?

PO... chodniku to idę. Idę właśnie po rozgrzanym od upału chodniku. Mam puste ręce, tylko ta torebka na ramieniu.

– A jednak...

Jestem wolna. WOLNA w swojej teraźniejszości. To ja decyduję czy wejdę do tego autobusu, czy nie. To je decyduję czy odwrócę się i zmienię kierunek swojego marszu i ucieknę stąd, czy nie.

– Dlaczego więc tego nie robię? Dlaczego nie odwrócę się i nie pobiegnę w siną dal? Może dlatego, że nie mam odwagi? Że się boję? A może dlatego, że nie lubię za często zmieniać kierunków? A może I to i to?... – tyle pytań.

– A poza tym, nie warto za często zmieniać kierunki, bo wtedy się gorzej myśli...

– Klik...

Ja przynajmniej lubię myśleć cały czas. Nieprzerwanie myśleć i odkrywać otaczającą mnie
teraźniejszość. Wydłużać ją. Tak. WYDŁUŻAĆ. To tylko i wyłącznie ode mnie zależy.

Dlatego zapamiętuję życie dokładnie, ze szczegółami od mniej-więcej mojego roku na tym padole istnienia. Zapamiętywałam i zapamiętuję życie tak jak leci. Przeżywałam i przeżywam te wszystkie szczegóły, doceniam je i cieszę się nimi. ZAUWAŻAM...

– Klik...

Za chwilę będę pędzić ze stacji kolejowej na zajęcia do moich studentów w Bydgoszczy, a następnego dnia z powrotem rozgarniać nowymi butami na futerku topniejący śnieg...

Pociąg nie jest przepełniony. Mogę przez trzy godziny myśleć, obserwować i cieszyć się z tego, że właśnie myślę i obserwuję...

– Klik...

W Warszawie pędzę na spotkanie. Mróz jak cholera, ja w nowych butach na futerku znów przeskakuję przez śniegowe pagórki...

– Idę... Idę na spotkanie... Przemieszczam się skądś dokądś. Czy to sen? Czy film? Czy teraźniejszość? – zastanawiam się.

– I to i to... – dochodzę do wniosku.

– Klik...

Jestem na scenie, na ekranie jakiegoś bardzo długiego przedstawienia czy filmu, gdzie główną rolę właśnie ja sama odgrywam. To ja odgrywam moją główną rolę, bo i kto inny może to lepiej ode mnie zrobić? A może się mylę?...

W każdym razie sporo jest tych ról. Dla każdego i dla każdej starczy. Ja staram się odgrywać swoją rolę w filmie pod tytułem: „Moje Życie" w miarę solidnie i z pokorą. Nie zawsze jednak wychodzi mi to tak, jakbym tego sobie życzyła, ale się staram i starać będę.

– No właśnie... Trzeba się do tego przyłożyć. Nie warto jest spieprzyć życia... Ja na pewno nie chcę tej roli spieprzyć za żadne skarby... A ludzie? Jak inni ludzie odgrywają swoje role w tym czasami przydługim, czasami przykrótkim, jeden-do-jednego filmie?... – tyle pytań.

– Klik...

35

Jadąc metrem do Placu Hiszpańskiego Julia uświadomiła sobie nagle, jak marnymi i miernymi zjawiskami na tym świecie są ludzie. Jak obojętni, nieprzyjaźni i w sumie prymitywni, pomimo posiadania tak zwanego rozumu są ludzie.

– Nie udał się Panu Bogu człowiek... – odezwała się do siedzącego obok Manuela, który cały czas kurczowo ściskał jej dłoń.

– Tak myślisz?

– Mądrość i wybitna inteligencja to dwie różne rzeczy, które nie zawsze kojarzą się w pary...

– Hmm...

– Mądrość zazwyczaj służy dobru. Wybitna inteligencja niekoniecznie...

– Odważne stwierdzenie...

– Jestem odważna.

– Odważna, mądra, inteligentna, zdolna i piękna... – zaczął wyliczać Manuel.

– Peszysz mnie Manuelu...

– Trudno. Będziesz musiała się do tego przyzwyczaić... – uśmiechnął się. – Ale masz rację. Nie do końca udał się Panu Bogu człowiek.

– Popatrz... – Julia dyskretnym ruchem głowy wskazała na dwie zakonnice, które siedziały obok niej z prawej strony.

– Te zakonnice pewnie wracają z przepustki do Watykanu.

– Co w tym dziwnego?

– Nic – wzruszyła ramionami. – Po prostu wracają z powrotem do swoich „koszar".

– Do „koszar" mówisz...

– Gdy tak na nie patrzę, to myślę sobie o tym...

– Widzisz je w szybie... – przerwał Manuel.

– Tak. Widzę w szybie naprzeciwko swoje odbicie i odbicie tej młodej zakonnicy...

– Rozmyślasz...

– Tak, rozmyślam o tym, że żeby się spotkać w tej chwili...

– To jak dwa ziarnka piasku na pustyni... Co?... – znów jej przerwał Manuel.

– Skąd wiesz, co chciałam powiedzieć?

– To jak dwa ziarnka piasku na pustyni, które przy powiewie wiatru ocierają się o siebie...
– Przy powiewie wiatru dwa ziarnka piasku ocierają się o siebie, żeby za
moment rozstać się na zawsze... – dokończyła cicho Julia.
– Ta-ak...

– Dziwne... Siedzę w metrze obok dwóch zakonnic, a widzę w szybie naprzeciwko tylko siebie i tę młodszą? – zauważyła po chwili Julia trochę
zaskoczona.
– Bo ta starsza cię nie interesuje. Bo to ta młodsza...
– I dochodzę do wniosku... – Julia nie zareagowała na Manuela. – ... że
żeby spotkać się w tym samym momencie, żeby czasy nasze nałożyły się
na siebie... Żeby nasze czasy i nasze przeznaczenia nałożyły, spotkały się
w tym samym momencie, to chyba jakieś specjalne mechanizmy muszą
zadziałać. Nie uważasz?...
– Owszem... – odpowiedział poważnie Manuel.
– Żeby spotkać się teraz, w tym metrze, to jest, jak dwa ziarnka piasku na
pustyni, które przy powiewie wiatru niechcący ocierają się o siebie, żeby za
chwilę rozstać się na zawsze...
– Teraz?... Co to jest teraz?... – zamyślił się Manuel.
– Nigdy nie spotkałam i nie spotkam już tej młodej zakonnicy... Ani ona
mnie nie spotka... – Julia nie zwróciła na niego uwagi.
– Skąd wiesz? Skąd ta pewność? – zapytał delikatnie Manuel.
– Jej życie i moje życie przecięły, przecinają się właśnie teraz, pokonując te
dwa przystanki w rzymskim metrze...
– Skąd wiesz, że jej nigdy więcej nie spotkasz? Skąd ta pewność?... – powtó-
rzył pytanie Manuel.
– Do końca nie wiem... Tak myślę... Tak czuję...
– Dobrze czujesz... Nigdy już nie spotkasz tej zakonnicy... – mruknął do
siebie tak, że Julia nie usłyszała.
– Jej życie i moje życie przecinają się na tych dwóch przystankach. Jej histo-
ria, jej los... – Julia zapatrzyła się nagle w swoje lustrzane odbicie.
– Jaka jest jej historia i jej los? – zapytała samą siebie. – Nie wiem... – od-
powiedziała sobie. – Ona też nie wie, jaki był, jaki jest mój los... Nie wydaje
mi się też...
– Będzie... – wtrącił Manuel.
– Co, będzie?

– „Ona też nie wie, jaki był, jaki jest i jaki bę-dzie mój los". – Twój los... – poprawił.

– Tak, jaki będzie mój los. – zgodziła się Julia. – Nie wydaje mi się też, żeby była zainteresowana?

– Kim? Tobą czy mną?

– Manuel... – Julia mocniej ścisnęła mu dłoń. – Nie wydaje mi się, żeby ta zakonnica była zainteresowana ludzkością? A ściślej, żeby w ogóle zastanawiała się nad filozofią istnienia?

– Odważne stwierdzenie...

– I to nie dlatego, że jest młoda, ale dlatego, że jest po prostu głupia!

– Odważne stwierdzenie.

– Zapisała się do klasztoru i odsiaduje tam swój kierat. Chichocze teraz z towarzyszką doli albo niedoli, kto to wie, która wcale na mądrzejszą nie wygląda?

– Bo nie są najmądrzejsze... – przyznał Manuel. – Chichoczą, bo spodobał im się pewien człowiek, mężczyzna, który zawrócił tej młodszej w głowie. Za wcześnie jest, żeby pomyśleć o grzechu...

– Nie mają pojęcia o czym rozmawiamy?... – wystraszyła się nagle Julia.

– A jak myślisz?

– Nie mają pojęcia o czym teraz rozmawiamy. – uznała. – Nie mają pojęcia co myślisz ty, co ja. Nie patrzą na ludzi. Nie mają uduchowienia na twarzach...

– Szczególnie ta młodsza... – wtrącił Manuel.

– Tak, nie ma uduchowionej twarzy i nie patrzy na ludzi, a tak bym teraz tego sobie życzyła...

– Dlaczego?

– Bo chciałabym, żeby, obojętnie czy jest młoda, czy nie, czy jest głupia, czy nie, czy się komuś podoba, czy ktoś się jej podoba, z racji swojego zawodu, swojej misji popatrzyła życzliwiej na mnie! Popatrzyła życzliwiej i uważniej w ogóle na ludzi! Mogłaby się do kogoś przynajmniej uśmiechnąć? Nie uważasz? Mogłaby zatrzymać, zamrozić na chwilę swoją piękną twarz w jakimś zainteresowaniu bliźnim? Błogosławieństwie? Dobrej energii? Mogłaby pochylić się nad tym egoistycznym ludzkim padołem? Nie sądzisz?...

– Sądzę... – mruknął do siebie Manuel, a głośno dodał. – Wybacz jej.

– Co mam wybaczać?

– Jest zakochana...

– Zakonnica?

– Co w tym złego?

– Przecież to... grzech?

– Nie wie jeszcze o tym...

– O grzechu? Czy o tym, że jest zakochana?

– I o tym i o tym...

Julia westchnęła.

– Też mi się tak wydaje... Dlatego tak głośno się śmieje i tyle gada...

– Wybacz jej, nie wie co czyni. Wybacz...

– Dlaczego mam jej wybaczać? Ja?... Dlaczego ja?...

Młoda zakonnica gada jak najęta do swojej starszej koleżanki, współ-towarzyszki-losu. Śmieją się. Julia nic nie rozumie, bo kobiety rozmawiają po włosku. Tak by chciała spotkać się teraz z nią wzrokiem w tym lustrzanym odbiciu. Choć na chwilę spotkać się wzrokiem z tą młodą zakonnicą, żeby upewnić się w czymś, zanurzyć się w jakimś nawet pozornym bezpieczeństwie czy błogosławieństwie? Przyzwoleniu na to, że właśnie sama ściska teraz dłoń Manuela i siedzi przy nim w tym rzymskim metrze, zamiast siedzieć przy...

– No właśnie? Przy kim ma teraz siedzieć? Chyba przy mężu?...

– Gdzie jest Matt? – Julia zaczyna się nerwowo rozglądać.

Młoda zakonnica przestaje mówić, przestaje się śmiać i składa, zaplata swoje drobne dłonie na kolanach, tuż obok kolan Julii. Myśli. Zastanawia się nad czymś. Prawy jej kciuk podskakuje nerwowo. Myśli...

– Przeżywa to jeszcze raz... – Julia nagle zauważa, że wcale nie trzyma już Manuela za rękę.

Jej ręce również spoczywają na jej własnych kolanach, zaplecione na skórzanej torebce.

– Ciekawe o czym myśli ta zakonnica? – zastanawia się Julia i walczy z chęcią spojrzenia w bok.

– Wybacz... – jakiś szept muska ją po policzku.

– Ciekawe o czym myśli ta zakonnica? – Julia powtarza w myślach.

– Na pewno nie interesuje ją smutna egzystencja ludzkości... – odpowiada szept.

– Nie zajmuje ją obojętna, egoistyczna i samolubna ludzkość. Na sto procent... – Julia dochodzi do wniosku i dalej obserwuje w szybie zamyśloną zakonnicę.

– Ciekawe kto albo co zmusił, zmusiło ją do wstąpienia do tego klasztoru?
Jest taka młoda i ładna... – Julia widzi nagle w szybie tylko swoje samotne
odbicie.
– Co się dzieje?...
– Wybacz... – znów ten szept.
– Co się dzieje?...
– Jest taka młoda i ładna...
– Tak... Jest taka młoda i ładna... – potwierdza Julia.
– Powołanie... – pada z boku.
– Powołanie? Jakie powołanie? Przez kogo albo przez co i dlaczego? – pyta
Julia.
– Powołanie... – szept zamienia się w chichot.
Julia dalej walczy z chęcią spojrzenia w bok.
– Ma-nu-el... – z trudem wypowiada to imię.
– Klik... – otwierają się nagle drzwi metra, ale nikt nie wsiada i nikt nie
wysiada.
– Ma-nu-el... – Julia jeszcze raz wypowiada to imię ze smutkiem, bo wie,
czuje, że nikt przy niej nie siedzi.

Manuel nie siedzi przy niej ani teraz, ani przedtem, ani potem.
– A jednak... – Julia z trudem odwraca w bok głowę.
– Klik... – z powrotem zamykają się drzwi.

Ja też jestem powołana, żeby zbawić ludzkość. Przypomnieć o istocie życia
na tym padole. Ocknąć i siebie i innych...
– No i co?
– I nic...
Ludzie są jak mrówki, albo jak osy, albo jak pszczoły nie dlatego, że tyle
pracują, chociaż?... Jest królowa i są robotnice.
– Dlaczego nie król i robotnicy?...
– To dla ludzi. To dla ludzi jest zarezerwowane...
Jest pasterz i są owce. Przepraszam, jest Pasterz i są Owce, z całym sza-
cunkiem dla plebsu... Przynajmniej powinien być i Pasterz i Owce, ale jak
ktoś już to wcześniej trafnie nazwał: „zamiast Pasterzy porobiło się sporo
Pastuchów"... I tu zaczyna się problem. Zaczyna się problem nie z Paste-
rzami, nie z Owcami, ale właśnie z Pastuchami! PASTUCHAMI.

Ludźmi-robotnikami-robotnicami, tak zwanymi Owcami rządzą bowiem nie Pasterze, a Pastuchy! Oczywiście istnieją Pasterze, ale wypierani są przez rozprzestrzeniających swoje zawistne macki Pastuchów. Tak już to niestety było, jest i... mam nadzieję... nie będzie... Pastuch dopadnie Pasterza wszędzie, wcześniej czy później. Pastuch jest ładniejszy, bogatszy, atrakcyjniejszy pod każdym względem, chociaż?...

– A Pasterz? Jaki jest Pasterz?

– Uduchowiony, mądry, pokorny...

Pasterza łatwo jest zdeptać i zranić. Porobić mu rany i na ciele i na duszy. I jak to się mówi:

„oliwa jest sprawiedliwa i zawsze na wierzch wypływa"... Jest takie powiedzenie. Wszyscy to znamy i czekamy, aż ta oliwa wreszcie wypłynie na powierzchnię jakiejś prawdy, a tu jak na złość, cholerka, jakoś za długo to trwa. Jakoś za długo trwa to jej na wierzch wypływanie.

– Czyż nie? Albo ja jestem niecierpliwa?...

– Dlaczego ta oliwa nie przebije się przez muł brudów? Przez tę warstwę kłamstw, korupcji, oszustw, hipokryzji, błędnych założeń i wniosków? Dlaczego ta oliwa nie „rozpasterzy" się wreszcie, pokrywając swoją czystą i nieskażoną warstwą rozpastuszonych? – tyle pytań.

Chciałabym tego doczekać... Pasterz... No właśnie... I tu mam kolejne pytania i to nie tylko dlatego, że jestem kobietą.

– Dlaczego Pasterz, a nie Pasterka? Dlaczego nie królowa, tak jak u pszczół, a król? Dlaczego patriarchat wypchnął i ciągle wypycha matriarchat? Przecież w przyrodzie jest inaczej? Dlaczego nie uczymy się od przyrody? Ona wie najlepiej! To dzięki niej ciągle jeszcze żyjemy, istniejemy...

– Klik... – otwierają się drzwi na kolejnej stacji, ale i tym razem nikt nie wsiada i nikt nie wysiada.

– Ja bym zaufała przyrodzie... – mówi Julia.

– Ja też... – wtrąca nieoczekiwanie Manuel.

– Jest. Jest przy mnie... – Julia cieszy się, widząc Manuela w lustrzanym odbiciu.

– Klik... zamykają się drzwi metra.

– A może to nie Pasterz, a właśnie Pastuch wzywa tę młodą mało-uduchowioną zakonnicę z powrotem „do koszar"? Do kieratu? Pastuch ją wzywa do wykonania jakiegoś pożytecznego zadania? – pyta Julia, patrząc prosto w przeciwległą szybę.

– Pastuchy na ogół nie wzywają nikogo do pożytecznego działania. Wręcz przeciwnie. To Pasterze wzy... – mówi Manuel.

– Albo Pasterki... – przerywa Julia.

– Albo Pasterki... – Manuel zamyśla się. – Masz rację... Może to Pasterka... Dlaczego by nie?

Teraz Julia zamyśliła się.

– Na pasterkę mój drogi, to chodzi się w grudniu do kościoła... W wigilię Bożego Narodzenia... – Taka to jest pasterka... – dodaje po chwili.

– Dobre... Dobre i to...

– Chociaż?... – Julia znów się zamyśla. – Chociaż widząc te podążające o dwunastej w nocy tłumy do kościoła niejednokrotnie zastanawiałam się, jak to jest możliwe, że tyle lokalnych chuliganów udaje takich pobożnych, żeby dosłownie za chwilę upijać się i rzucać pustymi butelkami? Ile hipokrytów ładuje się do świątyń bożych, żeby oczyścić swoje sumienie? Mniej lub bardziej świadomie?

– Nie udał się Panu Bogu człowiek... – potwierdził Manuel.

– Albo nie udał się człowiekowi Pan Bóg... – zaśmiała się cynicznie Julia.

– Nie udał się Panu Bogu człowiek! – powtórzył z naciskiem Manuel.

– Nieważne... – Julia machnęła ręką. – Ważne, że dużo takich nieudanych ludzkich istnień sieje nienawiść tak, że aż w głowie mi się nie mieści i nie pasuje do rzeczywistości...

– Bo to się w głowie nie mieści...

– A może na ambonach kościelnych za dużo mamy Pastuchów? A za mało Pasterzy? To mogłoby wytłumaczyć taką hipokryzję...

– Może...

– Klik...

– Marija... – pada nagle z boku. – Ma-ri-ja...

Julia odważa się odwrócić w bok głowę, żeby wreszcie spojrzeć na Manuela.

– Ile jeszcze stacji? – pyta.

– Na następnej wysiadamy – pada sucha odpowiedź.

– Na następnej wysiadamy... – powtarza bez przekonania.

– Kik...

Pociąg rusza bezszelestnie. Julia i Manuel jadą dalej w zupełnej ciszy. Nie patrzą na siebie. Nie ściskają się za ręce. Nic. Niente. Cisza. Cisza i duchota. Zakonnice też milczą. Młodsza siedzi zamyślona. Dawno już przestała mówić, dawno przestała się śmiać. Złożyła, zaplotła swoje drobne dłonie na kolanach, tuż obok kolan Julii i myśli. Zastanawia się nad czymś. Prawy jej kciuk podskakuje nerwowo. Myśli i jedzie do Watykanu, bo i dokąd?

– Dwie stacje dalej... – przelicza Julia. – Za chwilę nasze życia, nasze czasy i przeznaczenia rozejdą się na zawsze... – podnosi się z miejsca.

Manuel robi to samo, bo pociąg właśnie hamuje. Zaraz wysiądą z metra. Zaraz będą zmierzać w stronę hotelu, trzymając się za ręce, a jednak... i podziwiając kościoły Rzymu. Zaraz jakieś nowe przeznaczenie i nowa rzeczywistość otoczy ich swoją aurą.

– Czyżby?... – zastanawia się Julia.

– Klik... – otworzyły się drzwi.

– Kościoły Rzymu poutykane są dosłownie wszędzie... – odkrywa zachwycona Julia.

– Idę... Idę po Rzymie... Idę po Rzymie... – stawia kroki na rozgrzanym od słońca chodniku, uważając na obcasy czarno-beżowych butów.

Manuel idzie przed nią i ciągnie jej białą walizeczkę.

– Teraz jest taka teraźniejszość... Taka... – myśli Julia. – A jutro będzie inna... Inna i kolejna teraźniejszość... Teraźniejszość, przeżywana powoli, w skupieniu i uduchowieniu... Mam nadzieję...

– Klik... – i tym razem otworzyły się drzwi.

– To nie Ma-nuel siedzi przy mnie... – odkrywam. – To Ma-tt, mój mąż... I to na „M" i to na „M"... No cóż?...

Wysiadamy z metra. Zakonnice zostają. Jadą pewnie do Watykanu, bo i dokąd? Jadą dwie stacje dalej. Po drodze do hotelu podziwiamy kościoły Rzymu, poutykane dosłownie wszędzie.

– Idę... Idę po Rzymie... Idę po Rzymie... – stawiam kroki na rozgrzanym od słońca chodniku, uważając na obcasy czarno-beżowych butów.

– Teraz dzieje się moja teraźniejszość... Właśnie się wydarza...

Matt idzie przede mną i ciągnie swoją jaskrawo-seledynową walizeczkę.

– Która godzina? – zastanawiam się i wyciągam z torebki komórkę: – 17. 30 – lśni na ekranie.

Jest godzina siedemnasta trzydzieści. Do zachodu słońca jeszcze sporo czasu. Tyle jeszcze można zrobić: pozwiedzać miasto, iść do muzeum, pójść do restauracji, poleżeć pod palmą...

– Dzień? Jaki jest dzień? – pośpiesznie sprawdzam datę: – 21. 08. 2015. – wyświetlają mi się zielone cyferki.

36

Łaziliśmy po Rzymie do wieczora, a właściwie do nocy. Zakończyliśmy wieczór butelką „Primitivo", suszoną dojrzewającą szynką i wędzonym serem.

– To jest MÓJ CZAS... – pomyślałam zasypiając.
– A co to w ogóle jest „mój czas"?... – przestraszyłam się po chwili.
– I co tu robi Matt!?... – lekkie chrapanie męża stanęło „dęba" w mojej głowie jak jeden wielki wykrzyknik, połączony z jednym wielkim znakiem zapytania.
– Przecież to nie z Mattem miałam być w Rzymie? A z Manuelem? Z moim Manuelem, a nie z moim mężem? Chyba?... Ale jakim „moim"? Co jest „moje", a co nie jest „moje"?... – tyle pytań.
– „Chodź tu, zobacz, poznaj, posmakuj i zapomnij"... – usłyszałam radosny głos nadziei, po raz czwarty w tym dniu.
– O czym mam zapomnieć? – przypomniałam sobie i znów bezwiednie napięłam mięśnie.
– A no tak... O sprzątaniu... Na przykład o sprzątaniu... – spróbowałam rozluźnić spięty kark, ale nie za bardzo mi to wyszło.
– O sprzątaniu na pewno mam zapomnieć, a przynajmniej powinnam... – powiedziałam do siebie, ale bez specjalnego przekonania.
– O czym, o czym jeszcze mam zapomnieć? – zaczęłam się niepokoić. – O Manuelu? – myśl jak gwóźdź wbiła mi się w obolały kark. – Czyżbym o Manuelu miała zapomnieć?... Dlaczego??... WHY??... To z Manuelem mam być w teraz Rzymie! Z MANUELEM, a nie z MATTEM?...
– Czyżby?... – znów ten głos.
– Czyżby?... – znów mgliste echo moich myśli połaskotało mnie w ucho.
– Przyleciałam do Rzymu z... – zastanowiłam się i bardzo powoli zaczęłam odwracać głowę w bok, żeby spojrzeć na sąsiednie łóżko.
Zwalniamy klatkę filmową... Ruchy stają się coraz bardziej powolne, ociężałe i mgliste.
Głos, dźwięk stopniowo zaniża swoją częstotliwość. Pełznie sinusowym glissandem w dół. Niżej i wolniej... Ciszej... Coraz ciszej i duszniej pełznie ten film albo ten sen nieubłaganie do zera... Zwalniamy prawie do zera klatkę filmową ... Prawie do zera zwalniamy klatkę tego snu...
– Przyleciałam do Rzymu z...

– Klik... – zatrzymuje się film.

– A jednak...

– Z Manuelem! – Julia popatrzyła z czułością na śpiącego obok mężczyznę.

– Z MANUELEM... – upewniła się, przysuwając swoją twarz do jego twarzy, pachnącej miętą, tytoniem i połączeniem zapachu taniej wody kolońskiej z zapachem piżma.

– Nie! Wróć! WRÓĆ... – Julia zamknęła nagle oczy. – To nie może być tak? Przecież TO nie może być prawdą? TO nie jest tak??...

– CO jest „nie tak"? – zapytał niespodziewanie Manuel.

– Nie śpisz? – Julia odskoczyła od niego.

– Czekam na ciebie...

– Wydawało mi się, że śpisz? Spałeś?...

– Chyba musiałem się niechcący zdrzemnąć. Długo byłaś w łazience... – Manuel bardziej stwierdził niż zapytał.

– Owszem. Trochę boli mnie kark... – przyznała szczerze Julia.

– Chodź tu do mnie... – Manuel wyciągnął do niej rękę. – Zrobię ci masaż. Umiem robić takie masaże, że poczujesz się jak nowo-narodzona! Zobaczysz sama?... No chodź... Nie bój się...

– Jak nowo-narodzona... mówisz?... – ocknęła się Julia.

– Jak nowo-narodzona – potwierdził Manuel.

– Co ja tu robię?... – pomyślała trochę zawstydzona, ale bez wahania przysunęła się z powrotem do Manuela.

Przylgnęła do jego twarzy i znów nie mogła uwierzyć w to, w co uwierzyć tak bardzo chciała.

– Manuelu? To ty? – zapytała nieśmiało.

– A jak ci się wydaje?

– Nie wiem...

– Nie wiesz? – zaśmiał się nerwowo.

I znów „co ja tu robię" pojawiło nieoczekiwanie się w Julii głowie. Tym razem silniej. Znacznie silniej. Na tyle silnie, że jednak zdecydowała się na to, żeby jednak oderwać się od tego leżącego obok niej mężczyzny i wstać z łóżka. Tak też zrobiła. Zaczęła przechadzać się po hotelowym pokoju od okna do drzwi.

– Piękna jesteś... – wyszeptał Manuel nie zmieniając pozycji.

– Tak, tak... – pomyślała Julia i dalej nerwowo chodziła po pokoju, w tę i z powrotem.

– No chodź tu do mnie... Co tak krążysz? Nie zrobię ci przecież krzywdy? Nie zrobię ci nic złego? Nie bój się mnie? Julia... Chodź tu do mnie... – Manuel zaczął się niepokoić.

– Manuel...

– Chodź tu do mnie... – poprosił. – Zrobię ci masaż... – dodał łagodniej. Julia bez oporów usiadła na brzegu jego łóżka. Manuel podniósł się, oparł o ścianę i wyciągnął do niej obie ręce. Julia podała mu swoje i przez jakąś chwilę trwali tak w tym lekkim dłoni uścisku. „Co ja tu robię" pojawiło się po raz kolejny w głowie Julii, ale nie oponowała, kiedy Manuel nagle przyciągnął ją do siebie. Zamknęła oczy.

– Moja twarz promienieje w uśmiechu... Moja twarz wyraża tęsknotę i niecierpliwość... – zdążyła pomyśleć.

– Czy moja twarz wyraża szczęście? – Julia otwiera oczy i czuje się dziwnym obserwatorem i samej siebie i tego, co się obok niej właśnie dzieje, wydarza...

A wydarza. Julia widzi fragmenty nieogolonego policzka jakiegoś przystojnego mężczyzny, który właśnie namiętnie ją całuje. Jego ciemne włosy związane są w tak zwany „koński ogon" gumką recepturką. Długie rzęsy rzucają na twarz tego mężczyzny jakiś niepokojący cień...

– I ten zapach... Tania woda kolońska, piżmo, tytoń i mięta...

– Co się dzieje? Co się ze mną dzieje? – Julii zaczyna kręcić się w głowie.

– Dzieje się... – odpowiada jakiś szept.

– Ale dlaczego?...

– Co, dlaczego? Ciesz się... – kolejny szept albo myśl.

– Z czego mam się cieszyć?

– Z chwili!

– Z chwili?

– Tak, z chwili. Chwilo trwaj... Nie słyszałaś? Nie słyszałaś tego nigdy? – śmieje się szept.

– To jest SEN! Na pewno SEN... – stwierdza oszołomiona Julia.

– Ta-ak?... – śmiech się nasila.

– To jest sen albo film... – poprawia Julia, ale już bez przekonania.

– MA-RI-JA... – Manuel chwyta ją jeszcze silniej w ramiona.
Oddech ma szybki, przerywany, płaski i namiętny.

– Nie-na-zy-wam-się-Ma-ri-ja... – Julia z trudem próbuje złapać swój oddech, między jednym pocałunkiem a drugim, ale i tak po raz kolejny zapada się w ciemność.

– Je-an... – słyszy jak przez mgłę.

– Ma-ri-ja...

– To ja? To moje słowa? Czy to znów ta szatynka? – Julia próbuje otworzyć oczy.

– Je-an... – kolejny szept.

– Ma-ri-ja...

– Nie nazywam się Ma-ri-ja! – Julia wreszcie otwiera oczy i wyrywa się z objęć Manuela.

Patrzy na niego zaskoczona. Kosmyk jego długich włosów wysunął się z „końskiego ogona" i opadł mu niesfornie na twarz. Manuel odruchowo podniósł rękę, żeby ten kosmyk z powrotem wplątać w gumkę recepturkę. Odsunął się od niej na chwilę. Odskoczył speszony jej reakcją.

– Stało się coś? – zapytał.

– Nie... Tak...

– Tak? Czy nie?

– Manuel?...

– Julia...

– Klik... – i znów zapadają się w ciemność.

– La-u-ra! – pada po raz drugi.

– La-u-ra! – jeszcze raz jakieś echo odbija się w głowie Julii.

– Je-an...

– To znów ta szatynka?

– La-u-ra... – przystojny brunet łapie Laurę w ramiona.

– To już było? – myśli Julia. – Już to gdzieś widziałam? Na lotnisku? Na lotnisku TO widziałam? NA LOTNISKU! Za chwilę znikną z pola widzenia? Tak szybko znikną, jak szybko się ukazali?... – Julia patrzy na całującą się parę.

Szatynka przymyka oczy, Laura przymyka oczy. Przystojny brunet też przymyka oczy.

– Czy to jest Jean? – zastanawia się Julia. – Pewnie Jean... – dochodzi do wniosku.

– Jean i Laura... Jean i Laura... – powtarza.

– A może Jean i Marija? – jakiś dziwnie znajomy dreszcz łaskocze ją po plecach.

– Kto to jest Jean, a kto Marija?... – następne pytanie.

Całująca się się para stoi tuż za plecami Manuela. Na lotnisku! Julia dobrze to widzi... Za chwilę Laura wyrwie się z uścisków tego mężczyzny. Za chwilę otworzy oczy. Mężczyzna też otworzy oczy. Odsuną się od siebie, odskoczą, jak spłoszone zające... I ona i on... I Laura i Jean... A może to Marija i Jean?...

– O żesz... skąd ja to znam?... – Julia z trudem łapie oddech.

– Stało się coś?... – zapytał speszony jej reakcją Manuel.

– ON jest podobny do ciebie! Bardzo podobny?... – wyrywa jej się z ust, uwolnionych na chwilę od pocałunków.

– Kto? – Manuel odsuwa się od Julii.

– Ten facet... Ten brunet...

– Jaki brunet?

– No właśnie, jaki? – zastanawia się Julia. – Przecież znikają z pola widzenia... Tak szybko znikają, jak szybko się ukazali...

– Kto? Kiedy? Gdzie?

– Ten facet i ta kobieta!

– Jaki facet i jaka kobieta? O czym ty mówisz?

– Kręci mi się w głowie i boli mnie kark...

– Zrobię ci masaż...

– Tak, wiem...

– Julia...

– Manuelu, weź mnie za rękę... – prosi nagle Julia. – Złap mnie za rękę! – niecierpliwie wydaje rozkaz.

Manuel bierze Julię za rękę.

„Co-ja-tu-ro-bię" zaczyna mieszać się Julii w głowie razem z pulsującym i pomarańczowym dźwiękiem. Pomarańczowa poświata staje się coraz bardziej wyraźna i coraz bardziej uporczywa. Promienie tego niesłonecznego światła rażą Julię w oczy, a dźwięk przeszywa mózg tak, że zbiera jej się na wymioty.

– Co-ja-tu-ro-bię... Co-ja-tu-ro-bię... – brzęczy jej obsesyjnie w gardle jak mantra.

– Zaraz tu do mnie podejdzie... Zaraz rzucimy się sobie w objęcia... – Julia obserwuje swoje podnoszące się w górę jak do lotu ptaka ramiona.

– Kto? Kto do ciebie podejdzie? Kiedy i gdzie? – wykrzykuje Manuel.

– TY... Ty do mnie podejdziesz!
– Zrobię ci masaż?...
– Tak... Zrobisz mi masaż...
– Przecież?... Tak... Zrobię ci masaż...
– Dobrze – Julia wyzwala się z objęć Manuela. – Dobrze, zrób mi masaż!
Teraz, natychmiast!, proszę, please... – zdejmuje pośpiesznie ubranie
i w samej tylko bieliźnie kładzie się na łóżku na brzuchu.
Manuel podchodzi do niej i delikatnie przykłada swoje ciepłe dłonie do jej
zbolałych ramion.
– Czujesz ciepło? – pyta.
– Zaraz polecę... Polecę jak ptak... – myśli Julia. – To są moje skrzydła, a nie
ramiona... Będę unosić się tuż nad ziemią, z nogami wyciągniętymi do
przodu... Przede mną niekończąca się woda... Pode mną jaskrawo-zielone pole koniczyny... Turkusowy ocean, upstrzony małymi wysepkami, na
których stoją jakieś starożytne budowle... Kolosea? Czy to są jakieś Kolosea
w oddali? Dlaczego tyle tego pomarańczowego światła?... Jak tu pięknie...
Bajecznie kolorowo... Wszystko promienieje w uśmiechu, tęsknocie i takiej dziwnej niecierpliwości... – zastanawia się Julia.
– Czuję ciepło... – odpowiada. – Czuję twoje ciepło i twoje istnienie. Nie
wiem na czym TO polega, ale czuję... Manuelu... Rób... Zrób... Zrób mi
masaż... Zrób mi masaż Manuelu... Proszę... Proszę cię... Zrób mi ten masaż Manuelu... Zrób mi ten... Zrób mi to... – powtarza obsesyjnie.
– Dobrze... – odpowiada Manuel. – Dobrze Julio... Zrobię ci masaż... – jeszcze raz powtarza.
Ma pozwolenie, więc zaciska mocno, coraz mocniej swoje silne dłonie na
jej ciele, w jej ciele, na jej szyi, w jej szyi, na jej karku, w jej karku, na jej
zbolałych ramionach, w jej zbolałych ramionach. Zaczyna się... Zaczyna
się spektakl. Zaczyna się taniec. Zaczyna się masaż. Powoli zaczyna się...
– Co się za... Co się zaczyna? Co? Gdzie i kiedy?... Ma?... Ma?... Manuel?...
Manuel, my love... Manuel my dear... Ma... Ma... – Julia z trudem łapie powietrze.

– What is your name? – pyta nagle mężczyzna.
– Marija...
– Nice name... – nie odrywa od niej rąk.
– And yours? – pyta kobieta.
– Ma...

Julia nie słyszy końcówki imienia mężczyzny. – Ma?... Ma... co? Jaki Ma?
– Ma... – pada z boku.
– Ma...? – dziwi się Julia.

Za późno jest, żeby się przestraszyć i uciec stąd. Za późno, żeby uspokoić w bardzo szybkim tempie narastające drganie jej ciała. Tak narastające, że Julia zaczyna się tego wstydzić. Podskakuje na twardym łóżku i nie może tych drgań w żaden sposób opanować. Cała drży i jest jej albo zimno, albo gorąco. Gęsia skóra dosłownie wszędzie. Czuje lekki paraliż policzków, całej twarzy... Za chwilę dojdzie paraliż rąk i nóg...
Ma... kontynuuje masaż. Powoli, systematycznie i profesjonalnie. Z odpowiednią siłą i precyzją naciska na wszystkie węzły i guzy. Po kolei ugniata jak należy i jak najbardziej jej szyję, kark i ramiona. Skupia się na kręgach szyjnych i na prawym barku. Tutaj są największe spięcia. Prawy bark odbiera najwięcej negatywnych fal. Szczególnie przy komponowaniu, kiedy nie idzie tak jak trzeba, kiedy energia lawiruje bez kontroli pomiędzy palcami biegającymi po klawiaturze fortepianu, albo wymyka się pomiędzy akordami, już na papierze nutowym.
Energii nie wolno jest utracić, przepuścić przez te palce albo przez te nuty. Nie wolno się pogubić i dlatego prawy bark jest takim katalizatorem, łącznikiem i strażnikiem tylko i wyłącznie dobrej energii. Jeżeli jest dobra energia, to bark nie boli. Jeżeli energia nie jest za dobra albo nieszczera w pewnym sensie, niejasna i niekontrolowana, to wiadomo...
Ma... kontynuuje masaż. Rozpina stanik Julii, delikatnie zsuwa ramiączka. Opuszcza majtki do połowy jej pośladków. Jedną ręką nakreśla na jej plecach znak krzyża, łącząc linię kręgosłupa z linią łopatek. Drugą ręką muska jej sparaliżowany policzek. Pochyla się, żeby pocałować ją w ten policzek, musnąć dosłownie wargami, tak delikatnie i prawie niezauważalnie, że ciało Julii zaczyna coraz wyżej i gwałtowniej podskakiwać.
– Ma... Ma... Nie rób mi tego... – prosi Julia.
– What is your name? – szepce jej do ucha mężczyzna.
– Ma... Ma... Ma-ri-ja... – Julia podskakuje na łóżku tak wysoko, że nie może złapać oddechu.
– Nice name... – Ma... całuje ją prawie niezauważalnie w policzek.
– Nice name... – powtarza i prawie niezauważalnie ześlizguje się na jej szyję.
– Nice name... – wkłada na chwilę język do jej ucha.

– And yours?... – Julia zaczyna się wić.

– Jean... – pada z boku.

– I want you... – kobieta słyszy swój głos.

– I want you too...

Teraz jedna dłoń Ma... przesuwa się powoli po wewnętrznej stronie prawej nogi pulsującej kobiety. Na kwadratowo i na krótko obcięte paznokcie Ma... zaczynają swój bieg od jej łydki, zatrzymują się na chwilę przy kolanie, a raczej w jego zgięciu, żeby wreszcie po wewnętrznej stronie prawego uda dojść do pachwiny, do linii majtek i zatrzymać się tam nieoczekiwanie. I jeszcze raz to samo... I jeszcze raz... Druga jego dłoń przytrzymuje plecy podskakującej kobiety.

Julia nie może złapać oddechu, bo jest jakby przytwierdzona do łóżka silnym ramieniem Ma... Z trudem próbuje odwrócić głowę.

– Ma... Ma... – patrzy błagalnie na jego ramię, bo tylko tyle może zobaczyć. Na ramieniu mężczyzny dostrzega jakiś tatuaż. Nie jest w stanie przeczytać napisu, bo są to jakieś nieznane litery.

– Greckie? – zastanawia się kobieta.

Zresztą nie ma za dużo czasu na zastanawianie.

– Nie ma w ogóle czasu... – ta myśl dociera nagle do jej świadomości. – Rozebrał się... On się rozebrał... – kolejny przebłysk.

– I want YOU... – Julii udaje się w końcu złapać Ma... za rękę i powstrzymać go na chwilę od tego rytualnego tańca.

– I want you too... – mężczyzna przykrywa ją nieoczekiwanie swoim rozgrzanym ciałem.

I znów „co-ja-tu-ro-bię" zaczyna mieszać się Julii w głowie razem z tym także pulsującym i pomarańczowym dźwiękiem. Pomarańczowa poświata staje się coraz bardziej wyraźna i coraz bardziej uporczywa. Promienie tego niesłonecznego światła rażą Julię w oczy, a dźwięk przeszywa mózg tak, że zbiera jej się na wymioty.

– Co-ja-tu-ro-bię... Co-ja-tu-ro-bię... – brzęczy jej obsesyjnie w gardle jak mantra.

– Zaraz polecę... Polecę jak ptak... – myśli Julia. – To są moje skrzydła, a nie ramiona... Będę unosić się tuż nad ziemią, z nogami wyciągniętymi do przodu... Przede mną niekończąca się woda... Pode mną jaskrawo-zielone pole koniczyny... Turkusowy ocean, upstrzony małymi wysepkami, na których stoją jakieś starożytne budowle... Kolosea? Czy to są jakieś Kolosea

w oddali? Dlaczego tyle tego pomarańczowego światła?... Jak tu pięknie... Bajecznie kolorowo... Wszystko promienieje w uśmiechu, tęsknocie i takiej dziwnej niecierpliwości... – zastanawia się kobieta.
– To jest chyba niemożliwe?... To jest chyba jakiś sen?... – pyta Julia stłumionym głosem.
– Ma-ri-ja...
– Nie-na-zy-wam-się-Ma-ri-ja... – Julia słyszy jak przez mgłę.
– A ja nie-na-zy-wam-się-Ma... Ma-nu-el...
– To JAK?... Jak się nazywasz?... – głos Julii jest jakby obcy, nieswój.
– Jean...

Manuel kontynuuje masaż. Jest tak samo jak Julia podniecony, ale nagle odrywa swoje ręce od jej ciała.
– Stało się coś? – pyta zaskoczona Julia.
– Dopiero się stanie... – odpowiada Manuel.

37

22. 08. 2015. Sobota.

Rzym. Koloseum. Forum Romanum. To dzień dzisiejszy. Piękny słoneczny dzień. Trochę za piękny i za słoneczny dla Matta, ale dla mnie w sam raz. Przed południem zwiedzaliśmy Apię, najstarszą drogę antyczną, łączącą Rzym z Neapolem. Po południu starożytny Rzym.

Bardzo ciekawy jest sposób, z jakim budowało się kiedyś to miasto. Tarasowe rozwiązania, choć niekoniecznie powstałe na zboczach gór zachwyciły mnie! Jakie to w sumie proste, logiczne i oszczędne. Wielkie kolumny podtrzymują cały poziom, cały taras wraz z domami, sklepami, ulicami. Oczywiście nie jeździły wtedy samochody, a i kamiennego materiału było pod dostatkiem. Najstarszy jak się okazuje jest marmur i naturalny kamień. Ale już cegły, które były znacznie węższe i w sumie ładniejsze od dzisiejszych, nie wytrzymywały tych paru-tysięcy lat tak dobrze. Chociaż niektóre budowle... Trzeba przyznać, że całkiem zacnie wytrzymywały upływ czasu.

– Ciekawe dlaczego i kiedy zmieniono cegłom kształt? – zaciekawiłam się.
– Dlaczego nie mamy już takiego jak kiedyś wąskiego formatu? I ile mniej więcej lat obecny kształt i format cegły się utrzymuje? Tamten format był delikatniejszy i jak widać też się nieźle trzymał?... – zadawałam sobie w myślach kolejne pytania.

No więc było sobie miasto Rzym. Imperium. Miało swoje Koloseum, wybudowane tam, gdzie plebs się najchętniej zabawiał. A plebs się zabawiał, oj zabawiał...
Przed południem gladiatorzy i zwierzęta byli prezentowani publiczności na trybunach, tak zwana „pompa", w czasie lunchu niewolnicy ci byli rozrywani przez te bestie, a po lunchu zawodowi gladiatorzy walczyli ze sobą do upadłego, czyli do śmierci. Na śmierć i życie, jak to się mawia.
– Smacznego... – wymknęło mi się niechcący.
Plebs szalał spragniony sensacji. Politycy to popierali, bo było im na rękę. Co plebs chciał było dla nich najważniejsze. Takie podlizywanie się tłumowi...
– Ha-ha... Skąd my to znamy...
Nie na tym jednak polega rządzenie krajem. Nie na tym polega demokracja. Jakieś zasady ustanawiają, a przynajmniej ustanowić powinni Pasterze, a nie Pastuchy!
– Ha-ha... Temat powraca, oj powraca...
– No więc... jaki lud taki Pasterz, a raczej Pastuch. Czyż nie?...
Lud jest tępy i prymitywny. Tak tępo i prymitywnie się bawi, że biedna i zdecydowanie mniej liczna klasa uczonych nie jest w stanie tym zabawom się przeciwstawić. Cóż oni biedni mogli zrobić w tamtych czasach?
– A co my możemy zrobić w tych czasach? – przeszło mi przez myśl. – Człowiek się nie udał panu Bogu do końca... – przypomniałam sobie.
– Co mają zatem zrobić Królowe nieposłusznych pszczół?...
Chociaż... szczerze mówiąc nie wierzę w nieposłuszeństwo pszczół, os czy mrówek. Takie nieposłuszeństwo możliwe jest tylko i wyłącznie u ludzi. U ludzi, którzy jako jedyni walczą z naturą. Niepodporządkowane istoty i wobec samych siebie i wobec praw wszechświata.
Tylko człowiek jest w stanie zaburzyć porządek wszechświata.
– No to co? Udał się w końcu Panu Bogu człowiek czy nie?... – zaczynam mieć wątpliwości.

Nic dziwnego, że tak wielkie mocarstwo w końcu upadło. Zjedzone zostało przez inne ludy, zrównane jak to się mówi z ziemią.

– I co?

– I gówno!

Od nowa! We go! Wszystko od nowa... Od nowa budujemy miasto. Inne są już budowle, Itp. Itd.

– O... jest i jakaś kanalizacja?...

Nic dziwnego, że religia, religie zaczynają nagle odgrywać taką dużą rolę w tym rozpustnym i rozpasanym z nudów i przesilenia epoką społeczeństwie. Nic dziwnego, że średniowiecze zaczyna wykazywać się takim zamordyzmem, że aż czasami trochę łezka nostalgii kręci się w oku niejednemu i niejednej. Zamordyzm się rozprzestrzenia. Jak bowiem powstrzymać plebs od moralnego upadku? Jak wtoczyć ten plebs na inne, bardziej duchowe, etyczne, wyższe i ludzkie w sensie pozytywnym wymiary?...

Znalazł się Pasterz-Jezus i odwrócił cały ten moralny upadek, przynajmniej spróbował. Ale na jak długo?... Ludzie to ludzie! Nie potrafią utrzymać umiaru i każdy od tego oddźwięk staje się katastrofą.

– No właśnie... Brak umiaru... skąd my to znamy?...

Religia, zamiast przywrócić dobrą energię zabrała prawie całkowicie radość życia.

– Wzniosły cel... Ha-ha... Kto taki cel wytrzyma? A sami duchowni? Tacy święci? Ile kurewstwa było? A ile jest i jeszcze będzie... nim ludzkość znów się ocknie i nowy Pasterz, a nie Pastuch przywróci znów porządek?... – tyle pytań.

Można by marzyć i marzyć... I jak to się mówi „marzenia się spełniają"...

Czekam więc na kolejnego Pasterza. Tak, kolejnego, bo poprzedni jest już, delikatnie mówiąc, za bardzo na siłę odświeżany... Potrzeba jest nowego Pasterza, który na nowo zorganizuje całą tę rozlazłą ludzką masę. Ale i tak historia zatacza jak zwykle swoje nieubłagalne koła, a właściwie okręgi: Jest najpierw dobrobyt, potem ludzie chamieją, potem przychodzi twarda religia, potem ludzie miękną, na chwilę miękną, religia przechodzi w fanatyzm, ludzie znów chamieją, zaczynają dokazywać w swojej ułomności... I tak w kółko.

– Cóż za ułomnym jestestwem jesteśmy? Czy rzeczywiście udał się Panu Bogu człowiek?... – Szkoda gadać...

Na razie cieszę się życiem. Jeżdżę autobusami po Rzymie, obserwuję zabytki-ślady historii i ślady ludzi... Dochodzę do pozytywnego wniosku, że ludzkość przez ten dwu-tysięczny-ponad okres jednak trochę zmądrzała. Plebs istnieje i istnieć będzie, ale przynajmniej nie ma niewolnictwa w takim wymiarze w jakim było. A i ja, jako kobieta mogę na przykład pisać swoje nuty i te, jakby nie było słowa. Są jakieś zasady ustanowione przez mądrzejszych niż przeciętny plebs, mam nadzieję... I niech to tak zostanie. Chociaż... szczerze mówiąc wolałabym więcej Królowych niż Królów na tym padole... Ale niech tam... Niech i tak będzie. Amen.

Dzień zakończyliśmy kieliszkiem bursztynowej grappy. Oczywiście w łóżkach. Matt w końcu odwrócił się na drugi bok i zgasił lampkę przy swoim łóżku.
– Klik... – strzeliła nocna lampka Matta.

– Co się dzieje? Co się stanie? Co się wydarzy? – zapytała rozdygotana Julia.
– Dlaczego nie możesz się ze mną...
– Cii... – Manuel przykłada palec do jej ust. – Nie chcę niczego popsuć...
– Popsuć? – Julia patrzy na niego zaskoczona. – Doprowadzasz mnie do takiego stanu, a teraz mówisz...
– Cii... – Manuel przykłada palec do swoich ust.
– Co „Cii"? Co „Cii"?... – szamoce się kobieta. – Nie mogę się już cofnąć?... – patrzy na mężczyznę błagalnie.
– Mistrzostwo sztuki... – mężczyzna uśmiecha się z satysfakcją. – A poza tym... Cofnąć się zawsze można...
– Okropny jesteś...
– Ja?
– Przecież nie ja?
– To ty jesteś jak... Jak... Wagner... – Manuel zaczyna się śmiać.
– Jaki Wagner??
– Twoja muzyka, to jak... – zastanowił się na chwilę. – ... wyjątkowo długie doprowadzenie do orgazmu, a potem wyjątkowo długie jego przedłużanie. Niekończący się orgazm. To twoja specjalność...
– O czym ty mówisz??
– To nie są moje słowa. Przecież?... – Manuel sarkastycznie wzruszył ramionami.
– Jak możesz! – krzyknęła Julia.

– ... usłyszysz to z ust zapowiadającego, przed wykonaniem twojego tria fortepianowego w listopadzie...

– Jak możesz!

– Julia, ja nie chcę niczego popsuć! Czy ty tego nie rozumiesz?? Nie chcę! Proszę cię, zrozum to! Jestem tylko człowiekiem... – Manuel złapał się za głowę.

– Ja też jestem tylko człowiekiem i chcę się z tobą właśnie teraz kochać! Dlaczego robisz mi to? Przecież...

– Ja też chcę się z tobą kochać! Nie widzisz? Nie czujesz?...

– Widzę...

– Proszę cię Julia... – Manuel coraz mocniej przyciska pięści do skroni i zamyka oczy.

– Nie wiesz jak mi trudno... Jestem tylko człowiekiem... Jestem tylko człowiekiem... Jestem tylko człowiekiem... – powtarza jak w opętaniu.

– A ja myślałam, że duchem! – przecina Julia.

Manuel podskoczył. Opuścił ręce i otworzył oczy. Zastygł wpatrzony w Julię, a Julia zastygła wpatrzona w Manuela. Hotelowy pokój wypełnił się, jak za dotknięciem czarodziejskiej różdżki czy naciśnięciem pilota telewizyjnego pomarańczowym, a za chwilę czerwonym światłem.

– Czerwone światło... – wypowiedziała Julia bardzo powoli i cicho. Manuel nie odezwał się.

– Dawno temu, kiedy jeszcze nie było na świecie moich dzieci... – Julia zaczęła opowiadać: – Pojechałam z moim przyszłym wtedy mężem na południe Francji. Matt miał tam jakiś wykład, a ja chciałam mu towarzyszyć. Południe Francji, a w szczególności Prowincja kojarzy mi się z jakimś innym, odrębnym światem czy epoką. Nie umiem tego nazwać... To tak, jakbym była na innej planecie?... – Julia popatrzyła pytająco na Manuela, ale ten się ani nie odezwał, ani nawet nie poruszył.

– No więc... – postanowiła dalej kontynuować:

– Jesteśmy sobie z Mattem na południu Francji... Wykład był fajny, ludziom się podobał. Hotel mamy na jakimś pustkowiu, otoczony przestrzeniami suchej trawy i wystającymi skałami w oddali. Ale jest w tym hotelu basen! O dziwo?... – Julia znów popatrzyła na Manuela.

– Dziwne to wszystko było... – zastanowiła się. – Niby ludzka cywilizacja, ale jakby na innej planecie?... W Norwegii też tak miałam... – przypomniała sobie.

– No i co? – odezwał się Manuel.

– No i idziemy z Mattem spać... Łóżka co prawda nie są złączone, no ale trudno, nie musimy przecież ciągle być do siebie przytuleni? Połączeni nawet we śnie? Prawda?...

Manuel kiwnął głową.

– No więc... Patrzę ze swojego łóżka na Matta, który właśnie zasypia. Leży na plecach. Najpierw ma otwarte oczy i coś tam do mnie mówi, potem ja mówię, pewnie coś mu odpowiadam i widzę, że Matt się nie porusza. Nie oddycha! Ma otwarte oczy, które w ogóle nie mrugają i patrzy w sufit. Wygląda, jakby nie żył! – Julia z trudem przełknęła ślinę.

– Mówię do niego: „Matt, wszystko dobrze? Śpisz?", a on nie odpowiada i nie rusza się. Wstaję więc ze swojego łóżka i na palcach podchodzę do niego. Dopiero z bliska widzę, że oczy Matta są jednak zamknięte, a przynajmniej przymknięte. Dlaczego wcześniej tego nie zauważyłam?... – Julia znów przełknęła ślinę.

– No i widzę, że cały pokój jest czerwony. Po prostu jest wypełniony jakimś czerwonym pyłem czy parą. Wcześniej czegoś takiego nie było? Przynajmniej ja tego nie zauważyłam? Oddycham tą czerwienią. Muszę, jestem zmuszona oddychać tym czerwonym powietrzem, tą czerwienią... Wracam szybko do swojego łóżka, ale czerwień nie znika. Wręcz przeciwnie. Nasila się. Natężenie czerwieni się nasila. Jest tak intensywnie czerwono i tak duszno, że brakuje mi powietrza w płucach. Dodatkowo robi mi się niedobrze, bo wyobrażam sobie te moje biedne płuca wypełnione tym czerwonym czymś-tam...

Postanawiam położyć się płasko na plecach, tak jak Matt, w swoim łóżku, może dlatego, żeby lepiej oddychać? Opanować panikę, a przynajmniej zaskoczenie? I nagle widzę, czuję, że się unoszę! Nie mam już kontaktu fizycznego z moim łóżkiem, tylko tak na płasko, tak jak już leżałam wcześniej unoszę się w górę! Kątem oka widzę pod sobą fragmenty drewnianej łóżkowej ramy. Widzę śpiącego Matta! W dole go widzę! W dole! Ja jestem już prawie pod sufitem, zawieszona w tej czerwoności, a wszystko jest na dole! Pode mną! – Julia przerwała i postanowiła zapalić nocną lampkę po swojej stronie, tak na wszelki wypadek, żeby albo dobrze się czerwonemu światłu przyjrzeć, albo go wykluczyć...

– Klik... – strzeliła jej lampka.

– Nie ma... – pierwszy przerwał ciszę Manuel.
– Już nie ma... – potwierdziła Julia.
– I co było dalej? – zapytał. – Co będzie dalej? – poprawił.
– Nie wiem... Nie chcesz się ze mną kochać, więc nie pozostaje nam nic
innego, jak tylko iść spać... – Julia zdziwiła się, że odpowiedź ta zabrzmiała
jak sarkazm.
– Możemy spróbować jeszcze raz... – zaproponował nieśmiało Manuel.
– Masaż? Czy seks? – uśmiechnęła się Julia.
– Masaż...
– Dlaczego nie seks? – zapytała wyzywająco.
– Tak... Seks... Ale nad morzem...
– Dlaczego nad morzem? – Julia spojrzała na Manuela zaskoczona. – To
kawał drogi stąd? Tu jest Tybr! Rzeka! Tu jest Rzym! Tu nie ma morza?...
– To nie takie proste...
– O czym ty mówisz? Manuel? Ja już naprawdę nic nie rozumiem... – teraz
Julia złapała się za głowę.
– To nie takie proste jak myślisz...
– Dobrze! idziemy spać! Chodźmy spać! Dobrze? – ze złością chwyciła za
pilot telewizyjny i nacisnęła na pierwszy-lepszy kanał.
Telewizor rozbłysł. Trwały jakieś wiadomości po włosku. Julia nie rozu-
miała. W rogu ekranu zauważyła datę: 15. 08.
– Jaki dzisiaj dzień? – odwróciła się gwałtownie do Manuela.
– Sobota...
– Numer! Jaki numer?! – prawie na niego krzyknęła.
– Piętnasty...
– Piętnasty? Który? Jaki?
– Sierpień...
– A rok? – podbiegła do niego wzburzona.
– Julia... – Manuel wyciągnął do niej rękę.
– Chodź tu do mnie... Usiądź tu obok mnie... – poprosił.
– Zrobię ci masaż... – dodał bardzo łagodnie. – Please...

Julia bez oporów usiadła na brzegu jego łóżka. Manuel podniósł się, oparł
o ścianę i wyciągnął do niej obie ręce. Julia podała mu swoje i przez jakąś
chwilę trwali tak w tym lekkim dłoni uścisku.

– A teraz się rozbierz... – Manuel delikatnie wydał rozkaz.
I tym razem wykonała jego polecenie. Posłusznie rozebrała się do bielizny i położyła się na swojej połowie łóżka na brzuchu. Manuel też zdjął ubranie, zostając tylko w samych slipach.
– Jaki przystojny... – musnęło Julię po plecach, zanim jeszcze Manuel przyłożył do nich swoje rozgrzane dłonie.
– Tatuaż... Ma tatuaż na ramieniu... – kolejna myśl. – Co jest tam napisane? Chyba po grecku?... – spróbowała unieść głowę, ale za chwilę zapadła się w nieoczekiwaną ciemność. – Chyba się zaraz rozlecę, rozpadnę... – to ostatnie, co zapamiętała.

38

23. 08. 2015. Niedziela.
Apia Antiqua. Najstarsza droga kamienna. Wąska, niesamowita.

Zwiedziliśmy najstarsze Katakumby, gdzie pierwsi Chrześcijanie byli grzebani. Niekończące się korytarze podziemne były, jak się okazuje tańszymi pochówkami niż naziemne groby, na które pozwolić sobie mogli najbogatsi. Rysunki na murach zachowały się tak dobrze, że czasami sprawiały wrażenie współczesnych grafiti i niewinnych wpisów: „Kocham Laurę", „Żegnaj Teodorze", „Byłem Tu"...
Niesamowite. Wyraźne kolory obrazków namalowanych w latach 100 albo 200! Kości zamieniły się już dawno w proch, a rysunki zostały. Niesamowite...

Odpoczywamy w jakiejś knajpie na skrzyżowaniu dróg, za monumentem Cecylii, patronki muzyki w tamtych czasach, która zginęła śmiercią męczeńską. Nagła śmierć poprzez podcięcie głowy od tyłu za to, że nie chciała poślubić jakiegoś dziada.
– Ciekawe... – myślę sobie. – Jakaś wreszcie kobieta, ocalona pamięcią?...
Od czasu do czasu ocalona jest pamięcią jakaś kobieta?... Pocieszające...
Sprawdzę jej losy w broszurce, którą zakupiliśmy. Na razie chłonę, chłonę teraźniejszość. Na szczęście w cieniu...

I znów odpoczywamy. Tym razem na kamiennej ławce, która pewnie też wiele pamięta... Siedzimy w mini-parczku pod piniowymi sosnami i platanami. W pobliżu jest kościół, gdzie pochowana została ostatecznie Święta Cecylia. Około 800 roku przeniesiono bowiem jej szczątki z tych najstarszych Katakumb do tego właśnie miejsca, ponieważ tu się urodziła i tu zamieszkiwała. Męczennica Cecylia, która nie chciała poślubić człowieka, bo kochała Jezusa...

W Katakumbach, gdzie przez około 600 lat przebywało jej ciało, a właściwie kości za mało było miejsca, żeby odwiedzające jej grób pielgrzymki mogły się modlić. Dlatego tu, w renesansowej świątyni, ze średniowieczną wieżą leży Cecylia do dziś. Szczątki jej ułożono tak, jak umarła. Leżąca na boku dziewczyna o smukłym ciele, z wyciągniętymi palcami prawej dłoni... Głowa spoczywa na ramieniu. Nie widać twarzy, za to cięcie z tyłu szyi...

– Klik...

Przypomniało mi się nagle dzieciństwo, taka scena z podwórka w Białymstoku:

Ciocia Jania zamierza zabić kurę na rosół. Idzie z nią za chlewek. Ja się bawię na podwórku, ale ciekawość mnie zżera, więc po kryjomu podążam za ciocią. Ta trzyma w garści szamoczącego się ptaka i powoli wielkim nożem odcina, a właściwie piłuje mu łeb. Sróżka krwi kapie cioci po rękach, skapuje na trawę. Kura się miota. Ja patrzę zahipnotyzowana. Czas się rozciąga... Już wtedy miałam taki przebłysk, żeby zamiast noża użyć siekiery? Byłoby szybciej i sprawniej... I dla cioci i dla kury! Ale może ten czas miał się właśnie wtedy rozciągnąć, ukazując każdy detal tej śmierci?... Anyway... Kura bez głowy biegała jeszcze przez ponad minutę po podwórku, żeby zatoczyć ostatni łuk i paść pod moimi zesztywniałymi ze strachu i wrażenia nogami...

– Klik...

Wszystkie te zresztą rzymskie świątynie przypominają klasyczne budowle. Nieważne, że są z XIV, XV, XVI czy XVII wieku. Podobieństwo klasycznego szlifu wyróżnia się zdecydowanie. Do tego, jakby dla kontrastu zachowano tę wyraźnie średniowieczną-romańską wieżę?...
– Ciekawe to wszystko... – znów się zastanawiam.

– To tak, jakby Gotyk w ogóle tu nie istniał? Nie miał tu miejsca? Jakby tradycja klasyczno-antyczna na stałe ten Gotyk stąd wypchnęła? Albo po prostu nie zaakceptowała? Z jego szpiczastym wizerunkiem, który szczerze mówiąc nie pasowałby tu? A może gotyckie okna, choć i tak upstrzone witrażami przepuszczały za dużo światła? Za dużo słońca, które choć dla nas, środkowych Europejczyków są tak pożądane, to tu zdecydowanie mniej? Jak to w krajach południowych bywa? Krajach przesyconych i słońcem i upalną temperaturą?...

W każdym razie mało tu Gotyku. Jeden tylko kościół dopatrzyłam się nad Tybrem...

Klasyka i Średniowiecze wymiennie... Tak bym to nazwała. Klasyka antyczna była w końcu inspiracją przez wieki. Antyk, jakby nie było jest dla mnie i nie tylko dla mnie najwspanialszy i najpiękniejszy! Antyk i jego prawie dwutysięczne w swoim trwaniu wariacje. Wariacje ze smakiem, trzeba przyznać.

Siedzę na antycznej ławce i popijam antyczną wodą z fontanny.
– Ciekawe ile lat ma woda? I jak się jej wiek mierzy? Jak to można policzyć?...
Matt porobił trochę zdjęć dookoła i zaraz pójdziemy szukać dobrej knajpy. Od wpół-do-ósmej możemy wreszcie coś zjeść. Jeszcze pół godziny pochłonę więc teraźniejszość. Rzymską teraźniejszość na styku z moim jestestwem...

Pyszne jedzenie w malej restauracji, w pobliżu tego kościoła ze Świętą Cecylią.
Matt zamówił wołowinę z prawdziwkami, a ja rybę z grilla. Do tego ser ricotta, ostra oliwa z pierwszego tłoczenia i dwa rodzaje wódeczek od szefa kuchni.
– Dżisis... Jakie to dobre...
Wieczorem jak zwykle kieliszek czegoś dobrego przed snem... Tym razem i wino i grappa.
– Dobranoc...

16. 08. Niedziela.

– Czujesz ciepło? – pyta mężczyzna.

– Czuję ciepło... – odpowiada kobieta. – Czuję twoje ciepło i twoje istnienie. Nie wiem na czym TO polega, ale czuję... Rób... Zrób... Zrób mi masaż... Zrób mi masaż... Proszę... Proszę cię... Zrób mi ten masaż... Zrób mi ten... Zrób mi to... Zrób co chcesz... – powtarza obsesyjnie kobieta.

– Dobrze... – odpowiada mężczyzna. – Dobrze... Zrobię ci masaż... Zrobię, co zechcesz...

Ma pozwolenie, więc zaciska mocno, coraz mocniej swoje silne dłonie na jej ciele, w jej ciele, na jej szyi, w jej szyi, na jej karku, w jej karku, na jej zbolałych ramionach, w jej zbolałych ramionach. Zaczyna się... Zaczyna się spektakl. Zaczyna się taniec. Zaczyna się masaż. Powoli zaczyna się...

– Co się za... Co się zaczyna? Co? Gdzie i kiedy?... Ma?... Ma?... Manuel?... Ma?... Ma?...Marija?... My love?... My dear?... Ma... Ma... – kobieta z trudem łyka powietrze.

– What is your name?... – szepce jej do ucha mężczyzna.

– Ma... Ma... Ma-ri-ja... – kobieta podskakuje na łóżku tak wysoko, że ciągle nie może złapać oddechu.

– Nice name... – mężczyzna całuje ją prawie niezauważalnie w policzek.

– Nice name... – powtarza i prawie niezauważalnie ześlizguje się na szyję.

– Nice name... – wkłada na chwilę język do jej ucha.

– Nice name... – znów ciągnie suchymi wargami po jej szyi, karku, ramionach.

– Nice name... – końcem języka rysuje znak krzyża na jej plecach, łącząc linię kręgosłupa i łopatek.

– And yours?... – kobieta zaczyna się wić.

– Jean... – pada z boku.

– I want you... – kobieta słyszy swój głos.

– I want you too...

– I want YOU... – powtarza kobieta i próbuje złapać mężczyznę za rękę, żeby powstrzymać go na chwilę od tego rytualnego tańca i żeby mu się przyjrzeć.

– I want YOU TOO... – mężczyzna nie daje jej takiej możliwości, bo przykrywa ją nagle swoim nagim i rozgrzanym torsem.

Przykrywa, pokrywa ją nieoczekiwanie nawet dla samego siebie. Kontynuuje masaż całą powierzchnią swojego ciała. Ociera się o kobietę, o jej głowę, plecy, pośladki, nogi z coraz większą intensywnością. Jest bardzo podniecony, tak samo jak i kobieta, ale nagle odrywa się, odskakuje gwałtownie od niej.

– Stało się coś? – pyta oszołomiona kobieta.

– Dopiero się stanie... – mężczyzna ciężko oddycha.

– Dlaczego przerywasz?

– To nie ja...

– A kto?

– Nie mogę zmienić przeznaczenia – pada krótka odpowiedź.

– Co-oo?? – krzyczy kobieta. – Co się dzieje? Co się stanie? Co się wydarzy? Dlaczego nie możesz się ze mną... – pyta rozdygotana.

– Cii... – mężczyzna przykłada palec do jej ust. – Nie chcę niczego popsuć...

– Popsuć? – kobieta patrzy na niego zaskoczona. – Doprowadzasz mnie do takiego stanu, a teraz mówisz...

– Cii... – mężczyzna przykłada palec do swoich ust.

– Co „Cii"? Co „Cii"?... – szamoce się kobieta. – Nie mogę już się cofnąć?...

– Nie mogę już tego cofnąć?... – poprawia i patrzy na niego błagalnie. – Nie mogę już tego...

– Mistrzostwo sztuki... – mężczyzna uśmiecha się z satysfakcją. – A poza tym... Cofnąć się zawsze można...

– Dlaczego mi to robisz?

– Bo nie chcę niczego popsuć! Nie chcę zmienić przeznaczenia...

– Czy uważasz, że te jedenaście minut zmieni przeznaczenie?

– Jakie jedenaście minut?

– Tyle standardowo trwa stosunek...

– Tym bardziej... – upiera się mężczyzna. – Tym bardziej nie warto poświęcać wieczności dla jedenastu minut...

– Co ty wygadujesz?? – krzyczy kobieta.

– Julia, ja nie chcę niczego popsuć! Czy ty tego nie rozumiesz?? Nie chcę! Proszę cię, zrozum to! Jestem tylko człowiekiem... – Manuel złapał się za głowę.

– Ja też jestem tylko człowiekiem i chcę się z tobą właśnie teraz kochać! Dlaczego robisz mi to? Przecież...

– Ja też chcę się z tobą kochać! Nie widzisz? Nie czujesz?...

– Widzę... Widzę i czuję i nie mogę tego zrozu...

– Proszę cię Julia... – Manuel coraz mocniej przyciska pięści do skroni i zamyka oczy.

– Nie wiesz, jak mi trudno... Jestem tylko człowiekiem... Jestem tylko człowiekiem... Jestem tylko człowiekiem... – powtarza jak opętany.

– A ja myślałam że duchem??... – przecina jak brzytwa Julia.

– To jest chyba niemożliwe?... To jest chyba jakiś sen?... – pyta siebie stłumionym głosem.

– Ma-ri-ja... – słyszy.

– Nie-na-zy-wam-się-Ma... Ma-ri-ja... – jej stłumiony głos brzmi jak jakieś echo.

– A ja nie-na-zy-wam-się-Ma... Ma-nu-el... – dyszy mężczyzna.

Znów przykrywa, pokrywa ją swoim ciałem.

– To JAK?... Jak się nazywasz?... – głos kobiety jest coraz bardziej cichy, jakby obcy, nieswój.

– Jean... – dalej dyszy mężczyzna.

– Powtórz!

– Jean...

– Tak myślałam...

Mężczyzna jest bardzo podniecony, tak samo jak i kobieta, ale nagle odrywa się, odskakuje gwałtownie od niej.

– Stało się coś? – pyta oszołomiona Julia.

– Dopiero się stanie – odpowiada zerowym głosem Manuel.

– Tak myślałam... – Julia zaczyna płakać.

– Nie płacz... I tak cię kocham...

– I co mi z twojego kochania? Co z tego mam? – Julia patrzy na niego załzawionymi oczami.

– Chwila... Ciesz się chwilą...

– Tak, tak... „Ciesz się chwilą"... – przedrzeźnia go. – Sam ciesz się chwilą...

– ociera łzy wierzchem dłoni.

– Kocham cię...

– Tak, tak...

– Naprawdę cię kocham...

– To dlaczego dopiero nad morzem możemy... że... tak... powiem... – głos
Julii nagle zwalnia i zatrzymuje się nieoczekiwanie, jak jakaś taśma filmowa czy magnetofonowa, która wykręciła się ze szpuli.
Teraz powinny na tym wielkim ekranie nastąpić zakłócenia. Pojawić się
powinny jakieś paski poziome i pionowe, jakieś trzaski, jakiś napis typu:
„przerwa" albo „zmiana taśmy". A tu nic. NIC! Niente. Cisza. Cisza i duchota. Manuel nie odpowiada. Nie strzeli nawet żadna klepka podłogowa...

I znów cisza zaczyna wypełniać cały hotelowy pokoik. Cisza, duchota i to
pomarańczowe, a gdzie tam, TO czerwone światło.
– Wierzysz w duchy? – pyta nagle Manuel.
– Przecież wiesz...
– Opowiesz mi o tym?
– Przecież wszystko wiesz...
– Ale chcę to od ciebie usłyszeć...
Cisza.
– Jeszcze raz chcę TO od CIEBIE usłyszeć... – Manuel ponawia prośbę.
– No więc... – zamyśla się Julia.

39

24. 08. 2015. Poniedziałek.

Siedzę na dachu Bazyliki Świętego Piotra w Watykanie. Co za przepych! Co
za państwo w państwie! Kilometrowe kolejki do wejścia, no i oczywiście
opłaty za wszystko.
– Ciekawe ile taki Watykan dziennie zarabia?... – zastanawiam się.
– Myślę, że około stu-tysięcy euro spokojnie... – odpowiadam sobie.
– I jakoś nikomu stąd nie przyjdzie do głowy, żeby choć część z tych milio-
nów przekazać biednym? Czy na inne wzniosłe cele?... No tak...
Imponujące państwo w państwie z imponującymi pieniędzmi i siłą. Siłą
mafii i hipokryzji od wieków. Dawno skończyły się czasy, kiedy znaczenie
słów Chrystusa naprawdę były brane pod uwagę. Została tylko otoczka, na
którą jeżeli Chrystus patrzy, to się sporo dziwuje...

– No bo i jak pogodzić tyle hipokryzji, korupcji przez tyle wieków z czystością ducha, pokorą, miłością do bliźniego i tym wszystkim, o czym Chrystus mówił?... – zastanawiałam się dalej.
– Dlaczego nikt nie zrobił jeszcze z tym wszystkim porządku?...
Chociaż... wydaje mi się, że czasy przepychu religijnego, przepychu w końcu ludzkiego jak by nie było kończą się. Tak jak skończyło się mocarstwo rzymskie, tak kończy się mocarstwo kościelne. I tu i tu doszło do przesilenia... I tu i tu plebs doszedł do władzy i wszystko co wzniosłe i piękne na początku zrównał do... korzystnego tylko dla siebie bytu. Po co piękno? Poco prawda? Po co miłość?... Kasa! Kasa i tyle! Kasa i władza albo na odwrót: władza i kasa.

Po zwiedzeniu muzeum watykańskiego i Świątyni Sykstyńskiej zaczynam przyzwyczajać się do katolickiego nastroju wokół mnie. Tu w Rzymie, a nie w Polsce. Ten tu katolicyzm nie jest w sumie taki zły... Kiedyś w Polsce też było całkiem przyjemnie, dopóki kler nie wziął się za politykę...
W Rzymie jest spokojnie. Wszystko jest na miejscu. Czuję atmosferę spokoju i tolerancji. Nikt nikogo do niczego nie przymusza i nikogo nie ocenia. Chcesz wierzyć? To wierz. Nie chcesz wierzyć? To nie wierz. Twoja sprawa i twoje sumienie. Tak w końcu powinno być. Tylko umiarem i harmonią możemy przyciągnąć...
– No właśnie... Kogo, gdzie i do czego mamy przyciągnąć?...
Brak umiaru i wszelkie fanatyzmy, które wynikają z braku umiaru zdecydowanie zakłócają harmonię wszechświata. Tak, tak uważam. Ba, jestem tego pewna!
– Szkoda, że Matt nie wierzy nawet w istnienie Chrystusa, a w Arystotelesa na przykład tak? – pomyślałam nagle.
– Szkoda, że nieumiejętność rządzenia Kościołem wpłynęła na narastającą nienawiść międzyludzką? Nienawiść nie do samego Chrystusa, jako w pewnym sensie prowodyra Chrześcijaństwa, ale tak po prostu?...
– Ja sama też jeszcze przed chwilą „nienawidziłam" Kościół, ale teraz... – zaczęłam wątpić.
Kościół jest mi teraz obojętny. Jest mi już bardziej obojętny, tu w Rzymie, bo skoro się nie wtrąca, to znaczy, że daje mi żyć! Jest takie powiedzenie: „żyj i daj żyć innym". Niech więc żyje sobie Kościół, ale niech nie robi nikomu krzywdy! Nikt też nie powinien robić krzywdy Kościołowi. Czyż nie? To chyba jest sprawiedliwe? Uszanujmy więc swoje własne wolności i tyle!

– Jest również inne powiedzenie: „nie ruszaj gówna, bo śmierdzi". – przypomniało mi się przed snem.

– A dlaczego by nie ruszyć? – zastanowiłam się. – Okej, buchnie odorem na chwilę, ale za to możemy dobrze posprzątać?... Lepiej jest bowiem żyć w czystym świecie niż wśród zaschniętych kłamstw?... – zamknęłam oczy.

Czerwone światło wdarło się niespodziewanie pod moje zmęczone całym dniem powieki.

– Matt? Czy ty też TO czujesz?... – zapytałam niepewnie.

– Uhm... – mruknął mąż.

– Czujesz to, co ja? – ucieszyłam się.

– Co? – Matt odłożył komórkę.

– Czerwone światło? – otworzyłam oczy. – Widzisz to czerwone światło?

– Jakie czerwone światło?

– No... Normalne?...

– Ale gdzie?

– No... No tu...

– Nie rozumiem?

– W pokoju...

– Jakim pokoju? – mąż popatrzył na mnie z uwagą.

– W pokoju hotelowym! – krzyknęłam.

– Nie widzę żadnego światła. – Żadnego! – Matt dodał z naciskiem.

– No dobra... – machnęłam ręką i na wszelki wypadek, żeby dobrze się temu światłu przyjrzeć zgasiłam nocną lampkę przy swoim łóżku:

– Klik...

– Klik... – Matt też zgasił swoje światło.

– Ma-att?...

– Co?

– Ale ja nie żartuję...

– Ja też nie...

– Myślisz, że jestem nienormalna?

– Nie.

– Nie myślisz tak? – upewniałam się w ciemnościach.

– Nie. – Nie myślę – powtórzył.

– Ale wierzysz mi?

– Śpij...

– Wierzysz mi? – nalegałam.

– Wierzę.

– Na pewno?

– Na pewno. Śpij. Śpijmy już... – ziewnął.

– Matt? – znów zapytałam. – Ma-att?... – jeszcze raz. – Śpisz?... Ma-att?... Śpisz już?...

– Ma-att?... – uniosłam się na łokciach i popatrzyłam na równoległe łóżko.

17. 08. Poniedziałek. Noc.

– Klik... – jednocześnie zapaliło się światło sąsiedniej lampki.

– No więc... – zamyśliła się Julia. – No więc widzę, że cały pokój jest czerwony. Po prostu jest nagle wypełniony jakimś czerwonym pyłem czy parą. Wcześniej czegoś-takiego nie było? Przynajmniej ja tego nie zauważyłam?... Oddycham tą czerwienią. Muszę, jestem zmuszona oddychać tym czerwonym powietrzem, tą czerwienią... Stoję przy łóżku Matta, patrzę jak on śpi, chyba śpi i oddycham czerwienią... Dobre co?...

W końcu postanawiam wrócić tam, skąd przyszłam. Wracam szybko do swojego łóżka, ale czerwień nie znika. Wręcz przeciwnie. Nasila się. Natężenie czerwieni się nasila. Jest tak intensywnie czerwono i tak duszno, że brakuje mi powietrza w płucach. Dodatkowo robi mi się niedobrze, bo wyobrażam sobie te moje biedne płuca wypełnione tym czerwonym czymś-tam...

Postanawiam położyć się płasko na plecach, tak jak Matt w swoim łóżku, może dlatego, żeby lepiej oddychać? Opanować panikę, a przynajmniej zaskoczenie?... I nagle widzę, czuję, że się unoszę! Nie mam już kontaktu fizycznego z moim łóżkiem, tylko tak na płasko, tak jak już leżałam wcześniej unoszę się w górę! Kątem oka widzę pod sobą fragmenty drewnianej łóżkowej ramy. Widzę śpiącego Matta! W dole go widzę! W dole! Ja jestem już prawie pod sufitem, zawieszona w tej czerwoności, a wszystko jest na dole! Pode mną! Łóżko jest pode mną, Matt jest pode mną... Wszystko! Dosłownie wszystko...

– Ojej... Dotykam już nosem sufitu? – odkrywam w panice.

Właściwie, to za szybko się to wszystko działo, żeby panikować, ale w momencie, kiedy uświadomiłam sobie, że jestem tak wysoko pod samym sufitem, to jakaś niespotykana siła ściągnęła mnie nagle w dół.

– Klap... – walnęłam plecami o wyro z takim hałasem, że Matt się obudził.

– Co się stało? – wymamrotał zaspany. – Wszystko dobrze?

– Tak... – nie ruszałam się i postanowiłam nawet nie oddychać.

– Chyba jednak coś się stało? – Matt się zaniepokoił, patrząc na moje sztywne jak deska ciało.

Nabrałam w płuca czerwonego powietrza i zapytałam: – Czy widzisz to co ja?

– Co?

– Nie widzisz?...

– Ale co?

– Czerwono...

– Ale co?

– Czerwono tu...

– Gdzie?

– Tu...

– Co?

– Czerwono...

– Gdzie czerwono?

– Tu... Czerwono... Widzisz?... Nie widzisz?...

Mówiłam półsłówkami, żeby jak najmniej mieć do czynienia z tym czerwonym świństwem, które zaczęłam niechcący połykać i które dodatkowo drapało mnie w gardle.

– Nie wiem o co ci chodzi? – Matt zaczął się niecierpliwić.– Za dużo wypiłaś, czy co?

– Matt... Tu jest czerwono – powiedziałam zerowym głosem.

– Ale gdzie? Ja nic nie widzę? Gdzie jest czerwono?

– TU! – nie wytrzymałam i poderwałam się z łóżka. – Nie widzisz? – patrzyłam z satysfakcją na purpurową poświatę. – Zobacz ile tego jest! ZOBACZ... – podniosłam ramiona i zaczęłam łapać tę czerwoną substancję w obie ręce.

Formowałam z niej jeszcze intensywniejsze w kolorze kule. Trochę mi się wyślizgiwały z rąk, ale dwa razy udało mi się cisnąć taką niby-kulą w Matta, jak zimową śnieżką w bałwana.

Substancja trochę jakby łaskotała moje dłonie i wyślizgiwała się, ale było to raczej przyjemne uczucie niż przykre.

– No i co?... No i co ty na to?... – bawiłam się purpurowymi śnieżkami.

– Odbiło ci? – Matt gwałtownie wyskoczył z łóżka i złapał mnie za wymachujące ramiona.

506

– Co ty wyprawiasz? Odbiło ci? Julia??... – przycisnął mnie z całej siły do siebie.

– Nie widzisz tego co ja? – zapytałam wyzywająco.

– Czego??

– Cały pokój jest wypełniony czymś czerwonym... Naprawdę tego nie widzisz? Naprawdę?... – teraz dopiero się przestraszyłam.

Matt gwałtownie rozluźnił uścisk.

– Hmm... – zaciągnął się czerwonym powietrzem.

– Hmm... – zaciągnął się Manuel pełzającymi i niewyjaśnionymi myślami.

– Ale właściwie, to po co ci o tym wszystkim opowiadam?... – Julia powoli odwróciła głowę w jego kierunku.

– Nie interesuje cię czerwone światło? – zapytał podstępnie Manuel.

– I tak i nie...

– Dlaczego i tak i nie?

– Tak, bo nie wiem do tej pory co to miało znaczyć, co to w ogóle było, a nie, bo się boję. Po prostu się boję.

– Czego?

– Sama nie wiem... Może usłyszeć prawdę?...

– Hmm... – Manuel znów się zamyślił. – Ale korci cię?

– Poznać prawdę?

– Uhm...

– Pewnie, że korci...

– Czasami lepiej jest prawdy nie znać, ale w tym przypadku...

– Wiesz coś na ten temat? – Julia nagle przysunęła się do niego.

– Pewnie tyle, co i ty... – Manuel przycisnął ją ramieniem.

– Czyli... ile?

– Ale co to jest prawda?... – zapytał.

– Tajemnica życia i śmierci – odpowiedziała poważnie Julia. – Takiej prawdy najbardziej się boję, ale i taka prawda najbardziej mnie interesuje, ciągnie...

– Dobra dziewczynka... – pomyślał Manuel i delikatnie pocałował ją w policzek.

– Tęcza... Fiolet... Tunel... Czerwone światło, to dobry znak... Czerwone światło, to przechodzenie do innej rzeczywistości. – odezwał się.

– Tak... Czerwone światło, to przechodzenie do innej rzeczywistości... – cicho powtórzyła po nim Julia.

Przez chwilę trwali w milczeniu. Manuel rozluźnił w końcu uścisk i sięgnął po paczkę z tytoniem, która leżała na podłodze przy nocnej szafce. Julia zaniepokoiła się.

– Tu nie wolno palić...

– Otworzymy okno... – Manuel podniósł się z łóżka i uchylił okno.

Przysiadł na parapecie i zwinnymi ruchami zrobił dwa skręty. Bez słowa podał jeden Julii i natychmiast podpalił zapalniczką. Drugiego papierosa włożył sobie do ust i też zapalił. Zaciągnął się z lubością.

– Dobry, holenderski tytoń...

– Co robiłeś w Rzymie zanim przyleciałam? – zapytała Julia.

– Mam tu parę spraw... – Manuel odpowiedział wymijająco.

– Odwiedziłem przyjaciela – dodał zerowym głosem.

– Tak? Masz tu przyjaciela? A co robi twój przyjaciel?

– Był Gladiatorem, a teraz handluje antykami...

– Gladiatorem? – przerwała mu Julia.

– Ma niewielki sklep z antykami... – dokończył Manuel.

– Jakim gladiatorem? – Julia udała, że nie rozumie.

– Takim... Jak to czerwone światło... – Manuel odpowiedział spokojnie.

– Naprawdę?...

– Naprawdę...

– Tak... Czerwone światło... To jest właśnie przechodzenie do innej rzeczywistości... – Julia wypowiedziała to zdanie głośno i pewnie.

– No widzisz?... Jakie to proste? Nie trzeba się bać. Nie warto... W niektórych kulturach nawet śmierć jest czymś radosnym, tylko u nas...

– W niektórych kulturach śmierć jest zaszczytem... – sarkastycznie podsumowała Julia.

– Tak, śmierć jest zaszczytem, jeżeli ją poznamy i zrozumiemy... – powiedział Manuel.

– Dobrze poznamy i dobrze zrozumiemy... – poprawił.

– Tylko jak to zrobić? – Julia zaciągnęła się swoim papierosem.

– Nastawić anteny.

– Czy to wystarczy?

– A nie? – Manuel popatrzył na nią z chytrym uśmiechem.

– A tak? – Julia przekrzywiła głowę.

– Niektórzy to umieją... – teraz on się zaciągnął.

– Niektórzy... – Julia się zamyśliła. – Myślisz, że...

– Myślę, że tak. – przerwał jej zdecydowanie.

– Czyli... nie powinnam bać się ani tej żółtej linii na szarym tle? Ani tej po-marańczowej poświaty? Ani tego czerwonego, wszechogarniającego pyłu? – zajrzała mu śmiało w oczy.

– Wszechogarniający czerwony pył jest przejściem do fioletu.

– Jakiś ty mądry Manuelu... Spektrum światła nie jest ci obce...

– Spektrum światła czy spektrum ciemności to jedno i to samo. – odpowie-dział zdecydowanie.

– Tak?... A jakie jest spektrum ciemności?

– Kwestia perspektywy...

– No, no... Odwracamy kolejność? Stajemy na głowie?...

– Można tak to ująć.

– A co będziemy robić jutro? Jak jutro odwrócimy naszą rzeczywistość? Jurto jest nasz ostatni dzień?... Znów staniemy „na głowie"?...

– Jutro będziemy zwiedzać miasto i kochać się...

– Tak, tak... Skąd ja to znam... – westchnęła sarkastycznie Julia.

– A może odwiedzimy twojego przyjaciela? – ożywiła się nagle.

– A może pojedziemy nad morze?... – zapytał podstępnie Manuel.

– Może nad morze... – zamyśliła się Julia.

– Dlaczego akurat nad morze? – zdziwiła się.

Manuel nie odpowiedział.

40

25. 08. 2015. Wtorek.

Ostatni dzień w Rzymie. Zamierzamy spędzić go lajtowo. Pewnie coś po-zwiedzamy, a ja w szczególności sklepy... Zobaczy się... Na razie jednak odpoczywamy po śniadaniu.

Mała kupa i „we go", czyli zaraz wyruszamy w miasto!

Matt ciągle grzebie w komórce, ja sprawdzam zestaw ciuchów na tę upalną pogodę. Słońce bezlitośnie przeciska się do hotelowego pokoju przez nie-zbyt szczelnie zaciągnięte zasłony.

– Ale żar... – mówię do siebie i zakładam najlżejszą jaką mam sukienkę.

– Gotowa? – pyta Matt.

– Już dawno – odpowiadam automatycznie.

Cały dzień łazimy po Rzymie, a w przerwach jeździmy autobusami. Całe szczęście, że są te autobusy... Jestem tak zmęczona, że już chcę wracać do domu. Do Warszawy oczywiście.

– Ile można łazić? – zaczynam mieć tego wszystkiego dosyć.

Po drodze kupiłam sobie włoską prostą sukienkę w kwiatki za czternaście euro. Było tak gorąco, że nie mogłam wytrzymać w swoim ubraniu. Matt podążał za mną jak cień, bez słowa, może dlatego, że było tak gorąco, a może dlatego, że ze względu na klimatyzację godził się bez oporów na te sklepy?... No w każdym razie chodziliśmy po Rzymie w tę i z powrotem, a jak już nogi odmawiały nam posłuszeństwa, to wsiadało się w pierwszy--lepszy autobus i jechało do końca trasy! To samo z powrotem! I następny autobus... I tak do odpoczęcia... Wreszcie Muzeum Nowej Sztuki stało się naszym celem. Zwiedziliśmy to muzeum prawie samotnie.

– W porównaniu z Watykanem... Ojojoj... jaki luz... – zaśmiałam się.

Luz i shit! Nie do wiary... Takie gówno, że w głowie mi się nie mieściło. Ściany u Olgi są chyba lepiej i bardziej ekspresyjnie pomalowane flamastrami przez jej chłopców niż niektóre obrazy w tym muzeum! I jeszcze do tego, jak te obrazy były eksponowane? Specjalne światło do specjalnego shitu... Shit w świetle... Nie mogę powiedzieć, że nie rozumiem, bo „niestety” sama jestem artystką i rozumiem co nieco, ale nie zgadzam się z takim shitem, taką łatwizną, takim beztalenciem i już! Brak szacunku dla kultury, tradycji, kunsztu talentu i tak dalej... Całe szczęście, że kończy się już taka epoka, która w końcu sto lat trwała!

– O zgrozo! Sztuko wracaj! Wypchnij ze swego grona tych loozerów i pseudo-filozofów... Wracaj sztuko... – zawyłam boleśnie, stojąc na lustrzanej posadzce i patrząc na słynny bidet czy sedes na piedestale Marcela Duchamp.

– My też jutro wracamy do Warszawy... – pomyślałam trochę z ulgą.

18. 08. Wtorek.

– Ostatni dzień w Rzymie... – westchnęła Julia i spojrzała na śpiącego obok Manuela.

– Nie ma ostatniego dnia... – Manuel odezwał się niespodziewanie.

– Nie śpisz? – podskoczyła.

– Śpię... – odpowiedział nie otwierając oczu.

– Co będziemy dzisiaj robić?

– Pojedziemy znów nad morze... Chcesz?
– Dlaczego akurat nad morze? I dlaczego „znów"? – zdziwiła się Julia.
– A dlaczego by nie?... – odpowiedział pytaniem Manuel.
– Bo tu jest Tybr. Rzeka...
– A nie możemy sobie morza wyobrazić?...
– Może i możemy... – przyznała tajemniczo Julia. – Może i tym razem uda się nam odwrócić naszą rzeczywistość?...
– To nie my ją odwracamy. To rzeczywistość nas odwraca... – zamyślił się Manuel.
– Kwestia perspektywy... – Julia uśmiechnęła się.
– Dobra dziewczynka... Szybko się uczy... – Manuel mruknął zadowolony.

Położył się na wznak, wyciągnął ręce spod przykrycia i podłożył sobie pod głowę. Julia zauważyła tatuaż na jego lewym ramieniu i jego nagi, lekko owłosiony tors.
– Jaki on przystojny... – zdążyła pomyśleć.
Jednocześnie zauważyła, że sama też jest naga, zakryta tylko białym prześcieradłem.
– Manuelu... Czy byliśmy już nad morzem?... Czy byliśmy TAM razem?... Dzisiaj w nocy?... Dzisiaj w nocy... nad morzem?... – przeraziła się.
Manuel powoli odwrócił głowę w jej stronę.
– A jak myślisz?... – zapytał bez emocji. – Nie pamiętasz?...
– Niee?... – odpowiedziała Julia. – Kochaliśmy się?
– Nic nie pamiętasz? – Manuel udał, że tego nie usłyszał.
– Ale... co mam pamiętać?...

– „Po kilku latach wyprowadziliśmy się wszyscy z Marsylii i zamieszkaliśmy w Sète, nad samym morzem"... – zaczął opowiadać Manuel. – Nie pamiętasz?...
– O czym ty mówisz? – Julia uniosła się na łokciu.
– „Cudownie było spacerować całymi dniami wzdłuż plaży, czasami aż do samego Cap d'Agde i dalej. Zbierać wielkie muszle, kąpać się w czystej lazurowej wodzie i wylegiwać na gorącym piasku"...
– Manuelu?...
– „Popatrzcie, jeżeli będziemy tak iść i iść... to dojdziemy do samej Barcelony? Czyż nie? – cieszyła się Laura"...
– Manuelu, o czym ty mówisz?...

– „Ciekawe, ile by mam to zajęło? – zastanawiała się Marija"...

– Kto??

– Nie pamiętasz? – Manuel przysunął się nagle do Julii.

– Niee?...

– Naprawdę nie?

– Naprawdę nie!

– A chcesz posłuchać?

– Tak...

– To słuchaj – jeszcze bliżej przysunął się do niej:

– „Spróbujmy? – śmiał się Jean i śmiesznie przebierał nogami, rozpryskując przesadnie wodę w morzu"... – opowiadał dalej Manuel.

– „Przychodziliśmy wieczorem do domu, często obładowani mulami, które zbieraliśmy na pobliskiej mieliźnie. Robiliśmy wspólnie kolację, a potem wracałem... A potem Jean wracał do pracy w prowizorycznym namiocie nad wodą i siedział tam prawie codziennie przez całą noc. Robił artystyczne meble. Pamiątka ze studiów malarskich w Rosji, których nigdy nie skończył... Czasami malował zawzięcie i do skutku nocne pejzaże. Rano nie można było go dobudzić"...

– O czym ty mówisz??

– Zamknij oczy! – rozkazał nagle Manuel.

Julia natychmiast wykonała jego polecenie.

– Widzisz coś? – zapytał.

– Plażę?... Czy czerwone światło?... – Julia zaczęła ciężko oddychać.

– Plażę...

– Nie...

– Nie??

– Jeszcze nie... Poczekaj... – szepnęła zakłopotana.

– Nie otwieraj oczu! – Manuel położył jej rękę na twarzy.

– Nie otwieram...

– Widzisz?

– Trochę...

– Co widzisz??

– Czerwone światło...

– Nie otwieraj oczu... – Manuel podniósł się gwałtownie z łóżka, podbiegł do okna i zaciągnął szczelniej zasłony, przez które przedzierały się promienie porannego słońca.

– Nie otwieram... – odpowiedziała Julia, leżąc posłusznie na swoim miejscu.

– A teraz? – Manuel wślizgnął się z powrotem do łóżka. – Co widzisz teraz?

– Czerwone światło... – potwierdziła Julia.

– „Siedział na niedużym kamieniu, ciągle w płaszczu i kapeluszu i palił skręta"... – Manuel zaczął dalej opowiadać.

– Kto??

– Jean...

_ Jean??

– Widzisz go? Widzisz TO? – zapytał z nadzieją Manuel.

– Poczekaj... Poczekaj... – Julia jeszcze mocniej zacisnęła powieki.

– „Podeszłam do niego po cichu"... – przejęła od Manuela opowieść. – „Marija podeszła do niego po cichu, oderwała przyklejoną do kamienia samotną małżę i gwizdnęła mu prosto do ucha... – „Marija?!... – podskoczył Jean"...

– Tak! Tak!... – ucieszył się Manuel. – Nie otwieraj oczu!

– Nie otwieram...

– Co widzisz?

– „Roześmiałam się"... – odpowiedziała Julia. – „Marija roześmiała się i podała mu muszelkę. – Co zjemy na kolację? – zapytała. – Do kolacji jeszcze daleko, ale jak masz ochotę na mule, to możemy nazbierać?" – odpowiedziałeś... Odpowiedział Jean... – „Oui, oui! – ucieszyła się dziewczyna. – A jeszcze lepiej, wykąpmy się! – zawołała. – Nie jesteś zmęczona? – zapytał Jean, skręcając następnego papierosa. – Oczywiście, że jestem, ale popatrz, jak tu jest bosko? Pełnia lata, słońce wysoko jeszcze praży, nie ma wojny... Siedzę na wilgotnym piasku i przyglądam się chmurom na nieskazitelnie błękitnym niebie... Jest bosko... Drugi raz w życiu, po Barcelonie, czuję się jak w raju! To jest raj na ziemi! Tato, to raj na ziemi! Popatrz... Papa"...

Julia nagle otworzyła oczy.

– Jesteś tam! Jesteś! – zawołał Manuel. – Wiedziałem... Wiedziałem, że się uda!

Julia nie odpowiedziała. Zapatrzyła się tępym wzrokiem na Manuela, a po chwili, jak w transie zaczęła kontynuować przejęty od niego wątek, patrząc mu prosto w oczy:

– „Raj?... Nie przesadzasz?... – zapytał Jean... – Popatrz na tych ludzi? – Marija nie zwróciła na niego uwagi. – Wylegują się tak, jak my? Na plaży popijają wino... Dzieci bawią się na kocach... Kosze jedzenia, kieliszki, talerze, rozmowy i śmiechy... Szum morza i ten zapach... Zapach wielkiej słonej wody... Czyż nie jest to raj? – pytała zachwycona. – Widzę raj. Słyszę raj. Czuję łagodne głaskanie wiatru po ciele i wilgotny, kojący podmuch od wody. Prawie smakuję tę wodę i ten wilgotny wiatr... Wącham... Nie jestem w stanie nawet rozróżnić, co jest pierwsze"...

– Marija, Marija... – westchnął nieoczekiwanie Manuel. – Ciągle taka romantyczka z ciebie?
– A jak myślisz? – odpowiedziała zalotnie Julia.
Cisza. Cisza i duchota.

– „Obudziłaś się, kiedy zachodziło słońce"... – zaczął znów Manuel. – „Przykryta dwoma kocami leżałaś na zimnej już plaży. Z domu dolatywał przyjemny zapach smażonej ryby. Światło w kuchni paliło się i widziałaś krzątającego się tam ojca, przyrządzającego kolację. Wstałaś, owinęłaś się szczelnie kocami i szczękając zębami ruszyłaś w stronę domu.
– Wyspałaś się? – rzucił wesoło Jean, sprawnie przekładając rybę na drugą stronę.
– Uhmm... Co jemy? – zapytałaś zaspana.
– To co lubisz. Dorada!
– Kocham Cię papa... – westchnęłaś.
– Wiem, wiem... – mruknął zadowolony Jean.
Przekładał dalej rybę i pogwizdywał cicho jakąś melodię. Skwierczący tłuszcz co chwila podskakiwał i strzelał mu prosto w twarz. – Merde... – zaklął i zaczął zmniejszać ogień w piecu.
Zdjął patelnię z paleniska i sprawnie dorzucił pogrzebaczem dwie żelazne obręcze. Postawił z powrotem patelnię na miejsce i patrzył jak ryba dochodzi.
– Ja też cię kocham... – powiedział po chwili do siebie"....

Tu Manuel przerwał.
– Ja też cię kocham... – popatrzył na Julię.
– Wiem... – odpowiedziała bezbarwnym głosem Julia.
– Chcesz wiedzieć co było dalej?
– Chcę...

514

– „Po kolacji Jean nalał córce i sobie czerwonego wina. Pili przez chwilę w milczeniu. Po jakimś czasie zdjął ze ściany wiszącą na kołku gitarę i położył ją na stole. Upił jeszcze łyk wina i skręcił sobie papierosa. – Chcesz? – zapytał.

– Nie, dziękuję. Nie palę...

– A ja tak... – Jean podpalił zapałką papierosa i zaciągnął się z lubością. Po kilku machach odłożył skręta na popielniczkę, złapał za gitarę i zaczął grać flamenco.

W pewnym momencie spojrzał zawstydzony na Mariję"...

– Na ciebie spojrzał... i... – Manuel zawiesił się na chwilę. – I przerwał granie... – ruszył dalej.

– „Teraz, to się wstydzę przy tobie... – Jean zaśmiał się gorzko.

– Zwariowałeś? Dawaj, dawaj. Olé, Olé! – zawołałaś i poderwałaś się nagle z krzesła.

Zaczęłaś tańczyć, a Jean zaczął znów grać. Wystukiwałaś bosymi stopami rytmy flamenco, a Jean grał dalej i dalej, szybciej i szybciej. Zamknął oczy i szarpał struny gitary, jak w jakimś transie. Gdy skończył, zapalił znowu papierosa.

– Nie za dużo palisz? – zauważyłaś.

– To ona nauczyła cię tak tańczyć? – zapytał zdyszany.

– A ciebie tak grać? – roześmiałaś się.

Jean nie zareagował i znów zaczął brzdąkać jakiś liryczny kawałek, trzymając w kąciku ust papierosa. Próbował to to, to tamto. Nie za bardzo mu wychodziło. Znużony odłożył na miejsce instrument.

– Potrzebujesz kobiety. – powiedziałaś po chwili poważnie.

– Nie wtrącaj się... – odburknął.

– Ja tylko tak...

– Nie twoja sprawa! – wstał z krzesła i poszedł do kuchni po nową butelkę. Nalał sobie wina i wypił duszkiem. – O, pardon... chcesz? – zapytał.

– Nie, dziękuję... – Papa... – wzięłaś głęboki oddech.

– Uhmm?...

– Nie jestem już dzieckiem... – wypuściłaś powietrze.

– Wiem... Wychodzisz za mąż... – przerwał poddenerwowany.

– No właśnie... Dlatego chciałabym...

– Dość! Nie będę o tym mówić! – warknął.

– Nie wiesz co chcę powiedzieć...

– Wiem.

– Nie wiesz...

– Zawsze to samo... – jego wzburzenie zaczęło narastać.

– Nie wiesz co chcę powiedzieć? – nalegałaś.

– Dość! – wrzasnął w końcu.

– Papa...

– Merde! – walnął pięścią w stół tak mocno, że butelka z winem przewróciła się, a czerwony trunek spływał wartko na ziemię.

– Merde! – zawołał Jean i pobiegł do kuchni po szmatę.

Podbiegłaś w tym czasie do fortepianu i zaczęłaś grać Sonatę Patetyczną Beethovena. Byłaś tak wściekła, że chyba nigdy jak dotąd nie udało ci się zagrać tej sonaty w takim tempie. W oszołomieniu przebierałaś palcami cały czas w „forte", nawet w wolniejszych fragmentach przetworzenia. Temat w c–moll i twoje serce przyśpieszały coraz bardziej i bardziej i dudniły przeraźliwie, jak jakiś dziki koń galopujący po drewnianym moście"...

– To prawda... – wtrąciła Julia.

– „Kiedy doszłaś do finału pierwszej części, zaczęłaś gwałtownie walić pięściami w klawiaturę"... – Manuel nie zwrócił na Julię uwagi.

– „Co ty robisz?! – Jean wyleciał z kuchni ze szmatą do podłogi.

– To co ty! – zawołałaś wzburzona. – Mam temperament taki jak ty! Jestem twoją córką! A może nie jestem nawet i... TWOJĄ córką?!

– Marija!?...

– Do jasnej cholery! Chyba mam prawo wiedzieć kim jestem? Chyba mam prawo wiedzieć kim była moja prawdziwa matka?! Kim jesteś ty?! – krzyczałaś. – Gdzie jest moja matka?! Gdzie jest MOJA matka?! Gdzie jest MOJA MATKA??! – wrzeszczałaś jak w jakimś transie:

– Codziennie rano budzę się i tęsknię za nią. Mówię do niej nawet we śnie: „Wiem, że gdzieś jesteś, widzisz mnie i słyszysz... Szkoda, że nie mogę się do ciebie przytulić... Mamoo... MAMOO"!!??...

– Myślisz, że to takie proste? – załkałaś boleśnie. – Nie mogę jej nawet sobie wyobrazić? Nie mogę jej nawet normalnie kochać? Nawet jak już nie żyje? Nie mogę jej normalnie kochać! Nie mogę jej kochać, bo Ty-y... na to nie pozwalasz?! Przybliż mi proszę jej obraz! Pozwól mi poczuć to, co każdy człowiek, zwierzę, roślina poczuć powinna... Choćby przez chwilę... Przez małą chwilę... Malutką... – łkałaś. – Nie odbieraj mi tego!?... Pa-pa!? PAPA-A...!??"...

Manuel nagle przerwał. Julia milczała jak zaczarowana i patrzyła na Manuela tępym wzrokiem.

– Manuelu... – odezwała się ochrypłym głosem. – Czy ja byłam twoją córką? Czy byłam twoją córką w tamtym...

– Cii... – przerwał jej Manuel i położył swój palec na jej ustach.

– Zamknij oczy... – poprosił.

– Okej... – Julia zamknęła oczy.

– Co widzisz? – zapytał.

– „Jean... Jean siedzi skulony w kącie na ziemi i płacze"... – teraz Julia opowiada:

– „Jego szloch natęża się jak gra flamenco, jak sonata patetyczna Beethovena. Wyje, jak porzucony wilk, a jego twarz wykrzywiona nieludzkim grymasem cała jest we łzach, które jak strumienie niepohamowane żadną już siłą spływają bezwstydnie na otwarte bezradne dłonie, trzymające szmatę do podłogi... Łzy tak długo tłumione, skrywane przez tyle lat oczyszczają teraz i jego i... Mariję... Cały ten zasrany świat, w którym przyszło mu żyć nie ma w tej chwili większego znaczenia. Jean czuje się wolny jak nigdy, jakby cały wszechświat należał teraz tylko do niego i... jego"... – tutaj Julia wzięła głęboki oddech.

– „Córki"... – dokończyła cicho.

– Co jeszcze widzisz? – zapytał Manuel.

– „Wytarłeś szmatą twarz i przysunąłeś się na kolanach do stojącej jak słup i oniemiałej"...

– Mariji?... Prawda? – drążył Manuel.

– Tak, Mariji – potwierdziła Julia. – „Wyciągnąłeś do niej rękę: – Siadaj! – przyciągnąłeś ją do siebie"... – Julia przełknęła z trudem ślinę. – „Po raz pierwszy w życiu... przytuliłeś... ją... Przytuliłeś mnie... tak mocno"... – Julia wypowiedziała to zdanie powoli.

– Po raz pierwszy w życiu przytuliłeś mnie tak mocno! – nagle otworzyła oczy.

– Jestem?... Byłam?... – zapytała rozdygotana.

– Cii... – Manuel przyłożył palec do swoich ust.

– Byłam?... Jestem?... – nalegała.

– A jak myślisz? – teraz on zalotnie przekrzywił głowę.

– Nie wiem... Gubię się...

– Cii... – znów uspokoił Julię Manuel. – Kocham cię...

– Ja też cię...

– Co teraz widzisz? – przerwał jej.

– Wszechogarniający czerwony pył...

– Wszechogarniający czerwony pył jest przejściem do fioletu... – Manuel zaczyna swój wykład: – A przejście do fioletu, to przejście do innej rzeczywistości...

– Myślałam, że czerwień jest tą granicą?... – teraz Julia przerywa Manuelowi.

– Fiolet. Fiolet jest przejściem do innej rzeczywistości. Bezwzględnym przejściem do innej rzeczywistości. Rozumiesz o co mi chodzi? – spogląda na nią z uwagą. – Fiolet, to granica, którą jak przekroczysz, to już się nie cofniesz.

– Przecież sam mówiłeś, że cofnąć się zawsze można? – zapytała Julia niespodziewanie.

– W czasie liniowym nie za bardzo – stwierdził sucho Manuel. – W czasie liniowym fiolet jest kolorem śmierci – dodał bez emocji.

– Fiolet to kolor śmierci... – tępo powtórzyła po nim Julia. – Kapłani w czasie adwentu też mają fioletowe szaty...

– Też – zgodził się Manuel. – A czerwień, którą widzisz jest tuż przed fioletem...

– Czyżbym balansowała na granicy życia i śmierci? – przestraszyła się Julia.

– Ale... Ale przecież nie widzę żadnego tunelu? Przecież to właśnie jakiś tunel ma być tą...

– Tunel też – przerwał Manuel.

– W tunelu jest przecież?... Podobno w tym tunelu jest... białe światło? – Julia popatrzyła na niego rozszerzonymi oczami.

– Najpierw jest białe, potem żółte... Cienka żółta linia zaczyna drgać i wyrywać się do innego świata... – Manuel nie spuszczał Julii z oczu. – Następnie pomarańczowa poświata zaczyna cię oplatać ze wszystkich stron, a potem czerwony pył wchodzi ci do nosa, uszu, oczu, wchodzi do płuc, rozsadza cię od wewnątrz. Zaczynasz tym czerwonym pyłem oddychać, przyzwyczajać się do niego, lubić go, żyć z nim albo w nim... I... – Manuel nagle przerwał.

Julia milczała.

– I... albo uczepisz się fioletu, albo...

– Nigdy nie doszłam do fioletu – Julia odzyskała głos.

– Wiem – przytaknął Manuel. – Ale przeszłaś na drugą stronę spektrum. Prawda? – zajrzał jej śmiało w oczy.

Cisza.

– Te intensywne błękity i turkusy? Te intensywnie rażące zielenie? I znów żółcie i zielenie? I turkusy?...

– Skąd wiesz?

– Jaskrawo-zielone pole koniczyny?... Ty się unosisz nad ziemią, z nogami wyciągniętymi do przodu...

– Skąd TO wiesz??

– Niekończące się pole koniczyny i wielkiej turkusowej wody, pooranej gdzieniegdzie zrudziałymi korytarzami lądów, na których powtykane są jakieś antyczne budowle, kolosea...

– Manuel! Dosyć! – krzyknęła Julia.

– Czy widziałaś TAM fioletowy kolor? – zapytał podstępnie Manuel.

– Nie?... – zdziwiła się Julia.

– A gdzie w naturze widziałaś fioletowy kolor?

– Kwiaty... Tęcza... – Julia zaczęła wyliczać.

– Czyżby?

– Przecież istnieją fioletowe kwiaty? – zaskoczona Julia przechyliła głowę.

– Kwiaty tak. Tęcza też... – zgodził się niechętnie Manuel. – Kiedy jest dzień i świeci słońce, wszystkie kolory są w jego posiadaniu... Ale kiedy słońce zachodzi, to cała magia pryska. To słońce decyduje o kolorach. A nad tym słońcem jest jeszcze większe słońce i jeszcze większe... Kiedy słońce zachodzi... – znów popatrzył na Julię z zaciekawieniem. – To światło jest najpierw białe, potem żółte... Cienka żółta linia zaczyna drgać i wyrywać się do innego świata... Następnie pomarańczowa poświata zaczyna cię oplatać ze wszystkich stron, a potem czerwony pył wchodzi ci do nosa, uszu, oczu, wchodzi do płuc, rozsadza cię od wewnątrz... Zaczynasz tym czerwonym pyłem oddychać, przyzwyczajać się do niego, lubić go, żyć z nim albo w nim... I... – Manuel przerwał w tym samym miejscu. – I... czy chcesz, czy nie chcesz... przychodzi nagle ciemność...

Cisza.

– Czasami przy zachodzie słońca widać przebłyski nagłej zieleni... Widziałaś to kiedy? A potem turkusu i błękitu... – Jak słońce wschodzi... – dorzucił Manuel.

Cisza.

– Widziałaś kiedyś fioletowe niebo? – zapytał.

– Różowe... – Julia odezwała się ochrypłym głosem.

– Fiolet, to granica. Fiolet to kolor śmierci. Tego się nie widzi. W tym się jest. W tym się albo już jest, albo jeszcze nie jest... – W czasie liniowym oczywiście... – dodał ciszej.

– Rozumiem do czego zmierzasz... – zastanowiła się Julia. – Czyli... doszłam do granicy życia i śmierci?... – bardziej stwierdziła niż zapytała.

– Przeszłaś ją.

– Przeszłam?... Mówisz?...

– Jestem tego pewien.

– Ale kolor fioletowy, to jest to przecież ostatnia, najwyższa czakra? – Julia ożywiła się nagle. – Wcale nie prosiłam o tę wiedzę, ale kiedyś, kiedy bardzo bolała mnie głowa, tak bolała, że już nie mogłam wytrzymać, to pomyślałam o intensywnie fioletowej kuli. Skupiłam tę kulę na czubku głowy, a w niej cały mój ból. Ból, który podnosiłam, podciągałam na siłę do góry, lepiłam z niego tę fioletową niewielką materię, wyciągałam go z zakamarków mojego mózgu, mojej szyi i ramion i trzymałam na czubku głowy jak na uwięzi. I kiedy na chwilę zagapiałam się, zapominałam o tej uwięzi i przez nieuwagę puszczałam tę uformowaną moimi myślami fioletową kulę, to ból z powrotem rozlewał mi się po mózgu, szyi i ramionach...

– Tja... – westchnął Manuel.

– Czyli nie zawsze fioletowy kolor oznacza śmierć? – Julia zapytała z nadzieją.

– Spektrum światła czy spektrum ciemności to jedno i to samo... – przypomniał jej Manuel.

Julia nie odpowiedziała.

– Spektrum życia i spektrum śmierci to też jedno i to samo... Też... – powtórzył z taką samą intensywnością.

– No tak... Jak mogłabym o tym zapomnieć... – Julia zareagowała lekkim sarkazmem. – A możesz mi drogi Manuelu przypomnieć please, jakie jest spektrum ciemności?

– Kwestia perspektywy...

– No, tak... Odwracamy kolejność... Stajemy na głowie...

– Można tak to ująć...

– Czyli... doszłam do granicy życia i śmierci...

– Tak.

– I przeszłam ją?...

– Qui.
– Przeszłam... nie umierając?...
– Thats right! – zakończył sprawę Manuel.

– To byłam w końcu twoją córką w poprzednim życiu czy nie?? – krzyczy z całych sił Julia.
– Byłam?... Jestem?... Byłam??... Odpowiedz mi!... Odpowiedz!!...Manuel!!... PLEASE...
Cisza.
Julia nie otrzymuje odpowiedzi. Jeszcze nie otrzymuje odpowiedzi...

41

– To byłam w końcu twoją córką w poprzednim życiu? Czy nie?? – krzyknęłam z całych sił nie otwierając oczu.
– A kto był... jest moją matką?... A kto ojcem?... – następny krzyk.
– Cicho do cholery! – ryknął mój brat. – Ojciec nie żyje! Matka też! Przecież wiesz?!...
– Naprawdę??
– Nie! Na niby!... Kurwa mać... Po coś tu znów przylazła? – Łukasz patrzy na mnie z nienawiścią.
– „Przyszła" się mówi, a nie „przylazła"...
– Dobra, dobra...
– Ewelina! – wrzeszczy. – Zrób herbaty!

Z kuchni wychodzi ciocia Jania i moja matka.
– O, dżi... – nogi robią mi się miękkie jak z waty.
Patrzę w napięciu na brata.
– Co się tak gapisz? – pyta. – Co ci tak „kopara" opadła?
– Tu jest... mama...
– No i co z tego?
– Ciocia też... – czuję, że zaraz zemdleję.
– Tylko mi tu nie mdlej! – Łukasz patrzy na mnie teraz z obrzydzeniem.
– Gdzie ta herbata?! – wydziera się do Eweliny.

Nie widzę nigdzie Eweliny. Nie czuję jej zapachu. Nie czuję jej oddechu. Nie dochodzi do moich oczu i uszu ani jej stłumiony płacz, ani śmiech. Nic. Niente. Cisza. Cisza i duchota.

– Gdzie Ewelina? – odzywam się.

– Robi herbatę.

– A co ty tu robisz? – słyszę swoje głupie pytanie.

– Umieram – pada krótka odpowiedź.

– Łukasz...

– Po coś tu przylazła?

– Łukasz, ja chcę dobrze... – Ja chciałam dobrze... – poprawiam.

– Wszyscy chcą dobrze...

– Łukasz, ja cię...

– Dobra, dobra... – przerywa mi brat.

– EWELINA!!...

– Łukasz, czy ty mnie nienawidzisz?

– Tak – brat wali mnie swoją prawdą jak pięścią w oczy.

– Dlaczego? Co ja ci zrobiłam? Co ja ci złego zrobiłam?

– EWELINA!?...

– Jesteś chory? – znów słyszę swój głos.

– Umieram – sucha odpowiedź.

– Ale jeszcze żyjesz? – upewniam się.

Brak odpowiedzi.

Ciocia Jania i matka idą w moim kierunku. Zbliżają się... Zatrzymują się nagle i stają jakieś może pół metra przede mną, w przedpokoju. Patrzą na mnie. Lekki uśmiech na twarzy cioci. Matka jest poważna. Ja patrzę na nie jak zahipnotyzowana.

– Uciekać stąd? Nie uciekać? – przebłyski świadomości krążą po moim mózgu jak mewy nad mielizną.

Chłonę każdy szczegół. Ciocia Jania się uśmiecha.

– Całkiem młodo wygląda?... – dochodzę do wniosku. – Młodziej od mojej mamy, a przecież jest... była od niej starsza?...

Mama... Moja mama jest stara. Nie uśmiecha się. Nie patrzy na mnie. Na nikogo nie patrzy.

– Oczy ma zamknięte? – odkrywam. – Po prostu zamknęła oczy?...

Czuję coś w rodzaju ulgi, ale nie wiem czy mam cieszyć się z tego powodu, czy nie.

– Mama po prostu mnie nie widzi? Była przecież prawie ślepa przed śmiercią?... – staram się uspokoić.

– Nikogo nie widzi – wtrąca beznamiętnie mój brat.

– Dlaczego ciocia Jania młodziej wygląda? – pytam.

– Bo wcześniej umarła...

– Acha...

– Matka umarła... – brat zastanowił się. – ... dwadzieścia-osiem lat później.

– Acha...

– Czas leci...

– Ale ty jeszcze żyjesz? – znów się upewniam. – Łukasz?...

Brak odpowiedzi.

– Łukasz?...

Cisza.

– Przecież żyjesz?

– A co? Nie widać? – warknął.

– Widać, widać... – mówię uspokajająco. – Lukasz... Dlaczego ty mnie tak nienawidzisz?

Cisza.

– Łukasz... Robiłam co mogłam. Nie daje się ryby, tylko wędkę...

– Nic od ciebie nie chciałem! – wydarł się na mnie.

– To nieprawda! – teraz ja się wydarłam. – Całe życie szantażowałeś mnie emocjonalnie! Całe życie, odkąd mogłam, płaciłam wam, kupowałam różne rzeczy, sprzęty domowe, leki, ubrania...

– Do cholery jasnej! Czego ty chcesz?!

– Pomagałam ci w matmie, zabierałam na wakacje, za granicę...

– Po coś tu przylazła?!

– „Przyszła" się mówi!

– Kto cię tu zapraszał?!

– No właśnie... Nikt! Nikt Łukaszku drogi mnie tu nigdy nie zapraszał! Ani tu, ani nigdzie! A już na pewno nie ty! Ty tylko brać umiałeś! I to tak brać, żeby nie było widać...Żeby nie było na ciebie...

– Wynocha!

– A właśnie, że nie pójdę! Posłuchaj, co mam ci do powiedzenia!

– Ale ja nie chcę słuchać!

– No jasne... Niczego nigdy nie chciałeś ani słuchać, ani prosić... To matka zawsze prosiła o forsę, o pomoc dla ciebie, o to, o tamto... A ty?... Nie... Ty byłeś ponad! PONAD! Żeby teraz mieć te swoje chore argumenty...

– Jestem chory!

– Tak, wiem – zamilkłam na moment.

Zrobiło mi się żal brata, ale mimo wszystko mówiłam dalej:

– Kiedy Nadia potrzebowała jodu po Czarnobylu, to powiedziałeś: „to nie jest mój dzieciak". Kiedy Nadia umarła w wypadku samochodowym, to powiedziałeś: „przynajmniej zostało ci mieszkanie"...

– CO??

– Nie pamiętasz? – wyzwierzyłam się śmiało do niego. – Tak cię wtedy prosiłam o pomoc! Nawet nie o wsparcie, ale o pomoc! Żebyś pojechał ze mną do kamieniarza... – zaczęłam wyliczać.

– Nie pamiętam...

– Jesteś największym egoistą, jakiego chyba w życiu znałam...

– Jeszcze nie umarłem!

– Egoista...

– Bzdury! – ryknął.

– EGOISTA! – krzyknęłam.

– Po coś tu przyszła? – zapytał trzęsącym się głosem.

– Sama nie wiem... – odpowiedziałam bezsilnie. – Głupia jestem... Wiem... Lituję się nad tobą, bo... – zastanowiłam się. – ... bo jestem matką... – Nawet nie chodzi o to, że jesteś moim bratem... – dokończyłam cicho.

Brak odpowiedzi.

– Nie powinnam się nad tobą litować. Ani nad tobą, ani nad nią... – spojrzałam w kierunku przedpokoju. – Oboje jesteście egoistami...

Cisza.

Brat siedział na łóżku oparty o ścianę. Właściwie to pół-leżał. Zauważyłam, że ma nosie okulary, chociaż nigdy nie nosił okularów. Czarne grube oprawki. Za nimi jakieś podwójne szkła, które właśnie wyciągnął zza tych oprawek.

– Nosisz podwójne okulary? – usłyszałam swój głos.

Brak odpowiedzi.

– Dlaczego wyciągasz jakieś dodatkowe szkła z tych okularów? – nie mogłam się nadziwić, bo nigdy w życiu czegoś takiego nie widziałam.

– To nie są okulary... – odezwał się wreszcie mój brat.

– A co to jest? – kolejne moje pytanie.

– Matka przyniosła zupę pomidorową... – pada odpowiedź.

– Z ryżem? Czy z makaronem? – znów mój głos.

– Z ryżem. Zawsze robi z ryżem. Nie pamiętasz?
– Nie lubię zupy pomidorowej przez ten rozgotowany ryż...

– Tak. Nienawidzę cię – stwierdza sucho mój brat.
– Wiem...
– Nienawidzę... – powtarza.
– Przykro mi z tego powodu... – mówię i czuję, że zaraz się rozpłaczę.
– Tylko nie rób mi tu scen... – brat wyprzedza moje kapiące łzy.
Cisza.
– Okej... – ocieram łzy. – Pójdę już...
Brak reakcji.
– To sobie dalej żyj... – mówię do brata łagodniej. – Albo umieraj... – dodaję
cicho.
– Okej – odpowiada beznamiętnie brat.

Z kuchni wychodzi Ewelina z herbatą. Na brudnej tacy stoją trzy brudne
kubki z parującym napojem.
– Herbata – oznajmia Ewelina.
– Dlaczego trzy kubki? – pyta mój brat.
– No... – zacina się Ewelina.
– Jest jeszcze mama i ciocia Jania... – odzywam się nieśmiało.
– Myślałem, że wychodzisz? – mój brat na to.
– Tak, wychodzę... – odpowiadam zrezygnowana.

Rozglądam się wokół siebie, jakbym odruchowo szukała czyjejś pomocy.
Nie znajduję nawet szczątka jakiejkolwiek pomocy. Przeciwnie. Zauważam nagle, że jestem w jakimś nieznanym mi dotąd pomieszczeniu.
– Nigdy tu wcześniej nie byłam? – dochodzi do mojej świadomości. – Co to
za mieszkanie? Gdzie ja jestem?...
Łypię w stronę przedpokoju, ale nie widzę tam ani cioci Jani, ani mojej
matki. Nikogo tam nie ma. Przedpokój jest pusty. Pokój z moim bratem
też pozbawiony jest obecności cioci i mamy. Tylko Ewelina stoi na środku
tego nieznanego mi dotąd pokoju, z brudną tacą, na której stoją trzy brudne kubki z parującą herbatą.
– Dziwne... – czuję lekki skurcz w gardle. – Trzeba stąd jak najszybciej
wyjść... – próbuję opanować drżenie nóg. – Trzeba stąd spieprzać...

– Łukasz... – odwracam głowę w stronę brata. – To już mój ostatni raz tu...
Już TU więcej nie przyjdę... – z trudem wypowiadam to zdanie.
– Wiem – odpowiada Łukasz nie patrząc na mnie.

Wybiegam z tego mieszkania. Zbiegam ze schodów, zupełnie innych, nowych schodów. Jakiś błysk pocieszenia towarzyszy mi z tego powodu przez
chwilę. Przeskakuję co dwa, potem co trzy stopnie. Schody się nie kończą.
Lekko pomarańczowa poświata zaczyna być wypychana przez czerwoną
mgłę. Zanoszę się kaszlem, bo moje płuca nie przyzwyczaiły się jeszcze do
takiej nagłej zmiany powietrza. Czerwona para wypełnia całą przestrzeń
nade mną i pode mną.
– Tak bym chciała być już w domu... – modlę się w duchu. – Na Grzybowskiej... – dodaję.
– Chcę być na Grzybowskiej! – pragnienie zaczyna zamieniać się stopniowo w mglistą rzeczywistość.
Widzę swój blok w oddali. Biegnę po jakimś wyschniętym klepisku. Blok
się przybliża. Wbiegam do nieznanej, a jednak... klatki schodowej, której
wnętrze wypełnione jest również czerwonym kolorem. Klatka rozrasta się
do wymiarów okrągłej sali...
– Wewnętrznego patio?...
– Nie mam pojęcia...
Pod oknami porozstawiane są stoliki, bo bokach drzewa w doniczkach. Ja-
cyś ludzie, niewiele ich jest, popijają w wysokich kieliszkach szampana.
– Co to ma znowu być? – zastanawiam się. – Gdzie się znów znalazłam? –
kolejna myśl pogania mnie do przodu.
– O... Jest winda! – czuję nagłą ulgę.
Podchodzę do windy i wciskam okrągły przycisk.
– Tu jest bardzo dużo pięter – mówi do mnie kobieta, która nie wiadomo
skąd przyszła i nie wiadomo kiedy stanęła obok mnie.
– Tak? A ile? – pytam odruchowo.
– Chyba nie chciałaby pani wiedzieć... – kobieta uśmiecha się trochę cy-
nicznie.
– Tak??...
– Wsiada pani? – pyta mnie, kiedy podjeżdża winda.
– A na które piętro pani jedzie? – teraz ja ją pytam.
– A pani?

– Ja?... Na szesnaste... – mówię i dziwię się temu co powiedziałam, bo moje mieszkanie jest na dziesiątym piętrze.
– Klik... – otwierają się drzwi windy.
– Wchodzi pani? – pyta kobieta.
– A co za różnica czy wchodzę, czy nie wchodzę?
– Bo zaraz drzwi się z powrotem zamkną...
– A ta winda jedzie na górę?... Czy w bok?... – pytam szybko i chcę zrobić krok, żeby wsiąść do windy.
– Dobre pytanie... – zastanawia się kobieta.
– No to nie wsiadam! – cofam nogę.
– Klik... – zamykają się drzwi i winda rusza w górę.

Patio. Jestem w jakimś wewnętrznym patio jakiegoś nieznanego mi, luksusowego budynku.
– Co mam zrobić, żeby dojść do mojego mieszkania? – myślę.
– I czy to w ogóle jest mój blok? – zaczynam wątpić.
– No dobra... Spróbuję jeszcze raz... – wychodzę z budynku.
Okrążam blok i znów wchodzę po jakimś czasie do tej samej klatki schodowej. Portiernia jest pusta. Krótki korytarz zamienia się w czerwoną salę. Stoję na jakimś podwyższeniu i widzę z lewej strony Fitness Klub.
– Ojojoj... Fitness Klub? Od kiedy?... – zastanawiam się i idę w tym kierunku.
– Tam nie ma przejścia – mówi masażysta w białym szlafroku.
– A skąd pan wie?... – włącza mi się głos.
– Chce pani dojść do schodów? Tak?
– Tak?...
– Na szesnaste piętro tylko windą – kwituje masażysta.
– A tu jest... Fitness Klub?... – patrzę na puste maszyny.
– Tak jakby... – odpowiada zagadkowo mężczyzna.
– Tu się robi masaże... – wskazuje na puste materace.
– Mogę zrobić pani masaż?... – uśmiecha się.
– O nie... Dziękuję... – odpowiadam w lekkiej panice. – Czyli nie ma tu schodów? Żadnych schodów? Tylko winda?
– Schody są, ale... – zastanawia się mężczyzna. – ... żeby dojść do schodów... Jakby to ująć... – drapie się w głowę. – To i tak musi pani pojechać windą. – kończy zdanie.
– Hmm... – westchnęłam.

– To co? Masażyk?

– Niee...

– Tam jest winda... – facet macha niedbale ręką.

– No dobra... – odwracam się i idę w znanym już mi kierunku.

Przed drzwiami windy stoi ta sama kobieta.

– To co? Jednak zdecydowała się pani? – znów uśmiechnęła się do mnie trochę cynicznie.

– A co mam zrobić? Mam wyjście?... – odpowiedziałam ponuro.

Zdenerwowała mnie ta baba. Nie patrzyłam na nią, ale czułam, że ona pożera mnie wzrokiem. W końcu nie wytrzymałam.

– Dlaczego?...

– Cii... – przerwała mi kobieta, przykładając wskazujący palec do swych ust.

– Schody są... – zaczęła szeptać prawie do mojego ucha, nie zwracając uwagi na moje zmieszanie.

– Musi pani przejść przez Fitness Klub... – tu zatrzymała się na chwilę. – Ale to nie będzie takie proste...

– Dlaczego? – znów ja.

– Hmm... – westchnęła kobieta.

– Dlaczego wszystko jest tu takie zagadkowe? Czy to sen? Czy to życie? – zapytałam.

– Życie jest snem... Nie słyszała o tym pani?...

– Słyszałam, ale...

– Za Fitness Klubem są kręcone schody. Może pani spróbować. – Jak pani chce... – dodała.

– A powinnam?... – zaczęłam się trochę bać.

– Windą będzie łatwiej...

– Okej, to pojadę windą – zgodziłam się natychmiast.

– Nie każdy labirynt ma swój koniec... – odezwała się zagadkowo kobieta.

– Chyba na tym polega labirynt? – zripostowałam.

– Tja... – zamyśliła się baba.

– Klik... – otworzyły się drzwi windy.

Kobieta bez słowa wsiadła do środka. Popatrzyła na mnie z lekką pogardą. Nie spodobało mi się to. Wystawiłam prawą nogę, żeby zrobić krok.

– Na pewno jedzie w górę ta winda? – na wszelki wypadek postanowiłam się upewnić.

– Tak – padła zdecydowana odpowiedź.

Wsiadłam do windy.

– Klik... – zamknęły się za mną, za nami drzwi.

– Na szesnastym piętrze jest przesiadka – powiedziała zerowym głosem kobieta.

– Jak przesiadka?

– A chce pani dojechać do domu?

– Tak?...

– Na szesnastym piętrze jest przesiadka do drugiej windy, która jedzie w bok – powtórzyła z naciskiem.

– O żesz... – wymknęło mi się.

– I co ja mam teraz zrobić? – popatrzyłam na nią bezradnie.

– Dokończyć ten sen... – baba wyszczerzyła do mnie swoje popsute zęby w nic nie oznaczającym uśmiechu.

42

– Kto to jest Laura? – zapytała Julia, zaglądając Manuelowi w oczy i gwałtownie ściskając jego rękę.

– Twoja poprzedniczka – odpowiedział beznamiętnie Manuel, nie patrząc na nią.

– Myślałam, że... Marija jest... była moją poprzedniczką? – Julia zauważyła ostrożnie.

– Marija? – teraz Manuel popatrzył na Julię. – Marija jest... teraz... – dokończył cicho.

– A wtedy?... Przecież wtedy?... – Julia zaczęła się plątać. – Wybacz, ale gubię się w tym wszystkim...

– Doskonale to rozumiem... – zamyślił się.

– Kto to jest Laura? – zapytała ponownie.

– „Wyglądałem bardzo młodo pomimo czterdziestu dwóch lat"... – Manuel nie zwrócił na Julię uwagi. – „Właściwie... to mogliśmy uchodzić za rodzeństwo. Tak zresztą często bywaliśmy postrzegani przez przypadkowych ludzi, co zawsze bardzo denerwowało cię... Co zawsze bardzo denerwowało Mariję... Do czasu"...

– O czym ty mówisz? Manuelu?

– O twoim poprzednim wcieleniu. O naszych poprzednich wcieleniach... – odpowiedział od razu i bez ogródek.

– Ach tak... – Julia poczuła nagle zimny dreszcz na ciele, bo podświadomie spodziewała się takiej odpowiedzi.

– I nie potrzebne nam do tego morze? – zapytała odruchowo, nie rozumiejąc do końca tego co mówi.

– Może być i morze... Ale może być też i Tybr... – Manuel zamyślił się.

– To pójdźmy nad ten Tybr...

– Dobrze – zgodził się Manuel. – Możemy wsiąść do autobusu numer 3 i przejechać na drugą stronę rzeki – zaproponował. – Tam jest inny Rzym. Prawie nie ma tam turystów i tak dalej... Lubię tę dzielnicę...

– Okej...

– Okej... – Manuel uśmiechnął się i ścisnął Julię jeszcze mocniej za rękę.

Szli wzdłuż ruchliwej ulicy, prowadzącej do tego kościoła, gdzie ostatecznie pochowana była święta Cecylia. Ciągle trzymali się za ręce, prawie od samego hotelu. Julia nie mogła przyzwyczaić się to tego, że idzie właśnie z Manuelem, że jest w Rzymie z Manuelem, a nie z Mattem.

– Z Mattem też jest... będzie w Rzymie, ale... w innej rzeczywistości... – tak to sobie szybko wytłumaczyła. – Rzeczywistość z Mattem dopiero nastąpi... Za tydzień. Równo za tydzień... – obliczyła. – Dwudziestego-piątego sierpnia... We wtorek... Pójdziemy do Muzeum Nowej Sztuki... Będzie upał... Kupię sobie sukienkę w kwiatki...

– Chyba zwariuję... – przestraszyła się nagle. – Który jest dzisiaj? – zapytała ostrożnie.

– Osiemnasty – Manuel odpowiedział natychmiast.

– Wtorek?

– Wtorek.

– Jutro wracam do Warszawy... – oznajmiła Julia.

– A ja do Paryża... – mruknął niechętnie Manuel. – Nie myśl teraz o tym... – poprosił. – Nad Tybrem wytłumaczę ci morze... – westchnął. – Zrozumiesz morze... Zrozumiesz tę wielką słoną wodę...

– Mam się bać? – ocknęła się Julia.

– Prawdy nie należy się bać... – odpowiedział zagadkowo Manuel.

– Czyli... byłam... twoją... córką?... – słowa Julii zatrzymały się, jak zwolniona do zera taśma filmowa.

– Klik... – zatrzymał się nagle film.

– „Gdy Marija skończyła dziesięć lat, Jean się wreszcie zakochał. Wracali razem z krótkich wakacji we Włoszech do Marsylii, gdzie wtedy jeszcze mieszkali. W pociągu poznali młodą Hiszpankę, pianistkę, która rozpoczynała właśnie studia muzyczne w Marsylii. Ponieważ nie miała odpowiednich warunków do ćwiczenia na instrumencie, Jean zaproponował jej wynajęcie pokoju. Nie był to taki zły pomysł. W salonie stał nieużywany od lat fortepian, córka dojrzewała i coraz bardziej potrzebowała kobiecej ręki, a i on nie byłby taki samotny...

Po śmierci matki Mariji, którą podobno Jean bardzo kochał, nie wiązał się już z nikim. Nie wyobrażał sobie również, żeby spokój jego dziecka, który z takim trudem zbudował jako samotny ojciec, został zakłócony przez inną osobę. Hiszpanka zamieszkała u nich w połowie września, tysiąc-dziewięćset-dwudziestego-szóstego roku. Tak jak było ustalone, ćwiczyła na fortepianie, trochę gotowała, sprzątała, na początku tylko po sobie, a potem w całym domu i uczyła Marię gry na instrumencie. To zajęcie wyszło zupełnie przypadkowo i spontanicznie, spowodowane obopólną, jak się okazało miłością do muzyki. Marija uwielbiała te lekcje. Chętnie grała na fortepianie i marzyła, żeby w przyszłości również zostać pianistką.

Bardzo się zaprzyjaźniły. Różnica wieku była niewielka, tylko sześć lat. Były jak siostry, ale czasem przeszkadzało Mariji to, że młoda Hiszpanka znikała na noc w pokoju jej ojca... Wkrótce okazało się, że Jean i Laura są zakochani i postanowili zostać parą, oczywiście bez ślubu, co doprowadzało niektórych sąsiadów do głupich komentarzy. Ale ojciec i tak nic sobie z tego nie robił i tylko się śmiał:

– No i co panie Source? Złapałoby się za młode cycuszki co? Złapałoby się... panie Source... Złapało... Widzę, jak się pan ślini... Ha-ha... A oui?... C'est bonne!

– Merde... – machał ręką pan Source i uciekał do kurnika.

Marija była bardzo zazdrosna na początku. Właściwie nie wiedziała o kogo bardziej. Ale w końcu przyzwyczaiła się do sytuacji i poszła na rozejm z „macochą", którą i tak uwielbiała.

Po kilku latach wyprowadzili się wszyscy z Marsylii i zamieszkali w Sète, nad samym morzem. Cudownie było spacerować całymi dniami wzdłuż plaży, czasami aż do samego Cap d'Agde i dalej. Zbierać wielkie muszle, kąpać się w czystej lazurowej wodzie i wylegiwać na gorącym piasku"...

Manuel przestał mówić.

– Wiem, znam co będzie dalej! – ucieszyła się Julia.

Zamknęła oczy i nie wypuszczając dłoni Manuela ze swojej dłoni, powtórzyła znaną już jej scenę:

– „Popatrzcie, jeżeli będziemy tak iść i iść... to dojdziemy do samej Barcelony? Czyż nie? – cieszyła się Laura.

– Ciekawe, ile by mam to zajęło? – zastanawiała się Marija.

– Spróbujmy? – śmiał się Jean i śmiesznie przebierał nogami, rozpryskując przesadnie wodę w morzu.

Przychodzili wieczorem do domu, często obładowani mulami, które zbierali na pobliskiej mieliźnie. Robili wspólnie kolację, a potem ojciec wracał do pracy w prowizorycznym namiocie nad wodą i siedział tam prawie codziennie przez całą noc. Robił artystyczne meble. Pamiątka ze studiów malarskich w Rosji, których nigdy nie skończył... Czasami malował zawzięcie i do skutku nocne pejzaże. Rano nie można było go dobudzić"...

Teraz Julia przestała mówić.

– Czyli... byłam... twoją... córką... – jej słowa znów zaczęły niepokojąco zwalniać.

– Nie byłaś! – przerwał Manuel.

– Nie byłam... – powtórzyła jak w transie. – Nie byłam? – zapytała głośniej.

– NIE BYŁAM?? – wrzasnęła. – TO KIM BYŁAM?? – następny wrzask.

Jakaś turystka idąca przed nimi, odwróciła się nagle wystraszona.

– Sorry... – Julia natychmiast zareagowała.

– My wife is a little bit confused... – dorzucił uprzejmie Manuel.

– My wife? – zapytała Julia, kiedy turystka poszła w swoim kierunku.

– My love – odpowiedział poważnie Manuel.

– Kazirodcza miłość?? – Julia zatrzymała się i popatrzyła na Manuela wyczekująco.

– „Nie wiadomo co było przyczyną, ale Jean stał się wkrótce wyjątkowo małomówny"... – Manuel zaczął dalej opowiadać, kiedy znów ruszyli.

– „Zresztą, Jean nigdy nie grzeszył wartkością słowa... Marija podejrzewała, że być może miał inną niż Laura kobietę?... Zaczął też więcej pić. Nie podobało się to młodej „żonie". Coraz częściej wybuchały między nimi jakieś konflikty i awantury, aż w końcu młoda Hiszpanka nie wytrzymała i wróciła do rodzinnej Barcelony. Jean wcale jej nie zatrzymywał, co dla Mariji wydawało się trochę dziwne... Zamknął się natomiast w sobie jeszcze bardziej, a Marija postanowiła nie wtrącać się i nie zadrażniać i tak napiętej już sytuacji. Sytuacji, która jak jakaś naciągnięta do granicy możliwości struna może pęknąć za chwilę z wielkim hałasem"...

– To znaczy... że ty... – Julia znów się zatrzymała i nie rozluźniając uścisku swojej dłoni, patrzyła śmiało w oczy Manuela.
– To nie była kazirodcza miłość... – Manuel zaczął się jakby usprawiedliwiać. – Byłaś małym dzieckiem, kiedy trafiłaś w moje ręce... Wychowywałem cię jak własne dziecko, jak moją małą dziewczynkę, ale kiedy stałaś się kobietą...
– To znaczy... że ty...
– Tak!
– O Boże... Zaraz zemdleję...
– Przecież wiedziałaś...
– Wtedy?... Czy teraz?...
– I wtedy i teraz...
– Wtedy... nie... – Julia zacisnęła nagle powieki, żeby sobie coś przypomnieć.
Stali na środku ruchliwej ulicy, a właściwie chodnika, popychani przez różnych ludzi od czasu do czasu.
– Manuel, przyciśnij mnie teraz do siebie... Obejmij mnie mocno... – poprosiła Julia.
Manuel objął ją na środku tej ruchliwej rzymskiej ulicy. Pomarańczowa poświata prawie zachodzącego słońca zamieniła się w intensywną czerwień. Julia nie otwierając oczu zaczęła mówić:

– „Jaka była moja matka? – zapytała Marija, kiedy siedzieli już w pociągu z Béziers do Sète.
– Piękna i dobra. – uciął krótko Jean.
– Tylko tyle?
– A co chcesz wiedzieć?
– Dlaczego nigdy mi o niej nic nie mówisz?
– A co mam ci mówić?
– Tato... Przecież wiesz o co mi chodzi...
– Nie wiem o co ci chodzi...
– Wiesz... Błagam, powiedz coś? Wyduś to z siebie...

– Mam ci mówić, że nie żyje?

– Tato...

– Zawsze to samo, zawsze to samo... – Jean pokręcił głową. – Czy nie możemy porozmawiać o czymś innym?

– Nie możemy! – Marija odwróciła się demonstracyjnie.

– Umarła przy porodzie... – powiedział cicho po chwili.

– Nie o to mi chodzi...

– A o co?

– Tato...

– Nie wiem o co ci chodzi... – upierał się Jean.

– Błagam...Tato?...

– Umarła przy twoim porodzie... – jego ton zrobił się bardziej napięty.

– Tylko tyle?

– Aż tyle! – warknął i zerwał się z siedzenia.

Podszedł do okna i skręcił sobie papierosa. Palił, stojąc odwrócony do niej plecami. Przez jakiś czas nie mówili nic. Letnie krajobrazy Lanquedocji rozświetlone były porannym słońcem, które od czasu do czasu chowało się za coraz to mniejsze chmurki, zwracające przestrzeń błękitnemu niebu.

– Przecież życie może być takie piękne... Dlaczego ludzie tak je komplikują? – pomyślała Marija i zaczęła obgryzać skórkę przy paznokciu.

W którymś momencie poczuła nagły ból, a z palca popłynęła krew.

– Czy moja matka była... Polką? – wyrzuciła z siebie wreszcie, trzymając krwawiący palec w ustach.

– Jaką Polką? O czym ty mówisz? – Jean odwrócił się gwałtownie.

– Dobrze wiesz o czym mówię. – nie dawała za wygraną Marija.

– Nie wiem? – spokojnie odpowiedział jej pytaniem.

– Nie udawaj... Dobrze wiesz...

– Nie wiem... – napięcie w jego głosie rosło.

– Wiesz. Nie udawaj...

– Nie wiem. Nie wiem! NIE WIEM! – zaczął powtarzać jak opętany.

– To dlaczego tak nienawidzisz kraju mojego narzeczonego? – Marija szła za ciosem, czując, że narasta w niej wściekłość:

– To dlaczego, gdy byłam mała, wszyscy się śmiali, że przywiozłeś sobie „pamiątkę" z wojny? Z Rosji? To dlaczego...

– Pamiątkę? Jaką pamiątkę?! – wrzasnął Jean.

– Mnie! Taką pamiątkę!

– Merde! Co ty bredzisz?!

534

– Gdzie jest moja matka?! – krzyknęła Marija.
– Co ty wygadujesz?! Merde!...
– Gdzie jest moja matka?!
– Umarła!
– Gdzie jest moja matka?!
– Umarła przy twoim porodzie! Merde! Przecież ...
– Gdzie jest MOJA MATKA?!
– NIE WIEM!!"...

Cisza.
Julia ciężko oddycha w ramionach Manuela.
– Dlaczego nie powiedziałeś mi wtedy prawdy? – zapytała, nie otwierając
oczu.
– Nie chciałem cię stracić... – odpowiedział niepewnie Manuel.
– Ale dlaczego? – Julia nie mogła zrozumieć.
– Sam nie wiem... – jego głos jakby zadrżał.
– Czyli, nie byłam twoją córką? – po raz kolejny zapytała.
– Nie byłaś, ale...
– Wiem, wiem... – przerwała Julia. – Wychowałeś mnie jak córkę... – Ale...
– otworzyła nagle oczy. – Skąd ta pewność?
– Jaka pewność?
– Że nie byłam twoją...
– Nie spałem z nią...
– Z moją... – Julia przełknęła ślinę. – ... matką? – zapytała. – Z tamtego ży-
cia?... – dodała szybko.
– Tak... Nie spałem z nikim wtedy...
– Ale wiedziałeś kto jest moją... Kto był moją...
– Tak.
– To dlaczego?...
– Już ci mówiłem... – Manuel zaczął się niecierpliwić.
– Ale przecież nie straciłbyś mnie? Dlaczego? Why?...
– Była bardzo podobna do ciebie...
– Matka?
– Ta dziewczyna z Polski... Marynia... Kochałem ją, ale ona... – Manuel się
nagle zawiesił.
– Nie spałeś z nią? – krzyknęła Julia, trochę za głośno, bo znów się ktoś od-
wrócił. – A skąd wiedziałeś, że ona była moją... Że ja byłam jej córką?

– Podobna byłaś do niej – Manuel odzyskał głos. – Byłaś identyczna, odkąd stałaś się...

– No tak! – Julia przerwała gwałtownie. – Stara miłość nie rdzewieje... – dodała sarkastycznie. – Czyli to JĄ kochałeś, a nie MNIE...

– CIEBIE! – sprostował krzykiem Manuel. – Widziałem ją może ze dwa razy w życiu! Tam, w Rosji. A ciebie...

– Oczywiście... – Julia złapała się za głowę. – Mnie przecież wychowałeś...

– A co ma do tego morze? – krzyknęła nagle, zaskoczona swoim pytaniem.

– Nad morzem cię... – Manuel znów się zawiesił. – Wtedy... W Sète... Wtedy... – zaczął się jąkać. – W tym pociągu z Béziers do Sète... Zrozumiałem... Wtedy, kiedy poszłaś na plażę i zasnęłaś nad morzem... To wtedy...

– No co?? – zniecierpliwiła się Julia.

– Pocałowałem cię... Pierwszy i ostatni raz...

– Ale w tamtym życiu? – upewniła się Julia.

– W tamtym... – kiwnął głową Manuel.

– No i co teraz będzie?... – Julia popatrzyła na niego bezradnie.

– A mogę cię teraz pocałować? – zapytał delikatnie Manuel.

– W którym życiu? – kolejny sarkazm.

– A czy to nie wszystko jedno?... – teraz Manuel popatrzył na Julię bezradnie.

– Wolałabym masaż... – Julia spróbowała się uśmiechnąć.

– To nad morzem... W Sète... Nad morzem dokończymy ten przerwany za wcześnie sen... – powiedział cicho.

– Albo film... – poprawił.

– A może w Barcelonie? – zaproponowała nagle Julia.

– A może w Barcelonie... – tępo powtórzył po niej Manuel.

43

– Mówi pani: „dokończyć ten sen"?... – popatrzyłam na babę w windzie z obrzydzeniem.

Przypomniała mi się ta sąsiadka sprzed klatki A w moim starym bloku, która codziennie zamiatała tam chodnik.

– Albo ten film – poprawiła baba. – Jak pani woli. Pani Julio...

– Skąd zna pani moje imię? – zdziwiłam się szczerze.

Nie przypominałam sobie, żebym kiedykolwiek mówiła jej jak się nazywam. Zaczęłam nawet wątpić w swoje imię i nazwisko. Zaczęłam wątpić w swoje istnienie i istnienie tej kobiety.

– Pani Julio... – baba zmrużyła oczy, pochylając się w moją stronę. – Znam panią od dziecka...

– A ta winda to jedzie w górę czy w bok? – spróbowałam szybko zmienić temat.

– W górę – baba wyprostowała się gwałtownie i spoważniała. – Na szesnastym piętrze jest przesiadka – powiedziała zerowym głosem.

– Jak przesiadka?

– A chce pani dojechać do domu?

– Tak...

– Na szesnastym piętrze jest przesiadka do drugiej windy, która jedzie w bok – powtórzyła z naciskiem.

– O żesz... – znów mi się wymknęło. – I co ja mam teraz zrobić? – popatrzyłam na nią bezradnie.

– Mówiłam już – baba ucięła temat.

– Klik... – otworzyły się drzwi windy i kobieta wysiadła, nie oglądając się za siebie, czyli na mnie.

Przez ułamek sekundy zastanowiłam się czy mam zostać w tej windzie, czy mam wysiąść razem z tą kobietą. Odruchowo spojrzałam na numer piętra.

– Dwa-tysiące-dwadzieścia-sześć... – wyświetlił się mi w mózgu taki numer.

– O żesz... – chciałam wybiec za babą, ale życie za mnie zadecydowało.

– Klik... – zamknęły się drzwi windy przed moją wyciągniętą nogą.

Dźwig bezszelestnie zaczął jechać w dół. Jechać, to mało powiedziane. Dźwig zaczął się rozpędzać nieproporcjonalnie szybko do tego, co kiedykolwiek zaznałam w swoim windowym życiu. Pędził w dół w takim tempie, jakby zerwany był z lin! Siła grawitacji ciągnęła mnie na jakieś kosmiczne dno.

– Dżisis... Zaraz umrę... – przeleciało mi przez myśl.

Odruchowo nacisnęłam ręką na tablicę z numerami pięter. Przycisnęłam całą dłonią, jak klasterem srebrne klawisze. Moja dłoń, czoło i całe ciało zrobiło się nagle mokre od potu. Spociłam się ze strachu. Tymczasem winda natychmiast wyhamowała i zatrzymała się na szesnastym piętrze. Widziałam wyraźnie numer w górze kabiny, który nie tylko wyświetlił się na czerwono, ale jeszcze wydał delikatny dźwięk.

– Plum... – jak gdyby nigdy nic rozsunęły się drzwi windy, wpuszczając do środka niewinną, jakby hotelową muzyczkę.

– Wysiadam! – postanowiłam i wyszłam na zewnątrz.

Korytarz był pusty, długi i czerwony. Postałam chwilę bez ruchu, próbując się uspokoić i przywołać w pamięci ten znany mi skądś motyw hotelowej muzyczki, która znikła tak szybko, jak szybko się pojawiła.

– Pewnie odjechała razem z tą windą... – pomyślałam.

Postałam jeszcze trochę, nadsłuchując i ogarniając wzrokiem nową rzeczywistość. Czerwony korytarz wydał mi się jakby znajomy.

– Byłam tu już kiedyś?... Tylko kiedy? – nie mogłam sobie przypomnieć.

Ruszyłam w prawą stronę, bo wydawało mi się, że na końcu tego korytarza jest jakieś okno. Nie miałam stuprocentowej pewności, ponieważ korytarz był naprawdę bardzo długi, ale z prawej jego strony ta intensywna czerwień wydała mi się jakby jaśniejsza... Jakby promienie słońca wdarły się przez przypadek do tego pomieszczenia i naturalnie rozświetliły jego małą część.

– Mam nadzieję, że to jest okno... – myślałam, idąc w wybranym przeze mnie kierunku.

Patrzyłam tylko przed siebie, jakby przez to moje patrzenie coś miało zależeć. Domyślałam się, ba, wiedziałam na pewno, że po bokach znajdują się mieszkania z gigantycznymi numerami, których drzwi wejściowe obite są czerwonym pluszem. Wiedziałam też i czułam, nawet bez patrzenia, że wszystko dookoła mnie obite jest czerwonym pluszem. Czułam tę czerwień i na zewnątrz i wewnątrz tych pomieszczeń. Czułam tę czerwień i na zewnątrz i wewnątrz siebie. Zrobiło mi się nawet z tego powodu gorąco.

Szłam jednak dalej w wyznaczonym przez to jaśniejsze światło kierunku i im bliżej byłam celu, tak mi się wydawało, to światło oddalało się, odskakiwało ode mnie proporcjonalnie. Czasami wydawało mi się, że stoję w miejscu, a przecież szłam? Przebierałam nogami? Światło oddalało się ode mnie, zamiast przybliżać?

– Coś tu jest nie tak... – pomyślałam w lekkiej panice.

Zaczęłam biec.

538

– Biegnę, jak mysz po walcu... – odkrywam ze zdumieniem. – Ten korytarz zakręca w dół... Biegnę po kuli, po krzywiźnie kuli... – dociera do mojej świadomości.

– Widnokrąg się szybciej przesuwa... Widnokrąg przesuwa się inaczej niż na planecie...

– Na mojej planecie... – dodaję. – A może nie na mojej?... – zaczynam wątpić.

– Gdzie ja jestem? Znów odwracam się w czasie? Czy to jest kula? Czy pierścień? Biegnę po kuli? Czy po pierścieniu? Chyba jednak po kuli? Po krzywiźnie kuli... Po krzywiźnie nie mojej planety... – moja rzeczywistość strzępi się i rozpada w małe kawałki, jak porwany list od niekochającej i jednocześnie niekochanej osoby.

– Porwany list, którego nie warto już sklejać...

Wiem, że nigdy nie dotrę to tego światła. Wiem, że nie dotrę do tego okna czy czegoś-tam, co powoduje, że kolor czerwony się rozrzedza.

– Tak, roz-rze-dza... – ten pewnik wali mnie czerwoną parą w twarz.

– Gdzie jest ta winda?... – przypominam sobie. – Baba mówiła...

– O, jest... – widzę podwójne, szerokie drzwi towarowego dźwigu po mojej prawej stronie.

Siłą rzeczy zatrzymuję się. Muszę się zatrzymać, żeby tam wsiąść.

– Tylko czy chcę tam wsiąść?... – ogarnia mnie wątpliwość. – Baba powiedziała...

– Plum... – jak gdyby nigdy nic rozsuwają się nagle drzwi windy, wypuszczając ze środka tę niewinną, hotelową jakby muzyczkę, którą na jakiś czas straciłam z oczu i uszu.

– Wsiadam! – postanawiam i wyciągam nogę, żeby wejść do wewnątrz windy.

– Nie wsiadam! – cofam nogę.

– Plum... – zamykają się drzwi, ale winda nie odjeżdża.

Stoję w miejscu z moją hotelową muzyczką, a jednak... i tak dla sprawdzenia zaczynam przeskakiwać z nogi na nogę.

– Chyba stoję?... – zastanawiam się. – Nie pędzę już chyba po tej planecie?... – naciskam na przycisk windy.

– Winda... Jaka to winda i dokąd? – zastanawiam się. – Muszę chyba do niej wsiąść, bo nie mogę już znieść tej czerwoności... – moje przeskakiwanie z nogi na nogę zagęszcza się.

– Skąd ja to znam... – szczątki świadomości oplatają mnie swoim pomarańczowym światłem.

– Trzeba stąd wiać! – wypowiadam to zdanie na głos, gdy drzwi windy, szare i metalowe otwierają się ponownie przed moim nosem.

Weszłam do środka. Tym razem weszłam do środka i znów życie pozbawiło mnie kolejnej decyzji. Drzwi windy zamknęły się za mną nagle i bezszelestnie. Maszyna ruszyła bez żadnej mojej interwencji. Ruszyła nie w dół czy w górę, ale w bok. W prawy bok. Spodziewałam się tego, ale mimo wszystko zrobiło to na mnie duże wrażenie.

– Nieproporcjonalnie duże... – można by rzec.

Najpierw powoli jak żółw ociężale, a potem coraz szybciej i szybciej popędziła maszyna po niewidzialnych torach.

– Winda towarowa... – zaczęłam szczękać nagle zębami. – No jasne... W tym budynku... W tym samym budynku... – przypomniałam sobie.

Stałam w kącie oparta mocno o przeciwległą do drzwi ścianę i trzymałam się metalowej barierki, która znajdowała się gdzieś tak w okolicy mojej pachy. Winda była bowiem otwarta! Wyglądała jak jakaś przesuwająca się loggia czy kolejka linowa, gdzie od połowy jej objętości można było podziwiać tak zwane widoki. Metalowa, jakby balkonowa konstrukcja trzymała cały ten pędzący prostopadłościan w stabilności. Nie było żadnych drgań, turbulencji i tego typu zachwiań. Otwarty windowy box przesuwał się w bok, po linii prostej, z coraz większą prędkością. Nie było w tej windzie żadnych okien czy w ogóle szyb, ale nie było też i wiatru.

– Cisza i duchota. Nie ma nawet wiatru? – stwierdziłam fakt.

– Powinien być chociaż wiatr? – zaczęłam intensywnie myśleć.

– Wiatr, który jest spowodowany prędkością czy jakimkolwiek ruchem?

– Dlaczego nie ma wiatru? – moje myślenie zaczęło przekształcać się w strach, powoli i bezszelestnie, tak jak ta bezszelestnie sunąca w próżni i z coraz większą prędkością winda.

– Winda towarowa... – słyszę swój głos.

– Winda towarowa... – jeszcze raz.

– Dokąd? Po co?... – moje szczękanie zębami narasta i z zimna i ze strachu.

Widoki, jakie rozciągały się przede mną były szare, metalowe, nudne, puste i ciche. Pustynia jakichś rur, lin.

– Lianów? – przeszło mi nagle przez myśl.

– Jeszcze tylko łóżkowych materacy TU brakuje? – mruknęłam do siebie cynicznie.

– Jak w jakiejś kopalni? – zimny prąd przeszył moje ciało.

– Jak w piekle... – odważyłam się stwierdzić.

Nie wiem jak długo trwała moja podróż, nie wiem czy coś jeszcze pomyślałam, czy tylko zastygłam w tej zapętlonej rzeczywistości? Nie pamiętam... Otworzyłam oczy, potem zamknęłam, potem znów otworzyłam i winda się nieoczekiwanie zatrzymała.

– Plum... – pstryknęły metalowe drzwi, rozpędzając na boki ostatnie dźwięki hotelowej muzyczki.

Purpura korytarza buchnęła ciepłem jak ogniem.

– Kurwa mać... – wyrwało mi się.

– Chyba naprawdę jestem w piekle? – ostrożnie wyszłam z windy.

– Plum... – drzwi błyskawicznie zamknęły się za mną w zupełnej już ciszy. Odwróciłam się gwałtownie, ale zamiast z windą zderzyłam się z czerwoną pluszową ścianą.

– Kurwa mać! – zaklęłam szczerze, bardziej zła niż przestraszona.

– Kurwa mać... – jeszcze raz.

– I co ja mam teraz zrobić? – zapytałam siebie na głos, próbując opanować narastającą panikę.

Odwróciłam się od tej ściany i spojrzałam na numer przeciwległego mieszkania: 26900999.

– Dwadzieścia-sześć-milionów-dziewięćset-tysięcy-dziewięćset-dziewięćdziesiąt-dziewięć... – wymówiłam jak zahipnotyzowana.

– Przecież ja już tu byłam? BYŁAM TU JUŻ? – z trudem przełknęłam ślinę.

– Czyli jestem na tym samym piętrze?... W tym samym budynku?... – poczułam, że znów robi mi się niedobrze.

– Kurort?... Narciarski kurort?... – dłubałam w pamięci. – Gdzie jest TEN kurort??

– Oddychaj... – rzuciłam sobie hasło.

– Oddychaj głęboko! – następne hasło.

– NIE MYŚL!

Oddycham głęboko, w miarę spokojnie i postanawiam o niczym przez chwilę nie myśleć. Czerwony wąski korytarz ciągnie się przede mną i za mną prostą linią, w nieskończoność, a raczej w swoje nieskończoności, bo strony są przecież dwie: w prawo i w lewo. Nie widzę już ani żadnego okna, ani żadnego światła, ani żadnego roz-rze-dzenia koloru na jego końcach. Stoję dalej w miejscu i próbuję opanować oddech. Wreszcie kieruję się w lewo.

– Z powrotem?... – tak mi się wydaje.

– Z powrotem do czego? – bolesna wątpliwość zaraz użądli moją świadomość.

– Z powrotem do klatki schodowej – łagodny kontrapunkt świadomości uspokaja na chwilę moją panikę.

– To idę... – kieruję się tym razem w lewo i robię parę kroków.

– Nie tędy... Tędy nie dojdziesz... – jednostajny i uporczywy dźwięk rtęciówek dochodzi do moich uszu pomarańczowymi drganiami.

– Znów... Znów ten dźwięk... – krzywię się z niesmakiem.

– Zaciśnij powieki! – słyszę nikły rozkaz.

Zaciskam powieki i... znów stoję z... nartami przy klatce A tego samego sennego kurortu...

– A jednak...

– Nie tędy... – słyszę kobiecy głos.

– Zamknij oczy... – inny kobiecy głos.

– Okej... Okej... – odpowiadam i zamykam oczy: – Klik...

Czerwony pluszowy i wąski korytarz.

– No nie... – ostrożnie otarłam pot z czoła.

– To już chyba wolę być na tych nartach... W tym, cholera jasna... kurorcie... – dodałam w myślach po chwili.

– A może trzeba jeszcze mocniej zacisnąć powieki? – doznałam nagle olśnienia.

– Może siła zaciskania powiek zmienia te dziwne sny? – spróbowałam zacisnąć powieki najmocniej jak tylko potrafiłam, ale nic się nie wydarzyło. Sen się jednak nie zmienił. Czerwony pluszowy i wąski korytarz, prowadzący donikąd i w nieskończoność cynicznie puścił do mnie oko...

– Głupi dziad... – pomyślałam nie wiem czemu o tym korytarzu i zamaszystym krokiem, bez oglądania się ani za siebie, ani na boki ruszyłam w stronę klatki schodowej.

Ruszyłam w stronę tego czerwonego kwadratu-holu klatki schodowej, który jakimś cudem zamajaczył nagle w oddali. Wyrósł znienacka w mglistej

oddali, ale już na powierzchni mojej świadomości. Zahaczył o powierzchnię mojej świadomości...
– No i dobrze... – odetchnęłam z ulgą.

Nie zważając na nic i chyba na nikogo, bo przecież nikogo przy mnie nie było, doszłam, a raczej dobiegłam do...
– No właśnie, sama się sobie dziwię, ale dobiegłam w ostatniej chwili do jakiejś następnej windy.
– Klik... – automatycznie otworzyły się metalowe podwójne drzwi.
Otworzyły się tuż przed moim nosem. Bez żadnej interwencji. Żadnej mojej interwencji. Drzwi były takie same jak w poprzednim, tym towarowym dźwigu, którym jechałam w bok. Identyczne drzwi, identyczna sytuacja: Wystawiam nogę, żeby zrobić krok i wejść do środka
maszyny. Cofam nogę, cofam się na korytarz, zastanawiam się, szukam wzrokiem i uchem hotelowej muzyczki...
Wchodzę do środka tej nowej windy i drzwi równie szybko i automatycznie zamykają się za mną. Prawie bezgłośnie rusza maszyna, również bez mojej interwencji. Rusza w górę. Tym razem nie w bok: ani w prawo, ani w lewo, tylko w górę! Jadę. Jadę w GÓRĘ... DO NIEBA...

– Uff... – oddycham z ulgą w pierwszym momencie, ale już w drugim oblatuje mnie strach.
Owiewa moje nogi i ramiona zimnym dreszczem, skrapla bez uprzedzenia moje dłonie, spód stóp i czoło bezzapachowym potem.
– Dzieje się... – patrzę przez oszklone ściany maszyny na znikający w dole czerwony hol.
Patrzę na znikających ludzi, którzy nie wiadomo skąd, kiedy i dlaczego pojawili się nagle na dole i których cienie również zaczęły rozmywać się w tej coraz bardziej rozświetlonej przestrzeni.
Tak. Robiło się coraz jaśniej. Jaśniej i wyżej. Zdecydowanie wyżej. Widziałam to pod sobą, bo podłoga pędzącego w górę dźwigu też była ze szkła. Na chwilę zamknęłam oczy i czułam tylko rytm hulającej maszyny. Otworzyłam oczy i odruchowo przywarłam do szklanej ściany. Znów popatrzyłam pod nogi.
– To nie jest ten dźwig... To nie jest ta winda! – ucieszyłam się, nie wiedząc dlaczego?

Szczyty budynków Wersalu już dawno przemieszały się ze szczytami pobliskiego Paryża.

– Ooo... Wieża Eifla... – znajomy punkt zamajaczył w oddali i znikł równie szybko, jak szybko się pojawił.

Szczyty budynków Rzymu, a za chwilę szczyty budynków Warszawy też rozmyły się w tej nowej czaso-przestrzeni. Mignął mi przez ułamek sekundy Pałac Kultury... Skurczył się w tym kosmicznym pyle, a błękitne niebo zaczęło nagle razić mnie swoją intensywnością.

– Winda do nieba... – pomyślałam, czując się trochę uwięziona w tej pędzącej do góry maszynie, ale też i trochę szczęśliwa.

– Tym razem jest to winda do nieba... – znów zacisnęłam powieki i dałam się ponieść kolejnej turbulencji.

44

– „No to mów! – rzuciła ostro Marija.

Jean zaciągnął się jeszcze raz papierosem, po czym rzucił go i rozgniótł bosą stopą w mokrym piasku.

– To nie jest takie łatwe...

– Wiem papa... Spróbuj"...

„Poszli prosto do morza, aby przejść się wzdłuż plaży w stronę stojącego w rogu księżyca.

– Od czego zacząć? – spytał bezradny Jean.

– Najlepiej od początku... – szepnęła Marija i cisnęła przed siebie kamieniem tak, że odbił się sprężyście o wodę kilkoma „kaczkami".

– Ale ci się udało? – uśmiechnął się z uznaniem Jean.

Przez jakiś czas szli w milczeniu. Wiatr delikatnie popychał ich w plecy, a lekko spienione fale uderzały łagodnie o brzeg. Jean porządkował myśli, a Marija nie chciała mu w tym przeszkadzać. Zdawała sobie sprawę z tego, że w końcu nadszedł ten moment. Moment, na który czekała prawie całe swoje życie. Moment poznania prawdy. Im bliżej czuła te wibracje, tym bardziej się tego bala. Ogarniały ją przedziwne skrajne uczucia. Z jednej strony pragnęła poznać swoje losy, a z drugiej, jakaś niezrozumiała dla niej pokusa czy siła odwlekała ją, odciągała w zupełnie inną stronę:

– Po co ci to Marija? Po co chcesz to wszystko wiedzieć?

Myśli jej kłębiły się w takim tempie i chaosie, jak wygłodzone mewy nad pobliską mielizną.

W końcu nie miała już wyjścia. Nie chciała mieć już żadnego wyjścia, ucieczki z tej sytuacji po raz kolejny, żeby tylko znów nie zdenerwować ojca, nie wystawiać znów jego burzliwego temperamentu na kolejną próbę, żeby samej się nie zdenerwować i płakać potem w ukryciu. Chciała poznać prawdę, obojętnie jaka by nie była...

– Miałaś rację... – zaczął cicho Jean.

Jego głos brzmiał niepewnie, jak głos małego zalęknionego chłopca, który coś przeskrobał, a teraz musi przyznać się do winy.

– Miałaś rację... – powtórzył, a po chwili wahania bardzo wolno, rozważając każde słowo, każdą literę dodał:

– Taak... taak... Marija, twoja... matka... była... Polką"...

„Marija spodziewała się takiej odpowiedzi. Poczuła silne mrowienie nóg i rąk i zanim zdołała zaczerpnąć powietrza, żeby coś powiedzieć, cokolwiek powiedzieć, zwaliła się jak kłoda na mokry piasek. Otwarte oczy patrzyły tępo w wiszący nad nią okrągły księżyc. Rozwrzeszczane mewy jak sępy nad padliną zaczęły zataczać coraz ciaśniejsze kręgi...

Dwa kutry zakończyły właśnie wieczorny połów i rybacy przy blasku pochodni wyładowywali ryby. Nie było tego aż tak dużo, głównie dorady, flądry, makrele i kilka ośmiornic. Pakowali to do skrzyń i powoli, oganiając się od mew składali sieci.

– Marija! Marija... – Jean rzucił się przerażony na ziemię.

Próbował poruszyć córkę, ale ta leżała nieruchomo. Jej źrenice były wielkie, a oczy nie poruszały się. W ogóle nie mrugała, a tylko spokojny regularny oddech wskazywał na to, że żyje.

– Córko moja... – wyszeptał Jean i położył się przy niej.

Znał te objawy bardzo dobrze, ale i tak każde omdlenie Mariji wywoływało niepokój.

– Córko moja... Przepraszam... Przepraszam – wyszeptał, a z oczu popłynęły mu łzy.

Łzy słone i szczypiące jak morska woda spływały mu po policzkach, wpływały do nosa i do ust. Łzy żalu, niemocy, rozpaczy, nienawiści i miłości.

Sam był temu winien. Sam zagłuszył tę miłość nie robiąc nic, co by mogło ją zatrzymać? Sam w swojej dumie i zaparciu zdecydował się na takie życie. Skutecznie zagłuszał wszystko, co kojarzyło mu się nawet w najmniejszym stopniu z... tamtą dziewczyną...

To on zdecydował się na taką emocjonalną tułaczkę i samotność. Żadna kobieta nie miała już wstępu do jego serca, chociaż się starał. Żadna też nie znała jego ponurej prawdy. Nawet Marija. Zwłaszcza Marija... Prawdy, która mogła przypominać bajkę o kopciuszku uciekającym od bogatego księcia... Tylko że on, Jean nie był bogatym księciem, a jego kopciuszek, ta polska dziewczyna z Petersburga, którą widział może ze dwa razy w życiu i którą zdążył w niewyjaśniony sposób pokochać, zamiast zostawić mu niewinny pantofelek, zostawiła coś innego. Coś zupełnie innego... Coś trudnego, wymagającego poświęcenia... Coś, co stało się jego następną miłością... Zaborczą, egoistyczną, obsesyjną...

– Prawdziwą?...

– Tak, prawdziwą, ale i zakłamaną"...

– Tak... – westchnął Manuel. – Marija była wielką miłością Jeana, ale i wielką jego obsesją. Jean nie mógł sobie z tym poradzić do końca życia. Tamten scenariusz wymykał się nawet spod scenariusza jakiegoś taniego serialu z obecnej rzeczywistości...

– Dlatego... – znów westchnął. – Dlatego w TYM życiu nie odpuszczę tak łatwo... – popatrzył szklanymi oczami na Julię. – Nie odpuszczę CI tak łatwo... – poprawił.

– Wyprostujemy ten scenariusz? – zapytał z nadzieją Manuel.

Julia nie odpowiedziała.

– Czy chcesz ze mną, razem ze mną wyprostować ten scenariusz? – zapytał po raz drugi.

– Tylko czy warto?... – Julia wzruszyła ramionami.

Siedzieli blisko siebie na skarpie nad rzeką. Julia bawiła się trawką, rozdzielając kolejne jej listki, a Manuel postanowił zapalić papierosa. Wyjął z kieszeni paczkę holenderskiego tytoniu i zrobił dwa skręty. Jeden podpalił i podał bez pytania Julii, drugi włożył sobie do ust i też podpalił hotelową zapałką. Nie było wiatru i czynność ta stała się wyjątkowo prosta. Powietrze stanęło w miejscu, tylko woda w Tybrze płynęła wartko, jak gdyby nigdy nic...

– Tja... – przerwał męczącą ciszę Manuel.

– Ile tu jest mostów... W życiu tylu mostów na raz nie widziałem... – zaciągnął się papierosem.

– W tym życiu?... – zapytała sarkastycznie Julia i westchnęła.
– Tja... – westchnął również Manuel.
– No i co było dalej? – zapytała po chwili. – Umarłam? Prawda?...
Teraz Manuel nie odpowiedział.
– Musiałam przecież umrzeć... – Julia mruknęła do siebie, a głośno zapytała:
– Jak umarłam?
– Nie pamiętasz? – Manuel odwrócił w jej stronę głowę.
– Wyobraź sobie, że nie?... – kolejny sarkazm.
– Zginęłaś w wypadku lotniczym.
– Kiedy?... Gdzie??... – Julia nagle podskoczyła.
– W Barcelonie.
– W Barcelonie??
– Nie pamiętasz?
– NIE! – krzyknęła Julia i poderwała się ze skarpy.
– Chodźmy stąd... – poprosiła łagodniej.
– Usiądź tu przy mnie i zamknij oczy! – wydał rozkaz Manuel.
Julia natychmiast usiadła z powrotem przy nim i wykonała polecenie.
– Co widzisz? – zapytał Manuel.
– Trawa... Zielona trawa... Koniczyna jakby...
– Dobrze... Dobra dziewczynka... – uśmiechnął się.

– „Teraz wszystko zaczęło pędzić w zawrotnym tempie"... – Julia zaczęła
mówić nagle, jak w transie:
– „Pełnia księżyca pulsuje pomarańczowym światłem. Nie potrzeba nawet
pochodni, żeby wszystko dokładnie widzieć. Biegnę po glinianym klepisku, niekończącej się brunatnej powierzchni. Odgłosy kłębiących się nade
mną mew mieszają się z innymi odgłosami... Ludzie! Tu są jacyś ludzie!
Dużo ludzi! Coraz więcej i więcej! Pojedyncze okrzyki i nawoływania zamieniają się w jakąś dźwiękową masę, kulę o wystających promieniach
wyjących karetek i straży pożarnej... Wyją... Wyją i te syreny... I te mewy...
Widzę stojącego mężczyznę w jasnej marynarce... Chcę do niego podbiec,
ale nogi odmawiają mi posłuszeństwa. Mężczyzna spokojnie pali papierosa i patrzy w niebo. Tłum ludzi napiera ze wszystkich stron, jak jakieś
zaciskające się okręgi, pętle. Kula dźwiękowa razi swoimi ostrzami dochodzącej zewsząd paniki...
– Marija! Marija... Co się dzieje?...

Nie mogę się ruszyć, więc robię to, co wszyscy... Wyciągam ramiona na boki i rozstawiam je, jak skrzydła przygotowane do lotu. Wyciągam nogi do przodu tak, żeby nie palce u stóp, ale pięty były moimi wektorami. Ruszam powoli, tuż nad ziemią. Lecę! Gliniane klepisko zamienia się w zielone, równie niekończące się pole koniczyny. Bardzo małej koniczyny, takiej malutkiej, malusieńkiej, która już więcej nie wyrośnie... Nigdy nie wyrośnie...

– Bruno! – krzyczę. – Bru... – głos załamuje mi się.

– Odpowiedz, odpowiedz proszę... – błagam go w myśli.

Bruno zapala kolejnego papierosa i jakby z opóźnieniem odwraca powoli głowę. Jakby fala dźwiękowa dotarła do niego później niż obraz. – Jaki obraz?...

Bruno patrzy nie na mnie, ale przeze mnie... PRZEZE MNIE!

– Gdzie jesteś Marija?... Marija?... Marija?... – słowa odbijają się o taflę świadomości, jak kamienie o wodę.

– Ty rozumiesz?... Rozumiesz coś z TEGO?... Co się dzieje?! – wołam.

Bruno uśmiecha się szeroko, a wypalony do połowy papieros wypada mu z ust razem ze szklaną fifką. Popsute zęby, jak pożółkłe i spróchniałe sztafety starego płotu wykruszają się po kolei, ukazując obnażone dziąsła. Szeroki uśmiech zamienia się w wykrzywiony przesadną radością grymas.

– Marija?... Marija?... Marija?...

Wieje straszliwy wiatr od morza i popycha mnie w bezgraniczne pole koniczyny. Moje wysunięte do przodu pięty dotykają, szorują prawie delikatną trawę. Jestem tuż nad ziemią, tuż nad ziemią! Gdybym chciała zahamować, zginam tylko palce stóp w dół i... już jestem! Stoję na palcach, na skrzyżowanych nogach, z rozłożonymi ramionami jak... Chrystus zawieszony na krzyżu... Widzę leżak w naszym ogrodzie? Gładka i miękka powierzchnia koniczyny przechodzi w niekoszoną dawno, wybujałą trawę. Na leżaku siedzi moje dziecko i przemawia do zdechłego ptaka, leżącego pod kupą zeschniętych liści. To nie jest szpak, tylko kos. Zielone kolory wybujałej trawy przechodzą w intensywne turkusy...

Młoda dziewczyna z maleńkim dzieckiem na rękach przeciska się przez jakiś wąwóz, wał, gdzie wąski korytarz ścieżki porośnięty jest z obu stron turkusowymi krzakami. Krzaki wyciągają w przyśpieszonym tempie swoje macki w stronę uciekającej dziewczyny, jak na jakimś filmie ukazującym ruch przyrody tak, aby oko ludzkie wyraźnie to zobaczyło"...

– Dobrze... Dobra dziewczynka... – znów odezwał się Manuel. – Teraz już wiesz, jak przyniosłaś mi to dziecko... Jak przyniosłaś mi siebie...
– Ja?? – Julia nagle otworzyła oczy. – Ja przyniosłam ci SIEBIE?... JA?... Czyli KTO?...
Manuel nie odpowiedział. Teraz on przymknął swoje powieki i zaczął powtarzać to imię, jej imię jak w jakimś opętaniu:

– „Marija! Marija... Przepraszam cię Marija! Wiem Marija... Chcesz znać prawdę Marija! Każdy chce znać prawdę, niezależnie jaka ona będzie. Chcemy wiedzieć... Przynajmniej TY chcesz wiedzieć... JA też! Też chciałbym wiedzieć. Chciałbym nie bać się wiedzieć. Nie bać się wiedzieć do końca... Ale jaka jest prawda? I co jest prawdą Marija? Czy to, co już wiemy albo domyślamy się? Czy to, czego domyślać się powinnyśmy? A może prawdą jest to, co chcemy usłyszeć? Co TY chcesz usłyszeć Marija? A co JA chcę, żebyś TY usłyszała? A czego nie? Marija! Córko moja! Obudź się! Nie zostawiaj mnie teraz! Nie teraz! Marija! Marija... Przepraszam"...

– Tak... – Manuel się zatrzymał. – Marija była moją wielką miłością. Marija była moją wielką obsesją. Nie mogłem sobie z tym poradzić w tamtym życiu... Ale w tym... – popatrzył szklanymi oczami na Julię.
– Wyprostujemy ten scenariusz? – zapytał kolejny raz z nadzieją.
– Ale... – Julia ocknęła się. – Ale jak chcesz to wyprostować? Manuelu? – spojrzała na niego zdziwiona.
Słupek tlącego się papierosa spadł jej na kolano.
– Auu... – Julia strzepnęła popiół.
Manuel też strzepnął swój nietknięty, kilku-centymetrowy słupek spalonego skręta.
– Co jeszcze widzisz?... Jean?... – zapytała po chwili ostrożnie Julia.

45

I znów wszystko zaczęło gwałtownie przyspieszać. Winda do nieba szarpnęła moim ciałem, wpadając w kolejną turbulencję.
– Auu... – krzyknęłam.

Wszystko zaczęło teraz pędzić w zawrotnym tempie.

Mieszają mi się obrazy, mieszają mi się daty: tysiąc dziewięćset szesnaście, dwadzieścia sześć, trzydzieści osiem, trzydzieści dziewięć, dwa tysiące pięć, sześć, siedem, osiem, dwanaście... piętnaście... szesnaście... Nieważne czy tysiąc jest na początku, czy dwa tysiące, czy trzy... Skaczą te daty, jak w kołowrotku totolotka, do przodu, do tyłu: tysiąc dziewięćset dziewięć, tysiąc osiemset dziewięćdziesiąt osiem... i tak dalej i od nowa... Skaczą mi te numery do przodu, do tyłu, jak w zwariowanym niemym filmie, gdzie obroty zostały przyspieszone i dźwięk nie nadąża za obrazem: 1916, 1926, 1938, 1939, 2005, 2006, 2007, 2008, 2012, 2015, 2016, 3016... I znów: 2016, 2015, 2012, 2008, 2007, 2006, 2005, 1939, 1938, 1926, 1916, 1909, 1898...

– Hallo... We go!...

Widzę siebie i w dole i w górze! Jestem transparentna! Myśli mi się kłębią, jak mewy nad mielizną. Widzę tyle rzeczy naraz! Chcę, muszę to uporządkować! Tak, muszę to natychmiast uporządkować! Jak najszybciej muszę TO uporządkować, aby to nieznane mi dotąd NIEBO nie wciągnęło mnie za bardzo w swoją przestrzeń. Jeszcze nie wciągnęło... Albo nie okazało się czarną dziurą...

– Co widzę?

– Ba, dobre pytanie...

– Będzie po kolei?

– A co to jest „po kolei"?...

No to jedziemy:

– „Marija!... Marija!"... – Jean rzucił się przerażony na ziemię.

Próbował poruszyć córkę, ale ta leżała nieruchomo. Jej źrenice były wielkie, a oczy nie poruszały się.

– „Córeczko moja... Córeczko moja"... – szlochał Jean i próbował położyć się przy niej.

– „Proszę się odsunąć!" – lekarz pogotowia krzyknął na niego, a dwóch innych funkcjonariuszy podstawiało nosze.

O jakieś może dziesięć metrów dalej leżało ciało Laury. Ryk ambulansów i straży pożarnej mieszał się z rykiem tłumu przerażonych ludzi...

Biegnę po glinianym klepisku niekończącej się brunatnej powierzchni jakiegoś pola... Odgłosy kłębiących się nade mną mew mieszają się z innymi odgłosami... Ludzie! Dużo ludzi... Coraz więcej i więcej ludzi... Pojedyncze okrzyki i nawoływania zamieniają się w jakąś przedziwną i przerażającą dźwiękową masę, kulę o wystających i siekających swoją intensywnością promieniach, zakłębionych i uwięzionych w wyjących karetkach i samochodach straży pożarnej. Widzę stojącego mężczyznę w jasnej marynarce. Chcę do niego podbiec, ale nogi odmawiają mi posłuszeństwa. Mężczyzna spokojnie pali papierosa i patrzy w niebo. Tłum ludzi napiera ze wszystkich stron, jak zaciskające się okręgi, pętle... Wielka kula dźwiękowa razi swoimi ostrzami dochodzącej zewsząd paniki...

– „Marija!... Marija!... Co się dzieje?... Córeczko moja! Córeczko"... – słyszę.

– „Kim są ci ludzie? Kim jestem ja? Kim i gdzie jest Marija?"... – pytam się w myślach.

Nie mogę się ruszyć, więc robię to co wszyscy. WSZYSCY... Wyciągam ramiona na boki i rozstawiam ręce, jak skrzydła przygotowane do lotu. Wyciągam złączone nogi do przodu tak, żeby nie palce u stóp, ale pięty były moimi wektorami, moimi przewodnikami...

Ruszam powoli, tuż nad ziemią. Lecę! Lecę!... Gliniane klepisko zamienia się w zielone, równie niekończące się pole koniczyny. Bardzo małej koniczyny. Takiej malutkiej, mięciutkiej koniczyny, która już nigdy więcej większa nie wyrośnie... Lecę! Lecę!...

Wieje straszliwy wiatr od morza i popycha mnie w to bezgraniczne pole koniczyny. Moje wysunięte do przodu pięty dotykają, szorują prawie delikatną trawę. Jestem tuż nad ziemią, tuż nad ziemią... Gdybym chciała zahamować, zginam tylko palce stóp w dół i już jestem! Stoję na palcach! Na skrzyżowanych nogach! Z rozłożonymi ramionami... Jak Chrystus zawieszony na krzyżu...

– „Bruno!"... – krzyczę. – „Bruno"... – głos załamuje mi się.
– „Odpowiedz! Odpowiedz proszę"... – błagam go w myśli.
Bruno zapala kolejnego papierosa i jakby z opóźnieniem odwraca powoli głowę. Jakby fala dźwiękowa dotarła do niego później niż obraz. – „Jaki obraz?"...
Bruno patrzy nie na mnie, ale przeze mnie... PRZEZE MNIE!
– „Gdzie jest Marija?... Marija?... Marija?"... – imię to obija się w mojej głowie jak „kaczka" puszczona na wodzie.
– „Ty rozumiesz? Rozumiesz coś z tego? Co się dzieje?"... – wołam.

Bruno uśmiecha się szeroko, a wypalony do połowy papieros wypada mu z ust razem ze szklaną fifką. Popsute zęby, jak pożółkłe i spróchniałe sztafety starego płotu wykruszają się po kolei, ukazując obnażone dziąsła. Szeroki uśmiech zamienia się w wykrzywiony przesadną radością grymas...

Widzę leżak w naszym ogrodzie... W naszym holenderskim ogrodzie... Gładka i miękka powierzchnia koniczyny przechodzi stopniowo w niekoszoną dawno, wybujałą trawę. Na leżaku siedzi moje małe jeszcze dziecko i przemawia do zdechłego ptaka leżącego pod kupą zeschniętych liści. Matt pozbył się ostatnio dwóch kretów, ale nie pokazał nam ich ciał...

– „To ty nie wiesz?"... – Bruno jeszcze bardziej wykrzywia swoją twarz.
– „To ty nic nie wiesz?"... – patrzy na mnie prawie z obrzydzeniem.
– „Który to jest rok?!" – krzyczę.
– „Który mamy rok?" – poprawiam się.
Nie mogę złapać oddechu. Jakaś niewidzialna siła popycha mnie w stronę morza, w stronę tej wielkiej słonej wody. Wieje straszliwy wiatr...
Bezzębna twarz Bruna patrzy przeze mnie... PRZEZE MNIE... Bruno zaczyna się śmiać. Coraz bardziej i bardziej... Histeryczny, konwulsyjny śmiech zamienia się w szloch:
– „Ty NIC nie wiesz?"...
– „To do mnie było?" – pytam. – „Co mam wiedzieć? Kim jesteś człowieku? Kim jesteś? Gdzie jest Marija? Gdzie jestem ja? JA?... Gdzie?"...

Zielone kolory wybujałej trawy przechodzą w intensywne turkusy. Młoda dziewczyna z maleńkim dzieckiem na rękach przeciska się przez jakiś wąwóz, wał, gdzie wąski korytarz krętej ścieżki porośnięty jest z obu stron turkusowymi krzakami. Krzaki wyciągają w przyśpieszonym tempie swoje macki w stronę uciekającej dziewczyny. W przyśpieszonym tempie, jak na jakimś filmie przyrodniczym, ukazującym ruch przyrody tak, aby oko ludzkie wyraźnie to zobaczyło, wyraźnie zobaczyło i zarejestrowało ze wszelkimi szczegółami przyśpieszenie ruchu przyrody, przyśpieszenie ruchu wskazówek zegara, przyśpieszenie życia!... Dziewczyna z dzieckiem biegnie coraz szybciej. Wąwóz jest coraz trudniejszy do przebycia, bo turkusowa roślinność rozrasta się do jego środka. Krzaki jak węgorze albo węże kłębią się coraz bliżej jej twarzy, wszelkich otworów: ocznych, usznych... Próbują wpełznąć do nosa... Oplatają też to niemowlę...

– „O niee!" – woła rozpaczliwie dziewczyna. – „Nie teraz"...
Dziecko nagle zaczyna się zmniejszać. Nie wiadomo czy to pod wpływem tych krzaków, czy tych węgorzy, czy węży? Dziecko zaczyna się zmniejszać! Po prostu się ZMNIEJSZAĆ!
– „O niee!" – woła rozpaczliwie dziewczyna. – „Nie teraz! Nie rób mi TEGO!... Nie umieraj mi teraz?! NIE UMIERAJ!?"... – płacze.
Dziecko jest coraz mniejsze. Wygląda jak odpustowa plastikowa lalka. Laleczka, mieszcząca się w dłoni... Kobieta trzyma plastikową laleczkę-dziecko w dwóch dłoniach, jakby chciała je przed czymś ochronić? W dwóch dłoniach, złożonych jak do modlitwy, jakby chciała ochronić je przed dalszym zmniejszaniem...
– „Nie rób mi tego teraz"... – błaga. – „Nie teraz... Proszę... Proszę... PLEASE... Nie rób mi tego... Nie umieraj"... – dalej płacze.
– „Marija!... Marija!... Gdzie jesteś? Nic ci się nie stało?... Córeczko... Nie może ci się teraz nic stać... Nie możesz teraz umrzeć!... Jeszcze nie teraz!... Przepraszam!... PRZEPRASZAAM!!"... – to głos Jeana.

– To głos Jeana!... To twój głos!... Manuelu!... MANUELU!... – krzyczę z całych sił, wpadając w kolejną turbulencję.
– A może to nie jest winda, tylko jakiś samolot? Albo rakieta? – przyklejam się całą powierzchnią spoconego ciała do szklanej szyby tego dziwnego pojazdu.
– Co jeszcze widzisz? – pyta niespodziewanie Manuel.
– Zdjęcie w sepii... Jakaś para... – zastanawiam się.
– Manuel?... Manuel?... Skąd się tu wziąłeś? Co ty tu robisz? – patrzę na niego oniemiała.
– Nigdy nie odchodziłem? – odpowiada zaskoczony Manuel.
Stoi przy przeciwległej ścianie windy. A jednak?... Próbuje do mnie podejść... Zbliża się... Zaraz weźmie mnie za rękę...
– Co jeszcze widzisz? – pyta.
– Na tym zdjęciu został... Na tym zdjęciu... Tylko starzec został... – zaczynam się jąkać.
– Kobiety z dzieckiem nie ma! Ktoś wyciął ostrym nożem kawałek zdjęcia?? Owal... Został sam owal... Sam owal i ten starzec... Ktoś coś wyciął? Coś... Wyciął tam, gdzie znajdowały się... – przerwałam, żeby przełknąć ślinę.
– Ich twarze... ICH TWARZE... – dokończył Manuel.

– Czyli moja?... Moja twarz została wycięta? – zapytałam w panice. – Moje twarze? MOJE?? – poprawiłam.

– Twoje... – potwierdził ze spokojem Manuel.

– Gdzie my jesteśmy? – zmieniłam nagle temat.

– A chcesz pokonać czerwień? – pytaniem odpowiedział Manuel.

– Ale ja nie chcę przekraczać fioletu?... Manuel, ja jeszcze nie chcę przekraczać granicy fioletu?... Ja jeszcze nie chcę umierać?... Ja jeszcze nie chcę umierać?... – stopniowo zaczęłam wkręcać się w inną rzeczywistość. Zaczęłam wplątywać się, zagęszczać się jakby w nowym labiryncie zakręconej i dziwnej rzeczywistości. Rzeczywistości zakrzywionej. Rzeczywistości, której horyzont wyglądał zupełnie inaczej niż na mojej planecie?... Mało tego... Odkryłam, że znalazłam się nagle na innej nowej i znacznie mniejszej niż moja Ziemia planecie!

– Manuel... – nie wytrzymałam. – Gdzie my do cholery jesteśmy??

– Podoba ci się? – mruknął zadowolony.

– Gdzie my?... Gdzie ja jestem?? – krzyknęłam.

– Oddalamy się – odpowiedział zerowym głosem Manuel.

– WIEM!... Ale GDZIE?... DOKĄD?...

– Marija...

– NIE NAZYWAM SIĘ MARIJA!... – usłyszałam swój kolejny krzyk.

– Teraz nie... Ale przedtem tak... – pada sucha odpowiedź Manuela.

– Gdzie?... Kiedy?... Jakie przedtem?...

– Cii... Zobacz jak tu pięknie...

– Ale tu nie ma światła? – patrzę na niego zdenerwowana.

– Bo wjechaliśmy do tunelu...

– Jakiego tunelu?

– Żeby ominąć fiolet...

– Co ty mówisz??...

– Cii... – Manuel kładzie palec na swoich ustach.

– Manuel... – czuję, że robi mi się niedobrze.

– Nie możesz teraz zemdleć! – pada hasło.

– Okej, okej... – odpowiadam odruchowo. – Musimy zmienić temat... – łapię się kurczowo rękawa jego czerwono-czarnej koszuli w kratę.

46

– Jeszcze raz... – odzywa się spokojnie Manuel. – Zdjęcie w sepii. Jakaś para. On stary, z brodą, siedzi wyprostowany na ławce w zarośniętym ogrodzie. Ona młoda, dużo młodsza, siedzi obok niego. Trzyma na kolanach dziecko. Przy ławce podrdzewiały dziecięcy wózek z dużymi kołami. Szprychy w kołach też są zardzewiałe. Dziecko zaczyna płakać. Kobieta kołysze przez chwilę maleństwo w ramionach, po czym wstaje i podchodzi do wózka, żeby je tam ułożyć i ukoić do snu. Starszy mężczyzna z długą i przerzedzoną na końcach brodą siedzi dalej, bez ruchu, jakby w ogóle nie obchodziło go nic co się wokół niego dzieje albo może wydarzyć... Nie jest w sumie taki stary?... Brązowe przenikliwe oczy zamurowane kolorami sepii patrzą w dal... Nagle drgnął. Złapał kobietę za rękę i gwałtownie przyciągnął do siebie.

– Zostaw! – syknął jej do ucha.

– Ależ ojcze? – zawołała. – To przecież moje dziecko!

– To nie twoje dziecko! Zapomnij o niej... Oddaj mu ją jak najszybciej!

– Ależ ojcze...

– To rozkaz!

– Chcę się do niej przytulić? Tylko na chwilę? Tylko na chwilę?...

– To Rozkaz! Rozumiesz?...

– To moje dziecko!

– Ten bękart? Wiesz co to znaczy?

– Ojcze...

– Oddaj mu ją, póki nie będzie za późno...

– Nie będzie za późno?... O czym ty mówisz? Ojcze...

– Wiesz, ile masz lat?

– Wiem... Ojcze...

– Wiesz, co się dzieje?!

– Wiem...

– Musimy uciekać! Musimy stąd uciekać... Wiesz, co się dzieje?... Za chwilę będzie wojna! Rewolucja! Rewolucja październikowa! Jesteśmy w Rosji! Musimy stąd uciekać! On też musi stąd uciekać! Ale jemu jest łatwiej... Jest młody i silny i jest Francuzem! A ty jesteś...

– Ale jak?... Jak on przedostanie się przez granicę?

– To już nie twoja sprawa!

– Ojcze...

Turkusowe liany i krzaki, jak wijące się węgorze i wijące się węże zacieśniają swoje macki.

Dziewczyna biegnie dalej. Coraz szybciej i szybciej, wpadając niemalże w galop. Musi przez to przejść, musi zdążyć... Musi zdążyć... Jest jednak coraz trudniej. Przeciska się przez tak przecież wąski wąwóz? Plastikową laleczkę-dziecko trzyma już teraz w jednej zaciśniętej dłoni.

– Żeby tylko zdążyć? – płacze i z trudem rozdziela gałęzie.

– Żeby tylko zdążyć... – jej oddech jest tak szybki, a serce wali jak młot.

W oczach wibruje rozświetlony rój żółtawych punkcików, a w uszach siekająca swoimi ostrzami masa przeraźliwych dźwięków: pisku karetek pogotowia, straży pożarnej, rozwrzeszczanych ludzi i ptaków... I szum wody, wielkiej zbliżającej się wody...

– Nie umieraj mi teraz? – dziewczyna błaga i otwiera dłoń, żeby sprawdzić...

– NIEE!? – krzyczy i zasłania ręką twarz.

– NIEE! Nie teraz! Nie teraz... Nie ZMNIEJSZAJ SIĘ! Nie znikaj! Nie umieraj!...

Przed nią niespodziewanie ukazuje się otwarta przestrzeń równego jak tafla lodu i ciągnącego się w nieskończoność glinianego klepiska. Brunatno-rdzawe kolory pasów startowych rozgałęziają się na wszystkie strony. Jak promienie... Poprzedzielane regularnymi płatami zielonej koniczyny... Promienie w promieniach... Rozgałęziają się... Powierzchnia morza przybliża się i oddala w przyśpieszonym tempie. Pulsuje... Pulsuje... Tylko dlaczego nie ma ani jednej fali?... Zastygła masa wielkiej słonej wody, jak tafla granatowego lodu poprzecinana jest cieniutkimi chodniczkami, które prowadzą do...

– No właśnie... Co to właściwie jest?... Na środku morza jakieś starożytne budowle? Zamki? Kolosea, gdzie cieniutkie chodniczki, jak pasy startowe prowadzą do ich wnętrz? Co to jest? Gdzie podziały się turkusowe liany próbujące wyrwać mi TO, co jest dla mnie najcenniejsze?Gdzie jest pole koniczyny?...

Jaki TU spokój. Jakie piękne kolory: żółcie, błękity, pomarańcze? Wszystko zatopione, jak w jakimś śnie?... Nie chcę wychodzić z tego snu. Jest mi tu tak dobrze... Nie chcę się obudzić...

Wibrujący dźwięk, jak rój pszczół otacza mnie ze wszystkich stron.

– NIEE... Nie teraz! Nie teraz... – dochodzi do mojej świadomości.

– A może to nie pszczoły, tylko ludzie? – próbuję się unieść. Wystawiam złączone nogi do przodu, a ramiona rozkładam w bok. Otwieram zaciśnięte dłonie. Samotne, spocone dłonie... Samotne, spocone dłonie... Puste dłonie... PUSTE... Lecę! Lecę... Gliniane klepisko zamienia się w zielone, równie niekończące się pole koniczyny. Bardzo małej koniczyny... Lecę! Lecę...

– Bruno!... – krzyczę.

– Bruno... – głos załamuje mi się.

– Odpowiedz! Odpowiedz proszę... – błagam go w myśli.

Bruno zapala kolejnego papierosa i jakby z opóźnieniem odwraca powoli głowę. Jakby fala dźwiękowa dotarła do niego później niż obraz. – Jaki obraz?...

Bruno patrzy NIE na mnie, ale PRZEZE MNIE...

– Gdzie jest Marija?... Marija?... Marija?... – imię to obija się w mojej głowie jak „kaczka" puszczona na wodzie...

– Gdzie ja jestem?! Co się dzieje?! – wołam.

– Ty coś rozumiesz? Rozumiesz coś z tego? Co się dzieje?...

Bruno uśmiecha się szeroko, a wypalony do połowy papieros wypada mu z ust razem ze szklaną fifką. Popsute zęby, jak pożółkłe i spróchniałe sztafety starego płotu wykruszają się po kolei, ukazując obnażone dziąsła. Szeroki uśmiech zamienia się w wykrzywiony przesadną radością grymas...

Wieje straszliwy wiatr od morza i popycha mnie w bezgraniczne pole koniczyny. Moje wysunięte do przodu pięty dotykają, szorują prawie delikatną trawę. Jestem tuż nad ziemią, tuż nad ziemią! Gdybym chciała zahamować, zginam tylko palce stóp w dół i już jestem! Stoję na palcach! Na skrzyżowanych nogach! Z rozłożonymi ramionami...

Ale nie hamuję. Nie mogę zahamować! Nie mogę teraz zahamować... Nie chcę! Samotna, spocona dłoń... Samotna, spocona dłoń... Pusta dłoń... Pusta dłoń! Muszę zdążyć...

Przez chwilę mignął mi leżak w naszym ogrodzie. W naszym holenderskim ogrodzie...

Gładka i miękka powierzchnia koniczyny przechodzi stopniowo w niekoszoną dawno, wybujałą trawę...

– Oj Matt... Kiedy wreszcie skosisz tą trawę?... Oj Matt...

Na leżaku siedzi moje małe dziecko i przemawia do zdechłego ptaka... Piękna sierpniowa pogoda... Ani jednej chmurki...

– Oj Matt... Musisz mi teraz pokazywać tego zdechłego kreta?...
– To ty nie wiesz?... – Bruno jeszcze bardziej wykrzywia twarz.
– To ty nic nie wiesz?... – patrzy na mnie prawie z obrzydzeniem.
– Który to jest rok?! – krzyczę.
– Który mamy rok? – poprawiam się.
Nie mogę złapać oddechu. Jakaś niewidzialna siła popycha mnie w stronę morza, w stronę wielkiej słonej wody... Wieje straszliwy wiatr. Bezzębna twarz Bruna patrzy PRZEZE MNIE... Bruno zaczyna się śmiać. Coraz bardziej i bardziej... Histeryczny, konwulsyjny śmiech zamienia się w histeryczny szloch:
– Ty NIC nie wiesz?...
– To do mnie było? – pytam przerażona. – A co mam wiedzieć?... Kim są ci ludzie?... Gdzie?...
– Ha-ha-ha... Ha-ha-ha-ha... Ha-ha-ha-ha-ha... – coraz bardziej śmieje Bruno, obnażając swoje puste dziąsła.
– Kim jesteś człowieku? Kim jesteś?... Gdzie jest Marija? Gdzie jestem ja? JA?... Gdzie?...
– Ha-ha-ha-ha-ha...
– Co to wszystko ma znaczyć? To SEN? Czy RZECZYWISTOŚĆ?... – krzyczę.
– A co za różnica? – Bruno cały czas patrzy na mnie z obrzydzeniem.
Próbuje zapalić papierosa, ale silny wiatr od morza nie pozwala mu na to.
– Nie pal jak do mnie mówisz! – wołam oburzona.
Nie słyszę swojego głosu. Pisk mew, karetek pogotowia, straży pożarnej i ryk panikujących ludzi mieszają się z jakimś dziwnym zapachem taniej wody kolońskiej i piżma...
– Nie pal!... – wołam do niego mimo to.

– Jean!... Jean!... Odezwij się! Czy widzisz to, co ja widzę? – pyta przerażony drobny Żydek w beżowym garniturze.
– Wygląda, jakby wyłączyli silniki?... – odpowiada powoli Jean i nie odrywa oczu od samolotu.
Stoją jak zahipnotyzowani i patrzą w niebo. Krążący samolot-dwupłatowiec z żółtoczerwonymi pasami na kadłubie, pasami kolorów katalońskiej flagi szybuje niepokojąco na wietrze. Wychyla się coraz bardziej na boki. Wachluje skrzydłami to w jedną, to w drugą stronę, raz dłużej, raz krócej, zamazując jakiekolwiek proporcje grawitacji.

– Co on wyprawia!? – krzyczy Jean. – Dlaczego nie włączy silników?!
Zbiega się zewsząd tłum. Ludzie, dużo ludzi, coraz więcej i więcej, jak jakieś zaciskające się okręgi, szturmujące pole koniczyny...
– A może to nie ludzie? Tylko rój wściekłych pszczół?...

Odrywam się znów od pola koniczyny i sterując lekko ugiętymi kolanami unoszę tuż nad powierzchnią ziemi. Jest tak ciepło, bezpiecznie ciepło... Słoneczne niebo i ani jednej chmurki... Nie wiem jak to powiedzieć, jak to nazwać?... To jest takie ciepło, jakiego już nie ma. Jakiego TU już nie ma. Serce wali mi jak kościelny dzwon. Chcę TU zostać, a jednocześnie boję się, czuję, że nie należę do TEGO świata, do tego życia... Jakaś siła mnie trzyma... To tak, jak powrót do dzieciństwa, do domu rodzinnego, do czegoś co przeminęło, co zostało w naszej pamięci, co rozczula nas nawet na samo wspomnienie... Coś, co już było i nie powróci... I nagle... jesteś w TYM – CZYMŚ. Czujesz zapachy. Patrzysz na kolory, na ludzi, na szczegóły. Czujesz ciepło, którego TU dawno, a może nigdy nie było? Ciepło zakodowane gdzieś w podświadomości, nadświadomości? Ciepło, którego nie chcesz zostawić, przypominasz sobie...
– Dlaczego nie włączy silników?! Dlaczego do cholery nie włączy silników?!!...

Jaki TU spokój. Jakie piękne kolory: żółcie, błękity, pomarańcze? Wszystko zatopione, jak w jakimś śnie?... Nie chcę wychodzić z tego snu. Jest mi tu tak dobrze... Nie chcę się obudzić...

Ludzie, jak jakieś zaciskające się okręgi napierają ze wszystkich stron. Jak promienie. Promienie w promieniach... Rozgałęziają się... Połączone na nowo...
– Dlaczego nie włączy silników? Przecież on zaraz spadnie?!...

Powierzchnia morza przybliża się i oddala w przyśpieszonym tempie. Pulsuje... Pulsuje... Tylko dlaczego nie ma ani jednej fali?... Zastygła masa wielkiej słonej wody, jak tafla granatowego lodu poprzecinana jest cieniutkimi chodniczkami, które prowadzą do... jakichś starożytnych budowli na środku morza. Co to właściwie jest?... Na środku morza takie starożytne budowle? Zamki? Kolosea, gdzie cieniutkie chodniczki jak pasy startowe, jak promienie... wskazują ich bramy? Wskazują ich wejścia i wnętrza? Prowadzą do ich wnętrz? Zapraszają do środka tych zaplątanych pamięcią domów? Odwróconych domów?... Co to jest?... Gdzie podziało się to, co jest dla mnie najcenniejsze? Gdzie jest pole koniczyny?...

– Który to jest rok? – pytam.

– Który MAMY rok?... – poprawiam się.

Mieszają mi się obrazy. Mieszają mi się daty. Widzę, jak migają mi przed oczami numery: 1916, 1926, 1938, 1939, 2005, 2006, 2007, 2008, 2012, 2015, 2016, 3016...1909, 1898... Biegnę po glinianym klepisku niekończącej się brunatnej powierzchni jakiegoś pola... Odgłosy kłębiących się nade mną mew mieszają się z innymi odgłosami... Ludzie! Dużo ludzi... Coraz więcej i więcej ludzi... Pojedyncze okrzyki i nawoływania zamieniają się w jakąś przedziwną i przerażającą dźwiękową masę, kulę o wystających i siekających swoją intensywnością promieniach, zakłębionych i uwięzionych w wyjących karetkach pogotowia ratunkowego i straży pożarnej, zaplątanych bezpowrotnie w zgiełku przerażenia... Widzę stojącego mężczyznę w jasnej marynarce. Chcę do niego podbiec, ale nogi odmawiają mi posłuszeństwa. Mężczyzna spokojnie pali papierosa i patrzy w niebo... Tłum ludzi napiera ze wszystkich stron, jak zaciskające się okręgi, pętle... Kula dźwiękowa razi swoimi ostrzami dochodzącej zewsząd paniki...

– Co się dzieje?!...

– Sama jesteś sobie winna! Po co ci to było?! Nie wystarczył ci już tamten wypadek?... Nie WYSTARCZYŁ?!

– Marija!... Marija!... Co się dzieje?... Córeczko moja! Córeczko...

– Ale ja...

– SAMA jesteś SOBIE winna! Nie dokonałaś WŁAŚCIWEGO wyboru!

– Właściwego wyboru?... Co ty mówisz? Bruno?...

– To po co TAM się pchałaś?!

– Ale ja...

– I to jeszcze z NIĄ?!

– Ale ja...

– Każdy powinien SAM dokonywać właściwego wyboru! Sam, rozumiesz?...

– Ale ja...

– TY, TY...

– Marija!... Oddychaj!... Marija!... Cór...

– A Bóg? Gdzie jest...

– Zostaw Boga w spokoju! Chcesz na Boga zrzucić odpowiedzialność? Na BOGA?... To był twój wy...
– Ale ja...
– JA, JA... Zawsze tylko JA... I to nas gubi! Nas, ludzi! To wieczne JA!
– Bruno...
– Marija!... Marija!...

– Dlaczego nie włączy silników?! Bruno! Czy widzisz to co ja? Bruno... – krzyczę, ale żaden dźwięk nie wydobywa mi się z gardła.
Nie jestem w stanie wydobyć z siebie żadnego dźwięku, chociaż... widzę siebie! Widzę, jak krzyczę, macham do Bruna, do Jeana, do przechylającego się na boki samolotu... WIDZĘ SIEBIE!
– On spada! – przeraźliwy głos Bruna – On spada! Patrzcie... O Boże... Dlaczego nie włączy silników? Jean!... Czy widzisz to co ja?... Jean spójrz!...
– Jean!... Jean!... Czy widzisz to co ja?... Jean spójrz!... Spójrz na mnie! – teraz ja wrzeszczę.
– On Spada! On spada... Patrz... Jean!... O Boże... Spadam!... Spadamy!!... Jean!... PAPAA...

– Marija!... Marija!... Córeczko moja! Córeczko moja... – Jean rzucił się przerażony na ziemię.
Próbował poruszyć córkę, ale ta leżała nieruchomo. Jej źrenice były wielkie, a oczy nie poruszały się.
– Córeczko moja... Córeczko moja... – szlochał Jean i próbował położyć się przy niej.
– Proszę się odsunąć! – lekarz pogotowia krzyknął na niego, a dwóch innych funkcjonariuszy podstawiało nosze.
O jakieś może dziesięć metrów dalej leżało ciało Laury. Ryk ambulansów i straży pożarnej mieszał się z rykiem tłumu przerażonych ludzi...
– Teraz to i tak nie ma znaczenia... NIE MA... – szlochał Jean: – Cokolwiek bym powiedział albo nie powiedział, zrobił albo nie zrobił... To i tak nie ma znaczenia. To nie ma już żadnego znaczenia! ZA PÓŹNO... Nigdy mi nie uwierzysz, tak jak nie uwierzyła mi Laura... LAU-RA!
A wiesz dlaczego mi nie uwierzyła? Dlatego, że powiedziałem jej właśnie prawdę! Bolesną prawdę, która wymyka się poza wszelkie standardy wyobraźni ludzkiej i wiary! A teraz ty... Dlaczego muszę dokonywać takiego wyboru? Przepraszam cię... Marija... Moja Marija... Odpłyń sobie na chwi-

lę, ale wróć do mnie! Musisz do mnie wrócić, bo... Bo tylko Ciebie mam, choć o to nie prosiłem! I tylko Ciebie kocham, choć też o to nie prosiłem! NIE PROSIŁEM! Stało się! KOCHAM CIĘ! Nic na to nie poradzę! I nie pytaj mnie więcej o NIĄ, bo nie wiem nawet, jak miała naprawdę na imię? Tak jak nie wiem, jak miałaś naprawdę na imię Ty?...

– Ma... Marynia... Maryjka... – tak mi powiedziała, kiedy po raz pierwszy i po raz ostatni...

– Ale my spadamy! Jean!... My spadamy! Ja nie odpływam! Jean!... Ja spa...

– To dlaczego nie włączy silników?... Marija!... Nie odpływaj!... Nie możesz mi teraz tego zrobić! Nie odpływaj! Nie zostawiaj mnie! Już idź do tego swojego TADEUSZA, ale nie zostawiaj mnie! PROSZĘ... Przepraszam! Przepraszam... Tylko Ty się liczysz! Tylko TY mi zostałaś, choć o to nie prosiłem!

– JAKIGO TADEUSZA??

– Tylko Ciebie KOCHAM, choć o to też nie prosiłem...Tak się stało! Uwierz mi! Tak się stało! Tak się stało!... Tak musiało się stać i taka jest prawda! Czy chcesz, czy nie!? Taka jest PRAWDA! Nie wiedziałem nawet jak ONA miała naprawdę na imię?!... NIE ZNAŁEM JEJ!...Zostawiła mi tylko Ciebie i... tę wetkniętą w krzaki KOPERTĘ...

– Ma... Marynia... Marynia... Maryjka... Maryja... Marija!... Marija!...

– JAKĄ KOPERTĘ??

– NIEE!... Nie teraz!... Jeszcze nie teraz... – niski sinusowy dźwięk rozrywa moje wnętrzności.

Postrzępiona żółta linia, jak kwadratowa fala szaleje na ciemnej przestrzeni...

– Który TO jest rok? – słyszę swój głos PO RAZ kolejny.

– Skąd znam tę scenę?...

– Który MAMY rok? – łzy jak soczewki filtrują obrazy otaczającej mnie RZECZYWISTOŚCI: Wielka, czarna woda wzburzonego morza, żółcie, pomarańcze, błękity, dużo zieleni, turkusy, dużo turkusów... Kolory wyostrzają się. Przechodzą z jaskrawych błękitów w żółcie i na odwrót. Pulsują... Pulsują...

Samolot... i pole koniczyny...

– Który mamy rok? – powtarzam.

– Który MAMY ROK?! – prawie krzyczę, ale nikt mi już nie odpowiada.

Nikt i nic... Nikt i nic... Nikt i nic... Tik-tak... Tik-tak... Tik i tak... Tik i tak...

– Tuk-ta-ta, tuk-tuk-tuk-ta-ta, tuk-ta-ta... – zacina się niewidzialny pociąg w mojej wyobraźni.

– Tuk-ta-ta, tuk-Tuk-Tuk-Ta-Ta, TUK-TA-TA... – przybiera na sile, coraz bardziej i bardziej...

Dźwięk jest bardzo głośny i tak przejmujący. Niby blisko, a daleko. Jak z głębi oceanu, jak zaśpiew wielorybów z jakiejś morskiej otchłani... Tak jak na zwolnionych do granicy percepcji klatkach filmowych dźwięk jest niski, sinusowy. Opada coraz niżej wolnym glissandem. Fala sinusowa przechodzi w kwadratową, a żółta linia wchodzi w coraz to większe drgania. Dźwięk staje się nieprzyjemny, chropowaty, przerywany i straszny. Żółta linia nie jest już linią, tylko bezkształtną pulsującą masą, siekającą jak jakieś ostrza noży szarą przestrzeń swoim złotym zdziczałym blaskiem. Wygląda to, jak jakiś wykres bijącego serca! Serce pędzące w takim tempie, jakby za chwilę miało wypaść z klatki piersiowej! Elektrokardiogram, gdzie ostre szpiczaste fale życia wymykają się aż poza ekran! O dziwo, przecież TO właśnie jest ŻYCIE?

Przecież TO jest właśnie jego wykresem?! Życia? A nie Śmierci? Dlaczego tak się tego boję? Dlaczego przerażająca siła skaczącej żółci i coraz głośniejsze konwulsyjne tony wydobywające się z tej odwróconej przestrzeni doprowadzają mnie do szaleństwa? Skąd ten mój strach? Narastający do zenitu strach? Dlaczego leżę skostniała na polu koniczyny z otwartymi oczami i czuję, że jak je zamknę, to horror ten ponownie mnie zaatakuje? Dlaczego TO WSZYSTKO nie może się po prostu uspokoić i wrócić do pierwotnego kształtu? Dlaczego żółta linia na szarym tle znów nie może być tylko linią? A chropowaty postrzępiony dźwięk nie zniknie z mojej świadomości sinusowym małym h? Dlaczego nie uspokoi się nigdy mój lęk, żebym mogła normalnie zasypiać? Funkcjonować? Żyć? Dlaczego tak się potwornie boję i dopiero wykres ŚMIERCI może mnie jakoś uspokoić? Skąd się TO bierze? Skąd się TO wzięło? Co to w ogóle ma znaczyć? Czy żółte pulsujące punkciki to ludzie? Czy insekty? A może i jedno i drugie? Właściwie CO jest pierwsze, a CO ostatnie? Jak ustawić kolejność? Z której strony, jeżeli w ogóle jest jakaś strona, kolejność, siła? Bo co może być słabsze i co silniejsze?

Emocje mieszają mi się ze sobą, jak dobry alkoholowy drink i zaczynają powoli przekształcać rzeczywistość. A może to ta dziwnie odwrócona rzeczywistość zaczyna przekształcać moje emocje?...

– Manuel... Czuję, że robi mi się niedobrze... Zaraz zemdleję... – mówię płaczliwym głosem do Manuela.

– Nie możesz mi teraz zemdleć! – pada hasło.

– Okej, okej... – odpowiadam odruchowo.

– To w takim razie musimy koniecznie zmienić temat... – łapię się kurczowo rękawa jego czerwono-czarnej koszuli w kratę.

– Musimy koniecznie zmienić temat! – krzyczę.

– Zaraz wyjedziemy z tunelu... – uspokaja mnie Manuel.

– Zaraz zobaczysz pomarańczowe światło...

– A gdzie teraz jesteśmy? – rozglądam się po szklanym boksie, w którym oboje jesteśmy uwięzieni i wznosimy się do góry.

– Zaraz pojedziemy w bok... – odczytuje moje myśli Manuel.

– Jeszcze chwilka... Zaraz wyjedziemy z tego tunelu...

– Wyjedziemy z tego tunelu... – powtarzam bezwiednie.

I znów wszystko zaczyna gwałtownie przyspieszać. Kolejna turbulencja. Zaczyna robić mi się wszystko jedno, gdzie się znajduję i kiedy? Który jest rok? Czy jestem Julią? Czy jestem Marią? Marynią? Czy Maryjką?... Kto to jest Laura?... Kto to jest Bruno?... Kto to jest jakiś Tadeusz?... Kto to jest Jean?... A kto Manuel?...

– „On spada! On spada! Patrzcie!"... – dochodzi nagle do moich uszu. Śmiertelnie szybujący samolot traci swoją równowagę...

– „Ten samolot spada! Rozbije się za chwilę!"...

– Manuel... – znów łapię się za rękaw koszuli Manuela w czerwono-czarną kratkę.

– Za chwilę zginę?...

– Prawda? – upewniam się.

– Obie zginiecie...

– Ja i... Laura? Prawda?...

– Tak...

– A kto to jest Laura?... – pytam. – Twoja niedoszła żona?... – odpowiadam sobie pytaniem.

– Tak jak Tadeusz, twój niedoszły mąż... – dopowiada smętnie Manuel.

– Miałam wyjść za niego za mąż?... – dociekam.

– Tak...

– Ale nie wyszłam?... – upewniam się.

– Nie...
– A kiedy... A kiedy był ten wypadek?
– W sierpniu...
– A w którym roku?
– W trzydziestym-dziewiątym...
– Tysiąc dziewięćset? Czy dwa tysiące?...
– Tysiąc-dziewięćset-trzydziestym-dziewiątym – Manuel odpowiada jak automat.
– Data? – pytam dalej.
– Trzydziesty-pierwszy-sierpień...
– To... – wyjmuję w pośpiechu komórkę. – To jeszcze prawie dwa tygodnie?... – patrzę na wyświetlającą się mi datę.

– W następnym roku zabiorę cię wreszcie nad morze... – mówi dostojnie Manuel, przekrzykując chropowaty dźwięk pędzącej z wielką prędkością w górę maszyny.
– W następnym roku zabierzesz mnie wreszcie nad morze... – powtarzam po nim i zamykam oczy.
Zaciskam mocno powieki, a postrzępiony i chropowaty dźwięk zaczyna stopniowo zanikać.
Zanikają także obrazy otaczającej mnie rzeczywistości: kolory, ostre kolory, które stają się coraz bledsze i jaśniejsze... Znikają żółte punkciki, znika też wielka czarna woda, a na niej te poodwracane starożytne budowle, poodwracane domy jakiegoś raju?... Zostaje tylko ten chropowaty tunel...
Jeszcze bardziej zaciskam więc oczy, tak, że aż prawie cieknąą mi łzy. Nie, nie chcę oglądać tego chropowatego tunelu. Nie chcę oglądać go po raz kolejny...
– Teraz jedziemy w bok... – uspokaja mnie Manuel.
– Zaraz wyjedziemy z tego tunelu i będziesz mogła spojrzeć...
– Na co? – pytam, nie otwierając oczu.
– Wyprostujemy ten scenariusz... Obiecuję ci... – mówi do siebie Manuel.
– Zabierzesz mnie wreszcie nad morze... – bardziej stwierdzam niż pytam.
– Tak jest – odpowiada.
– W przyszłym roku zabiorę cię wreszcie nad morze... Zaraz będziesz mogła otworzyć oczy...
– I co się stanie?
– Pomarańczowa przestrzeń...

– Przeskoczymy tę czerwień?

– Przekroczymy i czerwień i fiolet...

– Przeskoczymy śmierć?...

– A jak myślisz?...

47

– Klik... – Julia otworzyła oczy.

– Gdzie ja jestem? – zapatrzyła się w pomarańczową poświatę, wydającą delikatny pulsujący dźwięk.

– Pani znowu tutaj? – zapytał Posąg.

– O... To znowu pan? – Julia podskoczyła.

– Proszę zamknąć drzwi, bo wieje – powiedział obojętnie.

– Chyba już tu byłam? – Julia zapytała siebie na głos.

– Jest tu pani... – odpowiedział facet.

– Naprawdę??...

– Zamknie panie wreszcie te drzwi? – zniecierpliwił się.

Julia odwróciła głowę i spojrzała na otwarte drzwi wejściowe. Były duże, drewniane i zbyt „barokowe" jak na to nowe industrialne wnętrze, w którym się właśnie znalazła.

– Chyba stałam chwilę przed tymi drzwiami zanim nacisnęłam klamkę?... Czy to ja weszłam do środka?... – Julia zaczęła się zastanawiać.

– Jest tu pani... – powtórzył z naciskiem Posąg.

– Weszłam do sali bez okien, z której odchodził jakiś wąski, obłożony ze wszystkich stron miękką wykładziną korytarz. Tunel jakby... – Julia zaczęła sobie coś przypominać.

– W sali panował półmrok, a właściwie blado-pomarańczowa poświata. Punktowe pomarańczowe światełka wskazywały kierunek do tego tu-ne- -lu. Poza tym, stał tam... Stał TU... owalny stół, w tej sali oczywiście, a na nim wazon z kwiatami. Wazon był wielki i przezroczysty, a kwiaty sięgały prawie do sufitu...

– Zamknie pani w końcu te drzwi czy ja mam to zrobić? – przerwał jej Posąg.

– Ale?... – Julia odwróciła głowę w stronę Posąga. – Ale gdzie jest ta niespodzianka? Te kwiaty?

– Jakie kwiaty? Jak niespodzianka?

– Kwiaty dla wielkoluda? Kwiaty dla tego dinozaura?

– O mnie pani mówi? Ha-ha-ha-ha... – Posąg zaczął się śmiać.

– Dziwne to wszystko... – szepnęła zdezorientowana Julia.

Postała chwilę w tym wytłumionym pomieszczeniu, tak, wytłumionym, bo zupełnie nic nie słyszała, żadnego dźwięku ani szmeru i powoli podeszła do wyłożonego miękką wykładziną korytarza.

– Wykładzinowy korytarz... – pomyślała po drodze.

Pomarańczowe światełka zaczęły się jakby niepokoić, bo mrugały nieregularnie i wydawały wysoki dźwięk. Coś w rodzaju: „pip pi-pip". Wyglądało to, jak rój jakichś muszek, które popiskując jak myszki informowały się nawzajem o nadchodzącym niebezpieczeństwie.

Tak, nie-bez-pie-cze-ństwie. Julia też to wyczuła. TEŻ... Muszki informowały myszki, a myszki informowały muszki... Pomarańczowe światełka podskakiwały, ale Julia nie czuła się temu winna. Nie pomyślała, że to o nią może chodzić. Po prostu weszła tu. Przecież drzwi były otwarte? Można tu przecież wejść?

– Chyba można tu wejść i można stąd wyjść? – pomyślała.

– Dżisis... Ja już skądś znam tę sytuację?... Znam?... – Julia zaczęła się lekko niepokoić.

– Ha-ha-ha... – Posąg przestał się nagle śmiać. – Co pani tu właściwie robi? – zapytał.

– Przecież weszłam?...

– Ale tu się nie wchodzi?... – powiedział, siląc się na obojętność.

– No, ale jednak weszłam... – odparowała zaniepokojona Julia.

Pomarańczowe światełka przejęły od niej niepokój. Nie dlatego, że tu weszła, ale dlatego, że niebezpieczeństwo czaiło się za rogiem podstępnie. Mogło być i tak, że to Julia pierwsza się przestraszyła, pierwsza wyczuła to niebezpieczeństwo i światełka tylko zareagowały. Na nią zareagowały. Na jej strach. Mogło tak być. W końcu pies czy kot, czy inne zwierzę też reaguje na nasz strach. Pies warczy, kiedy wyczuwa, że człowiek się boi. Nieprawdaż? Ale jak tu się nie bać?

– Dżisis... Skąd znam tę sytuację?... Skąd to znam?... – niepokój Julii nasila się.

– A gdzie Manuel? – zapytała szybko.

– No to mamy problem... – odezwał się głucho mężczyzna, nie odpowiadając na jej pytanie.

– Jaki problem? Co pan mówi? – Julia znów odwróciła głowę w jego stronę.

– A ten... A ten korytarz... To jest ten problem?... To ten korytarz?... – zaczęła się jąkać.

– Nie... – pokręcił głową mężczyzna.

– Niechże się pani uspokoi... – powiedział łagodnie.

Julia się uspokaja.

Pomarańczowe światełka też się uspakajają. Julia myśli, że nie powinna teraz myśleć, a tylko wejść do tego korytarza. Wejść do wykładzinowego korytarza, całego w miękkim pluszu, gdzie sufit może być podłogą, a podłoga sufitem.

– Sprawa względna... – przekrzywia głowę i mruży oczy, bawiąc się promieniami pomarańczowych światełek.

– Wejść?... Czy nie wejść?... – zastanawia się. – Wejść?... Czy nie wejść?... – walczy z przeznaczeniem.

– A co będzie, jeśli wdepnę w fiolet? – zaczyna się niepokoić. – Manuel mówił... – niepokój wzrasta.

– Nie wchodzę... – jakiś wewnętrzny głos podpowiada jej postanowienie.

– Nie wchodzę! – postanawia Julia.

– Jest pan ubrany?... – zmienia nagle temat i wgapia się w mężczyznę jak w obraz.

– A dlaczego miałbym być nieubrany? – uśmiecha się Posąg.

– Chyba ostatnio... był pan nieubrany?... – Julia ryzykuje.

– Chodzi pani o ten zielony obrus? – Posąg wskazuje ręką na stojący w kącie stół.

– Taak... – Julia patrzy w tamtą stronę.

Stół jest faktycznie przykryty zielonym obrusem i zastawiony zapełnionymi białym i czerwonym winem kieliszkami. Stoją tam również butelki z wodą mineralną, czyste szklanki i talerze ułożone w stos. Na środku stołu poustawiane są półmiski z przekąskami i owocami.

– Co to jest? Co to za jedzenie? – pyta Julia.

– Zaraz skończy się koncert... – odpowiada zagadkowo Posąg.

– Jaki koncert? – Julia prowokuje.

– Pani koncert! – natychmiastowa odpowiedź.

– Mój? A który? – pyta. – Czy to jest Nospr? – dorzuca zdenerwowana.

– Pani Julio... Pani Julio... – kręci głową mężczyzna. – Nie pamięta pani?...

568

– Koncert na trąbkę i orkiestrę! – wystrzela zdenerwowana Julia. – Trzeci!
– dodaje.

– Pani koncert na trąbkę i orkiestrę... Trzeci... Był już w zeszłym roku... –
odpowiada powoli Posąg.

– To gdzie ja jestem?? – wybucha Julia.

– Czuję niebezpieczeństwo... Tak, czuję tu jakieś niebezpieczeństwo... –
zaczyna się rozkręcać.

– Pani Julio...

– Co ja TU ROBIĘ?...

– No właśnie... Co pani tu robi? – pyta Posąg po raz trzeci, jak gdyby nigdy
nic.

– Tu nie wolno wchodzić? Kto panią TU wpuścił?

– Wpuścił? – krzyczy Julia. – Sama weszłam... – patrzy przerażona na niego.

– To pan... To pan chyba nie stąd?...

– Proszę się uspokoić... – facet wskazuje jej na stojący w rogu sali fotel.

– Skoro już tu pani weszła... – zawiesza się na chwilę. – To proszę sobie
usiąść wygodnie na tym fotelu, ale wcześniej proszę poczęstować się winem... Polecam czerwone Primitivo...

– Gdzie ja jestem? – pyta zdezorientowana Julia.

– Koncert... – odpowiada spokojnie Posąg.

– Przyszłam na koncert?... – Julia ciężko opada na wskazany przez Posąga
fotel.

– To co? Czerwone winko?... – mężczyzna zaczyna podchodzić w jej stronę, trzymając w dwóch palcach kieliszek z winem.

– Gdzie jest ten rozbity kwiat?... Gdzie jest Manuel?... Jaki to koncert?...
Jaka to sala?... Co ja tu robię? – pyta Julia drżącym głosem.

– Tu nie wolno nikomu wchodzić, ale skoro... – Posąg nie zwraca na nią
uwagi.

– No dobrze, przepraszam, stało się... – Julia przerywa mu i rozkłada ręce.

– Drzwi były otwarte... – dorzuca, starając się załagodzić sytuację. – Manuela szukam – mówi w ostatniej chwili.

– Manuel już wyszedł – stwierdza obojętnie Posąg. – To co?... Napije się
pani wina?... – stoi przed Julią z kieliszkiem.

– Kiedy?... Kiedy wyszedł?... – Julia bezwiednie odbiera kieliszek z ręki Posąga.

– Manuel już wyszedł – mówi spokojnie Posąg. – Nie ma co tu pani czekać.
Nie ma sensu, żeby tu na niego czekać. On już wyszedł i już tu nie wróci.

– Acha... A kiedy skończy się koncert?... – pyta Julia.

– To zależy od pani...

– Dlaczego wszystko jest takie tajemnicze? – Julia upija łyk wina. – Nie jest to mój koncert trąbkowy?... Ani pierwszy, ani trzeci?... Ani ostatni?... Nie jest to zaplecze sali koncertowej Nospru?... Jaki to koncert??

– A czy to nie wszystko jedno?

– Czy to jest mój koncert saksofonowy? – pyta dalej Julia. – Ale przecież premiera ma się dopiero odbyć?... I to nie w Nosprze, ale w Filharmonii Narodowej w Warszawie?...

– Pani Julio... Co za różnica...

– Dla mnie olbrzymia! – Julia zaczyna się jeszcze bardziej denerwować.

– Czy to nie wszystko jedno? – podtrzymuje swoje pytanie Posąg.

– NIE!

– Pani Julio... Proszę napić się wina... Bardzo smaczne... – teraz Posąg upija łyk wina ze swojego kieliszka, po który sięgnął w międzyczasie.

– Nie napiję się tego wina! – Julia rzuca na ziemię kieliszek.

Szkło rozsypuje się w drobny mak, na tysiące połyskujących kryształków, a czerwony płyn wypływa pod nogi Posąga.

– Niech pani już stąd idzie... – facet patrzy na Julię poważnie.

– Okej... – kiwa głową zszokowana Julia.

– Niech pani tu już więcej nie przychodzi...

– Okej...

– Manuel i tak panią znajdzie, jak będzie czas.

– Acha...

– Znajdzie panią. Jak będzie czas... – powtarza Posąg.

– Acha... – Julia z trudem przełyka ślinę. – Już to skądś znam... – myśli.

– Jaki czas? – pyta zuchwale.

– To sprawa względna... – spokojnie odpowiada Posąg.

– Acha... Sprawa względna... Też to skądś znam... – mówi Julia z przekąsem.

– Skoro tak, to niech pani już idzie... Manuel i tak panią znajdzie...

– Wydawało mi się, że już mnie znalazł?... – Julia spogląda na Posąga zuchwałym wzrokiem.

– Byliśmy... Jesteśmy... Byliśmy w Rzymie?... – jej spojrzenie powoli zamienia się w szklaną, rozbitą szybę czy jakąś taflę, gdzie łzy jak kryształki zaczynają nieoczekiwanie i bez żadnej kontroli spływać po jej policzkach.

– Proszę nie płakać... – mięknie Posąg.

– Ale ja...

– Pani Julio... Proszę mi zaufać... On panią znajdzie...

– Ale...

– Skoro raz panią znalazł, to...

– Przepraszam za to rozlane wino... – Julia rękawem puchowej granatowej kurtki ociera łzy.

– Puchowa kurtka! – odkrywa ze zdumieniem.

– Jestem w puchowej granatowej kurtce!Zimowej kurtce!... – Julia nie może uwierzyć.

– Jak to możliwe?... Jak TO możliwe?... – powtarza do siebie.

– Trzeba stąd uciekać... – dochodzi do wniosku. – Spieprzać jak najszybciej! Spierdalać!...

48

Teraz wszystko zaczyna pędzić. Pędzić w odwrotnym kierunku. Jakby w odwrotnym kierunku, ale pewności nie mam. Już nie mam albo jeszcze nie mam.

– Sprawa względna...

Wybiegam z tego dziwnego pomieszczenia. Oczywiście nie zamykam za sobą drzwi, choć Posąg mnie o to prosi w ostatniej chwili...

– Jakiej ostatniej chwili?...

Wybiegam z budynku.

– Jakiego budynku?...

Biegnę przed siebie, nie oglądając się ani na boki, ani do tyłu.

– Do tyłu?... – dochodzi do mojej świadomości. – Przecież ja właśnie do tyłu pędzę? A nie do przodu??... W tych nowych, brązowych butach?... Tych z Wilna?... Kupiłam te buty w Wilnie niedawno?... Kiedy to było?... Przeskakuję przez kałuże, uważając na nowe buty...

Budynek Nospru dawno już znikł z pola mojego widzenia. Nawet Pałac Kultury mignął mi, odpływając jak krajobraz z odjeżdżającego do tyłu pociągu. I Pałac Kultury odjechał nagle i Paryż i Rzym...

– Posąg powiedział przecież: – „Znajdzie panią" – myślę. –„Jak będzie czas"... – oddycham coraz szybciej.

– Manuel mnie znajdzie... Manuel mnie znajdzie... Manuel mnie... Manuel...– wypowiadam swoją mantrę.

Zaczyna padać deszcz, a gwałtowny wiatr zamiast walić mnie po plecach, dmucha mi prosto w twarz z wielką siłą. Deszcz i łzy skapują mi teraz po policzkach, ale nie zwracam na to uwagi. Chcę dobiec. Dokądś dobiec...

– Manuel mnie znajdzie... Manuel mnie znajdzie... Manuel mnie... Manuel...

– No właśnie... Dokąd chcę dobiec?... Do hotelu w Katowicach?... Do domu w Warszawie na Grzybowskiej?... Do holenderskiego domu w Arnhem?... – skrawki bezzapachowego zastanowienia muskają mnie również po policzkach.

– Dokąd ja pędzę? – teraz strzępki świadomości uderzają mnie po twarzy jak ten wiatr.

– A może zaraz zobaczę palmy?... Cyprysy?... A rażące swoją intensywnością żółcie zamienią się w pomarańcze, czerwienie, błękity i turkuso-zielenie?... – zachciewa mi się nagle śmiać.

– Skąd ja to znam?... Skąd ja to znam?... Żeby tylko nie dojść do fioletów... Fiolet to kolor śmierci...

– Proszę pani... – słyszę nikły głos.

– Manuel mnie znajdzie... Manuel mnie znajdzie... Manuel mnie... Manuel...

– Hallo...

– Jeszcze nie teraz... Jeszcze nie teraz... – zaczynam bardzo szybko oddychać, prawie dławić się tym czerwonawym powietrzem...

– Proszę pani... – znów jakiś głos.

– Ojej... Żeby zdążyć... – myślę w panice i biegnę dalej.

– Manuel mnie znajdzie... Manuel mnie znajdzie... Manuel mnie... Manuel... – trwa moje mantra.

Właściwie to nie biegnę. To nie JA biegnę, tylko TO, co jest pode mną i nade mną! To ziemia przesuwa się...

– To Ziemia! Albo ta planeta, do której zostałam na siłę przyciągnięta?... – odkrywam.

– No właśnie... Na siłę zostałam TU przyciągnięta! – umacniam ten pewnik.

– I chyba to wszystko naprawdę do tyłu się przesuwa?... – stwierdzam fakt.

– TO WSZYSTKO NA PEWNO I NAPRAWDĘ DO TYŁU SIĘ PRZESUWA... – umacniam ten fakt.

Nie mam już rozeznania, ale zachciewa mi się nagle śmiać.

– Chce mi się straszliwie śmiać i spać... – dochodzę do wniosku.

– Proszę pani... – znów ten głos.

– Gdzie jest Manuel? – z trudem łapię powietrze.

– Proszę pani...

– Senna jestem...

– Hallo...

– Dlaczego ten pociąg tak pędzi?... Przesuwające się krajobrazy... Widzę tylko palmy, cyprysy... Kolory... Piękne wyostrzone kolory... Jak tu ciepło?... Jak przyjemnie?... Jak bezpiecznie?...

– Hallo...

– Manuel mnie znajdzie... Manuel mnie znajdzie...Manuel mnie... Manuel...

– Proszę pani...

– Manuel mnie znajdzie... Manuel mnie znajdzie... Manuel mnie... Manuel...

– Hallo! Proszę Pani!

– Duszno tu...

– Zaraz otworzę okno...

– Cisza... Cisza i duchota...

– Już otwieram...

– Próba! – krzyczę jak oszalała. – Próba! Próba!...

– Jak próba?

– Muszę iść na próbę! Muszę zbiec z tych schodów! Nie czekając na windę!... – mówię pół-zdaniami.

– Muszę zbiec z tych schodów w dół! Pokonać pierwsze piętro, parter, kręcone drzwi...

– Proszę pani, proszę otworzyć oczy...

– Gdzie się podział ten facet?...

– Proszę pani...

– Uciekaj!... – krzyczę w zakrzywioną przestrzeń. – Jezu, żeby chociaż zdążyć na koniec próby... – myślę panicznie, uważając aby nie wdepnąć w kałużę w nowych butach...

– Ucieka... – głos mi się urywa.

– Jezu, przecież powinnam być... w windzie?... – dzwon zaczyna dzwonić.

– Uuu... – nie mogę wydobyć głosu.

– Jezu, żeby zdążyć przed przeznaczeniem... – dzwon jak bumerang wbija mi się tępo w świadomość.

– Uuu... – to wiatr.

Wieje straszliwy wiatr, pewnie od morza... Na pewno OD MORZA, a ja zapętlam się i zapętlam, biegnąc po tych kałużach i nie zważając już na nowe buty...

– Wyprostujemy ten scenariusz... Obiecuję ci... – odzywa się cicho Manuel.
– Zabierzesz mnie wreszcie nad morze?... – bardziej stwierdzam niż pytam.
– Tak jest... – odpowiada.
– W przyszłym roku zabiorę cię wreszcie nad morze...
– W przyszłym roku zabiorę cię wreszcie nad morze... – odbija się od tych słów jakieś echo.
– Zaraz będziesz mogła otworzyć oczy... – mówi do mnie po chwili Manuel.
– I co się stanie? – pytam.
– Pomarańczowa przestrzeń... Czerwona przestrzeń...
– Przeskoczymy tę czerwień?...
– Przekroczymy i czerwień i fiolet...
– Przeskoczymy śmierć?...
– A jak myślisz?...
– A jak myślisz?... – znów to echo.
– Otwórz oczy... – pada hasło.
– Klik...

Jeszcze raz:

– Wyprostujemy ten scenariusz... Obiecuję ci... – mówi do siebie Manuel.
– Zabierzesz mnie wreszcie nad morze?... – Julia bardziej stwierdza niż pyta.
– Tak jest... – odpowiada Manuel.
– W przyszłym roku zabiorę cię wreszcie nad morze...
– W przyszłym roku zabiorę cię wreszcie nad morze... – odbija się od tych słów jakieś echo.
– Zaraz będziesz mogła otworzyć oczy... – mówi po chwili Manuel.
– I co się stanie? – pyta Julia.
– Pomarańczowa przestrzeń... Czerwona przestrzeń...
– Przeskoczymy tę czerwień?...
– Przekroczymy i czerwień i fiolet...
– Przeskoczymy śmierć?...

– A jak myślisz?...
– A jak myślisz?... – znów to echo.
– Otwórz oczy... – pada hasło.
– Klik... – Julia otwiera oczy.

– Co pan tu robi? – podnosi się na łokciach.
– Gdzie ja jestem? – rozgląda się po nieznanym pomieszczeniu.
– Jest pani w hotelu... – pada odpowiedź. – W swoim pokoju...
– Jakim pokoju? – pyta zaspana.
– Dwieście dziewięć – odpowiada facet około czterdziestki.
– Co pan tu robi? – Julia walczy ze świadomością.
– Wszedłem...
– Ale jak?
– Klucz leżał pod drzwiami... – Karta-klucz – poprawił.

Facet jest przystojny. Długie, prawie czarne i lekko kręcone włosy zwisają mu do końca szyi. Wyraziste oczy, pełne usta, wyrazisty nos. Wygląda na kogoś z południa Europy. Włocha? Francuza? Hiszpana? Na pewno nie na Polaka czy Holendra? Siedzi w tym nieznanym, hotelowym pokoju, przy jej niby biurku, ale nawet w siedzącej pozycji widać, że facet jest dość wysoki, szczupły i ładnie zbudowany.
– Dżisis... – myśli Julia. – Co to ma być? Co to wszystko ma znaczyć?...
Próbuje wstać z podłogi, ale nie za bardzo jej to wychodzi.
– Proszę nie wstawać... Proszę jeszcze nie wstawać... – mówi facet. – Proszę poleżeć na tej podłodze...
– Ale tu jest zimno...
– Nie szkodzi... Zaraz pani wstanie...
– Obcy facet siedzi w moim pokoju?... Przy moim biurku i komputerze?... – kombinuje Julia. – Może nawet grzebał w moim komputerze?... – czuje lekki przestrach. – Co on tu w ogóle robi? Jak wszedł? I kim jest?... – główkuje.
– Wszedłem... – mężczyzna odgaduje jej myśli. – Klucz leżał pod drzwiami...
– Karta-klucz... – poprawia.
– Pani często tak mdleje? – patrzy na nią z zatroskaniem i jakąś-taką dziwną czułością.
– Wiking... Jest pan Wikingiem?... – Julia pyta nagle, zaskoczona tym, co wydobywa jej się z ust.

– Wiking to północny rycerz... – spokojnie odpowiada facet. – Czy wyglądam na północnego rycerza? – uśmiecha się.

– Nieee... – odpowiada zahipnotyzowana Julia.

– To kto to był... Kto to jest Wiking? – pyta dalej.

– Północny rycerz...

– Ach tak... A pan... A pan nie jest Wikingiem... – Julia mówi jakby do siebie.

– Ani Wikingiem, ani Posągiem... – mężczyzna przygląda się kobiecie z intensywnością.

– Ani Wikingiem, ani Posągiem... – echo jego głosu odbija się o pomarańczowe ściany pomieszczenia.

– A przeszłam już granicę fioletu?... – następne dziwne i nieplanowane przez Julię pytanie.

– Nieee... – mężczyzna przecząco kręci głową.

Jest wyraźnie rozbawiony.

– Nie wiadomo czym ten gość jest tak rozbawiony? – myśl ta trochę irytuje Julię.

Julia ma już dosyć tych jego zagadkowych pół-słówek.

– A kiedy przejdę przez granicę fioletu? – pyta śmiało.

– To od pani zależy... – odpowiada natychmiast mężczyzna.

– Ode mnie? – dziwi się Julia.

– W pewnym sensie... – jego odpowiedź staje się jeszcze bardziej zagadkowa.

– A jakim? W jakim sensie? – drąży Julia.

Mężczyzna nie odpowiada.

– A jakim? – jeszcze raz Julia.

– A w jakim sensie? W jakim sensie zależy TO ode mnie? – nie daje mu spokoju.

– Ode mnie też TO zależy... – dodaje mężczyzna zerowym głosem.

– Acha... – Julia intensywnie myśli.

– Piękna jesteś, jak tak myślisz...

– Okej... Nie przeszkadzaj... Sorry... Proszę nie przeszkadzać...

49

– Masz ochotę na drinka? – pyta nagle Manuel, jak gdyby nigdy nic.

– A nie za późno? – odpowiada pytaniem Julia.

– Bar jest czynny do drugiej. Sprawdziłem...

– Co ty tu właściwie robisz? – Julia powoli odwraca głowę w stronę Manuela.

– Proponuję ci drinka? – Manuel zagląda jej w oczy.

– Drinka? – pyta zdziwiona.

– Drinka – mężczyzna wzrusza ramionami.

– Dla kogo? – kobieta udaje zaciekawienie.

– Dla ciebie.

– Dla mnie?

– Tak. Dla ciebie... Marija...

– Zamyśliłam się...

– Więc czekam... Marija... Na ciebie czekam...

– Julia!

– No dobrze... Chcesz znów zaczynać ten temat?

– Tak. Chcę znów zacząć ten temat... – Julia zaczyna się śmiać.

– Margarita?

– Okej, poproszę... – godzi się grzecznie.

– To wstawaj już z tej podłogi... – Manuel podaje Julii rękę.

– Wyprostujemy ten scenariusz... Obiecuję ci... – patrzy jej prosto w oczy.

– I zabierzesz mnie nad morze? – pyta po chwili Julia.

– Tak jest... – odpowiada Manuel.

– W przyszłym roku zabiorę cię wreszcie nad morze...

– W przyszłym roku zabiorę cię wreszcie nad morze... – odbija się od tych słów jakieś echo, jak „kaczka" puszczona na nieskazitelnie gładkiej powierzchni wielkiej i niekoniecznie słonej wody...

– Punkt?...

– Dlaczego to taka otchłań?... Linie, linie pędzące, każda w swoim kierunku, jak promienie słońca to... Dlaczego to taka otchłań? Dlaczego? Dlaczego?...

– Punkt?... Niebieski, a może czerwony?...

– Punkt?...

– Rozchodzące się linie, linie, linie, jak noworoczne balony na drutach wepchnięte
w duży kartofel czy kapustę, a może seler... Dlaczego?...

– Punkt?... Na szarym tle?...

– Dlaczego?... W promieniach coraz cieńsze linie skłębione w nowe cało-
ści, coraz dłuższe,
coraz szersze pasma, dalej dalej, cieniutkie nitki rozdwajają się i pędzą,
niczym drzewa bezlistne, coraz wyżej i szerzej, połączone na nowo...
– Punkt?...
– Rozchodzące się linie, coraz dalej dalej, szerzej, promienie w promie-
niach...
– Punkt?...
– Tak. Punkt. Niebieski. Na szarym tle...
– Punkt?...
– Tak. Punkt.
– Punkt?
– Punkt.

Hanna Kulenty-Majoor

Kompozytor (a nie kompozytorka) polsko-holenderski. Od 1985 roku pracuje jako wolny twórca, realizując liczne zamówienia i korzystając ze stypendiów twórczych. Autorka ponad stu kompozycji – od utworów solowych, poprzez kameralistykę, symfonikę, opery, a kończąc na muzyce teatralnej i filmowej.

Charakterystyczny styl muzyczny, z jej techniką „polifonii łuków" (opracowaną w pracy magisterskiej), następnie techniką „transu w muzyce europejskiej" i w końcu techniką „polifonii czasoprzestrzeni" (opracowaną w pracy doktorskiej), jest rozpoznawalny niemalże od pierwszej nuty, a trzymający w napięciu do ostatniej. Jej filozofia czasu i czasoprzestrzeni ma odzwierciedlenie w muzyce, gdyż muzyka to dla niej najdoskonalszy język wyrazu: „Wypadkową mojej filozofii jest język muzyczny, a nie odwrotnie" (H.K.).

Jej utwory są wykonywane na wszystkich kontynentach. Hanna Kulenty wykłada w różnych instytucjach muzycznych, konserwatoriach i na kursach (m.in. Stany Zjednoczone, Kanada, Wielka Brytania, Dania, Holandia, Niemcy, Hiszpania, Litwa, Polska). Uczestniczyła również w pracach jury rozmaitych konkursów muzycznych, także dla wykonawców.

Studiowała kompozycję pod kierunkiem W. Kotońskiego w Akademii Muzycznej w Warszawie i Louisa Andriessena w Królewskim Konserwatorium w Hadze. Uczestniczyła w kursach kompozytorskich organizowanych przez ptmw oraz w Międzynarodowych Letnich Kursach Nowej Muzyki w Darmstadcie. W 1990 roku była przez rok guest composer Deutscher Akademischer Austauschdienst (DAAD) w Berlinie. Jest laureatką szeregu nagród, z których najbardziej ceni pierwszą lokatę na 50. Międzynarodowej Trybunie Kompozytorów UNESCO oraz Medal Mozartowski Międzynarodowej Rady Muzycznej przy UNESCO za I Koncert na trąbkę i orkiestrę (2003).

Zwolenniczka wolności twórczej jednostki. Niepoddająca się trendom i modom muzycznym, które nie wynikają z jej filozofii. Respektująca tradycje muzyczne. Swoją muzykę nazywa „turbulencjami harmonicznymi" lub „muzyką surrealistyczną".